KATHRYN HUGHES
Die Tochter des Arztes

KATHRYN HUGHES

Die Tochter des Arztes

Roman

*Aus dem Englischen
von Leena Flegler*

blanvalet

Die Originalausgabe erschien 2018 unter dem Titel »The Key«
bei Headline Publishing Group, London.

Sollte diese Publikation Links auf Webseiten Dritter enthalten,
so übernehmen wir für deren Inhalte keine Haftung,
da wir uns diese nicht zu eigen machen, sondern lediglich auf
deren Stand zum Zeitpunkt der Erstveröffentlichung verweisen.

Verlagsgruppe Random House FSC® N001967

1. Auflage
Copyright der Originalausgabe © 2018 by Kathryn Hughes
Copyright der deutschsprachigen Ausgabe © 2020 by Blanvalet
in der Verlagsgruppe Random House GmbH,
Neumarkter Straße. 28, 81673 München
Redaktion: Lisa Bitzer
Umschlaggestaltung: © www.buerosued.de
Umschlagmotiv: Richard Jenkins Photography; www.buerosued.de
KW · Herstellung: sam
Satz: Uhl + Massopust, Aalen
Druck und Bindung: GGP Media GmbH, Pößneck
Printed in Germany
ISBN 978-3-7341-0774-0

www.blanvalet.de

Im Gedenken
an James und Mary Thomas

Prolog

November 1956

Seit ich mich aus dem Haus geschlichen habe, bin ich halb gegangen, halb gerannt. Meine Brust hebt und senkt sich, und ich keuche schwer. Die Straßen sind menschenleer, und ich bin dankbar für diese kleine Gnade. So muss ich den neugierigen Nachbarn nichts erklären.

Irgendwo hinter verschlossenen Türen brät jemand Zwiebeln an. Der süßliche Geruch steigt mir in die Nase und erinnert mich qualvoll daran, dass ich nichts gegessen habe. Vor mir schlüpft ein roter Kater aus einer Hecke und setzt sich auf den Gehweg. Das Licht der Gaslaterne beleuchtet sein Fell. Als ich mich ihm nähere, steht er wieder auf und läuft mit hoch erhobenem Schwanz – nur die Schwanzspitze ist leicht eingeknickt – ein Stück auf mich zu. Er reckt das Kinn und miaut mir entgegen. Normalerweise würde ich mich hinunterbeugen und ihn kraulen, aber nicht in dieser Nacht. Denn normal ist an dieser Nacht nichts.

Ich biege um die Ecke, und als der Park in Sicht kommt, bin ich kurz überrascht, wie schnell ich war. Ich werfe einen Blick über die Schulter und schiebe das rostige Eisentor auf. Die alten Scharniere quietschen empört. Das Geräusch schrillt durch die nächtliche Stille und macht meine Hoffnung auf eine unbemerkte Ankunft zunichte; trotzdem fühle ich mich hier, im Schutz des Parks, sicherer und gehe ein wenig langsamer. Nicht zu langsam – es ist wichtig, dass ich in Bewegung bleibe. Bequemlichkeit kann ich mir nicht leisten.

Als ich den stechenden Geruch des algenüberwucherten Tümpels wahrnehme, weiß ich, dass ich meinem Ziel näher komme, und ich beschleunige wieder, bis ich den kleinen See erblicke. Das Wasser schwappt gegen den Kies, und ein paar Schwäne dösen neben den umgedrehten Ruderbooten am Ufer vor sich hin.

Die Kälte raubt mir fast den Atem, als ich die ersten zögerlichen Schritte ins eisige Wasser mache. Die Steine unter meinen nackten Fußsohlen sind scharfkantig, und ein Strang schleimigen Laichkrauts wickelt sich um meine Knöchel. Ich drehe mich ein letztes Mal zu meinen Schuhen um, die ich bloß Sekunden zuvor abgestreift habe und die einen knappen Fußbreit voneinander entfernt im Kies liegen. Einer ist mit der Sohle nach oben gelandet. Innerlich tadele ich mich für die Nachlässigkeit, die untypisch für mich ist. Die Schuhe sollten ordentlich nebeneinanderstehen, so wie meine Mutter es mir beigebracht hat. Sie wird enttäuscht sein, weil diese beiden Gegenstände das Einzige sein werden, was von mir übrig bleibt. Nur deshalb habe ich sie ausgezogen.

Meine Füße schmerzen aufgrund der Kälte des Sees, trotzdem mache ich noch ein paar Schritte. Inzwischen stehe ich bis zu den Knien im Tümpel. Der Rock wogt mir um die Beine – die einzige Bewegung im dunklen, stillen Wasser. Ich war schon oft hier, aber noch nie zu dieser Stunde, nie so. Der Himmel ist schwarz – pechschwarz – und vollkommen klar. Die schmale Mondsichel ist am Firmament gut sichtbar, und in der Dunkelheit funkeln ein paar Sterne. Irgendwo in der Nähe stößt sich eine Eule von einem Ast ab und kreischt, als sie knapp über der Wasseroberfläche den Tümpel überquert. Ich erschrecke und taumele rückwärts, finde jedoch mein Gleichgewicht wieder. Ein paarmal atme ich tief durch. Obwohl das Wasser trüb ist, kann ich immer noch meine Füße sehen. Sie sind klein – Schuhgröße fünfunddreißig – und schlohweiß.

Noch ein paar Schritte, und das Wasser geht mir bis zur Hüfte. Ich fühle mich jetzt schon, als müsste ich ersticken. Um mich herum ist es kohlrabenschwarz, nicht nur oben am Himmel, sondern auch im Wasser, in meinem Herzen und in meinem Kopf. Und da ist Traurigkeit. Die Traurigkeit war immer schon da, ich trage sie wie einen Mantel, einen weiten, großen, schweren Mantel, der mich nach unten zieht, einen Mantel, den ich nicht abstreifen kann. Ich will es nur noch hinter mich bringen. Nur ein paar wenige Schritte, und ich habe Frieden.

Ich spähe hinab auf das Baby in meinen Armen und empfinde rein gar nichts. Aber das habe ich auch nicht erwartet. Wieder ein Kreischen, schrill und verzweifelt, und ich muss mich gar nicht erst umdrehen, um zu wissen, dass es diesmal nicht die Eule ist.

Diesmal ist es etwas anderes.

1

September 2006

Sie sah zu, wie er sich vor dem Spiegel im Flur imaginäre Schuppen von den Schultern des beigefarbenen Mantels wischte. Die Brise, die durchs offene Fenster wehte, trug den Sandelholzduft seines Eau de Cologne zu ihr herüber. Er war immer noch ein attraktiver Mann, die Jahre hatten es gut mit ihm gemeint. Auch wenn er mittlerweile ergraut war, war sein Haar immer noch beneidenswert dicht, und er hatte dieses Funkeln in den Augen, das die Trauer ihm nicht hatte nehmen können.

»Guten Morgen, Dad. Auf dem Weg zum Friedhof, ja?«

Er lächelte Sarah schief an. »Ja, Liebling. Wo sollte ich sonst hingehen?«

Sie rückte seinen Krawattenknoten zurecht und gab ihm ein Küsschen auf die Wange. »Es ist jetzt sechs Monate her, Dad. Du musst nicht jeden Tag hin.«

»Ich weiß, dass ich nicht *muss*, Sarah. Aber ich *will*.« Er beugte sich vor, um mit der weichen Bürste vom Flurtischchen ein letztes Mal über die ordentlich geputzten Schuhe zu wischen. Dann richtete er sich wieder auf, sah ihr direkt ins Gesicht und sagte sanft, fast schon flehentlich: »Es wäre schön, wenn du hin und wieder mitkämst.«

Sie musste an sich halten, um nicht aufzustöhnen. Immer wieder dasselbe Thema – sie konnte es nicht mehr hören.

»Ich muss nicht an Mums Grab, um mich an sie zu erinnern.« Sie klopfte sich auf die Brust. »Ich hab sie in jeder Sekunde des Tages hier bei mir.«

Er seufzte, nahm ihre Hand und hauchte einen Kuss darauf. »Wie du willst. Wir sollten bald darüber nachdenken, die Blumenzwiebeln zu setzen. Ich will, dass in den grauen Wintermonaten auf dem Grab etwas blüht. Ich habe an Schneeglöckchen gedacht, die kommen doch früh, oder? Und dann natürlich Krokusse und Narzissen. Die werden zumindest nicht von den verflixten Hasen gefressen.« Er kicherte kurz in sich hinein. »Hm? Was meinst du?«

Sarah pflückte ihre Handtasche vom Treppenpfosten und legte sich den Riemen über die Schulter. »Meinetwegen. Ich kann auf dem Heimweg beim Gartencenter vorbeifahren.«

Er zog die Augenbrauen hoch. »Auf dem Heimweg von wo?«

»Dad«, sagte sie gedehnt. »Das weißt du doch ganz genau.«

»Oh bitte. Erzähl mir nicht, dass du immer noch dort herumschnüffelst.«

»Ich schnüffele nicht. So was nennt sich Recherche.« Als sie seinen verletzten Gesichtsausdruck sah, bereute sie sofort den scharfen Ton, den sie angeschlagen hatte, und fuhr deutlich versöhnlicher fort: »Du bist Zeitzeuge, Dad. Hast du überhaupt eine Ahnung, wie wertvoll persönliche Berichte für einen Historiker sind? Du willst doch, dass mein Buch ein Erfolg wird, oder?«

»Ach, Historikerin bist du jetzt, ja? Ich dachte, du arbeitest in der Stadtbibliothek.«

»Ja, Dad, das ist mein Job – wir müssen alle irgendwie unsere Miete bezahlen. Aber dieses Buch ist mir wichtiger als alles andere, und dein Beitrag könnte den Unterschied zwischen einem guten und einem brillanten Buch ausmachen.«

»Ich hab es dir schon mal gesagt.« Er klang erschöpft. »Ich will nicht mehr darüber reden.« Dann zeigte er mit dem Finger auf sie. »Und komm mir bloß nicht irgendwann und heul dich bei mir aus, wenn sie dich wegen Hausfriedensbruchs drangekriegt haben!«

»Das ist kein Hausfriedensbruch. Das ist ein Streifzug durch die Stadtgeschichte.« Sarah hatte sehr wohl gesehen, dass er die Zähne zusammengebissen und seine Atmung sich verändert hatte. »Bitte, erzähl mir doch einfach nur, wie es war, dort zu sein«, sagte sie leise. »Ich schwöre dir, wenn es zu unangenehm wird, hören wir auf. Erzähl mir einfach nur so viel, wie du magst.«

Er öffnete die Haustür und schnaubte missmutig, als er den Regen auf die Einfahrt prasseln sah. Dann zog er einen Regenschirm aus dem Schirmständer und schwang ihn herum wie ein Schwert, dessen Spitze schließlich in ihre Richtung zeigte. Verdutzt wich sie einen Schritt zurück.

»Ich hab dir so viel erzählt, wie ich wollte.«

»Stimmt – und zwar rein gar nichts.«

Er machte einen Schritt vor die Tür und spannte den Regenschirm auf. »Sarah, manche Dinge bleiben besser in der Vergangenheit. Und das ist mein letztes Wort.«

Sie sah ihm nach, wie er die Zufahrt hinunterlief, und hoffte, er würde sich umdrehen und ihr noch einmal zuwinken. Ohne ihre Mutter, die gewusst hatte, wie sie mit seinen Launen hatte umgehen müssen, konnte er unerträglich störrisch sein. Mum war gut für ihn gewesen. Sie hatte ihm nicht gestattet, griesgrämig zu sein, hatte ihn stets mit einem gut platzierten Kommentar – üblicherweise einem Witzchen auf seine Kosten – aus seiner düsteren Stimmung herausholen können, und dank ihrem ansteckenden Lachen hatte er ihr nie lange böse sein können. Sarah war felsenfest davon überzeugt, dass er ihre Mutter geliebt hatte. Sie hatte mit ansehen müssen, wie erschüttert er gewesen war, als er sie verloren hatte. Sarahs Vater war in ein so tiefes Loch gefallen, dass sie schon befürchtet hatte, er würde nie die Kraft finden, dort wieder herauszukriechen. Sein täglicher Friedhofsbesuch kam eher einer Obsession denn einer Alltagsroutine gleich – und doch hatte sie das Gefühl, als wäre ihr etwas entgangen. Nichts, was sie an der Ehe oder der Liebe der beiden hätte zweifeln lassen – bloß irgendetwas, was nicht hundertprozentig stimmte. Es fühlte sich an wie ein Tausend-Teile-Puzzle, bei dem man am Ende feststellt, dass nur neunhundertneunundneunzig Puzzlestücke vorhanden sind. Dieses eine fehlende Teil macht den ganzen Spaß zunichte. Es ist immer noch klar, was auf dem Bild zu sehen ist, aber der Blick wird für immer zu der kleinen Stelle wandern, wo das fehlende Puzzleteil hätte liegen müssen. Sarah wusste nicht genau, warum, aber sie hatte das merkwürdige Gefühl, als hätte das fehlende Puzzleteil in der Beziehung ihrer Eltern etwas mit der Nervenheilanstalt Ambergate zu tun.

Sie war schon seit Monaten in Ambergate zugange, doch jedes Mal, wenn sie um die Ecke bog und das imposante Gemäuer vor sich aufragen sah, raubte ihr die schiere Pracht den Atem. Sie hatte in ihrem Leben bereits außerordentliche Gebäude gesehen, die wesentlich weniger imposant gewirkt hatten. Ambergate war aus feinstem Kalkstein errichtet worden, die Fassade üppig, fast schon verschwenderisch verziert, und auf dem Glockenturm über dem Bogenportal thronte eine achteckige Kuppel. Beim Bau der einstigen Nervenheilanstalt hatte man an nichts gespart, und auch wenn ein Großteil der wertvollen Ausstattung in den vergangenen Jahrzehnten geplündert worden war: Die feinen Wandkacheln und die Buntglasfenster im Festsaal hatten überlebt. Natürlich war im Laufe der Zeit vieles verfallen, die meisten Fenster waren eingeschlagen worden, und die Steinmetzarbeiten zerbröselten unter den wuchernden Efeuranken.

Sarah zog ein Buch aus der Tasche, schlug es auf und starrte auf das Schwarz-Weiß-Foto, das um die vorletzte Jahrhundertwende entstanden war. *Bezirksirrenanstalt Ambergate, um 1898.* Dann überflog sie den Absatz, der unter dem Foto stand.

Die Bezirksirrenanstalt Ambergate wurde zwischen 1870 und 1872 nach Plänen des renommierten Architekten Sir Leonard Groves errichtet und sollte ursprünglich der Unterbringung von 1000 Patienten aus dem Großraum Manchester, Liverpool und Chester dienen. In den 1950er-Jahren lebten dort indes mehr als 1500 Personen, die Anstalt war also dramatisch überbelegt. Bereits 1925 war die Einrichtung im Zuge landesweiter Bemühungen zur Entstigmatisierung in »Psychiatrische Klinik Ambergate« umbenannt worden. Eine neuerliche Umbenennung erfolgte mit Inkrafttreten des Gesetzes für psychisch Kranke, das ab 1959 verfügte, das Attribut »psychiatrisch« aus der Namensgebung zu tilgen. Der Betrieb der Klinik Ambergate wurde 1997 eingestellt. Seither steht das Gebäude leer und fällt zusehends mutwilliger Zerstörung und Vandalismus zum Opfer.

Regentropfen landeten auf den Seiten, und sie schob das Buch eilig zurück in die Tasche, ehe sie die beeindruckende Auffahrt hinaufmarschierte. Als sie die Metallabsperrung erreichte, betrachtete sie für einen Moment die Warnschilder, die Besuchern das Betreten des Gebäudes untersagten. Dort stand auch, dass das gesamte Gelände rund um die Uhr videoüberwacht wurde – und direkt neben der Warnung war das Bild eines zähnefletschenden Schäferhunds zu sehen, dem der Speichel aus dem Maul troff. Dabei gab es hier keine Hunde, das Bild diente bloß der Abschreckung, und überwacht wurde das Gelände auch nur von einem älteren Typen, angeblich einem ehemaligen Patienten, der von Zeit zu Zeit über das Grundstück streifte, Obszönitäten brüllte und die Faust in Richtung derer schüttelte, die es wagten, die Warnschilder zu ignorieren.

Sie hob das Absperrgitter ein Stück aus dem Betonfuß, schob es auf und schlüpfte durch den Spalt. Dann blieb sie kurz stehen, ließ den Blick über die Umgebung schweifen und lauschte mit angehaltenem Atem auf Geräusche. Das Laub raschelte im Wind, und eine Taube gurrte leise, doch ansonsten war es mucksmäuschenstill. Die Absperrung war wirklich ein Witz.

Sarah überquerte den Rasen, auf dem überall tote Blätter lagen und dessen lange, tropfnasse Grashalme ihr bis an die Knie reichten, und stieg die Steintreppe zum Haupteingang hoch. Sie legte die Hand auf den üppig verzierten Handlauf, der mittlerweile nur mehr einem rostigen Schandfleck gleichkam, und erreichte die teils mit Brettern vernagelte Eingangstür, auf die mit roter Farbe ausgerechnet ein Pentagramm geschmiert worden war. Als sie gegen das morsche Holz drückte, gab es ohne Weiteres nach, und sie trat über die Schwelle in die Eingangshalle.

Heute war von der einst überwältigenden Atmosphäre nicht mehr viel zu spüren. Schimmel bedeckte die Wände, und der Boden war von Taubenschiss gesprenkelt. Es stank nach Urin, und Sarah hielt sich die Nase zu. Zerbrochene Flaschen, Zigarettenkippen und die Überbleibsel eines Einweggrills zeugten davon, dass hier irgendein Treffen stattgefunden hatte. Inzwischen mochte dies ein Ort sein, an dem Teenager sich verabredeten, doch Sarah konnte nur ahnen, welches Grauen einmal innerhalb dieser Wände geherrscht hatte. Ihr Vater verfügte über wertvolles Wissen aus erster Hand, und es machte Sarah schier wahnsinnig, dass er es nicht mit ihr teilen wollte.

Sie kratzte leicht über den schuppigen Lack am Treppengeländer und nahm die Stufen in Augenschein. Die Holzbretter waren morsch und verrottet, und sie wusste, es wäre Irrsinn, auch nur zu versuchen, dort hinaufzugehen. Stattdessen wandte sie sich einer Doppeltür an der Stirnseite der Halle zu. Als sie sie aufdrückte, quietschten die Scharniere. Vor ihr befand sich ein augenscheinlich endloser Korridor, in dem der Putz von den Wänden bröckelte und der Boden von Holzspänen übersät war. Sie ging in die Hocke, zog den Lageplan aus ihrer Tasche und breitete ihn vor sich aus. Die Flure erstreckten sich in der Summe über mehr als vier Meilen; Sarah hatte sich gleich zu Beginn ihrer Recherche überlegt, wie sie das Gebäude methodisch absuchen wollte, und hatte die Bereiche sorgfältig markiert, die sie bereits begangen hatte.

Sobald sie sich neu orientiert hatte, packte sie den Lageplan weg und zückte stattdessen ihr Notizbuch. Der Regen tropfte durch die Löcher im Dach, verstärkte den Schimmelgeruch und untermalte die Atmosphäre des Verfalls in dem baufälligen Gebäude. Abgesehen vom rhythmischen Tropfen des Regens war es hier drin totenstill. Sie erschauderte und drehte sich einmal um die eigene Achse. Sie würde sich nie an diese unheimlichen Wände mit den Schmierereien darauf gewöhnen, an die gespenstischen Flure und die lang vergessenen Geheimnisse, die gewahrt bleiben sollten, wenn es nach ihrem Vater ginge.

Als sie aus einem der angrenzenden Räume ein Rascheln hörte, blieb sie wie angewurzelt stehen. Ratten. Auf die war sie zuvor schon gestoßen, und ganz gleich, wie oft sie sich eingeredet hatte, dass die Viecher vor ihr mehr Angst hätten als umgekehrt, es war immer dasselbe: Sie hasste diese Biester mit den langen, haarlosen Schwänzen und den Knopfaugen. Sarah stampfte mit dem Fuß auf und brüllte ihnen nach – auch wenn sie sich dabei ziemlich lächerlich vorkam –, dass sie sich verziehen sollten. Dann war es wieder still, und sie kicherte in sich hinein. *Denen hab ich's gezeigt.*

Als sie dann aber an der schief in den Angeln hängenden Tür vorbei in den tiefschwarzen, fensterlosen Raum spähte, aus dem das Geräusch gekommen war, hörte sie es wieder: ein Scharren – viel zu schwer, als dass es von Ratten stammen konnte.

Sie schluckte trocken. »Hallo... Ist da jemand?«

Eine Gestalt mit Kapuze über dem Kopf trat aus der Dunkelheit und hielt die Hände vor sich ausgestreckt wie ein Zombie.

Erleichtert atmete sie aus. »Nathan, du verdammter Idiot! Weißt du überhaupt, was du mir antust?«

Er zog die Kapuze herunter und grinste sie an. »Sorry, konnte nicht widerstehen.«

»Was machst du überhaupt hier? Zu dieser Zeit?«

»Draußen war es zu nass, da hab ich beschlossen, wieder umzukehren.«

»Ich wusste gar nicht, dass du aus Zucker bist.«

Er zuckte mit den Schultern. »Hast du mal eine Zigarette?«

Sie durchwühlte den Inhalt ihrer Handtasche. »Nein, ich hab keine Zigaretten, verdammt.« Dann angelte sie etwas anderes aus den Tiefen und warf es ihm zu. »Nimm das und sag brav Danke.«

Er wickelte die Alufolie vom Schinken-Käse-Sandwich und biss hinein. »Fangfe«, stieß er hervor. »Bin dir echt dankbar, ehrlich.« Er zog die zwei Brotscheiben auseinander. »Mit Essiggurke wär's allerdings noch besser gewesen.«

Sie setzten sich nebeneinander auf den harten Fußboden, und Nathan verputzte das Sandwich binnen Sekunden. Sie waren sich einige Wochen zuvor begegnet, als Sarah auf einer der verlassenen Krankenstationen buchstäblich über den schlafenden Jungen gestolpert war. Erst hatte sie geglaubt, es handelte sich lediglich um einen Haufen alter Klamotten – bis sie ihn mit dem Fuß angestupst hatte. Er war nach diversen hitzigen Auseinandersetzungen mit seinen Eltern von zu Hause abgehauen, hatte geschworen, nie wieder einen Fuß über deren Schwelle zu setzen, und schlief seither auf der Straße. Sie hatten sich mehr oder weniger angefreundet, auch wenn Sarah mehr als zwanzig Jahre älter war als er und somit wahrscheinlich eher der Mutterinstinkt bei ihr durchkam, auch wenn – oder vielleicht gerade weil – sie keine eigenen Kinder hatte. Unwillkürlich musste sie an Dan denken, und bei dem Gedanken verspürte sie die altbekannte Verbitterung. Sie schüttelte den Kopf. Kein gutes Thema. Dan war Geschichte.

Sie sah zu, wie Nathan den letzten Bissen hinunterschlang. Zwischen den feinen, blonden Härchen auf seiner Oberlippe hingen ein paar Krümel.

»Nathan?«

»Hm?« Er kaute immer noch lautstark.

»Warum darf ich dir nicht helfen?«

Er zeigte auf seinen vollen Mund und machte Hamsterbacken. »Du hilfst mir doch.«

»Das ist doch nur ein Pflaster... Ich meine, dir *richtig* helfen. Damit du wieder auf die Beine kommst.«

»Mir geht's gut.«

»Bald ist Winter, und was machst du dann?«

»Keine Ahnung – hierbleiben vielleicht?« Er sah zur Decke empor, und im selben Moment landete ein fetter Regentropfen auf seiner Stirn. »Vielleicht gehe ich auch nach London.«

»Du bist gerade mal achtzehn. Du hast noch dein ganzes Leben vor dir.«

Er schnaubte. »Das ist ja das Schlimme.«

Sie funkelte ihn wütend an. Er war wirklich ein sturer Esel. Aber wenn man bedachte, dass er schon Monate obdachlos war, hätte er übler aussehen können. Er roch zwar nach überreifem Käse, doch seine blauen Augen waren klar, und seine Haut war überraschend zart für jemanden, der sich nicht regelmäßig rasieren oder waschen konnte. Sein blonder Pony war zu lang, weshalb er sich angewöhnt hatte, ihn sich mit einer mürrischen Kopfbewegung aus den Augen zu schütteln.

Sie griff erneut in die Tasche und zog eine Wasserflasche heraus.

Nathan sah sich das Etikett an. »Da ist nicht zufällig Wodka drin, oder?«

»Du hörst dich echt wie ein Penner an.« Sie schüttelte den Kopf. »Was glaubst du wohl?«

Er drehte den Verschluss auf und nahm einen großen Schluck. Dann wechselte er das Thema. »Was erkunden wir heute?«

Sie wusste genau, dass sie an diesem Tag bei ihm auf Granit biss, aber das würde sie nicht davon abhalten, es irgendwann erneut zu versuchen.

Sarah breitete den Lageplan zwischen ihnen aus und zeigte auf einen langen Flur, von dem zu beiden Seiten jede Menge Räume abgingen. »Heute nehmen wir uns den Bereich hier vor.«

Nathan kam auf die Beine, richtete seine gut eins achtzig gerade auf, sodass die Jeans nur knapp an seinen knochigen Hüften hängen blieb, und streckte die Hand aus. Sarah ergriff sie, und er zog sie auf die Füße. Dann wischte sie sich Dreck und Staub von den Klamotten.

»Danke.«

Nebeneinander liefen sie den Flur entlang und kamen an Zimmern vorbei, die voller Metallbetten standen, mitsamt den fleckigen Matratzen, aus denen die Pferdehaarfüllung auf die gesprungenen Fliesen am Boden quoll. In einem der Zimmer stand ein alter zahnärztlicher Behandlungsstuhl mit dem Sitz in liegender Position, auf dem Tablett daneben lagen verrostete Instrumente.

Als Nächstes gingen sie einen Flur mit kleineren Kammern hinter dicken Stahltüren entlang. Sarah kniff ein Auge zu und spähte mit dem anderen durch einen der Türspione. »Sieht aus wie eine Gummizelle.«

»Da fragt man sich doch, wozu die benutzt wurden, verdammt noch mal. Ob dein alter Herr da je reingesteckt wurde? Er war doch auch so ein Irrer, oder?«

»Nathan! Mein Vater war kein *Irrer*. Wie kommst du

darauf? Außerdem wurden die Leute damals aus allen möglichen und vor allem fadenscheinigen Gründen in solche Einrichtungen gesteckt. Nicht jeder davon war durchgeknallt, und mein...«

Er packte sie am Arm. »Die ist offen! Schließt du mich mal ein?«

»Wozu denn in aller Welt?«

»Ich will einfach nur wissen, wie sich das anfühlt. Komm, das ist lustig.«

»Lustig? Ich glaube, du musst echt mal wieder unter Leute, Nathan.«

Er drückte die Tür auf und betrat die Zelle. Sarah folgte ihm ein paar Schritte in den Raum hinein. Der Boden unter ihren Füßen fühlte sich irgendwie weich an. Die Wände waren mit Segeltuch überzogen, darunter war Pferdehaar, das an einigen Stellen hervorquoll.

»Sicher, dass du das willst?«, fragte Sarah, ging zurück in den Flur und schloss die Tür zur Kammer.

Statt einer Antwort vernahm sie bloß ein gedämpftes Geräusch. Sarah spähte durch den Spion, doch die Dunkelheit hatte Nathan verschluckt. Sie zählte bis zehn, ehe sie die Tür wieder öffnete.

Mit einem Grinsen im Gesicht kam Nathan wieder heraus. »Das war cool!«

Bei seiner Wortwahl erschauderte sie. Anscheinend war er sehr behütet aufgewachsen, wenn er zehn Sekunden Dunkelheit in einer Gummizelle als *cool* empfand. Der arme Kerl.

»Komm jetzt.« Sie zog ihn weiter, musste angesichts seines begeisterten Gesichtsausdrucks aber selbst lächeln. »Wir haben noch einiges vor.«

Sie erreichten das Ende des Flurs. Die Luft war kühl und klamm. An der Wand vor ihnen waren hoch oben zwei kleine Fensterchen eingelassen, die allerdings bei Weitem nicht genug Licht in den Korridor ließen.

»Und jetzt?«, fragte Nathan.

»Ich bin mir sicher, dass hier eine Tür sein müsste.« Sarah warf einen Blick in den Lageplan. »Jupp. In dieser Wand müsste definitiv eine Tür sein.«

Mit in die Hüften gestemmten Händen studierte sie die Flurwände. Dann blieb ihr Blick an einem großen Schrank hängen; eine Tür fehlte komplett, die andere hing nur mehr an einem einzigen Scharnier. Sie machte einen Schritt darauf zu.

»Warte mal ... Schau dir das an, Nathan!«

Die Rückwand des Schranks fehlte ebenfalls. Sie starrte auf die Tür, die dahinter zum Vorschein kam und von der in breiten Streifen blaue Farbe blätterte.

»Da ist ja die Tür«, verkündete Sarah.

Nathan lehnte sich in den Schrank und drehte am Türknauf. »Himmel hilf, fehlen nur noch ein Löwe und eine Hexe!«

Sarah sah ihn verständnislos an.

»Die Chroniken von Narnia? Der Wandschrank im Haus des Professors? Das Tor in die magische Welt?«

Als sie nicht reagierte, schüttelte er den Kopf und schob den Schrank zur Seite.

Sarah warf sich mit der Schulter gegen die Tür. Als das nichts half, trat sie mit den Stiefeln dagegen.

Nathan ging dazwischen. »Du tust dir doch nur weh, Sarah. Komm, lass mich mal.« Er drehte geduldig am Knauf und lauschte auf ein Klicken. Dann rüttelte er vorsichtig am Griff, bis sie schließlich aufging. »Brauchte nur ein bisschen gutes Zureden, das war schon alles. Man muss nicht immer mit dem Kopf durch die Wand.«

Als sich ihre Augen an das Zwielicht gewöhnt hatten, entdeckte Sarah eine schmale Holztreppe, die gleich hinter der Tür nach oben führte.

Grinsend überließ Nathan Sarah den Vortritt. »Nach dir.«

»Du bist so ein Gentleman! Um nicht zu sagen: ein Feigling.«

»Na ja, sieht schon ein bisschen unheimlich aus.«

»Sagt derjenige, der Nacht für Nacht in einem verfallenen Irrenhaus schläft.«

Vorsichtig überprüfte sie, wie stabil die unterste Treppenstufe war. Als das Holz ihrem Gewicht standhielt, stieg sie langsam nach oben.

»Was siehst du?«, rief Nathan von unten herauf.

»Noch eine Tür – schmaler und ziemlich niedrig... Da werde ich auf allen vieren durchkrabbeln müssen.«

»Warte! Du kannst da doch nicht allein reingehen.« Mit einem Seufzer lief er ihr nach.

Oben angekommen, mussten sie die Köpfe einziehen, und Sarah drehte den Türknauf herum. Der Schlüssel steckte noch, und diesmal bekam sie die Tür ohne Probleme auf. Dahinter lag eine kleine, fensterlose Dachkammer. Sarah griff in ihre Tasche, zog eine Taschenlampe heraus und ließ den schwachen Lichtkegel durch den Raum wandern. Er fiel auf staubige Oberflächen und Spinnweben. Eine nackte, trübschmutzige Glühbirne baumelte von der Decke.

Nathan zeigte zur gegenüberliegenden Wand. »Da ist was...«

Sarah ging darauf zu. Unter der Dachtraufe stapelten sich alte Koffer. »Nathan«, hauchte sie. »Komm her – ich hab was gefunden!«

Er schloss zu ihr auf. Mit seinem langen, schlaksigen Leib musste er sich zur Seite beugen, wenn er sich nicht den Kopf anstoßen wollte.

»Warum flüstern wir eigentlich?«, fragte er leise.

»Schau dir diese Koffer an!« Sie nahm den obersten vom Stapel und blies den Staub vom Deckel. Am Handgriff hing an einem ausgefransten Stück Kordel ein braunes Schildchen.

Nathan spähte ihr über die Schulter. »Steht ein Name drauf?«

Sie kniff die Augen zusammen. »Nein, nur eine Nummer. 43/7. Hier, halt das mal!« Sie drückte ihm die Taschenlampe in die Hand, und mit beiden Daumen versuchte sie, die Schließen neben dem Koffergriff zu öffnen. Sie waren verrostet und ließen sich nicht bewegen. »Mist, ich glaube, der ist zugeschlossen...«

Nathan schob sich an ihr vorbei. »Gib her.« Sekunden später hatte er die Riegel aufgedrückt und Sarah den Koffer zurückgegeben. »Aufmachen darfst du ihn selbst.«

»Danke.« Sie wischte sich die klammen Hände am Saum ihres Sweatshirts ab, ging dann in die Hocke und hob vorsichtig den Kofferdeckel an. »Gott, das Ding hat seit Jahren keiner mehr in der Hand gehabt.«

Sie hatte den Deckel fast komplett aufgeklappt, als irgendetwas im Inneren explodierte und wie ein Airbag aus dem Koffer platzte. Sarah zuckte entsetzt zurück, während Nathan vor Schreck in die Luft sprang und sich den Kopf an den Sparren anschlug.

»Was war das?«, platzte es aus ihr heraus.

Nathan legte den Arm um ihre Taille, zog sie nach hinten und richtete dann die Taschenlampe auf den Koffer. »Lass mich das machen.« Er beugte sich vor und tippte mit dem Zeh gegen den weißen Stoffhaufen auf dem Boden.

Sarah schob ihn aus dem Weg und ging vor dem Stoff in die Hocke. »Fühlt sich wie Seide an.« Sie nahm den Stoff hoch und schüttelte ihn aus. Die Falten waren über die Jahre steif geworden. »Das ist ein Hochzeitskleid.« Sie fuhr mit den Fingerspitzen über die Reihe winziger Perlen am Ausschnitt. »Es ist wunderschön – aber ich frage mich, was es hier zu suchen hat. Außerdem ist es getragen worden, wie man an den gelblichen Flecken unter den Achseln erkennen kann.«

»Und sie war ziemlich groß«, stellte Nathan fest. »In dem Ding könnte eine vierköpfige Familie zelten.« Er nahm ein Schwarz-Weiß-Foto aus dem Koffer. »Schau dir das an!«

Sie blickten auf das Bild eines jungen Mannes in Uniform. Er stand mit dem Rücken zum Fotografen, sah aber über die Schulter und grinste mit einer Zigarette im Mundwinkel in die Kamera. Er sah verwegen gut aus wie ein Filmstar aus den Vierzigern – er hätte zumindest so ausgesehen, hätte nicht irgendwer dem Porträtierten auf dem Foto die Augen ausgestochen. Sarah hielt das Bild hoch und die Taschenlampe dahinter, sodass Licht durch die Löcher fiel, wo seine Pupillen hätten sein sollen.

»Himmel, der muss irgendjemanden ordentlich verärgert haben ... Ich finde es absolut faszinierend. Komm, schauen wir uns noch ein paar andere Sachen an!«

Die Dachkammer war langgezogen, aber niedrig, und die Kofferstapel unter der holzwurmzerfressenen Traufe hatten die unterschiedlichsten Farben und Größen. Doch alle waren mit einem braunen Schildchen am Griff versehen. Sarah zog einen Koffer nach dem anderen vom Stapel, öffnete Gepäckstück für Gepäckstück, wühlte durch muffige Kleidung und rümpfte die Nase.

Nathan zog einen mottendurchlöcherten alten Pullover aus einem der Koffer. »Hey, sieht aus, als hätte ich meine neue Garderobe gefunden.«

Sarah bedachte ihn mit einem finsteren Blick von der Seite. »Fass bloß nichts an, hörst du?«

Er hob die Hände. »Schon gut, war nur ein Scherz.«

Sie rieb sich das Kinn und legte nachdenklich die Stirn in Falten. »Wir müssen methodischer vorgehen.« Dann sah sie sich in der Kammer um. »Das müssen doch gut zwanzig Koffer sein. Jeder mit einer eigenen Geschichte.« Sie packte Nathan am Arm und flüsterte aufgeregt: »Diese Kammer ist eine Goldgrube, Nathan! Du darfst niemandem davon erzählen.«

Er zuckte mit den Schultern. »Wem auch?«

Sie nahm ihre Kamera aus der Tasche, klappte den Blitz aus und fing an, wie wild die Kofferstapel zu fotografieren. »Das wäre ein großartiges Umschlagmotiv für das Buch.« Sie ging in die Hocke, wippte leicht auf den Fersen vor und zurück und scrollte durch die Fotos, die sie gerade geschossen hatte.

Nathan sah ihr über die Schulter. »Ich kann dir helfen, wenn du willst.«

Im Dämmerlicht sah sie zu ihm hoch. Er hatte geweitete Pupillen und ein breites Lächeln im Gesicht. Sie hatte ihn noch nie so enthusiastisch erlebt.

»Danke, das wäre toll.« Sie zögerte kurz. »Ich bezahle dich natürlich dafür.«

»Deswegen hab ich dir meine Hilfe nicht angeboten. Ich *will* dir helfen. Ich erwarte nichts dafür.«

Sie tätschelte ihm das Knie. »Bist ein guter Junge, Nathan.« Dann stand sie wieder auf, soweit es das niedrige Dach zuließ, und massierte sich den Nacken. »Bei dem schlechten Licht können wir nicht allzu viel erkennen. Ich komme morgen mit ein paar Lampen wieder, und dann machen wir uns an die Arbeit.« Sie packte die Kamera wieder weg. »Warum kommst du nicht mit zu mir und nimmst zumindest ein Bad? Du kriegst auch was zu essen.«

Er schüttelte den Kopf. »Ich kann nicht, das habe ich dir schon einmal gesagt. Bitte, belassen wir es dabei.«

2

Bis sie zu Hause ankam, hatte der Regen nachgelassen. Ihr Vater jätete im Vorgarten Unkraut. Er trug immer noch Hemd und Krawatte, hatte aber die Ärmel bis zu den Ellbogen aufgekrempelt.

»Ich bin wieder da«, verkündigte sie unnötigerweise. »Wie war's auf dem Friedhof?«

Er wischte sich über die Augenbrauen und schmierte sich dabei ein wenig Erde auf die Stirn. »Nicht schlecht. Ich hab den Grabstein abgeschrubbt, ein bisschen Dreck ist sogar runtergegangen. Diese verdammten Vögel haben kreuz und quer ihr Geschäft darauf verrichtet.«

Sie hatte sich schon zum Haus umgewandt, blieb aber stehen, als er ihr nachrief:

»Sarah, hast du inzwischen mal drüber nachgedacht, wann du wieder in deine Wohnung ziehst?«

Sie zögerte kurz und versuchte, zwischen den Zeilen herauszuhören, was er wirklich meinte. »Na ja, ich bin mir nicht sicher. Ich dachte, du findest es gut, wenn ich eine Weile bei dir wohne. Willst du mich loswerden?«

Seine Antwort klang nüchtern, wenn nicht sogar abweisend. »Tja, du kannst ja nicht für immer hierbleiben, nicht wahr? Ich muss allmählich lernen, allein klarzukommen.« Er lockerte seinen Krawattenknoten. »Und du ebenfalls.«

Es war das erste Mal, dass er sie derart unverblümt auf die Wohnsituation ansprach. Er wusste nur zu gut, wie sehr sie es hasste, allein in ihrem seelenlosen Apartment zu wohnen. Aber im Augenblick wollte sie nicht darüber sprechen. Sie blickte ihn nur kurz an und wechselte dann das Thema.

»Ich habe heute Vormittag in Ambergate etwas wirklich Faszinierendes entdeckt.«

Er reagierte sichtlich gereizt. »Sarah...«

»Ach was, schon gut. Ich weiß, dass du damit nichts mehr zu tun haben willst. Ich wollte es nur erwähnt haben. Ich habe einen Haufen alter Koffer auf dem Dachboden aufgestöbert und will den Inhalt für mein Buch katalogisieren.«

Sie wartete seine Antwort gar nicht erst ab, sondern verschwand im Inneren des Hauses und ließ ihn gedankenversunken und mit einem besorgten Stirnrunzeln im Vorgarten stehen.

»Kennst du dich mit Excel aus?« Sarah klappte den Laptop auf und setzte sich dann im Schneidersitz neben Nathan auf den Fußboden.

»Ich bin vielleicht obdachlos, aber nicht blöd.«

Sie hatte in jede Ecke der Dachkammer eine batteriebetriebene Gartenleuchte gestellt. Die vier Lampen spendeten genügend Licht, so dass sie loslegen konnten.

»Sorry. Aber guck mal, ich hab schon ein Arbeitsblatt angelegt: Nummer auf dem Kofferschild, Beschreibung des Koffers, Inhalt. Jetzt müssen wir die Tabelle nur noch befüllen.«

»Klingt simpel. Her damit.«

Sie drückte ihm den Laptop in die Hand und kroch dann auf den Koffer zu, den sie tags zuvor geöffnet hatten. »Fangen wir einfach mit diesem hier an, nachdem er sowieso schon offen ist. Ich ruf dir zu, und du schreibst, einverstanden?«

Er salutierte. »Klar, Boss.«

»Okay. Kofferschild 43/7.«

Nathan fing an zu tippen.

»Beschreibung des Koffers«, fuhr sie fort. »Marineblau, Eckenschutz aus braunem Leder. Inhalt: ein weißes Brautkleid aus Seide, ein Schwarz-Weiß-Foto eines jungen Mannes in Uniform.« Sie nahm einen weiteren Gegenstand aus dem Koffer und hielt ihn auf Armeslänge von sich weg. »Und eine...« Sie spähte über den Kofferrand. »Nein, mehrere Unterhosen, alle weiß... also, früher mal weiß.« Sie seufzte. »Gott, was für ein glamouröser Job!«

Nach zwei Stunden hatten sie etwa die Hälfte der Koffer geöffnet, die Inhalte dokumentiert und abfotografiert. Keines der Gepäckstücke hatte bislang etwas Spannenderes als Kleidungsstücke, Bücher und Toilettenartikel enthalten, aber selbst diese banalen Sachen waren für sich genommen schon vielsagend. Denn was packte man ein, wenn man in eine Nervenklinik eingewiesen wurde? Und warum hatten die Besitzer der Koffer ihre Habseligkeiten hier zurückgelassen?

Sarah rieb sich übers Gesicht und streckte sich dann nach der Kühltasche aus, die sie mitgebracht hatte. »Zeit für eine kleine Stärkung, finde ich.« Sie zog eine Chipstüte heraus und warf sie Nathan zu. »Bitte schön.«

Er fing die Tüte auf. »Danke.«

»Hast du die Datei gespeichert?«

Er schnaubte missbilligend. »Alter. Ich bin doch nicht bescheuert.«

Sie kniff die Augen zusammen. »Dann bist du also zur Schule gegangen? Früher, meine ich?«

Er stopfte sich eine Handvoll Chips in den Mund. »Hin und wieder«, sagte er nach einer Weile. »Manchmal hab ich auch geschwänzt.«

»Und wo?«

»Wo was?«

»Wo bist du zur Schule gegangen?«

»All Hollows. Ist eine Gesamtschule, aber nicht in der Gegend.«

»Dann bist du katholisch?«

»Was? Nein. Himmel, Sarah, soll das ein Verhör werden?«

Sie griff zu einer Thermoskanne und befüllte zwei Becher mit Tee. »Es ist einfach nur eine Unterhaltung, Nathan. Kein Grund, patzig zu werden.«

Er nahm ihr den Becher ab, den sie ihm hinhielt. »Tut mir leid. Ich will einfach nicht über die Zeit reden. Ich bin... an der Schule gemobbt worden. Es sind schlechte Erinnerungen.«

»Muss schwer für dich gewesen sein.«

»Ja, war es auch.«

Schweigend sah sie ihn an, während er an der Nagelhaut seines Daumens knabberte.

»Was hält dich davon ab, wieder nach Hause zu gehen? Ich bin mir sicher, deine Eltern sind schier wahnsinnig vor Sorge. Wenn es mein Sohn wäre, der...«

»Du hast keine Ahnung«, fiel er ihr ins Wort. »Die machen sich keine Sekunde lang Sorgen um mich. Bitte«, sagte er aufgebracht, »lass gut sein, du verschwendest deine Zeit.«

Sie wartete, bis er sich wieder halbwegs beruhigt hatte. »Warum bist du so wütend?«

»Bin ich doch gar nicht.« Er seufzte. »Entschuldigung, wenn ich dich angeblafft hab, okay? Es ist nur... Ach, weißt du, ich bin's leid, über mich zu reden. Erzähl was von dir, jetzt, da wir so gute Freunde geworden sind. Bist du verheiratet?«

Unwillkürlich massierte sie ihren Ringfinger, an dem einst der Ehering gesteckt hatte. »Nein, nicht mehr.«

»Oh, tut mir leid... äh... Wie lange warst du denn verheiratet?«

»Zehn Jahre.«

»Wow, das ist lange. Was ist passiert?«

Sie gab ihm einen freundschaftlichen Klaps auf den Arm. »Da ist aber jemand neugierig!«

»Aber du darfst *mich* in die Mangel nehmen, ja?«

Sie zog die Knie an die Brust und legte die Stirn darauf. Mit geschlossenen Augen rief sie sich Dans Gesicht ins Gedächtnis. Es tat weh, sich an ihn zu erinnern, aber die Vorstellung, ihn zu vergessen, war noch viel schlimmer.

»Wir hatten es so richtig gut, Dan und ich. Zumindest hat es von außen so gewirkt. Großes Haus, schickes Auto, ein großer Freundeskreis, jährlich zwei Urlaube im Ausland – all diese oberflächlichen Sachen, die andere Leute anscheinend neidisch machen. Wir haben uns wirklich geliebt.«

»Klingt super. Und wo war der Haken?«

Sie lächelte ihn betrübt an. »Uns fehlte etwas, was wir beide uns aus tiefster Seele gewünscht haben.«

Er zog die Augenbrauen in die Höhe. »Und was?«

»Ein Baby.«

»Oh.«

»In der Kinderwunschklinik haben wir ein kleines Vermögen ausgegeben, aber was es uns wirklich gekostet hat… Es war nicht nur das Geld. Das Emotionale war sehr viel schlimmer. Mir ist schon klar, dass ich irgendwann einzig und allein aufs Kinderkriegen fixiert war, und zwar so sehr, dass ich jeden anderen Aspekt unserer Ehe komplett ignoriert habe.«

Nathan verzog das Gesicht und hielt sich die Ohren zu. »Ich weiß nicht, ob ich das hören will…«

Sie musste lachen. »Die Details erspare ich dir, Nathan. Aber vor neun Monaten hat Dan urplötzlich verkündet, dass er nie wirklich Kinder haben wollte und diesen ganzen Befruchtungsblödsinn, wie er es nannte, nur meinetwegen mitgemacht hat.«

»Wow. Was für ein Arsch.«

»Jupp. Ich muss nicht erwähnen, dass unsere Ehe damit im Eimer war. Jetzt bin ich mit achtunddreißig wieder Single, und meine Hoffnung, in diesem Leben noch ein Baby zu bekommen, wird mit jedem Monat geringer.«

»Irgendeine Chance, dass ihr zwei noch mal zusammenkommt?«

»Hm, ich weiß nicht, ob seine schwangere Freundin das so toll fände.«

Nathan verschluckte sich an seinem Tee. »Wie bitte?«

»Oh ja. Dan hat sich ruck, zuck neu orientiert. Hat eine Frau kennengelernt, die gerade mal halb so alt ist wie er, und es allen Ernstes geschafft, sie innerhalb von zwei Monaten zu schwängern.« Sie schüttelte den Kopf. »Könnte man sich gar nicht besser ausdenken.«

»Du triffst auch jemand Neues«, sagte Nathan. »Du bist doch noch ziemlich attraktiv für... ähm...« Verzweifelt suchte er nach den richtigen Worten.

»Ziemlich attraktiv für so eine alte Schachtel, wolltest du sagen?«

Nathan schlug sich mit der flachen Hand an die Stirn. »Aargh, tut mir leid. Bei so was bin ich einfach nicht gut.«

»Aber wo sollte ich noch jemanden treffen? Ich verbringe meine Zeit entweder bei der Arbeit in der Bibliothek oder in diesem alten Kasten.«

»Man trifft immer dann jemanden, wenn man am wenigsten damit rechnet.«

Sie verstummte, griff nach einem toten Zweig und malte damit Kreise in den Staub am Boden.

»Sarah?«

Sie holte tief Luft und brach den Zweig entzwei. »Ich kann mir gar nicht vorstellen, noch mal mit jemand anderem zusammen zu sein. Dan und ich waren so lange ein Paar. Merkwürdigerweise ist es egal, wie weh er mir getan hat – ich kann meine Gefühle für ihn einfach nicht abschalten. Es wäre leichter, wenn ich ihn hassen würde, aber das kann ich nicht.« Sie stemmte sich hoch. »Komm, genug gejammert. Weiter geht's, oder?«

Routiniert nahm sie den nächsten Koffer vom Stapel, setzte ihn auf dem Boden ab und ging davor in die Hocke. »Also. Etikett Nummer 56/178. Weiß der Himmel, was diese Zahlen zu bedeuten haben. Die wirken komplett willkürlich ... Okay, Beschreibung: braunes Leder, leicht verbeult.« Sie versuchte, die Schließen zu öffnen, aber sie saßen fest. »Ich glaub, der hier ist auch abgeschlossen. Mist.« Sie sah zu Nathan rüber. »Du hast nicht zufällig ein Taschenmesser dabei?«

Er griff sich mit einer theatralischen Geste an die Brust. »Ah, das muss ich vergessen haben einzupacken, als ich von zu Hause abgehauen bin.«

Ohne auf seine sarkastische Bemerkung einzugehen, schob sie den Koffer beiseite. »Tja, dann müssen wir uns den ein andermal vornehmen.«

Zwei Stunden später waren die übrigen Koffer geöffnet, die Inhalte gesichtet und wieder eingepackt worden, und Sarah und Nathan hatten beide einen steifen Rücken, weil sie so lange auf dem nackten Boden gesessen hatten.

Sarah streckte die Arme über den Kopf und gähnte. »Danke für deine Hilfe, Nathan. Das weiß ich wirklich zu schätzen.«

»Keine Ursache. Ist ja nicht so, als hätte ich was Besseres vorgehabt.«

Sie starrte den einzigen ungeöffneten Koffer an. »Schade, dass wir den nicht aufkriegen. Ich kann es nicht leiden, etwas nicht zu Ende zu bringen.« Sie nestelte erneut an den Verschlüssen herum. »Ich bringe morgen eine Haarnadel mit oder ... Nathan?«

Er hatte sich eine der Lampen geschnappt, kniete

auf allen vieren und starrte mit zusammengekniffenen Augen ins Zwielicht. Dann fuhr er mit der Hand über die rissigen Dielenbretter und schob die Finger dazwischen.

»Was machst du denn da?«

»Ich hab da was gesehen...« Er setzte die Lampe wieder ab und versuchte dann mit beiden Händen, eine der Bohlen zu lockern. »Da hat etwas reflektiert...« Er nestelte weiter an dem Brett herum und fluchte, als er sich einen Splitter im Finger einhandelte. »Autsch!«

Sarah robbte zu ihm hinüber. »Lass mal sehen.« Sie ergriff seine Hand und fuhr mit dem Daumen über die verletzte Fingerkuppe. »Der muss wieder raus.« Dann kniff sie ihm fest in den Finger und drückte den winzigen Holzsplitter aus der Haut.

»Au, das tut weh!«

»Jetzt sei mal nicht so. Hier« – sie hielt ihm den Spleiß hin –, »jetzt ist er raus. Also, wonach hast du gesucht?«

Er lutschte an seinem Finger und nickte in Richtung der Dielen. »In dem Spalt klemmt irgendwas.«

Sarah folgte seinem Blick und beugte sich vor, um besser sehen zu können. »Du hast recht...« Sie schabte ein paarmal mit dem Fingernagel durch die Rille, bis sie einen schmalen, spitzen Gegenstand herauszog. »Sieh mal einer an. Anscheinend muss ich die Haarnadel gar nicht mehr mitbringen.«

Sie zog den letzten Koffer zu sich und schob den improvisierten Schlüssel ins Schloss. Nachdem sie ein bisschen daran herumgeruckelt hatte, klappten die Schließen auf.

»Bingo«, flüsterte sie.

Als sie den Deckel anhob, pfiff sie durch die Zähne. »Wow, das ist ja eine Überraschung!«

Das Gemälde, das obenauf über den restlichen Habseligkeiten lag, hatte fast die gleichen Maße wie der Koffer selbst.

Sarah sah auf die Uhr. Es war spät geworden. »Also dann... ein Aquarell... ungerahmt und signiert von...« Sie setzte sich die Brille auf die Nase, die sie sich zuvor ins Haar geschoben hatte. »Signiert von einer gewissen Millie... Millie McCarthy, steht da, glaube ich.«

Nathan blickte von der Tastatur auf und sah sie mit großen Augen an. »Endlich mal ein Name! Warum sie wohl in Ambergate war?«

Sarah wühlte sich unterdessen weiter durch den Inhalt des Koffers und diktierte: »Ein Stein mit einer aufgemalten pinkfarbenen Blume... eine Bürste...« Sie fuhr mit den Fingerspitzen über die weichen Borsten und zupfte ein paar helle Haare heraus. Sie hielt die DNS einer Person in der Hand, die in der Anstalt gelebt hatte und höchstwahrscheinlich auch hier gestorben war. Die Bürste war Teil eines Sets – es gab noch einen Handspiegel mit dem gleichen Seidenbezug auf der Rückseite und einem Perlmuttgriff.

»Ich muss mich korrigieren«, sagte sie. »Ein Set aus Spiegel und Bürste.«

Sie konnte hören, wie Nathan mehrmals auf die Löschen-Taste hämmerte, und ließ ihm Zeit, damit er wieder aufholen konnte.

»Oh, und schau dir das an!« Sie hielt einen Teddy in die Höhe, der aus verschiedenfarbigen Wollresten gestrickt worden war. Plötzlich hatte sie einen Kloß im Hals, und es fiel ihr nicht leicht weiterzumachen.

»Was ist los?«, wollte Nathan wissen.

»Nichts.« Sie schniefte kurz. Dann riss sie sich wieder zusammen. »Ein handgestrickter Teddybär.« Sie legte das Kuscheltier auf den Kofferdeckel. »Ein... zwei... drei Blümchenkleider und... O Gott!« Sie zog ein winziges blaues Jäckchen heraus und hielt es sich vors Gesicht. »Ein Baby-Matinee-Jäckchen, blau.«

Nathan tippte ungerührt weiter. »Wie schreibt man das?«

»B-L-A-U«, antwortete sie geistesabwesend.

»Na, schönen Dank auch, Sarah. Ich meinte das andere Wort. Dieses Matidings.«

»Oh. M-A-T-I-N-E-E.«

»Ist noch irgendwas im Koffer?«

Sarah strich sanft über die weiche Wolle der Babyjacke und hielt sie sich an die Wange. Mit der anderen Hand wischte sie über den Kofferboden. Ihre Finger ertasteten ein zusammengefaltetes Blatt. Sie legte das Jäckchen beiseite und faltete das Papier auseinander. Die ersten fünf Worte waren in Großbuchstaben geschrieben worden.

»Was in aller Welt...«

Nathan hörte auf zu tippen. »Was?«

Wortlos hielt sie ihm den Papierbogen hin.

»Was ist das?« Stirnrunzelnd überflog er den Text. Er sah zusehends verwirrt aus. Dann flüsterte er: »Herr im Himmel.«

3

November 1956

Sie wusste noch genau, wie sie zuletzt durch dieses Tor getreten, die Auffahrt mit den unzähligen Schlaglöchern entlanggegangen und auf das einschüchternd prunkvolle Gebäude zugelaufen war. Auch damals war ihr vor Nervosität speiübel gewesen. Sie hatte nicht mal mehr Speichel übrig gehabt, um ihre trockenen, rissigen Lippen zu befeuchten.

Sie sah zum schwarzen Nachthimmel hoch. Noch eine Stunde bis Sonnenaufgang. Der Morgennebel hatte sich noch immer nicht verzogen, und das Gras in den Banketten war von Frost überzogen. Sie zog sich den Mantel enger um den Leib, atmete tief aus, um sich zu beruhigen, und ihr Atem gefror vor ihren Augen, sowie er auf die eisige Luft traf.

Als sie um die Kurve lief und das imposante Gebäude und der alles überragende Wasserturm in Sicht kamen, spürte sie, dass sich zu der Nervosität ein Hauch Erregung gesellte. An ihrem ersten Tag an der Berufsschule hatte der Lehrer ihnen erzählt, dass Kliniken aus dem Viktorianischen Zeitalter stets am Ende eines langen, gewundenen Weges erbaut worden und von hohen Mauern umgeben waren, damit von außen niemand hineinsehen konnte. Da sie im Schatten von Ambergate – dem »Großen Haus«, wie sie es genannt hatten –, aufgewachsen war, kannte sie durchaus die eine oder andere Schauergeschichte über die Einrichtung. Früher hatte sie sich manchmal ausgemalt, wie sich halb nackte Insassen mit verfilzten Haaren und wahnsinnigem Blick in die Büsche schlugen und mit Schaum vor dem Mund unverständliche Laute stammelten. In ihrer Familie hatte niemand mit Gewissheit sagen können, was hinter diesen Mauern vor sich ging, aber sie hatte bis heute die warnende Stimme ihrer Mutter im Ohr, die Ellen oder auch Ellens jüngeren Bruder ankeifte: *Ihr macht mich verrückt, eines Tages lande ich noch in Ambergate, das schwöre ich!* Oder, wenn die beiden mal ganz besonders unartig gewesen waren: *Wenn ihr euch nicht benehmt, rufe ich die Männer in den weißen Kitteln, und die karren euch ins Große Haus!* Im Vergleich dazu war sogar die Androhung einer Tracht Prügel besser gewesen.

Als Ellen auf den Haupteingang zulief, kehrten ihre Gedanken erneut zu all den unglücklichen Seelen zurück, die in diesem weitläufigen Ort des Wahnsinns untergebracht, oftmals einfach hier abgesetzt und von ihren Familien vergessen worden waren. Entschlossen presste sie die Lippen zusammen, stieg gleich noch etwas zielstrebiger die Steintreppe hinauf und drückte den Daumen fest auf den Klingelknopf neben der Tür. Es schrillte eine gefühlte Ewigkeit. Noch ehe sie die Zeit fand, die Haube zurechtzurücken, ging die Tür auf, und eine kleine Frau in einem Tweedkostüm sah sie über den Rand ihrer Nickelbrille an.

»Guten Morgen.« Sie zog die Augenbrauen in die Höhe. »Name?«

»Oh... guten Morgen. Mein Name ist Ellen... Ellen Crosby.«

Die Frau zog die Tür ein Stück weiter auf und ließ Ellen herein. Ihr schlug der typische Krankenhausgeruch entgegen, eine Mischung aus Desinfektionsmittel und zerkochtem Kohl, und schlagartig kamen die Erinnerungen an ihren letzten Besuch wieder hoch: Es war der Tag ihrer Eignungsprüfung gewesen, und sie war einen schier endlosen Flur entlanggeführt worden. Der Prüfungsraum war stickig und vollgestellt gewesen, und das Einzige, was sie dort hatte hören können, waren das Kratzen ihres Stifts auf dem Prüfungsbogen und ein gelegentlicher Wasserschwall in den alten Leitungen in der Wand.

Sie hatte nur zwei Drittel der Fragen geschafft und war wie vom Donner gerührt gewesen, als ein paar Wochen später tatsächlich ein Brief zu Hause ankam, in dem ihr eine Ausbildung zur Anstaltsschwester angeboten wurde. Vielleicht lag es daran, dass sie die Einzige gewesen war, die den Test gemacht hatte. Bis dahin hatte sie vier Jahre lang in einer Textilfabrik gearbeitet, und auch wenn die Bezahlung in Ordnung war, waren die Arbeitstage schier endlos und die Arbeit unendlich eintönig. Und obwohl Ellens Mutter das Geld durchaus zu schätzen wusste, das die Tochter heimbrachte, hatte sie Ellens innigen Wunsch, Krankenschwester zu werden, immer gebilligt. Zum sechsten Geburtstag hatte Mrs. Crosby ihrer Tochter eine einfache Schwesterntracht genäht, und Ellen hatte sie zwei volle Wochen lang nicht mehr ablegen wollen. In den damaligen Kriegszeiten war es nicht einfach gewesen, an Stoff heranzukommen, und am Ende hatte Mrs. Crosby einen alten Kopfkissenbezug und eine hellblaue Bluse geopfert, die zugegebenermaßen schon bessere Tage gesehen hatte, aber im Zweifel noch ein paar Jährchen gehalten hätte. Es war ebenfalls Mrs. Crosby, die auf dem Küchentisch die aufgeschlagene Zeitung liegen gelassen hatte, in der die Stellenanzeige abgedruckt gewesen war. Sie hatte mit rotem Stift die Annonce umkringelt: »Anstaltsschwesternschülerin gesucht – keine Vorkenntnisse erforderlich!« Spätestens da hätten bei Ellen die Alarmglocken schrillen müssen.

»Sie fangen auf der F10 an. Langzeitunterbringung.«

Ellen starrte die Frau mit dem Klemmbrett in der Hand an. »Bitte? Oh, Entschuldigung – natürlich. Wie komme ich denn dorthin?«

»Ich rufe gleich jemanden, der Ihnen den Weg zeigt. Warten Sie hier.« Sie zeigte auf eine Holzbank, und Ellen ließ sich mit der Tasche auf den Knien ganz vorn auf der Kante nieder. Sie war zu nervös gewesen, um zu frühstücken, und jetzt knurrte ihr Magen so laut, dass das hohle Geräusch durch den ganzen Raum hallte. Sie kramte in ihrer Manteltasche nach einem Bonbon, um zumindest den schlimmsten Hunger zu stillen.

»Schwesternschülerin Crosby?«

Eine stämmige Frau mit teigigem Gesicht streckte ihr die schrundige Hand entgegen. Als Ellen sie ergriff, fühlte sich die schwielige Handfläche eher wie Leder an denn wie Haut.

»Ja, das bin ich. Schön, Sie kennenzulernen.«

»Danke... Ich bin Schwester Winstanley. Sie sprechen mich mit ›Schwester‹ an, verstanden?« Ohne Ellens Antwort abzuwarten, machte sie auf dem Absatz kehrt und marschierte in dieselbe Richtung, aus der sie gekommen war. »Kommen Sie mit.«

Ellen lief hinter ihr her und wunderte sich insgeheim, wie eine Frau von Schwester Winstanleys Ausmaßen einen so forschen Schritt haben konnte; dabei mussten ihre Schenkel doch grässlich aneinanderreiben.

Das Schwesternzimmer lag am Ende der Abteilung. Verstohlen warf Ellen den Gestalten Blicke zu, die zu beiden Seiten des Flurs in ihren Betten vor sich hin dösten. Die Patientinnen schienen keinerlei Privatsphäre zu haben – keine Vorhänge, die man hätte vorziehen können –, und die Betten standen nicht mal einen halben Meter voneinander entfernt. Auch wenn es überall makellos sauber war, hing ein muffiger Geruch in der Luft, der ohne jeden Zweifel von den Leibern ausging, die unter den Bettdecken versauerten.

»Setzen Sie sich.« Die Schwester lud sie mit einer Geste ein, auf dem Stuhl gegenüber von ihrem Schreibtisch Platz zu nehmen; trotzdem klang es eher wie ein Befehl. »Haben Sie schon gefrühstückt?«

Ellen schüttelte den Kopf. »Nein, ich konnte nicht...«

»Dann erklären Sie mir jetzt mal, wie Sie sich das vorstellen. Auf leeren Magen eine Vierzehn-Stunden-Schicht durchzustehen?«

»Na ja, ich hab nichts runtergekriegt, ich war zu...«

Die Schwester gebot ihr mit erhobener Hand Einhalt. »Sagen Sie jetzt nicht ›nervös‹. Ambergate ist kein Ort für furchtsame Gemüter, verstanden? Hier müssen Sie stark sein, sich durchsetzen und gleich von Anfang an Durchsetzungskraft beweisen.« Sie donnerte die Faust so fest auf den Tisch, dass ihre Teetasse auf dem Unterteller vibrierte. »Vergessen Sie die sechs Wochen Theorieunterricht. Das war bloß Geschwätz. Jetzt geht's ans Eingemachte.« Sie legte eine kurze Pause ein, damit die Worte ihre volle Wirkung entfalteten. »Sind Sie sich sicher, dass Sie das durchstehen?«

Ellen setzte sich gerade hin, reckte das Kinn vor und sagte im Brustton der Überzeugung: »Oh ja, Schwester. Ich bin mir sicher.«

Die Schwester starrte sie ein paar Sekunden lang mit gerunzelter Stirn an. »Gut. Dann haben wir uns ja verstanden.« Als sie aufstand, umspielte ein feines Lächeln ihre Lippen. »Wie wär's mit ein paar gekochten Eiern?«

Ellen hatte kaum den letzten Happen hinuntergeschluckt, als sie die Anwesenheit einer anderen Person spürte. Schwester Winstanley erklärte am anderen Ende der Station gerade einer Patientin, sie möge sich nicht in die Bettpfanne stellen. Ellen drehte sich um und sah, dass eine Patientin in der Tür stand und sie anblickte.

»Guten Morgen. Ich bin Schwesternschülerin Crosby, und Sie sind …?«

Die alte Dame starrte durch sie hindurch. Das Weiß in ihren Augen hatte einen gelblichen Stich, die Iris war trüb und blau. Ihr zahnloser Mund sah aus wie ein großer, aufklaffender Schlund. Im Grunde sah sie aus wie ein ausgemergelter Wasserspeier.

Ellen stand auf und nahm die Frau bei der altersfleckigen Hand. Durch die blasse Haut glichen die Adern darunter einer Reliefkarte. »Kann ich irgendetwas für Sie tun?«

Die Alte starrte einfach nur weiter, nickte nicht, schüttelte nicht den Kopf – nichts. Ihr dünnes Baumwollnachthemd war aufgegangen, sodass die Schöße über der Brust auseinanderklafften. Um dem Anstand Genüge zu tun, schnürte Ellen es wieder zusammen. Der Frau mochte es einerlei sein, dass sie sich entblößte, aber Ellen war es nicht egal.

Im nächsten Moment tauchte Schwester Winstanley auf und bedachte die Alte mit einem vernichtenden Blick. Dann packte sie die Patientin am Arm. »Wie oft denn noch? Du stehst nicht auf, ehe ich es dir sage! Und jetzt zurück ins Bett, Gertie, los! Ich hol dir gleich deine Zähne.« Sie schnalzte missbilligend mit der Zunge. »Ein Sack Flöhe ist leichter zu hüten«, raunte sie Ellen zu.

Ohne ein Wort schlurfte die alte Dame zurück zu ihrem Bett, wobei sie sich mit der Hand an der Wand abstützte. Sie humpelte stark und zog das linke Bein nach.

»Warum ist sie hier?«, erkundigte sich Ellen.

»Die alte Gertie?« Schwester Winstanley zuckte mit den Schultern. »Keine Ahnung. Aber so etwas muss ich auch nicht wissen. Das müsste ich nachschlagen. Die ist seit gut vierzig Jahren in Ambergate, würde ich sagen, aber ich hab sie nie auch nur ein einziges Wort sagen hören.«

Ellen rechnete eilig nach. »Sie meinen – sie kam noch vor dem Krieg nach Ambergate? Vor dem *Ersten* Weltkrieg?«

Die Schwester rieb sich das Kinn und sah Ellen von Kopf bis Fuß an. »Es geht ihr hier gut, sie kriegt drei Mahlzeiten am Tag, ein Bad, so oft wir es organisieren können, und den einen oder anderen Spaziergang, sofern Zeit dafür ist.«

»Das klingt wie bei einem Hund ...«

»Hören Sie, *Schwesternschülerin* Crosby.« Winstanley stemmte die Hände in die Hüften. »Heute ist Ihr erster Tag, insofern lasse ich es Ihnen noch einmal durchgehen. Sie sollten sich klarmachen, dass einige unserer Patienten da draußen nicht funktionieren könnten – sie sind nicht überlebensfähig, und es wäre grausam, sie vor die Tür zu setzen. Sie würden keinen Tag überstehen.«

»Aber ...«

»Es reicht. Sie strapazieren meine Geduld, und ich habe keine Zeit herumzustehen und mit Ihnen zu diskutieren.« Sie strich sich die gestärkte Schürze glatt und fuhr ein wenig nachsichtiger fort: »Hören Sie, wir tun für sie unser Bestes. Wo wäre Gertie denn ohne uns, hm?«

Ellen sah der alten Dame nach, die inzwischen auf ihrer Bettkante saß und mit der Linken an den Fingern der rechten Hand zupfte. Sie hatte die Schleifen ihres Nachthemds erneut aufgezogen, sodass die gesamte Abteilung ihren nackten Oberkörper sehen konnte.

»Warum fangen Sie nicht mit Ihrem Dienst an und waschen Gertie?«, schlug die Schwester vor, und Ellen nickte.

»Natürlich.«

»Aber lassen Sie sich dafür nicht den ganzen Tag Zeit. Wir haben mehr als dreißig Patientinnen, die aufstehen und sich fürs Frühstück fertig machen müssen.«

Ellen lief zu Gertie hinüber, half ihr aus dem Bett und hakte sie bei sich unter. »Kommen Sie, Gertie. Dann gehen wir jetzt mal ins Bad, ja?«

Es kam keine Antwort. Sie führte die alte Dame zu den Waschräumen und zeigte auf eine Toilettenkabine. »Wäre die in Ordnung?«

Immer noch schweigend schlurfte Gertie rückwärts in die Kabine, raffte ihr Nachthemd hoch und setzte sich auf den Toilettensitz.

Nachdem Ellen mit Verblüffung festgestellt hatte, dass es keine Kabinentür gab, wandte sie sich ab, um der Frau ein wenig Privatsphäre zu gewähren, und legte in der Zwischenzeit ein paar Handtücher zusammen. Die Karbolseifenstücke am Waschbeckenrand waren rissig, Schmutz hatte sich darin abgelagert. Sie nahm sich vor, bei Gelegenheit nach Ersatz zu fragen.

Als sie Gertie aus der Kabine kommen hörte, drehte sie sich wieder um. »Fertig? Ich spüle nur schnell...« Dann blieben ihr für einen kurzen Moment die Worte im Hals stecken. »Du liebe Güte, was ist denn da passiert?«

Gertie hielt ihr die offene Hand hin. Über die Handinnenfläche zogen sich braune Streifen, genau wie über die Vorderseite ihres Nachthemds und die Seitenwände der Toilettenkabine.

»Was... Du lieber Himmel, das ist aber... Gertie!«

Darauf hatte man sie an der Berufsschule nicht vorbereitet. Sie griff nach den Händen der alten Frau, hielt sie unter den Wasserhahn und schäumte die Seife auf. Dann zog sie ein Handtuch von der Stange, weichte es in heißem Wasser ein und wischte damit die Toilettenwände sauber. Obwohl sie versuchte, nur durch den Mund zu atmen, musste sie bei dem Geruch würgen. Die gekochten Eier bereute sie mittlerweile zutiefst.

»Gertie, das war wirklich nicht nett von Ihnen«, tadelte sie die Alte, auch wenn sie sich bewusst war, dass sie mit der Frau wie mit einem Kind redete.

Im nächsten Moment spähte Schwester Winstanley um die Ecke. »Was dauert denn hier so lange? Ich habe Ihnen doch gesagt, dass wir ...« Sie schüttelte den Kopf, als sie die braunen Streifen auf Gerties Nachthemd entdeckte. »Sie haben ihr den Rücken zugewandt, oder?«

Ellen biss sich auf die Lippe und nickte. »Ich wollte, dass sie in Ruhe ... ihr Geschäft verrichten kann.«

Schwester Winstanley seufzte. »Es gibt einen Grund, warum die Kabinen keine Türen haben, wissen Sie? Sie dürfen diese Verrückten keine Sekunde lang aus den Augen lassen.«

Ellen blinzelte die Tränen weg. »Tut mir leid, es kommt nicht wieder vor.«

Schwester Winstanley lächelte. »Sieht so aus, als hätten Sie diese Lektion auf die harte Tour lernen müssen. Sprechen wir also nicht mehr darüber.«

»Danke, Schwester, und noch mal: Es tut mir leid.«

»Hm. Eines Tages können Sie darüber lachen, glauben Sie mir.« Schwester Winstanley klatschte in die Hände. »Aber noch nicht heute. Los, es wird Zeit!«

Bis acht Uhr saßen sämtliche Patientinnen in identische, unförmige braune Kleider gehüllt an der langen Frühstückstafel. In der Mitte türmte sich ein Berg verkohlten Toasts auf einem Teller. Unentwegt griffen aus allen Richtungen Hände danach und verteilten das Brot über den kompletten Tisch.

»Einer nach dem anderen!«, rief die Schwester, klaubte die Toastscheiben zusammen und türmte sie von Neuem auf. Dann drehte sie sich zu Ellen um. »Schwesternschülerin Crosby, wären Sie so gut und reichten den Teller herum? Ganz ehrlich, dieser Ort gleicht von Tag zu Tag mehr einem Affenzirkus!«

Mit dem übereinandergestapelten Toast auf dem Teller ging Ellen um den Tisch, während eine andere Schwester reihum Tee in Becher goss. Schwester Winstanley verteilte graues Rührei, und schließlich wurde es ruhig, als die Patientinnen sich dem Essen widmeten. Es gab keinerlei Interaktion, keine Tischgespräche, keine beiläufige Plauderei. Ellen hörte lediglich, wie die Frauen den trockenen Toast kauten und ihren Tee schlürften, von dem ein Großteil auf den braunen Gewändern oder der Tischplatte landete.

Mit hinter dem Rücken verschränkten Händen umrundete sie ein ums andere Mal den Tisch und nickte den Patientinnen freundlich zu. Einige lächelten zurück, andere verzogen das Gesicht und sahen weg. Gertie hatte inzwischen fertig gegessen, wiegte sich auf ihrem Stuhl leicht vor und zurück und trommelte die Fingerspitzen aufeinander.

»Gertie, möchten Sie das letzte Stück Toast?«

Noch ehe sie die Frage ganz ausgesprochen hatte,

griff bereits Gerties Sitznachbarin danach. In dieser Sekunde schnappte sich Gertie blitzschnell eine Gabel und rammte sie ihrer Nachbarin in den Handrücken. Die Frau kreischte vor Schmerzen laut auf, und Blut spritzte aus der Wunde über das Tischtuch.

Binnen Sekunden stand Schwester Winstanley daneben. »Verdammt noch mal, Gertie! Du machst es dir auch nicht leicht, was?«

Ellen war wie angewurzelt stehen geblieben und hatte vor Entsetzen den Mund zu einem stummen Schrei geöffnet.

»Schwesternschülerin Crosby!«, fauchte Schwester Winstanley. »Sehen Sie nach Rita! Ich kümmere mich unterdessen um Gertie.« Damit schob sie die Hände unter die Achseln der alten Frau und zerrte sie auf die Füße. Gertie trat aus, als säße sie auf einem unsichtbaren Fahrrad, konnte der kräftigen Schwester Winstanley aber nichts entgegensetzen.

Ein Raunen ging durch den Speisesaal. Doch ob die Patientinnen kommunizierten oder lediglich in sich hineinmurmelten, war angesichts von Ritas alles übertönendem Gebrüll schwer zu sagen. Sie presste sich die verletzte Hand an die Brust und wandte sich wutschnaubend ihrer Angreiferin zu: »Du verrückte Kuh, dich sollte man wegsperren!« Und es war nicht ironisch gemeint.

Schwester Winstanley schob sich eilig dazwischen. »Danke, Rita. Ich nehme mich der Sache an.« Dann keifte sie Ellen an. »Zählen Sie das Besteck durch! Es müssen zweiundzwanzig Gabeln und dreiunddreißig Messer sein – das in der Margarine mit eingerechnet.«

Dann rief sie nach der diensthabenden Pflegeschwester, und gemeinsam schleiften sie Gertie hinaus auf den Flur.

Deren Füße berührten kaum mehr den Boden. Die alte Frau hatte während des gesamten Vorfalls nicht einen Mucks von sich gegeben.

4

Als Ellen ihre schmerzenden Glieder die Treppe hinauf in das Zimmer im ersten Stock des Wohnheims schleppte, war sie zum Umfallen müde. Auch wenn der Rest ihrer Schicht ohne weitere Zwischenfälle verlaufen war, hatte sie das, was mit Gertie passiert war, nachhaltig verstört, und sie wollte sich nicht einmal vorstellen, wie die alte Frau die bevorstehende Nacht in der Tobzelle verbringen würde. Schwester Winstanley hatte Ellen versichert, dass regelmäßig nach ihr gesehen werde und sie auch etwas zu essen bekomme – sie seien schließlich keine Unmenschen. Ellen war sich nicht sicher gewesen, ob damit das Personal oder die Patientinnen gemeint gewesen waren.

Im halb dunklen Flur wühlte sie in ihrer Tasche nach dem Zimmerschlüssel und wollte nur noch die Schuhe von den Füßen streifen und auf ihr Bett fallen. Als sie den Schlüssel nicht finden konnte, leerte sie den Inhalt der Tasche kurzerhand auf dem Boden aus und durchsuchte ihre Habseligkeiten.

»Hey, was machen Sie denn da? Brauchen Sie Hilfe?«

Ellen starrte die Schuhe an, die vor ihren aufgehäuften Sachen aufgetaucht waren: blitzblanke Budapester, Schnürsenkel mit Doppelknoten. Sie ließ den

Blick nach oben wandern und musste den Kopf in den Nacken legen, um dem jungen Mann ins Gesicht zu sehen. Er kam ihr vage bekannt vor. War sie ihm schon einmal begegnet? Aber wo?

Sie kam mühsam auf die Beine. Ihr Gesicht war rot angelaufen, und sie war den Tränen nah. »Ich kann meinen Schlüssel nicht finden. Dabei muss er doch irgendwo sein.«

Seine Knie knacksten, als er in die Hocke ging und anfing, durch ihre Sachen zu wühlen. Es dauerte nur ein paar Sekunden, ehe er sich wieder aufrichtete und triumphierend den Schlüssel in die Höhe hielt. »Haben Sie den hier gesucht?«

Ellen atmete erleichtert aus. »Oh, danke! Es war ein langer Tag. Ich bin wirklich zu nichts mehr zu gebrauchen.«

»Das Gefühl kenne ich. Neu in Ambergate, hm?«

Ellen spürte, wie ihre Unterlippe zu zittern begann, und nickte bloß, weil sie ihrer Stimme nicht traute.

Er streckte die Hand aus. »Douglas Lyons, zweites Lehrjahr.«

Sie gab ihm die Hand. »Ellen Crosby, erster Tag... wie man offenbar sieht.« Sie lachte kurz.

Er hatte ein offenes, freundliches Gesicht und lächelte breit, und sein blondes Haar sah leicht zerzaust aus, als wäre er gerade mit den Fingern hindurchgefahren.

»Ich kann Ihren Akzent gar nicht einordnen... Wo kommen Sie her?«, fragte sie höflich.

»Wollen wir nicht Du sagen? Ich heiße Dougie«, erwiderte er. »Meine Familie lebt inzwischen in Manchester, aber ich bin in New York zur Welt gekommen. Meine Mutter ist Engländerin, hat meinen Dad allerdings in den Staaten kennengelernt, und dort haben wir auch gelebt, bis ich neunzehn war. Mom hatte schreckliches Heimweh, und sie hatten ursprünglich auch gar nicht vor, so lange zu bleiben, aber dann ist in Europa der Krieg ausgebrochen, und da war es sicherer, in den Staaten zu bleiben. Vor sechs Jahren, als meine Großmutter krank wurde, sind wir dann übergesiedelt.«

Ellen sah ihm in die gletscherblauen Augen. Sie hatte nicht erwartet, dass er gleich seine komplette Lebensgeschichte erzählen würde. Erst jetzt dämmerte ihr, dass sie seine Hand gar nicht losgelassen hatte.

»Tja, schön, dich kennenzulernen, Dougie – und danke noch mal.« Sie beugte sich vor, um den ganzen Plunder wieder in ihre Handtasche zu stopfen.

Dougie ging neben ihr in die Hocke. Ihre Hände waren nur wenige Zentimeter voneinander entfernt. Sie konnte sein Rasierwasser riechen – frisch wie der Tau oder ein Kiefernwäldchen nach dem Regen.

»Komm, ich helfe dir.« Er klaubte die Sachen zusammen und drückte ihr dann die Tasche in die Hand. »Tja, dann verschwinde ich wohl besser, bevor die Mutter Oberin mich erwischt.«

Er griff nach Ellens Hand, hob sie sich an die Lippen und hauchte einen federleichten Kuss auf ihren Handrücken – so kühn, dass ihr der Atem stockte. Aber so waren die Amerikaner, schoss es ihr durch den Kopf. Nicht dass sie je zuvor einem von ihnen leibhaftig gegenübergestanden hätte. Noch eine leichte Verbeugung, und er machte sich auf den Weg die Treppen hinunter. Nur sein Rasierwasser hing noch einen Moment lang in der Luft.

Sie schnupperte an ihrem Handrücken. Er roch nach Karbolseife. Wenn man bedachte, was sie heute erlebt hatte, hätte es deutlich schlimmer kommen können.

Sie hätte sich nicht träumen lassen, dass sie so tief würde schlafen können. Insgeheim hatte sie damit gerechnet, immer wieder von Albträumen über marodierende Psychiatriepatienten heimgesucht zu werden, die sie abstechen wollten. Daher war sie regelrecht erstaunt, als der Wecker sie aus dem Schlaf riss. Die senfgelbe, bestickte Tagesdecke lag in einem unordentlichen Haufen neben dem Bett. Ellen starrte ihre Schwesterntracht an, die sie an der Tür aufgehängt hatte, und die schwarzen Halbschuhe, die ordentlich nebeneinander unter dem Korbstuhl standen. Dann stemmte sie sich aus dem Bett und ließ heißes Wasser ins Waschbecken laufen. Was immer der Tag für sie bereithielt, konnte nicht schlimmer sein als das, was tags zuvor passiert war.

Zurück auf der Station war sie erleichtert zu sehen, dass Gertie in ihrem Bett lag und die Decke anstarrte. Allem Anschein nach hatte sie die Nacht in der Tobzelle schadlos überstanden – auch wenn Ellen es nicht mit Gewissheit hätte sagen können. Schwester Winstanley wurde von den Nachtschwestern gerade auf den neuesten Stand gebracht, als Ellen das Schwesternzimmer betrat und ihren Mantel aufhängte.

»Gertie ist wieder da«, sagte Schwester Winstanley anstelle einer Begrüßung zu Ellen.

»Ja, Schwester. Ich hab sie gesehen.«

»Sie behalten heute Rita im Blick. Die wird Gertie nicht gerade mit offenen Armen empfangen, und wir wollen es lieber nicht darauf ankommen lassen.« Die Schwester lachte, als sie Ellens beunruhigten Gesichtsausdruck sah. »Willkommen zu einem neuen Tag im Paradies. Fangen Sie mit den Zähnen an?«

Von den zweiunddreißig Patientinnen auf der F10 trugen achtzehn ein Gebiss. Die Nachtschwestern hatten sie am Abend eingesammelt, gereinigt und über Nacht in namentlich gekennzeichneten Gläsern liegen lassen. Ellen nahm das Tablett mit den Gläsern und lief damit an den Betten entlang. Es war ein gruseliger Anblick: achtzehn Gläser mit Zahnprothesen – mitsamt blass-rosafarbenem Zahnfleisch –, die in einer sterilen Reinigungsflüssigkeit dümpelten. Ellen fühlte sich wie die Komparsin in einem billigen Horrorfilm.

Sie steuerte als Erstes Gerties Bett an und berührte die alte Frau sanft an der Schulter. »Zeit aufzustehen, Gertie. Ich habe Ihnen Ihre Zähne mitgebracht.«

Gertie regte sich, und Ellen half ihr, sich aufzusetzen.

»Wie geht es Ihnen heute Morgen?«

Keine Antwort, wie erwartet. Aus der Nähe stellte Ellen fest, dass Gerties Augen blutunterlaufen und die Lider geschwollen waren. Darunter leuchteten violette Halbmonde, als wäre sie geschlagen worden. Eilig schob Ellen den entsetzlichen Gedanken beiseite. Ambergate war eine Pflegeeinrichtung, kein Hochsicherheitsgefängnis.

Sie setzte das Tablett am Fußende ab und inspizierte die Namensschilder, fand Gerties Glas und stellte es auf deren Nachtschränkchen ab. Sie hätte nicht sagen können, ob es Absicht oder eine Reflexhandlung war, doch im nächsten Moment stieß Gertie ein Bein unter der Decke hervor und trat das Tablett zu Boden. Obwohl es wie in Zeitlupe zu passieren schien, war Ellen nicht schnell genug, um noch danach zu greifen, und jetzt lagen siebzehn Gebisse auf dem blank polierten Fußboden und grinsten ihr reglos und höhnisch entgegen.

Wortlos starrte Ellen auf das gruselige Durcheinander hinab und fragte sich kurz, ob sie es wieder in Ordnung bringen könnte, ehe Schwester Winstanley es mitbekäme. Aber zu spät. Genau wie bei jedem bisherigen Missgeschick tauchte ihre Vorgesetzte auch diesmal binnen eines Wimpernschlags neben ihr auf.

»Was in Gottes Namen ist denn nun schon wieder passiert?«

Ellen spähte verstohlen zu Gertie, die lediglich vor sich hinstarrte.

»Das war mein Fehler, Schwester. Ich weiß auch nicht, es ist einfach... vom Bett gerutscht.« Ellen spürte regelrecht, wie ihr die Schamesröte ins Gesicht stieg.

»Bitten Sie bei der Ordonnanz um Hilfe, um die Glassplitter aufzufegen, und spülen Sie die Gebisse unter dem Wasserhahn ab.«

»Müssen die nicht sterilisiert werden?«

»Glauben Sie, dafür hätten wir Zeit? Spülen Sie sie einfach ab, und verteilen Sie sie.«

»Aber... Aber ich weiß doch gar nicht, welches Gebiss zu welcher Patientin gehört.«

»Dann werden Sie sie wohl anprobieren müssen.

Und beeilen Sie sich. Wenn Sie das falsche erwischen, ist das kein Weltuntergang. Die Hälfte der Damen hier würde es nicht mal bemerken.«

Ellen schüttelte sich vor Abscheu. Bei der Vorstellung, die Zähne eines anderen im Mund haben zu müssen, krampfte sich ihr der Magen zusammen.

Sie drehte sich wieder zu Gertie um, die immer noch auf dem Bett lag und das leere Glas in Händen hielt. Im nächsten Moment leckte sie sich die Lippen, sodass sie feucht schimmerten, grinste Ellen an und entblößte dabei eine Reihe blitzsauberer, perfekter Zähne.

5

Seit ihrem letzten Besuch zu Hause waren mittlerweile fast zwei Monate vergangen. Ellen betrachtete die Straße, in der sie aufgewachsen war, und war erleichtert, als sie feststellte, dass sich nichts verändert hatte. Noch immer erhellten Gaslaternen das Kopfsteinpflaster, und am Rinnstein saßen dieselben Kinder mit verschorften Knien in Grüppchen beisammen und kicherten. Sie wusste, dass sie ihre Mutter hätte vorwarnen müssen, aber dieser Besuch war eine spontane Idee gewesen, und da es zu Hause kein Telefon gab, hatte Ellen nicht Bescheid sagen können, dass sie sich quasi schon auf den Weg gemacht hatte. Nach ihrem holprigen Start ins Anstaltsleben hatte sie sich ein paar freie Tage redlich verdient, und die Aussicht, bei ihren Lieben Zuflucht zu suchen, war einfach unwiderstehlich gewesen, auch wenn sie wusste, dass ihre Mutter gern mehr Zeit gehabt hätte, Ellens Besuch vorzubereiten.

Sowie sie die Haustür aufschob, schlug ihr der wohlbekannte Geruch der Pastete mit Rindfleisch und Nierchen entgegen, die ihre Mutter gern backte. Auch wenn die Füllung eher aus Nierchen denn aus Rindfleisch bestand, lief ihr das Wasser im Mund zusammen.

»Mum«, rief sie. »Ich bin's! Überraschung!«

Mrs. Crosby saß mit geröteten Wangen auf einer

umgedrehten Obstkiste vor dem flackernden Kamin und hielt eine Stopfnadel in der Hand. Sie kam auf die Beine und lief ihrer einzigen Tochter entgegen.

»Ellen, Liebes, warum hast du dich denn nicht angekündigt? Da hätte ich doch etwas Besonderes gekocht! O Gott, hoffentlich reicht es für alle. Aber... Ach was, soll Bobby doch stattdessen Sandwiches essen. Ich hab noch Bücklingspastete in der Kammer. Der großen Schwester überlässt er sein Stück Pastete gern, da bin ich mir sicher. Und das Kohlwasser kann er ja trotzdem haben, oder nicht?«

Ellen musste lächeln. Wie gut sie ihre Mutter doch kannte! Natürlich war sie prompt hektisch geworden und hatte kaum noch Luft geholt.

Sie fielen einander in die Arme, und Ellen sog den tröstlichen, wohlbekannten Geruch ihrer Mutter ein. Mrs. Crosby benutzte dieselbe leuchtend grüne Haushaltsseife für die Körperpflege, mit der sie auch die schmutzigen Hemdkragen ihres Mannes schrubbte. Womöglich verhinderte der Klecks Creme, den sie allabendlich auf ihre Haut auftrug, dass diese durch die Seife allzu sehr austrocknete, denn sie leuchtete regelrecht. Für ihren strahlenden Teint wurde sie von Frauen beneidet, die gut und gern zehn Jahre jünger waren.

»Es war eine spontane Entscheidung«, erwiderte Ellen und ließ sich auf den einzigen Stuhl im Raum – den ihres Vaters – sinken, woraufhin Mrs. Crosby nervös zur Tür spähte.

»Ist schon gut. Wenn er kommt, stehe ich wieder auf.«

»Na ja, du weißt doch, wie müde er ist, wenn er von der Arbeit kommt, und ich will, dass er sich ein bisschen ausruht, bevor er sein Abendessen kriegt. Dass er ein bisschen die Augen zumacht. Du weißt schon.«

Ellen schüttelte den Kopf. »Ob es wohl irgendwo auf der Welt einen Mann gibt, der genauso verhätschelt wird wie mein Vater?«

Mrs. Crosby ging sofort in die Defensive und wischte sich die Hände am Hauskleid ab. »Aber er arbeitet doch so hart für uns. So was geht ins Kreuz, das weißt du doch – Kohlen auszuliefern! Und er ist ununterbrochen unterwegs. Sogar seine Brote isst er im Gehen.«

»Mum, ich will dich doch nur ärgern.« Ellen reckte den Hals, um einen Blick in die Küche zu werfen. »Wo ist überhaupt Bobby? Es wird schon dunkel.«

»Der spielt immer noch draußen. Dass du ihn nicht gesehen hast! Aber vielleicht ist er ja auch zum Bolzplatz gelaufen. Der kommt schon wieder, sobald er Hunger hat, keine Bange.«

Ellen liebte ihren kleinen Bruder über alles, und das beruhte auf Gegenseitigkeit. Er war gerade erst acht Jahre alt, und der Altersunterschied hätte durchaus ein Problem sein können, doch die beiden hatten schon immer eine besondere Beziehung gehabt. Er war am Boden zerstört gewesen, als er erfahren hatte, dass Ellen fortgehen würde, und man hatte ihn buchstäblich von ihr wegzerren müssen, als sie sich voneinander verabschiedet hatten.

»Ich hab ihn vermisst. Wie geht es ihm denn?«

Mrs. Crosby ließ sich wieder auf der Obstkiste nieder. »Er hat nur Flausen im Kopf«, seufzte sie. Dann schob sie das Kamingitter beiseite und griff nach dem Schürhaken. Als sie im Feuer herumstocherte, stoben orangerote Funken von den Kohlen auf. »Ich bin letzte Woche kurz zu Hilda gelaufen, um mir ein paar Kartoffeln zu borgen, aber du weißt ja, wie gern sie redet. Tja, und bis ich wieder daheim war, stand der Schlingel drüben in der Küche und hat die Nase in die Rührschüssel gesteckt.«

Ellen runzelte die Stirn. »Wolltest du Kuchen backen? Hat er vom Teig genascht?«

Mrs. Crosby schnaubte. »Wenn's nur das wäre! Nein, er hatte einen verdammten Goldfisch reingesetzt.«

»Einen Goldfisch? Wo in aller Welt hatte er den denn her?«

»Ach, der Lumpensammler war da, und Bobby ist sofort rausgerannt, um den Kutschgaul zu streicheln. Na ja, und während er draußen ist, entdeckt er das Goldfischglas auf dem Wagen. Der Alte sagt zu ihm, er könnte einen haben, wenn er im Gegenzug etwas für ihn hätte. Bobby rennt also wieder rein und schnappt sich meinen besten Mantel, den ich übers Treppengeländer gehängt hatte.« Kopfschüttelnd verschränkte Mrs. Crosby die Arme vor der Brust. »Und das Schlimmste daran ist: Ich hatte ihn noch nicht mal abbezahlt.«

Unter anderen Umständen hätte die Geschichte unterhaltsam sein können, doch Ellen wusste nur zu gut, wie knapp das Geld in ihrer Familie war. Neue Kleidungsstücke gab es nur selten. Den Mantel hätte ihre Mutter viele Jahre getragen.

»Konntest du dem Mann nicht alles erklären und dir den Mantel zurückholen?«

»Ich war nicht schnell genug. Bis ich zu ihm gelaufen war, hatte er ihn schon weiterverkauft.«

Ellen griff zu ihrer Handtasche. »Lass mich für…«

Sofort sprang Mrs. Crosby auf. »Das ist wirklich lieb von dir, Ellen, aber wir brauchen dein Geld nicht. Behalt es – du hast es dir verdient. Wir kommen schon klar.« Dann wechselte sie das Thema. »Erzähl mir von dir. Wie ist es in der Klinik?«

»Es ist… eine Herausforderung. Aber ich gewöhne mich allmählich daran. Ich war in der Langzeitpflege, aber ab Montag arbeite ich auf einer der Heilstationen, was bestimmt besser ist.« Sie streckte sich und gähnte vernehmlich. Das Feuer machte sie schläfrig. »Da sind ein paar tragische Fälle dabei, Mum. Eine dieser armen Seelen lebt dort seit mehr als vierzig Jahren, und sie sagt nie auch nur einen Ton, zu niemandem.«

»Grundgütiger. Die kann ja wirklich nicht mehr alle beisammenhaben.«

»Also, so lautet zwar nicht die ärztliche Diagnose, aber ja, sie muss ernste Probleme haben. Ich will mir ihre Aufnahmeakte ansehen, wenn ich mal Zeit habe, und gucken, weshalb sie ursprünglich eingewiesen wurde. Den Grund scheinen irgendwie alle vergessen zu haben.«

Ein Windstoß fegte trockenes Laub in die Stube, als die Haustür aufging. Ellas kleiner Bruder hatte es so eilig reinzukommen, dass er auf der Schwelle stolperte und hinfiel. Er rappelte sich wieder auf, inspizierte seine Knie, und als er feststellte, dass sie unverletzt waren, rief er ins Wohnzimmer: »Was gibt's zu essen, Mum? Bin am Verhungern!«

Mrs. Crosby lachte. »Das bist du immer. Erzähl mir was Neues!« Sie stand auf, lief auf ihn zu und zerzauste ihm das Haar. Dann machte sie einen Schritt zurück und verschränkte die Arme vor der Brust.

»Was?«, fragte Bobby.

Sie schwieg, lächelte nur und nickte dann in Richtung des Stuhls, auf dem Ellen saß.

»Ellen!«, kreischte Bobby. »Du bist wieder da!« Er rannte zu ihr und sprang ihr auf den Schoß.

»Ich bin nur gekommen, weil ich dich so sehr vermisst habe.« Sie drückte ihn an sich und gab ihm einen Kuss auf die Stirn.

Er kuschelte sich an sie. »Ich hab einen Goldfisch gehabt, aber der ist gestorben.«

Ellen sah verwundert zu ihrer Mutter hoch.

»Oh, das hab ich gar nicht erwähnt, oder? Das verdammte Ding hat gerade mal einen Tag überlebt.«

6

Als sie vor Wochen zum Dienstantritt in Ambergate erschienen war, hatte sie sich wie an ihrem ersten Schultag gefühlt – so viele neue Gesichter und Namen, die sie sich merken musste. Nach den paar freien Tagen und mit frischer Tatkraft fühlte Ellen sich für die neuerliche Herausforderung jedoch bestens gewappnet.

Während ihre Kolleginnen die Patientinnen aus der Langzeitpflege aufgegeben zu haben schienen – offenbar galt das sogar für die Patientinnen selbst –, ging es auf der Heilungsstation auf den ersten Blick anders zu: Die Stimmung war optimistischer, die Pflege zupackender. In der Langzeitpflege ging es eher um Verwahrung denn um Heilung; dort harrte man aus, bis die letzten Momente des Lebens verstrichen waren. Auf der Heilungsstation indes gewährte man den Patientinnen echte Behandlungen und Medikamente, einige durften tatsächlich auf Genesung hoffen. Sogar der Arzt kam persönlich auf der Station vorbei. Andere Dinge wiederum waren vergleichbar: die zu nahe nebeneinanderstehenden Betten, die fehlenden Toilettentüren, Badewannen, die ohne einen abschirmenden Vorhang hintereinander aufgereiht waren. Der Geruch des Verfalls war hier womöglich nicht ganz so überwältigend wie in der Langzeitpflege, doch unter den Desinfektionsmitteln und der Holzpolitur war immer noch ein leichter Ammoniakgeruch auszumachen.

»Guten Morgen, Schwesternschülerin Crosby.«

Es klang so umständlich, aber Ellen hatte inzwischen begriffen, dass sie vor bestandener Abschlussprüfung nie einfach nur Schwester Crosby genannt werden würde.

»Guten Morgen, Schwester...?«

»Atkins«, erwiderte die Frau, musterte das Etikett auf einer Medizinflasche und stellte sie dann in den Schrank. Die Frau war lang und dünn und somit das Gegenteil von Schwester Winstanley. Ihr ergrauendes Haar war zu einem Knoten gebunden. »Willkommen. Sollen wir mit einem Tee beginnen?« Sie nickte in Richtung eines angeschlagenen Teekessels in der Ecke.

Schwester Atkins hatte ein längliches Gesicht mit scharf hervortretenden Wangenknochen und trug außer einem Hauch roten Lippenstifts, der zu ihrer ansonsten reizlosen Erscheinung nicht recht zu passen schien, nicht das geringste Make-up.

»Ja, gerne.«

Ellen konnte die Stimme ihrer Mutter regelrecht hören: *Sag nie Nein zu einer Tasse Tee, und lass nie eine Gelegenheit verstreichen, zur Toilette zu gehen.*

»Wir kriegen heute einen Neuzugang. Könnten Sie sich vielleicht um die Aufnahmeformalitäten kümmern?«

»Ich? Aber...«

»Keine Angst, es ist ganz einfach.« Schwester Atkins trank einen Schluck Tee. Auf dem Rand ihrer Tasse blieb ein schmierig roter Fleck zurück. »Sie waren bislang in der Langzeit, oder?«

Ellen nickte. »Ja, und das war... ereignisreich.«

Die Frau lächelte. »Hab schon gehört.«

Ellen errötete. Die Vorfälle in der Toilette und mit den Gebissen hatten in den Aufenthaltsräumen und auf den Wohnheimfluren wie ein Lauffeuer die Runde gemacht. Inzwischen konnte sie kaum einen Korridor entlanggehen, ohne dass ihr jemand ein vielsagendes Lächeln zuwarf oder sie freundschaftlich anstupste.

Schwester Atkins tätschelte ihr die Hand. »Machen Sie sich darüber keine Gedanken. Derlei Geschichtchen passieren hier so selten – da wird alles, was auch nur annähernd lustig ist, begierig aufgegriffen, weitererzählt und zweifelsohne auch übertrieben.« Sie wandte sich einem Stapel Unterlagen auf ihrem Schreibtisch zu. »Die Neue kommt gegen zehn, insofern hätte ich gern, dass Sie ein Bett für sie vorbereiten – das zwischen Pearl und Queenie – und anschließend ins Lager gehen und ein Kleiderbündel zusammenstellen: Nachthemd, Hauskleid, Unterwäsche und Strümpfe. Versuchen Sie, ein Kleid zu finden, das nicht schon totgekocht wurde, wenn's geht.«

Die Wäsche aus dem Anstaltsbestand wurde siedend heiß gewaschen, um auch die letzten Spuren von Erbrochenem, Auswurf und anderen Körperflüssigkeiten zu entfernen – was zwangsläufig bedeutete, dass die Kleidungsstücke schrumpften, nicht mehr gut saßen und immerzu grau und verwaschen aussahen. Und sie schienen zu jucken, wenn man bedachte, wie die Patientinnen sich alle naselang kratzten.

Ellen begann mit einem Stapel gestärkter weißer Laken und fing an, das Bett zu machen. Zuerst zog sie die Gummiauflage straff. Sie wusste zwar nicht, ob der Neuzugang inkontinent war, aber das gehörte zum Standardprozedere. Sie spähte zu Queenie, die in kompletter Anstaltsmontur auf dem Bett lag, sich aber eine offenbar handgestrickte Pelerine um die Schultern gelegt und mit einem Satinband am Hals zugeknotet hatte. Queenie musterte Ellen misstrauisch aus zusammengekniffenen Augen. Ihr rostrotes Haar kräuselte sich zu einem wilden Lockenkopf, und der grüne Lidschatten sah aus, als hätte ihn ein ungeschicktes Kleinkind aufgetragen.

»Guten Morgen. Ich bin Schwester Crosby... Schwesternschülerin Crosby.«

Queenie richtete sich auf und schwang die Beine über die Bettkante. »Krieg ich eine neue Nachbarin?«

»Ja, und sie kommt auch gleich. Ich hoffe, Sie heißen sie herzlich willkommen.«

»Kommt darauf an, ob sie eine echte Verrückte ist oder nicht.«

Ellen schob das Kopfkissen in den Kissenbezug und klopfte es in Form. »Ich weiß nicht, was mit ihr los ist, aber ich bin sicher, Sie kommen miteinander aus, wenn Sie sich beide ein bisschen Mühe geben.«

Queenie wechselte das Thema. »Wann darf ich wieder nach Hause?«

»Na ja, darüber entscheidet der Arzt, oder?« Ellen setzte sich neben sie auf die Bettkante. »Wie lange sind Sie denn schon hier?«

Queenie zuckte mit den Schultern. »Keine Ahnung. Welches Jahr haben wir?«

Ellen schluckte, stand hastig auf und konzentrierte sich wieder auf das Nachbarbett.

7

Sie war sich nicht sicher, was sie einpacken sollte oder wie lange sie überhaupt wegbleiben würde. Wie viel Unterwäsche würde sie brauchen? Wie viele Bücher sollte sie mitnehmen? Der Koffer mit dem verblichenen braun karierten Innenfutter lag aufgeklappt vor ihr auf dem Bett. Sie ging hinüber zum Schminktisch, nahm die Haarbürste ihrer Mutter und fuhr mit der flachen Hand über die weichen Borsten. Wie viele Stunden hatte sie damit zugebracht, die goldbraunen Locken ihrer Mutter zu bürsten, bis sie schimmerten? So lange, dass Amy schon glaubte, gleich würde sie ihr eigenes Spiegelbild darin sehen. Sie strich sich mit der Bürste selbst übers Haar, das prompt statisch aufgeladen knisterte und ihr vom Kopf abstand. Sie wusste, dass sie nie so schön sein würde, wie ihre Mutter es gewesen war, aber das bedeutete nicht, dass sie sich gar nicht erst Mühe geben müsste – ganz besonders heute. Haarbürste und Handspiegel waren ein Hochzeitsgeschenk ihres Vaters gewesen, und sie wusste, wie viel die beiden Gegenstände ihrer Mutter bedeutet hatten.

Ihr Blick blieb an der vergoldeten Reiseuhr auf dem Kaminsims hängen. Sie trat darauf zu und griff nach dem Aquarellbild, das dahinter lehnte. Die feinen Pinselstriche waren einfach wunderbar, und die Schattierungen von Gold, Rotbraun, Ocker und Salbeigrün fügten sich zu einer derart lebendigen, stimmungsvollen Landschaft zusammen, dass Amy jedes Mal der Atem stockte, wenn sie das Bild betrachtete. Immer wieder entdeckte sie darauf etwas Neues.

Als die Stimme ihres Vaters die Treppe heraufdröhnte, legte sie das Bild eilig auf ihre Kleidungsstücke und die anderen Habseligkeiten im Koffer. Dann klappte sie den Deckel zu und ließ die Schließen einrasten.

»Amy! Bist du fertig?«

Mit dem Koffer in der Hand trat sie hinaus auf den Treppenabsatz. »Ist es schon so weit? Ich dachte, wir könnten noch zu Mittag essen, bevor...«

Für einen Augenblick sah Peter Sullivan verärgert aus. »Amy, mach es nicht unnötig schwer.« Seine Stimme zitterte leicht, und mit jedem Wort schwang Reue mit.

Sie schnaubte, stellte den Koffer auf dem obersten Treppenabsatz ab und stieß ihn die Stufen hinunter. Er schoss wie ein Schlitten ins Erdgeschoss, und als er unten ankam, musste ihr Vater einen Sprung zur Seite machen.

Amy stieg die Treppe hinunter. Unten angekommen, bückte sie sich nach dem Griff des Koffers. Allzu leicht wollte sie es ihrem Vater bestimmt nicht machen. »Ist das denn wirklich notwendig?«

Er spähte zur Küchentür, und sie folgte seinem Blick.

Carrie hielt sich mit beiden Händen am Türrahmen fest. Als sie die Blicke von Amy und ihrem Vater bemerkte, verschränkte sie die Arme vor der Brust. Es stand ihr ins Gesicht geschrieben, dass sie genug vom Streiten hatte.

»Es ist die einzige Lösung, Amy. Es sei denn, du willst, dass ich Anzeige erstatte.«

Ihr sanfter Tonfall und die abwehrende Körperhaltung passten einfach nicht zusammen.

»Das wird nicht nötig sein, Liebes«, meinte Amys Vater. Dann ging er auf Carrie zu, strich ihr zärtlich die blonden Locken hinters Ohr und streichelte ihre Wange. Er legte ihr die Hände auf die Schultern, gab ihr einen Kuss auf die Stirn und ließ die Lippen sekundenlang dort verharren.

Amy, die das nicht mit ansehen konnte, zog die Haustür auf und marschierte nach draußen.

Autofahren hatte sie noch nie gut vertragen, und als sie vor dem Haupteingang von Ambergate den Wagen abstellten, war ihr speiübel. Sie schluckte den Speichel hinunter, der nur so in ihren Mund strömte, und versuchte, sich vorzustellen, wie sie in eine Zitrone biss. Sich den sauren Geschmack auf der Zunge auszumalen, half angeblich, den Brechreiz zu unterdrücken. Aber es funktionierte nicht. Ihr Vater war die holprige Straße zu schnell entlanggefahren, und die Stoßdämpfer seines Morris Minor waren den Schlaglöchern nicht gewachsen gewesen. Jetzt kam er um den Wagen herumgelaufen und hielt ihr die Tür auf – als könnte er es gar nicht erwarten, sie loszuwerden.

Er hielt ihr die Hand hin, die sie fast schon wegschlug, dann stieg sie so würdevoll aus dem Morris, wie es ihr möglich war. Der Auspuff spuckte noch immer derart widerwärtige Dämpfe aus, dass sie sich den Ärmel vor Mund und Nase halten musste.

»Du siehst blass aus«, stellte er fest und nahm ihren Koffer. »Geht es dir gut?«

Sie bedachte ihn mit einem finsteren Blick und hörte über die Frage hinweg. Natürlich *nicht*. Wie konnte er so unsensibel sein? Die Übelkeit nahm zu, sobald sie das Gebäude betreten hatten. Sie hätte nicht sagen können, welche Duftnote sie unter dem klinischen Geruch wahrnahm, tippte aber auf ranziges Fett. Über das Klappern von Geschirr hinweg konnte sie jemanden erst ganz leise, dann immer lauter stöhnen hören. Unwillkürlich musste sie an ihre Zeit auf dem Bauernhof und an den alten Bullen denken, der einen Darmverschluss gehabt und nicht annähernd so laut geächzt hatte wie die Person, die diese grässlichen Geräusche von sich gab. Ganz ehrlich, musste das sein?

Sie drehte sich zu ihrem Vater um. »Vielleicht gibt es ja doch eine Alternative. Ich finde…«

Auch wenn er leise sprach und es sogar schaffte, Mitgefühl in seiner Stimme mitschwingen zu lassen, bestand kein Zweifel, dass er sich nicht würde umstimmen lassen. »Es ist nur zu deinem Besten, Amy. Das ist mein letztes Wort.«

»Aber…«

»Amy, bitte. Ich liebe dich, ich werde dich immer lieben, aber du brauchst Hilfe.« Er drückte ihren Arm und presste seine Fingernägel in ihr Fleisch, eine Art Griff, den sie so noch nie zuvor erlebt hatte. Sein kühler, nüchterner Blick bestätigte ihr, dass es keinen Zweck hatte, weiter zu diskutieren.

Das Rasseln eines Schlüsselbunds kündigte an, dass das Schloss der Stationstür aufgeschlossen würde. Einen Moment später winkte sie eine junge Schwester herein.

»Ich bin Schwesternschülerin Crosby«, stellte sie sich vor. »Ich kümmere mich um die Aufnahmeformalitäten. Bitte, hier entlang.«

Amy starrte in den Wachsaal vor ihr – Metallbetten, die kaum breiter als Särge waren, unter massiv vergitterten Fenstern. Die erstickende Atmosphäre aus Verzweiflung und Hoffnungslosigkeit raubte ihr schier den Atem, und sie verspürte den unvermittelten Impuls, aus dem Gebäude hinauszulaufen und frische Luft einzuatmen, und zwar so viel, dass es für den Rest ihres Aufenthalts reichte – ganz gleich, wie lange sie hierbleiben musste. Panik ergriff von ihr Besitz. Es fing mit einem Kribbeln in den Zehen an und arbeitete sich dann langsam, aber sicher aufwärts wie die Quecksilbersäule im Thermometer. Ihr war klar, dass es immer so weitergehen würde, bis sie den Siedepunkt erreicht hätte. Sie wirbelte herum, um erneut an das Herz ihres Vaters zu appellieren, das er gehabt hatte, ehe *diese Person* dafür gesorgt hatte, dass es versteinerte. Es war nicht fair – Amy hatte nichts Unrechtes getan. Warum hörte ihr bloß niemand zu?

»Wo ist mein Vater?«, wollte sie alarmiert von der jungen Schwester wissen.

Die starrte zu Boden, und das leichte Zögern, ehe sie antwortete, sprach Bände. »Der... ist wieder gegangen.«

»Was? Nein! Es handelt sich um ein schreckliches

Missverständnis – ich sollte gar nicht hier sein! Bitte, Sie müssen mir glauben! Es ist alles *ihre* Schuld!«

Sie riss der Schwester den Koffer aus der Hand und machte kehrt, rutschte auf dem blank polierten Boden aus und rammte einen Rollwagen, so heftig, dass Medikamente zu Boden krachten. Sie keuchte, als sie die Hand an den Türknauf legte und zu drehen versuchte, doch ihre schweißnasse Handfläche verhinderte, dass sie die Tür aufbekam. Sie drückte und zerrte so verzweifelt daran, dass die Tür in den Angeln klapperte. Doch sie blieb verschlossen.

Eine feste Hand legte sich auf ihre Schulter, und Amy schrie vor Schreck und Schmerz laut auf. »Fassen Sie mich nicht an!« Dann wand sie sich aus dem Griff, krallte die Finger zwischen Türblatt und Rahmen und versuchte so, die Tür aufzustemmen. Gleichzeitig fing sie an zu kreischen: »Hilfe! Hilfe! Ich kann nicht ... Ich krieg keine Luft mehr, lasst mich raus, ich muss wieder nach Hause!« Sie ließ sich auf die Knie fallen und schrie durch den unteren Türspalt: »Das kannst du nicht machen, Vater ... Komm zurück ... bitte!«

Dann spürte sie plötzlich einen scharfen Stich im Oberarm, auf den ein dumpfer Schmerz folgte – und ein Knall, als sie mit dem Kopf auf dem harten Fußboden aufschlug.

8

»Wenn sie wieder bei Bewusstsein ist, möchte ich, dass Sie Größe und Gewicht feststellen und die Haarfarbe und sämtliche weiteren Kennzeichen dokumentieren.«

Ellen runzelte die Stirn. »Wozu brauchen wir das? Wir wissen doch, wie sie aussieht.«

Schwester Atkins gab sich keine Mühe, ihren Unmut zu verbergen. »Bringen die euch in dieser sogenannten Berufsschule denn überhaupt nichts bei? So können sie leichter identifiziert werden, wenn sie ausbüxen. Außerdem müssten Sie sie bitte auf Läuse untersuchen, sowohl auf dem Kopf als auch untenherum, und sie in die Wanne stecken. Ihre Haare sind zu lang – nehmen Sie sich die Schere aus meiner Schreibtischschublade. Aber zuallererst beschriften Sie ihren Koffer und bringen ihn ins Lager. Die Dachkammer mit der Nummer 12.«

Der Weg zum Lagerraum kam eher einer Expedition gleich denn einem kurzen Botengang, und Ellen fand endlich die Zeit, über den Neuzugang nachzudenken. Amy Sullivan war noch jung – allerhöchstens so alt wie Ellen selbst –, trotzdem lagen Welten zwischen den beiden. In der Langzeitpflege zu arbeiten war anstrengend gewesen, aber die Patientinnen dort hatten ihr Leben mehr oder weniger hinter sich und warteten, wenn man ehrlich war, nur mehr auf ihren Tod. Amys Leben indes hatte gerade erst begonnen, und doch wurde sie hier gegen ihren Willen eingesperrt – eine junge Frau, deren Zukunft eigentlich noch vor ihr lag.

Ellen blickte auf den kleinen Zettel mit der Beschreibung hinab, den Schwester Atkins ihr mitgegeben hatte: *Hinter der Isolierstation erste Tür rechts, nach der Küche zweite Tür links, dann bis ans Ende des Flurs. Blaue Tür ganz hinten links.* Ellen war bereits seit zwanzig Minuten unterwegs, und der Koffer wurde mit jedem Schritt schwerer. Sie fragte sich, ob sie mithilfe der Beschreibung auch den Rückweg finden würde. Womöglich hätte sie Brotkrumen auslegen sollen.

Endlich entdeckte sie die blaue Tür vor sich. Sie schob sie auf und stieg eine Treppe hinauf bis zu einer weiteren Tür, die deutlich schmaler und niedriger war als die erste. Im Lager angekommen, tastete sie nach einem Lichtschalter. Eine nackte Glühbirne baumelte von der Decke und spendete schwaches Licht. Doch als Ellens Augen sich an die Dunkelheit gewöhnt hatten, entdeckte sie jede Menge Koffer in sämtlichen Größen, die übereinandergestapelt worden waren. Sie konnte in der Kammer zwar nicht aufrecht stehen und musste den Kopf einziehen, aber am Ende gelang es ihr irgendwie, Amys Koffer auf die anderen draufzuwuchten.

Um sie herum hingen staubige Spinnennetze, und es roch nach Mottenkugeln, doch im Vergleich zu dem Durcheinander auf Station fühlte es sich hier oben friedlich an, und Ellen hätte sich am liebsten eine Weile hingesetzt und ihren Gedanken nachgehangen. Sie sah sich die Schildchen an den Koffern an und fragte sich, was aus den Besitzerinnen geworden war. Sie musste an Gertie denken, die seit mehr als vierzig Jahren an diesem Ort festsaß und deren Leben komplett ausradiert worden zu sein schien. Vielleicht lag auch ihr Koffer irgendwo herum und enthielt Dinge, die mehr über sie aussagen könnten, als sie selbst es je könnte.

Nach einer Standpauke von Schwester Atkins, weil sie mit dem Koffer so lange unterwegs gewesen war, hockte Ellen schließlich mit einem Stift in der Hand auf Amys Bettkante, um das Aufnahmeformular der neuen Patientin auszufüllen. Die junge Frau saß an ein Kissen gelehnt auf dem Bett, hatte mit einem feindseligen Ausdruck im Gesicht die Arme eng vor der Brust verschränkt.

»Wo sind meine Sachen?«, wollte sie wissen.

Ellen versuchte, beruhigend zu klingen: »Ich habe Ihren Koffer ins Lager gebracht. Keine Bange, er ist dort sicher.«

Amy zupfte an dem formlosen Gewand, das an ihrem zierlichen Leib hinabfiel. »Das hier trage ich nicht. Ich will meine eigenen Sachen.«

»Tut mir leid, aber die Patientinnen haben alle das Gleiche an. Also, können Sie mir bitte Ihren vollständigen Namen nennen?«

»Natürlich, ich bin doch nicht unterbelichtet. Amy Amelia Sullivan. Wann kann ich endlich mit jemandem sprechen, der etwas zu sagen hat?«

Ellen spähte zum Schwesternzimmer. Schwester

Atkins versuchte gerade, eine besonders widerspenstige Patientin dazu zu bringen, ihr Frühstück zu essen. Jedes Mal, wenn die Schwester der Frau einen Löffel mit Porridge an die Lippen hob, biss diese die Zähne zusammen. Im nächsten Moment verpasste Schwester Atkins ihr eine so schallende Ohrfeige, dass es von den nackten Wänden widerhallte, und kniff ihr die Nase zu, sodass ihr störrischer Schützling den Mund aufmachen musste. Die Schwester schaufelte den Porridge in sie hinein und drückte ihr dann den Unterkiefer zu.

Ellen drehte sich wieder zu Amy um. »Hören Sie, ich gebe Ihnen einen guten Rat. Handeln Sie sich keinen Ärger ein. Sie haben ja gesehen, was passiert ist, als Sie vorhin diese Szene gemacht haben. Wollen Sie Ihre Zeit in Ambergate vollgepumpt mit Medikamenten absitzen – oder noch schlimmer?«

Amy schlug sich die Hände vors Gesicht. »Meine Brust... fühlt sich an wie zugeschnürt, als würde mich eine Königsboa würgen.«

Ellen griff nach den Händen der jungen Frau und hielt sie fest. »Atmen Sie tief ein, okay? Ich weiß, das ist alles neu für Sie, aber je schneller Sie akzeptieren, dass Sie jetzt hier sind, umso zügiger können wir uns darauf konzentrieren, dass Sie wieder gesund werden und nach Hause zurückkehren können.« Aufmunternd drückte sie Amys Hände. »So ist es gut. Und wissen Sie, ich bin auch neu.« Amy wollte etwas erwidern, doch Ellen fiel ihr ins Wort. »Oh, ich weiß schon, bei Ihnen sind die Umstände ein wenig anders. Aber fassen wir doch gemeinsam Fuß, hm?«

Amy nickte. »Ich bin nicht verrückt, wissen Sie?«

»Das habe ich auch nicht behauptet. Also, wann sind Sie geboren?«

»Ist das eine Fangfrage, um zu sehen, ob ich nicht doch irre bin?«

Himmel hilf. »Nein. Das gehört zum Standardprozedere bei der Neuaufnahme von Patientinnen.«

Amy seufzte. »25. Januar 1937.«

Ellen zögerte kurz, ehe sie es notierte. Ihre Geburtstage lagen tatsächlich bloß eine Woche auseinander. »Würden Sie jetzt bitte aufstehen, damit ich Sie vermessen kann?«

»Ich bin eins einundsechzig groß.«

»Wenn es Ihnen nichts ausmacht... Ich müsste das überprüfen.«

Amy schlug das dünne Baumwolllaken zurück und stellte sich neben das Bett, damit Ellen sie vermessen konnte.

»Stimmt, eins einundsechzig.« Ellen notierte den Wert. »Haarfarbe?«

Amy schlüpfte zurück ins Bett. »Sahnebonbonblond. Das hat meine Mutter früher immer gesagt.«

Ellen überflog den Aufnahmebogen. »Das kann ich nirgends ankreuzen. Ich nehme hellbraun. Augenfarbe?«

»Schokobraun.«

Ellen lächelte. »Lassen Sie mich raten. Auch das hat Ihre Mutter immer gesagt.«

»Machen Sie sich über mich lustig?«

»Oje, nein, tut mir leid! Ich kreuze einfach braun an. Und jetzt müsste ich Sie bitte auf... äh...« – sie räusperte sich –, »auf Läuse untersuchen.«

»Wie bitte? Ich hab keine Läuse! Wo in aller Welt

glauben Sie, dass ich herkomme?« Die junge Frau sah aus wie ein Rehkitz aus einem Trickfilm: riesige Augen mit langen, geschwungenen Wimpern. Doch dank des plötzlichen Anflugs von Zorn wirkte ihr schönes Gesicht wie versteinert. »Ich will sofort denjenigen sprechen, der hier das Sagen hat.«

»Ich fürchte, das würde nichts ändern ... denn diese Person hat mir den Auftrag erteilt.«

Als hätte sie die Aufregung gewittert, schlurfte Queenie heran und ließ sich auf das Bett neben Amy fallen. »Ich hoffe, wir haben uns keine Quertreiberin ins Haus geholt.«

»Wer hat dich denn gefragt?«, kläffte Amy. »Kümmer dich um deine eigenen Angelegenheiten!«

»Du solltest lernen, dich zu benehmen, junge Dame«, brauste Queenie auf. »Weißt du nicht, mit wem du es zu tun hast?«

Ellen ging eilig dazwischen. »Die Damen, jetzt beruhigen wir uns mal wieder, in Ordnung? Queenie, würde es Ihnen etwas ausmachen, uns für einen Moment allein zu lassen?«

»Ooooh«, jaulte Queenie und keifte dann in Amys Richtung: »Hör sich die einer an! Gerade mal fünf Minuten an Bord und schon das Kommando übernehmen wollen. Dir werd ich noch Manieren beibringen. Wie wär's mit einem Ausflug in den Turm, hm? Da wollen wir doch mal sehen, wie das bei dir ankommt.«

Amy ließ den Zeigefinger über ihre Schläfe kreiseln und starrte Ellen an. »Die ist ja wohl komplett plemplem?«

»Wahnstörung«, bestätigte sie flüsternd. Es war an

der Zeit, die Situation wieder unter Kontrolle zu bringen. Also beugte sie sich zu Amy und sagte lauter: »Kommen Sie, gehen wir in den Waschraum. Dort nehmen Sie ein heißes Bad, und ich untersuche Sie auf… Sie wissen schon.«

Zwei tiefe viktorianische Wannen standen nebeneinander auf dem gefliesten Boden. Ellen drehte die riesigen Wasserhähne auf, und das Wasser schoss nur so heraus. Sie fügte eine Kappe voll Dettol hinzu und verrührte das Desinfektionsmittel mit beiden Händen im Wasser, dann drehte sie sich zu Amy um. »Könnten Sie bitte das Kleid ablegen?«

Amy zog sich das Kleid über den Kopf und ließ es einfach zu Boden fallen. Sie war nun bis auf die Unterhose nackt.

»Danke, und noch… den Schlüpfer.«

»Sie wollen wohl mal gaffen, was? Stehen Sie auf Frauen?«

Ellen wollte sich nicht provozieren lassen, war sich aber nicht sicher, wie sie auf ein so aufsässiges Verhalten richtig reagierte. »Nein, tu ich nicht. Ich mache nur meine Arbeit.«

Amy stieg aus der unförmigen Unterhose, beugte sich vor, schob den angewinkelten Zeigefinger in den Stoff und hielt das Kleidungsstück dann ausgestreckt vor sich. »Wo soll die hin?«

»Dort rüber, zum Kleid.«

Nackt stemmte Amy die Hände in die Hüften und schob die Schultern zurück. »Dann mal los.«

Von Amys provokanter Körperhaltung leicht irritiert, musste Ellen sich zwingen, einen Schritt auf sie zuzugehen. »Könnten Sie bitte die Füße ein Stück auseinanderstellen?«

Sie nahm einen kleinen Kamm, beugte sich vor und strich damit vorsichtig durch Amys Schamhaar. Sie würde sich nicht hetzen lassen und wollte nicht, dass die junge Frau glaubte, die Aufgabe wäre ihr unangenehm, auch wenn sie sich lieber Nadeln unter die Fingernägel geschoben hätte. Noch während sie mit dem Kamm zugange war und versuchte, das Zittern ihrer Finger zu beherrschen, nahm sie wahr, wie Amy die Bein- und Bauchmuskeln anspannte.

»Fertig. Sie können jetzt in die Wanne steigen.«

Sie legte Amy behutsam die Hand an den Ellbogen, als diese das Bein über den hohen Wannenrand hob, und tat so, als würde sie die Träne nicht sehen, die an deren Nase entlanglief. Dann kniete sie sich hin und fing an, mit einer Kelle Badewasser aufzuschöpfen und es über Amys Kopf auszugießen. Als Nächstes schäumte sie ein wenig Karbolseife auf und trug es auf die Haare der jungen Frau auf.

»Was machen Sie denn da, verdammt?«

»Ich wasche Ihnen die Haare.«

»Mit Seife? Sind Sie wahnsinnig? So kann ich sie nie wieder durchkämmen!«

»Wir haben hier kein Shampoo, fürchte ich.« Ellen wusch die Seife wieder aus. Die langen Strähnen klebten auf Amys Rücken. Seines natürlichen Fetts beraubt, war das Haar inzwischen so sauber, dass es quietschte. »Ich muss es ein Stück abschneiden, es ist zu lang.«

»Nur über meine Leiche!«, schrie Amy laut und versuchte aufzustehen. »Kommen Sie mir bloß nicht zu nahe!«

Aber Ellen war schneller. Sie ging über den Protest hinweg und bündelte Amys Haare beherzt zu einem Pferdeschwanz. Es war ein Jammer, die Haarpracht abzuschneiden, aber sie wusste, wenn sie den Anweisungen der Schwester nicht Folge leistete, würde nicht nur sie sich Ärger einhandeln. Schwester Atkins würde Amys Haare obendrein eigenhändig mit deutlich weniger Vorsicht absäbeln. Sie seufzte, dann setzte sie die Schere an und machte den ersten Schnitt.

Zurück im Schwesternzimmer legte Ellen den ausgefüllten Aufnahmebogen in einen Drahtkorb auf dem Tisch. Er würde später in Amys Akte landen.

»Eine Meisterleistung war das!« Schwester Atkins trat ein, warf die leere Frühstücksschale auf den Geschirrwagen und rieb sich die Hände. »Das wird dem kleinen Luder eine Lehre sein – mich einfach zu beißen!«

Ellen spähte durch die Tür in den großen Saal. Die Patientin, die zuvor regelrecht zwangsernährt worden war, lag inzwischen auf ihrem Bett: die Arme mit Bandagen über Kopf ans Metallbett gefesselt und mit einem Knebel im Mund nur mehr in der Lage, gutturale Laute auszustoßen. Sie trat so wild um sich, dass ihr Kleid nach oben gerutscht war und der gleiche ausgeleierte Schlüpfer zum Vorschein kam, wie ihn alle Patientinnen in der Anstalt tragen mussten.

Ellen hätte gern protestiert, doch der Schreck hatte ihr die Sprache verschlagen. »Ich... Ich weiß nicht...«

Schwester Atkins stemmte die Hände in die Hüften und spießte sie mit dem Blick förmlich auf. »*Was* wissen Sie nicht, Schwesternschülerin Crosby?«

»Na ja, ich finde, das ist nicht gerade... Also, so haben sie es uns in der Schule nicht beigebracht.«

»Da schau einer an. Nur leite *ich* diese Station und nicht Ihre verdammten Lehrer. Die sind doch seit Jahren keinem Patienten mehr begegnet.« Die Schwester fuchtelte wild mit den Armen herum. »Diesen Wahnsinnigen muss man zeigen, wer das Sagen hat, sonst übernehmen die hier das Ruder, und ehe man sichs versieht, bricht die Hölle los!«

»Aber sehen Sie sich Amy an«, wandte Ellen ein. »Sie ist doch noch so jung. Das sollte sie nicht sehen, sie wird sich zu Tode erschrecken!«

Schwester Atkins schnaubte. »Meinem ersten Eindruck zufolge kann dieses Mädchen ganz gut auf sich achtgeben. Die hat es faustdick hinter den Ohren, da hab ich keinen Zweifel.« Ein wenig nachsichtiger und mit der Hand auf Ellens Schulter fügte sie hinzu: »Ob Sie es glauben oder nicht, aber ich war auch mal wie Sie. Oh ja, als ich gerade frisch angefangen hatte, da glaubte ich auch noch, ich könnte die Welt verändern. Sie meinen vielleicht, dass es hier schlimm zugeht – aber damals in den Dreißigern war es noch viel schlimmer. Während einer meiner allerersten Schichten sind eine andere Schwesternschülerin und ich in die Isolierstation geschickt worden, wo die gefährlichsten Insassinnen einzeln weggesperrt werden. Sie haben uns noch gesagt, wir sollten zusammenbleiben, aber meine Kollegin hatte etwas anderes im Sinn. Sie dachte, wenn wir uns aufteilten, wären wir schneller mit der Runde fertig, und bevor ich auch nur den Mund aufmachen konnte, war sie losgezogen. Ich hatte eine Heidenangst, das gestehe ich gern ein. Wir sollten eigentlich nur die Bettpfannen einsammeln, aber das waren nun mal die gestörtesten Patientinnen in der kompletten Anstalt. Ich hab in meinem ganzen Leben nie so schnell gearbeitet, und als ich mit meiner Seite der Station fertig war, war von der Kollegin weit und breit nichts mehr zu sehen. Ich dachte noch, ach, wie nett aber auch, dass sie mich einfach stehen gelassen hat und schon wieder zurückgelaufen ist.« Sie senkte die Stimme. »Aber sie war nicht zurückgelaufen. Sie haben überall nach ihr gesucht. Erst am Nachmittag haben sie sie schließlich unter der Matratze einer Patientin gefunden.«

»Oh, das ist grässlich!« Ellen stand wie gelähmt da.

»Die Untertreibung des Jahrhunderts.« Der spröde Tonfall war zurück. »Wenn ich Ihnen jetzt also erzähle, dass eine Patientin versucht, mich zu beißen, müssen Sie schon verzeihen, wenn ich sie nicht mit Samthandschuhen behandele.«

Ellen schlug die Augen nieder. »Ja, Schwester. Tut mir leid.« Dieser Tage schien sie sich in einem fort zu entschuldigen. »War sie… Ging es denn gut aus? Mit Ihrer Kollegin, meine ich?«

»Es ging mit ihr alles andere als gut aus.« Schwester Atkins legte eine Kunstpause ein. »Sie war erdrosselt worden.«

9

Die Wohnheimkneipe war brechend voll. Über den Köpfen hing Zigarettenrauch, und raues Gelächter erinnerte daran, dass sie alle Menschen waren, die ein Leben außerhalb der Anstalt hatten. Hier kam das Personal her, um am Ende einer langen Schicht abzuschalten, hier konnte man sich den aufgestauten Frust in Gesellschaft anderer von der Seele reden – anderer, die genau wussten, wie man sich fühlte. Pflegeschüler, die zuvor nie auch nur einen Tropfen angerührt hatten, bestellten sich mit einem Mal Pints und einen Whisky dazu, sogar einen doppelten.

Ellen schob sich durch die Menge und rief dem Barkeeper ihre Bestellung zu. »Zwei Fingerbreit, bitte, Jack.«

Er goss ihr einen Whisky ein und schob das Glas über den Tresen. Sie leerte den Inhalt in einem Zug. Der scharfe Geschmack trieb ihr die Tränen in die Augen, und sie hustete: »Das Gleiche noch mal, bitte.« Dann schlug sie sich vor die Brust.

Jack grinste. »So schlimm?«

Sie verzog das Gesicht, als sie ihren zweiten Drink entgegennahm, arbeitete sich dann zu einem Tisch in der Nähe vor und zog einen Stuhl zu sich heran. Die Wohnheimkneipe war wahrlich nicht der Ort, an dem man Ruhe und Frieden fand, aber sie brauchte einen Moment, damit der Alkohol seine Wirkung entfaltete. Sie musste an ihre Mutter denken, die ihr Leben lang ihr Schicksal gemeistert hatte, ohne je zum Schnaps gegriffen zu haben. Sie trank sage und schreibe ein Mal im Jahr: ein Gläschen süßen Sherry an Weihnachten, und das exakt eine Minute nach zwölf Uhr mittags und keine Sekunde eher.

Noch während Ellen an zu Hause dachte, beschlich sie ganz unerwartet eine vage Traurigkeit. Sie lehnte den Kopf an die Wand und schloss die Augen. Das Glas ruhte auf ihrem Schoß.

»Sitzt hier schon jemand?«

Sie schrak hoch und sah, dass sich Dougie gerade einen leeren Stuhl heranzog.

»Nein – bitte, setz dich doch. Der nächste Drink geht auf mich, wenn du mit dem da fertig bist. Das ist das Mindeste, nachdem du mir neulich geholfen hast. Wo hast du dich denn die ganze Zeit rumgetrieben?«

»Leider wieder in der Schule.« Er nahm einen großen Schluck von seinem Pint. »Und ich hab Ambergate wirklich vermisst.«

»Wirklich?«

Er lachte. »Man gewöhnt sich daran. Verglichen mit der Aufregung in der Klinik ist die Schulbank echt langweilig.«

»Hm, so kann man es natürlich auch sehen.« Sie kippte den Rest ihres Drinks hinunter und versuchte, den missbilligenden Gesichtsausdruck ihrer Mutter zu ignorieren, der ihr unweigerlich in den Sinn kam.

»Komm, ich hole die nächste Runde, und dann erzählst du mir alles.« Dougie stand auf, nahm ihr das leere Glas ab und arbeitete sich mithilfe der Ellbogen zum Tresen durch. Er war größer als die meisten anderen Besucher und schien keinerlei Schwierigkeiten zu haben, über deren Köpfe hinweg seine Bestellung aufzugeben.

Als er mit den Drinks wiederkam, war sein Gesicht leicht gerötet, und ein feiner Schweißfilm glänzte auf seiner Oberlippe. Er zog seinen dicken Pullover mit Zopfmuster über den Kopf und wedelte sich mit den Händen Luft zu. Sein Hemd war ein Stück nach oben gerutscht, sodass Ellen einen Blick auf seinen muskulösen Bauch und das goldblonde Haar erhaschen konnte, das in einer Linie von seinem Nabel hinunter bis... Du lieber Gott. Sie glühte regelrecht, als sie sich bei dem Gedanken ertappte, schob die Vorstellung weit von sich und sah in die andere Richtung.

»Schon besser«, verkündete er und warf den schweren Pullover über einen freien Stuhl. »Also, wie ist es dir ergangen? Verschon mich nicht mit den Details!«

»Ich bin überrascht, dass du es nicht längst gehört hast. Die anderen scheinen es allesamt mitbekommen zu haben.«

Er schüttelte den Kopf. »Ich bin ein wenig untergetaucht. Hab pauken müssen, weißt du... Also, was ist passiert?« Er rückte ein Stück näher und legte die Unterarme entspannt auf den Tisch. »Komm schon, Schätzchen, Onkel Douglas kannst du es doch erzählen.«

Sie schlug den Blick nieder und nestelte an ihrem Bierdeckel, ehe sie wieder aufsah und seinem neugierigen Blick begegnete. »Ich frage mich langsam, ob das hier der richtige Job für mich ist. So wie es aussieht, mache ich mich bloß zum Gespött.«

»Ich bin mir sicher, sie meinen es nicht so. Was das angeht, sind wir Schüler leider Freiwild.« Er lehnte sich leicht vor und senkte die Stimme: »Als ich im ersten Lehrjahr war, hat mich mein Stationsleiter mal zu den Frauen rübergeschickt, weil ich bei der Oberin etwas abholen sollte. Vor der hatte ich eine Heidenangst, muss ich zugeben. Sie hat die Abteilung mit eiserner Faust geleitet. Samthandschuhe gab's bei ihr nicht. Sie hatte nur zwei Stimmlagen: keifen, wenn sie gute Laune hatte, und brüllen, wenn sie dich für einen Schwachkopf hielt.«

Ellen nahm einen Schluck von ihrem Drink. »Ich bin mir sicher, dass du nie für einen Schwachkopf gehalten wurdest, Dougie.«

»Nein? Ich hab an meinem ersten Tag die Oberin für eine Patientin gehalten und der Männerstation verwiesen.«

Ellen prustete in ihr Glas und hob eilig den Handrücken an den Mund. Sie brauchte ein paar Sekunden, ehe sie wieder sprechen konnte. »Oh, Dougie, das hast du nicht wirklich!«

Er lehnte sich auf seinem Stuhl zurück und hob beide Hände. »Wie gesagt. In der Ausbildung sind wir alle Freiwild.«

Schwester Winstanley aus der Langzeitpflege kam mit zwei Pints in den Händen auf sie zugeschlendert. Bierschaum rann an den Gläsern hinab. Auf den Wangen der Älteren prangten geplatzte Äderchen.

»'n Abend«, sagte sie und nickte. »Entschuldigung, Liebes, ich hab Ihren Vornamen vergessen.«

»Ellen.«

»Okay, Ellen, hören Sie. Die alte Gertie ist auf die Krankenstation verlegt worden. Ich dachte, Sie würden das vielleicht wissen wollen, weil Sie an ihr doch anscheinend einen Narren gefressen haben.«

»Was ist denn passiert?«

Schwester Winstanley zuckte mit den Schultern. »Ich weiß nicht, wie die Diagnose lautet, aber sie hat Blut gehustet. Der Arzt meinte, sie hätte Wasser in der Lunge. Sie kriegt nicht ordentlich Luft.«

»Hat sie irgendetwas gesagt?«

»Gertie? Seien Sie nicht albern! Natürlich nicht. Keine Silbe seit Menschengedenken. Wie kommen Sie darauf, dass sie ausgerechnet jetzt anfangen sollte zu sprechen? Ich weiß nicht mal, wie ihre Stimme klingt.«

»Ich gehe sie besuchen, sobald sich die Gelegenheit ergibt.«

Schwester Winstanley lachte. »Sie sind ja wirklich ein Herzchen. Aber da verschwenden Sie bloß Ihre Zeit.« Dann entdeckte sie ein Stück entfernt eine Kollegin und marschierte weiter.

»Worum ging es gerade?«, fragte Dougie, als Ellen und er wieder allein waren.

»Ach, da ist eine Patientin in der Langzeit, die seit Jahren kein Wort mehr von sich gegeben hat.«

»Du liebe Güte, das ist ja unglaublich.«

»Anscheinend hat sie anfangs noch gesprochen, aber kein Mensch kann sich mehr daran erinnern.«

»Wie lange ist sie denn schon in Ambergate?«

»Mehr als vierzig Jahre, hab ich mir sagen lassen.«

Dougie fuhr sich mit dem Zeigefinger über die Lippen und zog die Augenbrauen kraus. »Warum schaust du nicht mal in den Aufnahmepapieren nach?«

»Ich hab einen Blick in den Aktenschrank im Schwesternzimmer geworfen, aber ihre Akte ist nicht da. Sie ist schon so lange in Ambergate, dass sie inzwischen eher als Inventar denn als menschliches Wesen mit Gefühlen betrachtet wird.«

Dougie trank sein Pint aus und stellte das Glas vor sich ab. »Los, runter damit, wie sie hier sagen.«

»Warum?« Sie stand auf und nahm ihre Tasche. »Wo gehen wir denn hin?«

An der frischen Luft schlang Ellen sich die Arme um den Leib. Vor ihrem Gesicht bildeten sich weiße Atemwölkchen. Sie pustete mehrmals aus, als wollte sie Kerzen auf einem Geburtstagskuchen ausblasen. »Als Kind habe ich so getan, als würde ich rauchen, wenn es kalt draußen war.« Damit hob sie Zeige- und Mittelfinger an die Lippen und zog an einer imaginären Zigarette, ehe sie erneut ausatmete. »Wenn ich den Rauch gesehen habe, hab ich mich total erwachsen gefühlt.«

Dougie griff in seine Gesäßtasche und zauberte eine Schachtel Capstan hervor. »Willst du eine Richtige?«

Ellen winkte ab. »Oh Himmel, nein. Als Kind war das wahnsinnig aufregend, aber die Realität ist dann doch etwas anderes. Da würden mir nur die Augen tränen und der Hals kratzen.«

»Dann hast du's nicht richtig gemacht. Stört es dich, wenn ich eine rauche?«

»Nein, mach nur.«

Sie sah zu, wie er ein Zündholz anriss und die Hand schützend davor hielt. Ein gelber Schimmer erhellte für einen Moment sein Gesicht, und Phosphorgeruch hing in der Luft.

»Frierst du?«, fragte er. Ohne ihre Antwort abzuwarten, legte er ihr den Arm um die Schultern und zog sie an sich. »Komm, gehen wir ein bisschen schneller.«

Als sie bei der Anstalt ankamen, waren beide von ihrem strammen Marsch außer Atem. Ellens Lunge brannte an der eisigen Luft. »Ich... Ich bin vollkommen aus der Puste.«

»Das wird gleich besser. Komm!«

Sie ließ den Blick über die Fassade schweifen. Sie standen vor dem Haus zur Rechten des Hauptgebäudes, das beinahe ebenso beeindruckend war wie der Klinikbau selbst, nur eben viel kleiner. Die Bleiglasfenster in den steinernen Fensterzargen und die ziselierten Gesimse am Glockenturm zeugten von einer Handwerkskunst, die sonst nur den bedeutendsten Palästen vorbehalten war.

»Das ist das Verwaltungsgebäude. Dort werden die meisten Patientenunterlagen verwahrt – und sämtliche Aufzeichnungen des früheren und heutigen Personals«, erklärte Dougie.

Ellen sah hinauf zur Uhr. »Ist um diese Tageszeit noch jemand bei der Arbeit?«

»Es ist immer jemand da, Ellen. Komm, ich stelle dir Fred vor.«

Er schob sie in Richtung der Eingangstür und griff nach dem gusseisernen Türklopfer. Nach drei lauten

Schlägen konnten sie von drinnen das Rasseln von Schlüsseln hören, und die Tür ging einen Spaltbreit auf.

»'n Abend, Fred.«

Die Tür schwang noch ein Stückchen weiter auf, und ein dünner Mann mit fedrigem weißen Haar spähte über den Rand seiner Brille. »Wer ist denn da?«

»Ich bin's Dougie. Wie geht es dir?«

Der Mann gluckste kurz in sich hinein und winkte die beiden nach drinnen. »Douglas, mein Freund, komm rein. Geht's dir gut?«

»Aber klar«, erwiderte Douglas, und für einen Moment wich sein amerikanischer einem schottischen Akzent. »Darf ich dir Schwesternschülerin Crosby vorstellen? Sie braucht unsere Hilfe.« Dann wandte er sich an Ellen. »Das ist Fred, er war vor vielen, vielen Jahren selbst Patient in Ambergate und bringt es nicht übers Herz, uns zu verlassen, stimmt's, Fred?«

Der alte Mann täuschte einen freundschaftlichen Klaps in Dougies Richtung an. »Ganz schön frech, dieser Amerikaner. Kommt schon rein, dann gibt's ein Schnäpschen.«

Freds Büro war komplett überheizt, und es roch penetrant nach Paraffin. Auf dem Schreibtisch brannte eine Gelenklampe mit einem ausladenden Lampenschirm, darunter lag eine aufgeschlagene Zeitung. Auf dem Tisch daneben stand eine halb volle Flasche Whisky. Fred zauberte zwei weitere Gläser hervor, goss seinen Gästen und sich selbst ein und hob dann sein Glas.

»Schön, dich mal wieder zu sehen, Douglas. Ist schon viel zu lange her. Also, was kann ich für euch tun?«

»Ich bin auf der Suche nach den Aufnahmepapieren von Gertrude Lewis«, erklärte Ellen. »Sie ist schon mehr als vierzig Jahre hier – und das ist leider auch schon alles, was ich über sie weiß.«

Fred kniff die Augen zusammen. »Hm, das kommt mir bekannt vor. Womöglich haben sich unsere Wege gekreuzt, als ich selbst noch drinnen war.« Er kritzelte etwas auf den Rand seiner Zeitung und schob sich den Bleistift zwischen die Lippen. »Mehr als vierzig Jahre? Dann suchen wir nach einer Einweisung um... sagen wir... 1916 herum – das wären vierzig Jahre. Aber Sie glauben, es ist noch länger her?«

»Ja«, antwortete Ellen. »Tut mir leid, dass ich das genaue Datum nicht kenne. Glauben Sie denn, Sie können uns helfen?«

»Na, dafür bin ich doch da, oder?«

Er hievte ein riesiges ledergebundenes Buch mit vergilbten Seiten auf den Tisch, fuhr mit dem Finger eine Spalte entlang, blätterte um und fing wieder oben an.

»Hm... Ja, da haben wir sie. Das ist sie.«

Er schrieb erneut etwas auf die Zeitung und trat dann an einen Mahagonischrank an der Wand. Darin hingen unzählige Schlüssel in einer Reihe an Messinghaken. Er nahm einen zur Hand und warf ihn Dougie zu.

»Lager 10, oben, die Erste links. Dort sind die Sachen archiviert.«

Das Lager war so dicht mit Holzregalen vollgestellt, dass man sich hindurchquetschen musste. Der Staub unzähliger Jahre knirschte regelrecht unter ihren Füßen, und in der Luft hing ein muffiger Geruch, der an einen Gebrauchtwarenladen erinnerte.

»Puh, wo sollen wir bloß anfangen?«, fragte Ellen und ließ den Blick über die endlosen Kartonreihen schweifen. »Ich kann gar nicht glauben, dass Gerties Unterlagen hier liegen sollen. Immerhin ist sie nach wie vor Patientin – und noch ist sie nicht gestorben!«

»Sieht schlimmer aus, als es ist. Die sind alphabetisch sortiert.« Dougie zeigte auf die vorderste Reihe. »Da stehen A bis C. Da brauchen wir also gar nicht erst zu suchen.« Er lief weiter zur nächsten Regalreihe. »D bis F. Wir kommen der Sache näher.«

Ellen lief an der nächsten Regalreihe vorüber und wandte sich der übernächsten zu. »Hier ist es«, rief sie. »J bis L.«

Dougie schloss zu ihr auf. Gemeinsam suchten sie die Kartons ab und überflogen die darauf stehenden Namen. »Langton bis Lipman«, las Ellen vor. »Das muss der richtige Karton sein.«

Dougie wuchtete ihn ächzend vom Regal. Allem Anschein nach war er von dem Gewicht selbst überrascht. »Bringen wir ihn dort rüber auf den Tisch.«

Ellen zog den Deckel ab und spähte auf die vielen Akten darin. Sie zog eine halb heraus, befeuchtete den Zeigefinger und fing an zu blättern. »Das ist sie. Gertrude May Lewis.« Sie zerrte die dicke Akte ganz aus dem Karton und legte sie aufgeschlagen vor sich auf den Tisch, während Dougie einen zweiten Stuhl heranzog.

Als sie sich nebeneinandersetzten und in Gerties Geschichte eintauchten, waren ihre Köpfe nur Zentimeter voneinander entfernt.

Ellen zeigte auf das Datum der Erstaufnahme. »Schau dir das an. 1. September 1912.«

»Da siehst du es«, sagte Dougie. »Dann ist sie hier seit…« Er nahm beim Rechnen die Finger zu Hilfe, doch Ellen war schneller.

»Seit vierundvierzig Jahren.«

Er sah beeindruckt aus. »Da kann aber jemand zählen!«

»Rechnen«, korrigierte sie ihn. »Und den Unterschied solltest du kennen.«

»Aber…« Er verstummte, als ihm dämmerte, dass sie ihn aufzog.

Ellen wandte sich wieder der Akte zu. »Sie ist am 21. August 1871 zur Welt gekommen, das heißt, sie ist mittlerweile… Moment… fünfundachtzig… und war einundvierzig, als sie nach Ambergate gekommen ist.« Kopfschüttelnd sah sie zur Decke hoch. »Dann ist sie schon ihr halbes Leben lang in der Anstalt.«

Dougie zog die Akte näher an sich heran, um sie sich besser ansehen zu können. »Hier steht, dass sie aufgrund einer ›Sinnesverwirrung‹ und ›melancholischer Verstimmungen‹ eingewiesen wurde.«

In kontemplativer Stille studierten sie die spärlichen Informationen, die zu Gerties Einweisung vermerkt worden waren. Sie war nur mit Strümpfen an den Füßen in den Straßen von Manchester aufgegriffen worden, wo sie ohne einen Penny in der Tasche umhergetaumelt war. Gertie war von der Polizei hierhergebracht worden, nachdem man auf dem Revier nicht mehr gewusst hatte, warum man sie weiter im Zellentrakt beherbergen sollte. Den Notizen zufolge war sie eins siebzig groß, schlank und hatte einst hüftlanges braunes Haar gehabt.

»Gott, sie ist heute nur noch ein Schatten ihrer selbst. Ich würde sie auf gerade mal eins fünfzig schätzen – mit schlohweißen Zotteln...«

»Sie ist fünfundachtzig«, rief Dougie ihr in Erinnerung. »Und ich bin mir sicher, ihre Haare wären auch dann schlohweiß, wenn sie ihr Leben in Luxus verbracht hätte.«

»Hm, da hast du wahrscheinlich recht.« Ellen las weiter. »He, dieser Notiz zufolge ist sie verheiratet.« Sie sah Dougie stirnrunzelnd an. »Da ist es doch umso merkwürdiger, dass sie wie eine Obdachlose in Ambergate abgeliefert wurde. Vielleicht hat er sie vor die Tür gesetzt?«

»Ja, kann schon sein«, pflichtete Dougie ihr bei. »Möglicherweise hat sie ja deshalb den Verstand verloren.«

»Hier steht, dass sie ab April 1940 einer EKT-Behandlung unterzogen wurde.« Sie zog die Augenbrauen in die Höhe. »Was bedeutet das?«

»Elektrokonvulsionstherapie oder Elektrokrampfbehandlung«, antwortete er. »Da werden Elektroden zu beiden Seiten des Kopfes angebracht und bis zu hundertfünfzig Volt durch das Gehirn des Patienten gejagt.«

»Grundgütiger, das klingt grausam!«

»Ist mit den Jahren besser geworden«, erklärte Dougie. »Meistens wird der Patient narkotisiert. Und er bekommt ein Muskelrelaxans zur Entspannung.«

Ellen nahm die Akte zur Hand und las daraus laut vor: »›Die Patientin hat auf die jüngste EKT-Reihe gut angesprochen und auch nicht mehr so vehement protestiert, was ein Schritt in die richtige Richtung ist. Sie weist sämtliche Symptome einer retrograden Amnesie auf und kann sich an die Behandlung selbst nicht erinnern. Im Zuge der vorangegangenen EKT-Behandlung am 8. September 1940 hatte die Patientin durch heftige Krämpfe einen zweifachen Beinbruch erlitten. Stand heute (16. September 1940) weigert sie sich, mit dem Personal zu sprechen, wirkt introvertiert und abwesend. Sie ist apathisch, widersetzt sich jedoch nicht länger, insofern gehe ich davon aus, dass die EKT erfolgreich war und keine weiteren Einheiten mehr notwendig sind. Nachdem keinerlei medizinische Ursache vorliegt, die sie am Sprechen hindern würde, gilt sie weiterhin als unzurechnungsfähig.«« Ellen legte das Protokoll zurück in die Akte. »Das ist so schrecklich! Seit sechzehn Jahren hat sie kein Wort mehr gesprochen. Das kann doch nicht richtig sein. Ich gehe sie morgen besuchen, und mir ist egal, was Schwester Winstanley sagt. Sie haben sie im Stich gelassen, und es ist an der Zeit, dass jemand etwas dagegen unternimmt, statt weiter nur untätig danebenzustehen.«

Ihre Entschlossenheit entlockte Dougie ein Lächeln. »Mach das, Ellen. Irgendjemand muss sich auf ihre Seite schlagen, und ich kann mir niemand Besseren als dich vorstellen.«

10

»Guten Morgen, Schwester Atkins. Wie geht es Ihnen?«

»Danke, Dr. Lambourn, sehr gut, und selbst?«

»Kann mich nicht beklagen.« Der Arzt rieb sich die Hände und pustete seinen Atem dagegen. »Ein bisschen frisch draußen heute Morgen.«

Schwester Atkins hielt ihm einen Becher Tee hin. »Hier, wärmen Sie sich die Hände daran.«

»Danke, Schwester.« Er fing an, die Unterlagen auf ihrem Schreibtisch durchzusehen. »Ich müsste bitte unseren Neuzugang sehen. Wie heißt sie doch gleich? Amy Soundso?«

»Sullivan«, erwiderte sie. »Die braucht eine harte Hand. Wenn Sie mich fragen, wird die uns noch Ärger machen.«

Dr. Lambourn blätterte kurz durch die Akten und blickte zu ihr auf. »Hab ich aber nicht.«

»Sie haben was nicht, Doktor?«

»Ich hab Sie nicht gefragt.«

Sie schürzte die Lippen und sah ihn zerknirscht an. »Natürlich nicht, Dr. Lambourn. Bitte entschuldigen Sie.«

Er nickte. »Nicht weiter wild, Schwester.«

Mit den Schwestern umgänglich und freundlich zu verkehren war schön und gut, aber mitunter überschritten sie ihre Kompetenzen und mussten wieder daran erinnert werden, wer wirklich das Sagen hatte. Die Stations- und Pflegeschwestern waren zumeist älter als er, und er fand ihre Koketterien unterhaltsam bis mitleiderregend. Durch die Glastür beobachtete er eine jüngere Schwester, die einer Patientin sanft das Haar glatt bürstete und lächelnd mit ihr plauderte.

»Noch ein Neuzugang, wie ich sehe.« So etwas war immer leicht zu erkennen.

»Ja, Schwesternschülerin Crosby«, erwiderte Schwester Atkins, die sich vom Tadel des Arztes erholt hatte. »Sie ist sehr ... engagiert, wenn Sie so wollen.«

Dr. Lambourn klemmte sich eine Akte unter den Arm. »Ich stelle mich ihr mal vor. Welches Bett hat Amy Sullivan bekommen?«

»Das zwischen Pearl und Queenie.«

Dr. Lambourn bedachte sie mit einem vielsagenden Lächeln. »Die Glückliche ...«

Dann schlenderte er auf die Schwesternschülerin zu, die mit dem Rücken zu ihm dasaß.

»Ich glaube, wir kennen uns noch nicht.«

Die junge Frau wirbelte herum. Sie hatte sich das dunkle Haar zu einem ordentlichen Knoten gebunden und unter die Haube geschoben – bis auf eine Strähne, die ihr über die Stirn fiel. Sie versuchte, sie sich aus dem Gesicht zu pusten, während sie beide Hände an der Uniformschürze abwischte.

»Ich bin Dr. Lambourn – und Sie müssen Schwesternschülerin Crosby sein, wenn ich mich nicht irre.« Er schüttelte ihre klamme Hand und amüsierte sich insgeheim darüber, dass sie am Hals leicht errötete.

»Ich bin Ellen... Freut mich, Sie kennenzulernen, Doktor.«

»Haben Sie sich gut eingelebt?«

»Es läuft nicht schlecht, aber ich kann mich auch gut anpassen.« Sie zögerte kurz und sprach dann leiser weiter: »Wenn Sie schon mal hier sind... Könnte ich vielleicht ganz kurz mit Ihnen sprechen?« Sie spähte zu Pearl hinüber, die angesichts ihrer Leibesfülle kaum in den Stuhl passte. »Unter vier Augen?«

»Ich kann Sie hören, okay? Ich mag vielleicht irre sein, aber ich bin nicht taub«, rief die dicke Frau.

»Entschuldigen Sie, Pearl. Aber keine Sorge, es geht nicht um Sie. Ihre Haare mache ich anschließend fertig.«

Dr. Lambourn dirigierte die junge Schwester zum anderen Ende des Raums. »Worum geht es denn?«

»Um eine Patientin auf der Krankenstation, von der ich glaube, dass ein Arzt nach ihr sehen sollte. Kein Mediziner, Sie wissen schon, sondern einer« – sie tippte sich kurz an die Schläfe –, »der sie im Oberstübchen wieder in Ordnung bringt.«

»Ein Psychiater, meinen Sie?«

»Ja, genau. Ich hab mich gefragt, ob Sie nicht vielleicht mal nach ihr sehen könnten.«

Schwester Atkins hatte nicht übertrieben – das Mädchen war wirklich engagiert.

»Helfen Sie mir auf die Sprünge, Schwesternschülerin Crosby. Wann haben Sie doch gleich die Leitung dieser Klinik übernommen? Als ich zuletzt nachgesehen habe, rangierten Schwesternschülerinnen in der Hierarchie gerade eben ein Stück über dem alten

Knaben, der in der Isolierstation für drei Pence in der Woche die Bettpfannen leert.«

Auch wenn ein Lächeln seine Mundwinkel umspielte, reichte die Antwort, dass sie die Hände vors Gesicht schlug und es aus ihr herausbrach: »Ich... Entschuldigung, Dr. Lambourn, ich wollte damit nicht sagen...«

Er legte ihr die Hand auf die Schulter. »Es sei Ihnen hiermit versichert, dass Ihre Patientin bei uns die beste Versorgung erhält, die diese Klinik zu bieten hat. Machen Sie sich keine Sorgen, und zerbrechen Sie sich über ihre Behandlung nicht den Kopf.«

Sie nickte. »Ich verstehe.«

Er sah, dass ihr die Tränen kamen – und das vermutlich nicht von seinem Rasierwasser. »Gut. Aber können Sie mir sagen, wo ich Amy Sullivan finde?«

»Natürlich. Sie ist zurzeit im Aufenthaltsraum, Doktor.«

Ellen drehte sich wieder zu Pearl um und widmete sich ihrem Haar schonungsloser, als sie es beabsichtigt hatte.

»Au!«, machte sich die dicke Frau prompt bemerkbar.

»Tut mir leid, Pearl.« Ellen legte die Bürste weg und nahm stattdessen vorsichtig eine einzelne Strähne in die Hand, die sie sanft zu einer Locke zwirbelte.

»Er sieht gut aus, was?«

»Wer?«, fragte Ellen aufrichtig verwirrt.

»Dr. Lambourn. Er sieht aus wie Clark Gable – nur ohne den blöden Schnurrbart, klar. Was meinen Sie, wie alt er wohl ist?«

Ellen blies die Wangen auf. »Keine Ahnung. Ich hab ihn mir nicht genau angesehen. Um die dreißig, vielleicht ein bisschen jünger, würde ich schätzen.«

»Ich glaub ja, dass er ausländische Wurzeln hat, irgendwas Südeuropäisches womöglich.«

»Na ja, sein Teint ist ein wenig dunkler ... Aber es geht uns auch gar nichts an, wo er ...«

»Er ist Junggeselle, wussten Sie das?«, fiel Pearl ihr ins Wort.

»Na und? Was kümmert es mich, ob er Junggeselle oder verheiratet ist? Das spielt für mich keine Rolle.«

Pearl gluckste. »Das sagen sie alle.«

Das Erste, was er von ihr sah, war ihr Profil im Fenster. Die tief stehende Morgensonne fiel schräg über den Teppich. Sie hatte die Beine übereinandergeschlagen, die Hände im Schoß verschränkt und ließ den Fuß kreisen. Dank des Ambergate-Haarschnitts war ihr schlanker Nacken entblößt; wer immer ihr diese Frisur verpasst hatte, war nicht mal ungeschickt gewesen – da hatte er schon viel Schlimmeres zu Gesicht bekommen.

Vorsichtig berührte er sie an der Schulter. »Amy Sullivan?«

Sie sah zu ihm hoch und riss bei seinem Anblick kaum merklich die dunkelbraunen Augen auf. »Ja?«

Sein Herz fing wie wild an zu pochen, als ob er gerade einen Dauerlauf absolviert hätte. Er holte ein paarmal tief Luft und lockerte seine Krawatte. »Dr. Lambourn«, stellte er sich vor und wollte schon unbeholfen nach ihrer Hand greifen, doch sie verwehrte sie ihm und verschränkte die Arme vor der Brust.

»Wann kann ich wieder nach Hause?«

Er hatte aufgehört zu zählen, wie oft ihm diese Frage mit der Zeit schon gestellt worden war, und antwortete, wie er es immer tat: »Sobald es Ihnen wieder besser geht.«

»Verdammt noch mal, mir geht es nicht schlecht – das sehen Sie doch! Ich bin nicht wie diese durchgeknallte Person im Bett neben mir, die glaubt, sie wäre die Königin von England – oder diese Pearl, die ja wohl komplett übergeschnappt ist! Ich sollte überhaupt nicht hier sein. Und ich wäre es auch nicht, wenn *sie* nicht gewesen wäre...«

Dr. Lambourn zog einen Stuhl heran und setzte sich ihr gegenüber ans Erkerfenster. Er legte die Akte aufs Fensterbrett, lehnte sich zurück und drückte die Handflächen gegeneinander. »Wissen Sie noch, wie es sich anfühlt, glücklich zu sein, Amy?«

Die Frage brachte sie sichtlich aus dem Konzept, und sie klappte den Mund auf und wieder zu, ehe sie nach einer Weile antwortete: »Definieren Sie ›glücklich‹.«

Er dachte kurz nach. »Das ist schwer. Man muss schon unglücklich sein, um es zu begreifen.«

»Tja, in Bezug darauf dürfte ich ja wohl eine verdammte Expertin sein.«

Er nickte. »Es gibt Menschen, die dem Glück immerzu hinterherlaufen, und andere, die es selbst erschaffen.«

Sie sah ihn misstrauisch an und machte sich nicht die Mühe, ihre Geringschätzung zu verhehlen. »Wollen Sie damit sagen, dass es meine Schuld ist, dass ich in diesem Irrenhaus gelandet bin?«

»Das habe ich nicht behauptet. Aber interessant, dass Sie zu diesem Schluss kommen.« Er sah, wie sie die Fäuste ballte, bis die Knöchel ganz weiß waren. »Warum sind Sie so wütend?«

Sie schnaubte bloß und klatschte dann demonstrativ langsam und sarkastisch in die Hände. »Oh, gut beobachtet, Doktor. Das jahrelange Studium scheint sich ja gelohnt zu haben.« Sie stand auf, und das formlose Kleid glitt von ihrer Schulter und entblößte ihr Schlüsselbein. Sie zupfte es zurecht. »Ich habe die Nase voll. Ich gehe zurück ins Bett.«

Er sah ihr nach, während sie davonlief, und biss mehrmals die Zähne zusammen. Wenn sie zu Hause auch so schwierig gewesen war, konnte er nur zu gut nachvollziehen, warum ihr Vater sie hergebracht hatte. Doch man musste kein Spezialist sein, um zu sehen, dass unter der Oberfläche noch mehr brodelte.

Die Betten in der Krankenstation standen ein Stück weiter auseinander als die in der Langzeitpflege, und es waren weniger Patientinnen hier. Keine blieb länger als nötig – die meisten allerdings verließen die Abteilung mit den Füßen voran. Als Ellen an Gerties Bett trat, lag die alte Frau zusammengekrümmt auf der Seite, hatte die Augen geschlossen, den Mund aufgerissen, und auf dem Kissen hatte sich ein Speichelpfützchen gebildet. Vor dem Fenster bewegte sich der verblichene Blümchenvorhang in der Brise. Die Stationsschwester hatte ihr mitgeteilt, dass Gertie starke Schmerzen und kaum Schlaf gefunden hatte. Im Augenblick sah sie ruhig und friedlich aus, und Ellen wollte sie nicht wecken.

Sie setzte sich auf einen Stuhl neben dem Bett und nahm die Ausgabe der *My Weekly* zur Hand, die sie für Gertie mitgebracht hatte. Die Zeitschrift erinnerte sie an zu Hause. Ellens Vater lief jeden Dienstag zum Zeitungskiosk, kaufte die *My Weekly* für seine Frau und eine Dose Old-Holborn-Tabak für sich selbst. Mrs. Crosby fand zwar, dass die Zeitschrift Verschwendung war, obwohl sie nur drei Pence kostete, doch Ellen wusste genau, dass sie jede neue Ausgabe regelrecht verschlang und sich ganz besonders für die immer neuen Strickmuster interessierte.

Als sie das Mannequin auf der Titelseite betrachtete, das einen bunt bestickten Pullover trug, musste sie wieder an ihre Mutter denken. Ohne jeden Zweifel würde Mrs. Crosby einen Pullover wie diesen mit Begeisterung stricken; andererseits würde sie für so etwas fast schon Frivoles niemals kostbare Wolle verschwenden, nicht wenn zugleich ein kleiner Junge Kleidung brauchte, der seine Pullover beängstigend schnell verschliss.

Ellen überblätterte Weihnachtsrezepte für Pfefferkuchen und Falschen Hasen und blieb dann an der ersten Reportage hängen. Sie hatte kaum die ersten ein, zwei Sätze gelesen, als Gertie vollkommen unvermittelt von einem Hustenanfall geschüttelt wurde und aufwachte.

Ellen sprang vor Schreck auf. Die Zeitschrift glitt neben ihr zu Boden. Aus der Karaffe auf dem Nachtschränkchen goss sie ein Glas Wasser ein. »Gertie, ich bin's, Ellen ... Ich meine, Schwesternschülerin Crosby.«

Sie brachte die alte Dame in sitzende Position – sie wog überraschend wenig –, und rückte die Kissen in deren Rücken zurecht. Gertie hustete noch immer, und ihre Augen tränten, als sie blutigen Auswurf in eine Schale spuckte. Ellen hob ihr das Wasserglas an die spröden Lippen.

»Trinken Sie... Schon besser, nicht wahr? Wie fühlen Sie sich, Gertie?« Es sah nicht danach aus, als hätte Gertie sie überhaupt gehört, trotzdem fuhr Ellen unbeirrt fort: »Ich habe mir Ihre Akte angesehen, auch wenn ich das genau genommen gar nicht hätte tun dürfen. Aber was schadet es schon, hm? Ich weiß jetzt, wie lange Sie schon in Ambergate sind, Gertie, und die Welt da draußen muss Ihnen unheimlich vorkommen. Aber vielleicht dürfen Sie ja gehen, wenn Sie wieder anfangen zu sprechen? Ich habe mit einem Arzt geredet, er hat mir nichts versprechen können, aber...«

Gertie hatte die Augen wieder geschlossen.

»Können Sie mich hören?« Ellen tippte kurz aufs Handgelenk der alten Frau. »Gertie? Ich weiß, dass Sie mal verheiratet waren.«

Gertie riss die Augen auf und nahm Ellen derart durchdringend ins Visier, dass die sofort wegsah. Dann spähte sie auf den Ringfinger an der Linken der alten Frau: kein Ehering – und auch kein Anzeichen, dass dort je einer gesteckt hätte. Kein Abdruck im Fleisch, keine blasssilbrige Haut... Nun ja, vierzig Jahre waren eine lange Zeit.

»Wo ist Ihr Mann, Gertie? Ist er der Grund, warum Sie hier sind? Hat er Sie verlassen?«

Mit einem kaum merklichen Nicken zog Gertie die Decke bis ans Kinn, rollte sich wieder zur Seite und schloss die Augen.

11

Auch wenn in Ambergate männliche wie weibliche Patienten versorgt wurden, wurden die beiden Abteilungen wie getrennte Einheiten behandelt, und die Patienten durften auch nicht miteinander in Kontakt treten. Die Trennung nach Geschlecht führte nicht selten zu Unmut bei den Insassen, denen es immer wieder gelang, heimliche Treffen zu arrangieren, vor denen das Personal die Augen verschloss. Auf dem Ertüchtigungshof, wo die Patienten ihre täglichen Übungen absolvierten, ging eine besonders erfinderische junge Frau namens Belinda einer kleinen Nebenbeschäftigung nach und erlaubte den Patienten vom Männerflügel, die sich um den Gemüsegarten kümmerten, ihr Gartengerät kurz abzulegen und sie gegen ein, zwei Zigaretten durch den Zaun hindurch zu befummeln. Anfangs war Ellen dazwischengegangen und hatte versucht, diese unziemlichen Rendezvous zu unterbinden, doch dann hatte Schwester Atkins ihr erklärt, dass selbst Psychiatriepatienten eine gewisse Erleichterung benötigten.

»Ich finde das genauso geschmacklos wie Sie«, hatte sie Ellen versichert, »aber es beruhigt sie, und so sind sie leichter zu handhaben.« Und mit einem Augenzwinkern hatte sie hinzugefügt: »Das kann uns Schwestern doch nur recht sein, oder?«

Ellen hatte bloß genickt und schnell gelernt, ebenfalls wegzusehen.

An diesem Morgen sah es schon früh so aus, als würde es den ganzen Tag lang regnen, und Ellen fürchtete bereits, dass die Patienten ohne jede Unterbrechung im monotonen Alltag widerspenstiger und schwieriger sein würden als sonst.

Schwester Atkins wischte mit dem Unterarm über die beschlagene Fensterscheibe und blickte hinaus in den strömenden Regen. »Das tröpfelt doch nur«, sagte sie und sah auf die Uhr. »In Ordnung, dann mal los, alle miteinander, raus mit euch.« Ihr Blick fiel auf Belinda, die auf dem Bett saß und sich rhythmisch zwischen den Beinen rieb. »Herrgott noch mal, Belinda, doch nicht hier drinnen!«

Die junge Frau bedachte sie mit einem glasigen Blick und bleckte eine Reihe riesiger gelber Zähne, die einem Kutschpferd gut zu Gesicht gestanden hätten.

Schwester Atkins marschierte auf sie zu, zerrte Belinda vom Bett und versetzte ihr einen Schlag auf den Hinterkopf. »Los, in den Aufenthaltsraum!«

Draußen auf dem Ertüchtigungshof lehnte sich Ellen an die Mauer, wo ihr das Gesims nur wenig Schutz vor dem Regen bot. Die Patientinnen drehten ihre Runden auf einem unter unzähligen schlurfenden Füßen ausgetretenen Pfad und liefen hintereinander her wie Schafe.

Sie sah, wie Belinda etwas zu Amy sagte, die sie im Gegenzug mit einem festen Stoß von sich wegstieß, sodass Belinda ins Taumeln geriet. Ellen wollte schon dazwischengehen, doch die Patientin trollte sich ans hintere Ende des Hofs. Dann pfiff sie einer Gestalt in einiger Entfernung nach.

Der Mann grub vornübergebeugt ein Gemüsebeet um, richtete sich aber gerade auf, als er den Pfiff hörte. Nach einem verstohlenen Blick zu seinem Stationsleiter schlenderte er an den Zaun, die Hände tief in den Taschen vergraben. Er musste mindestens siebzig sein. Sein kahler Kopf schimmerte regennass und war kreuz und quer mit Rasierschnitten übersät. Aus den Taschen zauberte er etwas und hielt es Belinda hin. Die schnappte sich die Zigaretten und schob sich eine davon hinters Ohr. Dann grinste sie Ellen über die Schulter hinweg anzüglich an, während sie langsam ihr Kleid aufknöpfte.

Ellen stellte die riesige Make-up-Schachtel auf dem Tisch im Aufenthaltsraum ab. »Okay, wer will zuerst?« Es war immer empfehlenswert, sich das Make-up durch ein Mitglied des Personals auflegen zu lassen, weil die Patientinnen mit Rouge und Kohlestift eher grob umgingen, sodass sie am Ende mit Clownsgesichtern dastanden, die sie erst recht verrückt aussehen ließen. Ellen griff nach einem abgenutzten pinkfarbenen Lippenstift. »Amy, möchten Sie?«

Amy sah von ihrem Buch auf. »Nein, danke, ich gehe nicht zu diesem bescheuerten Ball. Ich bin jetzt seit zwei Wochen hier, und ich will endlich einen Arzt sprechen. Sie können mich nicht für immer festhalten.«

Ellen seufzte. Wie ein Mantra hatte die junge Frau den letzten Satz ein ums andere Mal wiederholt, seit sie in Ambergate angekommen war. Trotzdem stand es außer

Frage, dass sie nicht jetzt schon heimkehren durfte. Und es lag auch nicht in ihrer Hand – ihr Vater hatte sie mithilfe des Arztes der Familie einweisen lassen.

»Sie müssen sich nicht schminken, aber Sie gehen zum Ball«, sagte Ellen mit fester Stimme.

Amy schlug das Buch zu und warf es aufs Fensterbrett. »Zu einem Irrenball? Glauben Sie allen Ernstes, dass ich mit dieser Meute erbärmlicher Trampeltiere tanzen gehe?« Sie nickte in Richtung des Fensters. »Ich hab doch gesehen, wie sie dort im Kreis herumstampfen und kaum dazu imstande sind, gerade zu gehen.« Sie verschränkte die Arme vor der Brust. »Ich gehe nicht, und Sie können mich auch nicht dazu zwingen.«

Pearl kam angewatschelt. Ihre dicken Füße quollen aus den Schuhen wie Hefeteig, der zum Gären beiseitegestellt worden war. »Also, ich gehe. Können Sie mich schminken?«, keuchte sie und schob ihre hundertzwanzig Kilo auf den Stuhl.

Ellen nahm eine Puderdose und fing an, Pearls Gesicht zu schminken. Sie hatte von Haus aus reine Haut, allerdings waren ihre Züge durch das Übergewicht kaum mehr zu erkennen.

»Ich will auch Lippenstift, okay? Und darf ich mein Hochzeitskleid tragen?«

»Wie oft noch, Pearl?«, donnerte Schwester Atkins von der Tür herüber. »Wir haben dein verdammtes Brautkleid nicht. Du trägst das Krankenhauskleid wie alle anderen auch. Ganz ehrlich, ich weiß nicht, was du dir manchmal denkst. Ambergate ist doch kein Seebad!«

»Machen Sie einen Kussmund für mich, Pearl.« Vorsichtig tupfte Ellen ihr den pinkfarbenen Lippenstift auf die Lippen und machte dann einen Schritt zurück, um ihr Werk zu begutachten. Pearl tat ihr leid. Sie war gerade mal Mitte dreißig und seit zwölf Jahren mehr oder weniger Dauergast in Ambergate.

Als dickes Mädchen mit mäßigem Äußeren hatte sie keine Schwierigkeiten gehabt, sich für den Mann aufzusparen, der sie heiraten sollte. Und sie hatte es gar nicht glauben können, dass dieser gut aussehende Soldat mit dem exotischen Akzent bereits beim zweiten Treffen um ihre Hand angehalten hatte. Ihre Mutter war vor Begeisterung außer sich und schaffte es tatsächlich, ein wenig Fallschirmseide zu organisieren, aus der sie ein Brautkleid für ihre Tochter schneiderte. Die Nachbarn legten zusammen und spendeten Lebensmittelkarten, damit Pearl eine dreistöckige Obsttorte bekam, die mit Zuckerguss und blassrosa Zuckerröschen dekoriert wurde.

Ken hatte zuvor erzählt, er werde für ein paar Monate im Einsatz, aber garantiert bis zur Hochzeit zurück sein. In ihrem Überschwang und von seinen Liebeserklärungen verzückt schenkte Pearl ihm ihre Jungfräulichkeit, ehe er abreiste. Als ihr großer Tag schließlich gekommen war, wartete sie mehr als eine Stunde lang geduldig vor dem Altar und ignorierte das Gemurmel der Kirchengemeinde, ehe sie sich eingestehen musste, dass er nicht mehr auftauchen würde. Mit der obersten Lage ihres Hochzeitskuchens hatte sie sich in ihr Zimmer zurückgezogen und zwei Wochen lang geweigert, das Brautkleid wieder abzulegen.

Schwester Atkins hatte Ellen Pearls Geschichte mit

offenkundiger Häme erzählt, und als sie bei der Auflösung angekommen war, hatte sie nicht mehr an sich halten können. Dass Ken Pearl die Hochzeit versprochen und sie dann flachgelegt hatte, war wohl eine Wette unter Soldaten gewesen. Pearl war komplett zusammengebrochen, ehe sie von ihrer verzweifelten Mutter nach Ambergate gebracht worden war.

Ellen bürstete Pearl die Haare, schob ihr den Pony zur Seite und befestigte ihn mit einem Haarclip. »So, Pearl – Sie sehen bezaubernd aus.« Über Schwester Atkins' sarkastisches Schnauben hörte sie geflissentlich hinweg. »Wer ist die Nächste?«

Der Patientenball war eine der seltenen Gelegenheiten, da Patienten beiderlei Geschlechts zusammenkamen und sogar aufgefordert wurden, miteinander zu interagieren. Der Festsaal war bereits gut besucht, als Ellen mit ihrer Entourage ankam. Ihr kam heute die Aufgabe zuteil, auf Pearl, Queenie, Belinda und Amy aufzupassen, doch so, wie sich die Patienten bereits aufgestellt hatten – Männer auf der einen, Frauen auf der anderen Seite –, würde es wohl nicht allzu anstrengend werden. Am anderen Ende des Saals entdeckte sie Dougie und winkte ihm fröhlich zu. Er hatte seinen weißen Kittel abgelegt, auf die Krawatte verzichtet und sein beigefarbenes Hemd am Kragen aufgeknöpft. Grüne Hosenträger hielten seine Hose an Ort und Stelle.

»Wer ist das?«, wollte Amy wissen.

»Er heißt Douglas Lyons und ist Pflegeschüler im zweiten Lehrjahr.«

»Der hat doch ein Auge auf Sie geworfen!«

Ellen starrte Amy an. »Seien Sie nicht albern. Er ist nur ein Freund, und Sie sollten allmählich aufhören, so anmaßend zu sein!« Von ihrer scharfen Entgegnung war sie selbst überrascht.

»Oh, hab ich da etwa einen Nerv getroffen?«

»Seien Sie still!« Ellen fuhr sich mit der Hand durchs Haar, während Dougie auf sie zukam.

»'n Abend, Ellen. Dein erster Irrenball, nehme ich an?«

Amy verschränkte die Arme vor der Brust. »Wie charmant.«

Dougie wandte sich zu ihr um. »Entschuldigen Sie bitte, das war wirklich unhöflich von mir.« Er legte ihr die Hand auf den Unterarm. »Bitte, verzeihen Sie.«

Amy leckte sich die Lippen, neigte den Kopf leicht zur Seite und lächelte ihn geziert an. »Schon in Ordnung, ich verzeihe Ihnen, Douglas.«

Ein bisschen aggressiver als notwendig wies Ellen sie zurecht: »Für Sie immer noch Pfleger Lyons!« Dann packte sie die junge Frau fest am Arm. »Und jetzt gehen wir und setzen uns dort drüben zu den anderen.«

Der Saal war riesig – die Decken hoch wie in einer Kirche, sodass die Musik aus dem Grammophon hohl klang, als die Nadel über die Schallplatte kratzte. Ein paar männliche Patienten hatten sich mit der Zeit auf die Tanzfläche getraut und wiegten sich unbeholfen hin und her. Ihre schlecht sitzenden Anzüge waren offenkundig dem gleichen Waschprogramm unterzogen worden wie die Kleider der Frauen. Mit Hosen auf Halbmast, zerknautschten Schulterpolstern und falsch geknöpften Jacketts sahen die meisten von ihnen aus wie Schiffbrüchige.

Ellens Blick blieb an einem großen, schlaksigen Kerl hängen, der auf der Tanzfläche im Kreis herumstakste und das Kinn auf die Brust drückte. Dann hielt er mit einem Mal inne, hob leicht den Kopf und begann, lebhaft zu diskutieren. Er fuchtelte wild mit den Armen, und der Speichel stob ihm nur so von den Lippen, während er immer wütender zu werden schien – es war unmöglich zu sagen, was seinen Zorn erregt hatte, weil er mit niemandem sprach. Dougie schloss zu ihm auf und legte ihm den Arm um die Schultern. Der Patient beruhigte sich sofort, und Ellen musste unwillkürlich lächeln. Dougie tätschelte ihm die Schulter und schob ihn dann in ihre Richtung.

»Darf ich dir Alroy Bennett vorstellen? Von Freunden nur Onkel Alroy genannt.«

Ellen streckte die Hand aus. »Schön, Sie kennenzulernen... Onkel Alroy. Ich bin Schwester Crosby«, sagte sie und verzichtete diesmal in einem Anflug von Übermut auf die »Schülerin«.

»Onkel Alroy ist einer unserer Langzeitpatienten«, erklärte Dougie. »Ist hier schon seit fast vierzig Jahren. Stimmt doch, Onkel?«

»Ich bin angeschossen worden, wissen Sie?«

Ellen wich einen Schritt zurück. »Um Himmels willen!«

Dougie lachte. »Stimmt. Aber nicht in letzter Zeit.« Dann flüsterte er Ellen zu: »Auch wenn wir das jederzeit arrangieren könnten.« Er drehte sich wieder zu Alroy um und gab ihm einen Klaps auf den Rücken.

»Er ist in den Schützengräben im Ersten Weltkrieg verwundet worden.«

Onkel Alroy tippte sich an die Stirn. »Aye. Hab immer noch Schrapnellsplitter im Kopf. Haben mich erst mal tot liegen lassen, bis die Leichensammler kamen und mich ins Lazarett brachten.«

Am anderen Ende des Saals schien er jemanden entdeckt zu haben und salutierte in Ellens Richtung, ehe er davonmarschierte.

»Der arme Kauz«, sagte Dougie. »Ist tagelang komplett normal, und dann kehrt der Wahnsinn wieder. Sie haben alles probiert, aber er ist inzwischen komplett hospitalisiert.« Dann sprach er so leise weiter, dass Ellen sich anstrengen musste, um ihn über die Musik hinweg zu hören. »Hast du die Dellen an beiden Schläfen gesehen?«

Ellen nickte. »Die waren nicht zu übersehen.«

»Präfrontale Leukotomie«, erklärte er. »Die Ärzte haben ihm 1942 den Schädel aufgebohrt, um an das Gehirn zu kommen, dann ein bisschen darin herumgestochert und ihn für geheilt erklärt.«

»Meine Güte. Das klingt ja grausam!«

Dougie zuckte mit den Schultern. »Ich würde sagen, er ist tatsächlich ruhiger als früher. Er kennt übrigens deine Gertie. Sie war früher wohl eine fantastische Sängerin und konnte toll tanzen.«

»Wirklich? Oh, dann würde ich mich gern mal mit ihm unterhalten.«

»Dachte ich mir. Hör zu, wenn du heute Abend Dienstschluss hast, komm doch in meine Station. Ich bin bis morgen Früh da und kläre das mit dem Stationsleiter. Ich kann dir nichts versprechen – Onkel Alroy ist unberechenbar, wie du vielleicht bemerkt hast –, aber einen Versuch ist es wert.«

»Danke, Dougie, das ist lieb von dir.«

Im Saal erklangen die ersten Akkorde von *Moonlight Serenade*. Dougie warf sich in Pose. »Oh, das ist mein Einsatz! Ich habe jemandem einen Tanz versprochen.«

Ellen sah, wie Pearl quer durch den Saal auf sie zukam und die Arme nach Dougie ausstreckte. Der nahm ihre Hand und führte sie elegant zur Mitte der Tanzfläche. Über die Schulter hinweg winkte er Ellen zu. *Bis später!*, bedeutete er ihr tonlos.

12

Kliniken hatten nachts etwas fast Beruhigendes an sich – sogar Ambergate. Nach dem unvermeidlichen Durcheinander des Tages wirkten das gedämpfte Licht und die leisen Töne fast einschläfernd. Dougie legte den Finger an die Lippen, als er die Tür aufschloss und Ellen hereinwinkte. Sie eilte am Zimmer des Stationsleiters vorbei und erhaschte einen Blick auf den Mann, der mit geschlossenen Augen und offenem Mund dasaß, die Füße auf dem Tisch. Ein unangenehmes Röcheln entrang sich seiner Kehle.

Dougie nickte in dessen Richtung. »Da siehst du mal, wer hier die ganze Arbeit macht.«

Dann lief er leichtfüßig durch die Station, und seine Schuhe gaben kaum ein Geräusch von sich. Das Letzte, was man während der Nachtschicht brauchte, waren Patienten, die durch das eigene Trampeln aufgeschreckt wurden.

»Onkel Alroy ist noch im Aufenthaltsraum. Er schläft normalerweise erst gegen drei ein.«

Als sie den Raum betraten, saß Alroy kerzengerade auf einem Stuhl. Das vollgestellte Essenstablett, das an den Lehnen befestigt war, verhinderte, dass er aufstehen konnte.

»Was macht er denn in einem Kinderstuhl?«, wisperte Ellen Dougie zu, dem es sichtlich unangenehm zu sein schien.

»Er hat wie gesagt Schlafstörungen. Wenn er nicht ... fixiert wird, wandert er die ganze Nacht lang in der Station auf und ab und fängt an, mit weiß der Himmel wem zu streiten. Wenn er hier rumläuft, kann überhaupt keiner mehr schlafen.«

Ellen nickte in Richtung des Schwesternzimmers. »Auch nicht dein Stationsleiter ...«

»Glaub mir, Ellen, keiner von uns will es sich mit ihm verderben. Er hat seine eigene Art, mit gewissen Dingen umzugehen, und die ist wirklich nicht schön.«

»Kannst du Alroy nicht einfach ein Schlafmittel geben?«

»Er kriegt Paraldehyd. Aus unerfindlichen Gründen liebt er den ekligen Geschmack, aber ich fürchte, dass er inzwischen resistent dagegen ist. Er bekommt so viel, dass man damit einen Elefanten umlegen könnte – mehr kann ich ihm einfach nicht geben.« Er legte ihr die Hand an den Arm. »Komm, sag ihm Hallo.«

Der alte Mann hob den Blick, als er sie kommen hörte. Sofern er Ellen vom Abend wiedererkannte, ließ er es sich nicht anmerken. Er streckte die Hand aus und zupfte ihr einen imaginären Fussel von der Schulter, hielt ihn sich dicht vors Gesicht und rollte ihn dann zwischen Daumen und Zeigefinger hin und her. Sein Atem roch tatsächlich nach Paraldehyd.

»Erinnern Sie sich noch an Schwester Crosby, Onkel Alroy? Sie ist gekommen, um sich mit Ihnen über Gertie zu unterhalten.«

»Wen?« Seine Stimme klang rau. Er sah müde aus.

»Gertie«, warf Ellen ein.

»Ich weiß, wer Gertie ist«, blaffte Onkel Alroy ungeduldig. »An wen soll ich mich erinnern?«

Dougie lachte. »Ich muss zurück auf Station. Ich überlass ihn dir.«

Ellen zog sich einen Stuhl heran und verzog das Gesicht, als die Stuhlbeine in der Stille laut über den Boden schrammten. »Dann wissen Sie also, wer Gertie ist, hm?«

Er nahm sie ins Visier. Seine Iris waren vom Alter fleckig. »Aye, natürlich. War früher ein rechter Feger, hat mir ziemlich gefallen. Als ich hier ankam, war sie schon acht Jahre oder so da, wenn ich mich richtig erinnere, aber da würde ich nicht drauf wetten. Sie hatte ein Auge auf mich, kam und plauderte mit mir, wann immer wir durften. Ist allerdings ein Stück älter als ich.«

»Wie alt sind Sie, Onkel Alroy?«

Er sah zur Zimmerdecke, als müsste er eine besonders knifflige Aufgabe lösen. »Ähhh… wenn ich das wüsste.«

»Dann erzählen Sie mir doch, was Sie noch wissen. Über Gertie, meine ich.«

»Traurige Geschichte. Deshalb hab ich sie mir auch gemerkt. Und natürlich, weil sie es mir bestimmt hundertmal erzählt hat. Sie neigt dazu, sich zu wiederholen, die Gute.« Er gluckste in sich hinein.

Ellen ließ nicht locker. »Ich würde die Geschichte wirklich gern hören.«

»Aye. Also, sie hat früher als Zimmermädchen gearbeitet, in diesem Nobelhotel in der Stadt. The Midland. Kennen Sie das?«

Ellen pfiff leise durch die Zähne. »Aber sicher. Das ist ziemlich berühmt. Drinnen bin ich aber nie gewesen.«

Alroy stützte das Kinn auf die Handfläche. »Ich auch nicht. Aber egal. Eines Tages war dort ein junger Kerl zu Gast. Kam aus Amerika, auf Geschäftsreise. Hat Vieh gekauft, wissen Sie... Pferde und so. Unter anderem schottische Clydesdales. Dann kam er nach Manchester und machte unserer Gertie wohl schöne Augen. Wie gesagt, damals sah sie aber auch gut aus! Er war ein bisschen jünger als sie, trotzdem gingen sie miteinander aus, und kurz drauf heirateten sie auch schon. Gertie war da vielleicht Anfang vierzig, Edgar in den Dreißigern. Sie erzählte denen im Midland, dass sie sich wen Neuen suchen könnten, weil die beiden Segel setzen und in Amerika ein neues Leben beginnen würden.«

Ellen rutschte vor auf die Stuhlkante. Gertie im Arm eines jungen amerikanischen Ehemanns – das konnte sie sich gar nicht vorstellen. »Wie aufregend für sie. Und was ist dann passiert?«

»Haben die Überfahrt quasi zur Hochzeitsreise gemacht. Konnten sich zwar nur das Zwischendeck leisten, aber für Gertie war es trotzdem ein großes Abenteuer, weil sie vorher nie auch nur ein Mal aus Manchester rausgekommen war.« Alroy seufzte und rieb sich über die trüben Augen. »Tja, und den Rest kennen Sie ja.«

»Wie bitte?«

»Also, wer von uns beiden ist jetzt verrückt?«

»Ich kann Ihnen nicht folgen...«

»Das Schiff hat einen Eisberg gerammt, oder etwa nicht?«

Im selben Moment stand ihr wieder Gerties Akte vor Augen. Eingewiesen im September 1912.

»Sie meinen, sie war ... auf der *Titanic*?«

»Aye. Hat's in eines der Rettungsboote geschafft, aber der arme Edgar war immer noch an Bord, als das Schiff unterging. Er muss wohl ins Wasser gesprungen sein, aber das war eiskalt – ich meine, ist ja klar, wenn da überall Eisberge waren und so. Gertie hat erzählt, dass in ihrem Rettungsboot immer noch Platz gewesen wäre, aber der Offizier wollte nicht noch mal umkehren und die Männer aus dem Wasser ziehen. Meinte, sie würden sonst nur überrannt und selber untergehen.«

»Wie grässlich!«

Alroy nickte. »Edgars Leiche ist nie geborgen worden.«

»Gertie konnte ihn nicht mal beerdigen ... Sie wissen, dass sie aufgegriffen wurde, weil sie orientierungslos durch die Straßen streifte?«

Alroy nickte erneut. »Wenn Sie mich fragen, ist sie nie darüber hinweggekommen.«

Tief in Gedanken versunken, knabberte Ellen an ihrem Daumennagel und zog die Augenbrauen kraus. »Wie ist sie denn zurück nach Manchester gekommen?«

»Ein paar Wochen nach dem Untergang musste sie wieder auf ein Schiff, das sie nach Hause brachte. Man könnte meinen, dass sie bei der Vorstellung, noch einmal an Bord eines Schiffes zu gehen, Panik bekommen hätte. Aber so war es nicht. Sie hat mir mal erzählt, sie hoffte halb, dass auch dieses Schiff sinken würde und sie diesmal mitnähme. Sie hatte aufgegeben. Konnte sich ein Leben ohne ihn nicht mehr vorstellen.«

Ellen nahm Alroys Hand und strich mit dem Daumen über seine geschwollenen Fingerknöchel. »Danke, Onkel Alroy, Sie haben mir sehr geholfen.«

»War mir ein Vergnügen.« Dann hob er die Hand und riss sich an den Haaren. »Ich wurde angeschossen, müssen Sie wissen.«

Ellen schlich zurück durch die Station und dachte über Gerties Geschichte nach. Dougie saß an einem Tisch in der Ecke und hatte die Gelenklampe auf seine Zeitung gerichtet.

»Fertig? Wie war's?«

Sie beugte sich zu ihm hinunter. »Dougie, du musst mir einen Gefallen tun.«

Er kaute kurz auf seinem Bleistift und tippte damit auf die Zeitung. »Hm... klar... Schottischer Gutsherr mit fünf Buchstaben?«

»Laird.«

Er zählte die Buchstaben durch. »Oh, stimmt. Kluges Mädchen.«

»Lass das blöde Kreuzworträtsel, Dougie, und hör mir bitte zu«, sagte sie eindringlich. »Könntest du dich mit mir morgen um sechs Uhr in der Bar des Wohnheims treffen?«

Diesmal sah er wirklich von seiner Zeitung auf. »Klar. Was ist denn los?«

»Das erzähl ich dir morgen.«

Am folgenden Abend betrat er um Punkt sechs die Bar. Er streifte die Sohlen an der Fußmatte ab, schüttelte den Regen aus dem Haar, und ein paar Tropfen landeten bei den Pflegeschülern, die sich am Tisch direkt daneben niedergelassen hatten.

»He, Douglas«, rief einer und wischte sich über die Augen. »Du bist doch kein verdammter Labrador.«

»Sorry, Kumpel!«

Ellen musste lachen. Dann stand sie auf und rief ihm zu: »Hier drüben, Dougie. Ich hab uns schon was zu trinken besorgt.«

Er arbeitete sich zu ihr vor, setzte sich ihr gegenüber und nahm dankbar einen großen Schluck Bier. Schaum blieb auf seiner Oberlippe hängen, und Ellen fragte sich, wie jemand so selbstvergessen sein konnte.

»Dougie...« Sie wischte sich über die Lippen. »Du hast da... Du weißt schon.«

Er leckte sich den Bierbart ab. »Danke.«

»Wann musst du wieder zurück?«

Er schob den Ärmel hoch und sah auf die Uhr. »Erst um elf. Aber vorher sollte ich noch ein Nickerchen machen.«

»Aber das hättest du mir sagen müssen! Entschuldige bitte. Ich halte dich auch nicht lang auf.« Sie nahm ihren Bierdeckel zur Hand und riss ihn in kleine Stücke. »Ich weiß jetzt, was mit Gertie passiert ist.«

»Da bin ich ja froh, dass Alroy dir helfen konnte. Schieß los!«

»Oh Mann, ja, er hat mir tatsächlich so einiges erzählt...« Sie setzte Dougie ins Bild, und als sie fertig war, sah er sie mit großen Augen an.

»Grundgütiger, was für eine Geschichte! Die arme Gertie.« Er schüttelte den Kopf und nahm noch einen Schluck Bier. »Aber wobei soll ich dir helfen?«

Ellen rutschte nervös auf ihrem Stuhl hin und her. Ihr Bierdeckel war nur mehr ein Häuflein Konfetti. »Würdest du sie dir mal ansehen? Gertie, meine ich.«

»Also, klar, wenn du willst – aber ich wüsste nicht, wozu das gut sein sollte.«

»Es geht zu Ende mit ihr, Dougie. Ich glaube einfach, wenn sie deinen Akzent hört, könnte sie sich an Edgar erinnern. Vielleicht kann sie dann eher in Frieden gehen.«

Dougie schnaubte in sein Pint. »Ellen, ich spiele doch keinen Toten – ganz egal, wie gut du es meinst!«

»Ich will auch nicht, dass du ihn spielst. Sei einfach du selbst, beruhige sie ein bisschen.« Sie sah, wie sich seine Gesichtszüge ein wenig entspannten, und tastete sich weiter vor: »Vielleicht könntest du ihr ja erzählen, dass er auf der anderen Seite schon auf sie wartet?«

»Moment... Auf der anderen Seite? Ellen, hast du den Verstand verloren?« Seine Stimme war um eine Oktave höher geworden.

Sie kippte ihren Drink hinunter, stellte das Glas ab und stand auf. »Ach, du hast recht. Das wäre verrückt, komplett verrückt. Vergiss einfach, was ich gesagt habe.«

13

Amy sah aus dem Fenster des Aufenthaltsraums hinüber zum Gemüsegarten und zum Ertüchtigungshof auf der Männerseite. Eine einsame Gestalt in einem viel zu großen Trenchcoat streifte dort herum und sammelte Zigarettenkippen ein. Amy hatte beim Ball gesehen, dass ein paar männliche Patienten ganz schwarze Fingerkuppen gehabt hatten, anscheinend weil sie die Kippen aufrauchten. Was für unwürdige Existenzen.

Sie spähte zum dortigen Stationsleiter hinüber, der einen Fuß an die Mauer gestützt hatte und gerade selbst eine Zigarette rauchte. Er war Amerikaner, das hatte sie mittlerweile mitbekommen. Sie konnte sich nicht erklären, wieso sich ein so charismatischer Mann für eine derart trostlose Arbeit entschieden hatte.

Als jemand ihren Namen rief, drehte sie sich um.

»Amy, kommen Sie, es ist so weit.« Schwester Crosby – Ellen – klang, als lüde sie zu einem festlichen Abend in der Stadt ein und nicht zur Besuchszeit in einem Irrenhaus.

Widerwillig stemmte Amy sich aus ihrem Stuhl und schlenderte auf sie zu. »Stets zu Diensten.«

Ellen musterte sie von Kopf bis Fuß und runzelte die Stirn, als sie das Eigelb auf Amys Kleiderbrust entdeckte.

»Holen wir Ihnen noch schnell ein frisches Kleid? So können Sie Ihrem Vater doch nicht gegenübertreten. Und wir könnten Ihnen auch mal wieder die Haare waschen. Kommen Sie, wir erledigen das rasch!« Auf dem Weg durch die Station klatschte sie in die Hände. »Wer immer von Ihnen Besuch erwartet – bitte mitkommen!«

Prompt bildete sich eine kleine Karawane, die Ellen in den Waschraum folgte. Schwester Atkins hatte bereits zwei Wannen eingelassen, und Ellen stellte sich dazwischen, stemmte die Hände in die Hüften. Von der aufsteigenden Hitze bekam sie rote Wangen.

»Kommen Sie, keine Trödelei, wir haben nicht den ganzen Tag Zeit!«

Mit dem Prozedere wohlvertraut, verlangten einige Patientinnen, gleich als Erste dranzukommen, und schlüpften ohne die geringste Scham aus Kleidern und Unterwäsche. Amy hatte inzwischen sage und schreibe siebzehn Tage hier verbracht und in der ganzen Zeit lediglich ein einziges Bad genommen. Mit einem Mal hatte sie das Gefühl, sich den Schmutz vom Leib waschen zu müssen, war aber nicht schnell genug. Pearl und eine weitere Patientin hatten sich bereits in die Wannen gesetzt. Es schwappte zu beiden Seiten über den Rand, als die dicke Mitinsassin sich tiefer ins Wasser gleiten ließ.

»Wie ein Elefantenbaby«, kommentierte Schwester Atkins, während sie Wasser über Pearls Kopf schöpfte. Ohne großes Aufheben wurden die ersten zwei Patientinnen eingeseift, abgeschrubbt und dann aufgefordert, wieder aus der Wanne zu steigen. Schwester Atkins wischte sich über die Braue. »Die Nächste!«

Mit einem schiefen Lächeln im Gesicht trat Amy nach vorn. »Ich ziehe mich aus, sobald die Wanne wieder voll ist, wenn's recht ist.«

Schwester Atkins starrte sie an. »Die Wanne *ist* voll.«

»Aber ... das ist doch dasselbe Wasser, in dem Pearl gesessen hat.«

Schwester Atkins drehte sich zu Ellen um, die sich um die andere Patientin kümmerte. »Haben Sie das gehört?« Sie nickte in Amys Richtung. »Will frisches Wasser haben – können Sie sich das vorstellen?« Dann trat sie so dicht an Amy heran, dass ihre Nasenspitzen nur Zentimeter voneinander entfernt waren. »Du hörst mir jetzt mal zu«, fauchte sie. »Ich weiß nicht, wer du glaubst, dass du bist – aber das hier ist kein verdammtes Kurbad. Wir haben keine Zeit, nach jeder Patientin die Wanne auszuleeren und wieder neu einzufüllen, du dummes Ding!«

»Aber das ist unhygienisch!«

»Jetzt reicht's«, blaffte Schwester Atkins. »Zurück ans Ende der Schlange.«

Sie versetzte Amy einen Stoß vor die Brust, und Amy taumelte rückwärts, rutschte auf dem Seifenwasser aus, das Pearl verschüttet hatte, und krachte mit dem Kopf gegen den Badewannenrand. Für einen kurzen Augenblick war sie wie benommen vom Schmerz und musste dagegen ankämpfen, nicht das Bewusstsein zu verlieren. Dann hob sie die Hand an die Wange; sie glühte, und Amy konnte schon jetzt die Schwellung spüren.

Sie schluckte ihre Tränen hinunter. Sie würde nicht weinen. Diese Genugtuung würde sie Schwester Atkins nicht verschaffen.

Zusammen mit ein paar anderen Patientinnen, die Besuch bekommen sollten, wartete Amy in einem Nebenraum. In diesem Teil des Gebäudes war sie bislang nie gewesen – aber es war nur allzu offensichtlich, dass es sich um die repräsentativen Räume der Klinik handelte. Auf dem Boden lagen Teppiche, auch wenn sie grässlich schrill gemustert waren; im Kamin prasselte ein Feuer, und die Scheite knisterten vor sich hin, während sich der Duft des Kiefernholzes im Raum verbreitete. Es gab in einem Kupfertopf sogar eine große Zimmerpflanze mit üppigen sattgrünen Blättern. In den Stationen selbst waren Topfpflanzen verboten, nachdem sich einige Patienten an der Erde gütlich getan hatten.

Sie stand nicht auf, um ihren Vater zu begrüßen, sondern hielt ihm lediglich die Wange hin, auf die er ein Küsschen hauchte. Sofern ihn ihr Anblick schockierte, brachte er eine bewundernswerte Beherrschung auf.

»Die Schwester hat mir erzählt, dass du im Waschraum ausgerutscht und gestürzt bist.« Er streckte die Hand nach ihrem Gesicht aus, doch sie zuckte zurück.

»Klar hat sie das erzählt...«

Die Schwestern hatten sie in ein sauberes Kleid gesteckt. Trotzdem stank sie, und ihr Haar war strähnig.

»Wie ich sehe, hast du dir die Haare schneiden lassen.«

»Oh, ja, sie haben hier einen ganz fabelhaften Salon. Da bekommt man sogar eine Maniküre.« Sie fuhr sich mit beiden Händen durch das kurze Haar, sodass es in alle Richtungen abstand. Dann blickte sie zu ihrem Vater hoch. »Sie haben es mir mit einer stumpfen Schere einfach abgeschnitten.« Mit einem Schaudern holte sie tief Luft. Sie verbot sich zu weinen, trotzdem brachte sie kaum mehr als ein Wispern zustande. »Du musst mich wieder mit nach Hause nehmen. Ich schwöre dir, ich werde...«

»Amy, bitte«, ging er tadelnd dazwischen. »Der Arzt sagt, es geht dir nicht gut.«

»Dass ich nicht lache! Ich habe ihn sage und schreibe ein einziges Mal zu Gesicht bekommen, und bei der Gelegenheit hat er lediglich versucht, mich zu provozieren.«

»Sind wir mal ehrlich, Amy, du könntest sogar in der Einöde einen Aufstand anzetteln.«

Er klang abgespannt und rang die Hände. Die grauen Haare an seinen Schläfen hatte sie zuvor nie gesehen. Zwischen den Augenbrauen hatten sich zwei tiefe Falten gebildet, und auch wenn das Leuchten in seinen Augen schon vor einer Weile erloschen war, war sein Blick mittlerweile leer, als hätte er es aufgegeben, sich Gedanken zu machen. Sie liebte ihn über alles – jede Faser an ihm: die Art und Weise, wie er sie ansah, seinen Geruch, seine Gestalt, wie sie ihm früher am Kamin auf den Schoß gekrabbelt war. Als Kind war das ihr Lieblingsplatz gewesen – mal abgesehen vom Schoß der Mutter natürlich. Der war zwar nicht ganz so bequem gewesen, weil sie so knochige Knie gehabt hatte, aber sie hatte langes, seidiges Haar gehabt, und wenn Amy sich an ihre Brust gekuschelt hatte, hatte sie sich stets eine Haarsträhne gegriffen, sich damit über die Oberlippe gestrichen und den Kokosduft eingeatmet, bis sie irgendwann eingenickt war.

Sich daran zu erinnern war unerträglich. Sofort hatte sie einen Kloß im Hals, und sie spürte, wie ihr eine heiße Träne übers Gesicht lief und in der Schnittwunde auf der Wange brannte.

»Ich vermisse sie so sehr, Daddy«, wimmerte sie. Dann schlug sie sich die Hände vors Gesicht, damit er nicht mitansehen musste, wie sie weinte. Sie spürte, dass er sich vorbeugte und ihr das Knie tätschelte.

»Ich auch, Amy. Ich auch.«

»Aber du verzeihst mir doch, oder?«

Seine Stimme klang rau und kaum noch hörbar. »Das weißt du doch.«

Als die Patientinnen nach der Besuchszeit wieder zurück auf der Station waren, machte Ellen im Besucherraum Ordnung. Sie schob die verkohlten Scheite im Kamin zusammen, bis auch die letzte Glut verloschen war, und stapelte die Stühle an der Wand auf. Dann griff sie nach Kehrschaufel und Besen und fegte auf allen vieren Kekskrümel zusammen, als jemand sie plötzlich an der Schulter berührte.

»Oh, Himmel, haben Sie mich erschreckt!« Mühsam kam sie auf die Beine und wandte sich zu dem Besucher um. »Kann ich Ihnen helfen?«

»Tut mir leid, wenn ich Ihnen einen Schrecken eingejagt habe... Ich bin Amys Vater.«

»Ich weiß.« Sie klopfte sich den Staub vom Rock. »Wie geht es Ihnen?«

Er knetete seine Mütze in beiden Händen. »Ich würde Ihnen gern etwas geben, für die Akte meiner Tochter. Die ist doch vertraulich oder nicht?«

»Aber natürlich. Worum genau geht es denn?«

Er griff in seine Jackentasche und zog einen Umschlag heraus. »Es ist ein Brief an ... ihren behandelnden Arzt. An denjenigen, der sich um Amy kümmert.«

Ellen nahm den cremeweißen Umschlag entgegen und nickte. »Ich sorge dafür, dass Dr. Lambourn ihn bekommt.«

Amys Vater starrte auf seine Schuhe hinab und blickte nicht ein einziges Mal auf, als er sich leise bedankte und dann davonmarschierte.

14

Jeder Atemzug schien Schwerstarbeit zu sein – ein heiseres Rasseln, wenn sie Luft holte, dann ein Pfeifen beim Ausatmen.

Ellen füllte eine Schüssel mit warmem Wasser, befeuchtete einen Lappen und strich Gertie damit sanft übers Gesicht. Es ging dem Ende entgegen, und Ellen war fest entschlossen, der alten Dame den Abschied so würdevoll wie nur möglich zu gestalten. Gertrude May Lewis war mit gebrochenem Herzen in die Heilanstalt eingewiesen worden und hatte sich vom Tod ihres Mannes nie erholt, hatte nie wieder die Chance gehabt, sich neu zu verlieben, und trat nun ihre letzte Reise an. Ellen hatte keine Ahnung, was am Ende dieser Reise auf sie wartete, aber wenn es so etwas wie einen Himmel gab, einen Ort, an dem man mit seinen Lieben wiedervereint war, dann wollte sie dafür sorgen, dass Gertie so schön wie möglich aussah, wenn sie dort ankam.

»Hier, Gertie«, sagte sie beruhigend und tupfte deren Wangen trocken. Dann sah sie verstohlen in Richtung Schwesternzimmer, zog eine Puderdose aus der Tasche und trug ein wenig Puder auf dem Gesicht der alten Frau auf. »Sie sollen doch hübsch aussehen, wenn Sie Edgar begegnen, hm?«

Die alte Dame lag reglos in ihren Kissen und starrte

zur Decke empor, doch als sie Edgars Namen vernahm, flackerte für einen winzigen Moment kaum merklich ihr Blick.

Ellen zückte eine Pinzette und zupfte ein paar drahtige Haare von Gerties Kinn. Dann benetzte sie ihren Finger mit English Lavender und tupfte Gertie den Duft hinter die Ohren. Zu guter Letzt kämmte sie ihr das dünne weiße Haar.

»So, Gertie. Jetzt sehen Sie aus wie aus einem Modemagazin!«

Sie schüttelte das dünne Laken aus, um ein wenig frische Luft an Gerties Körper zu lassen, und rümpfte kurz die Nase. Der Lavendelduft vermochte den Dekubitusgeruch nicht annähernd zu überdecken. Sie faltete das Laken zusammen und hob Gerties Nachthemd an. An der knochigen Wölbung über der Hüfte hatte die alte Frau sich wund gelegen; das Fleisch drumherum war eitrig und schwarz. Ellen schlug sich die Hand vor den Mund, hielt sich die Nase zu und lief eilig nach einem frischen Tuch und Wasser.

Nachdem sie die Wunde gesäubert und einen Hauch Zinkpulver daraufgegeben hatte, hielt sie eine Weile die Hand der alten Frau. Sie fühlte sich kühl an, und die Haut schimmerte silbrig, während die Fingernägel gelb und rissig waren.

»Es tut mir so leid, Gertie, dass wir Sie im Stich gelassen haben. Ich weiß über Edgar Bescheid. Es hört sich so an, als wäre er ein wunderbarer Mann gewesen. Ein glückliches gemeinsames Leben war Ihnen verwehrt, aber er wartet auf Sie, da bin ich mir sicher. Sie können jetzt loslassen.«

Gertie hatte die Augen geschlossen und atmete flach, doch um ihre Mundwinkel spielte der Hauch eines Lächelns.

Ellen spürte, wie auch ihr die Augen zufielen. Es war ein langer Tag gewesen, und sie sollte bald schlafen gehen. Sie beugte sich vor, legte den Arm aufs Bett und den Kopf auf die Ellenbeuge. Sie würde sich nur für ein paar Minütchen ausruhen.

Sie hatte keinen Schimmer, wie lange sie geschlummert hatte, doch sie wachte auf, als sich eine Hand auf ihre Schulter legte. Verschlafen blickte sie auf und sah in Dougies lächelndes Gesicht.

»Hallo«, sagte er und setzte sich auf die Bettkante. »Du siehst fix und fertig aus. Warum legst du dich nicht hin? Ich bleibe hier.«

Ellen rieb sich den Schlaf aus den Augen. »Du bist gekommen... Ich dachte, du hättest...«

Er hob den Finger an die Lippen. »Ich dachte mir, was kann es schon schaden?«

»Danke, Dougie«, flüsterte sie. »Sprichst du mit ihr?«

Er nickte. »Natürlich.« Dann drehte er sich zu Gertie um, und Ellen bewunderte die natürliche Art, mit der er auf die alte Frau einredete – so beruhigend und ernst, einfach ein Naturtalent.

»Wie geht es Ihnen, Gertie, Liebes?« Er zwinkerte Ellen zu.

Sie ahnte, dass er seinen Akzent um der alten Dame willen übertrieb, und am liebsten wäre sie ihm dafür um den Hals gefallen.

Er nahm Gerties Hand und strich ihr mit dem Daumen zärtlich über den Handrücken. Dann lehnte er sich vor und berührte ihre faltige Wange, während er in einem fort ihren Namen murmelte. Ellen war von seiner Zärtlichkeit wie gebannt.

»Frag sie, ob sie sich an dich erinnert«, sagte sie leise.

Er machte einen Schritt vom Bett weg und flüsterte Ellen ins Ohr: »Ich bin nicht Edgar. Ich hab dir gesagt, dass ich in diese Rolle nicht schlüpfen will.«

Er klang liebevoll, trotzdem war ihr klar, dass er es ernst meinte.

»Entschuldige, ich habe mich hinreißen lassen... Du bist nur so...«

»Ich bin nur Dougie, der einer Freundin einen Gefallen tut.«

»Ich weiß, und dafür bin ich dir ewig dankbar.« Sie blickte auf die schlafende Gertie hinab, deren Brust sich beim Einatmen kaum noch hob. »Sie sieht friedlich aus, findest du nicht?«

Dougie nickte. »Ich frage mich, ob sie uns hören kann.«

Wie auf ein Kommando schlug Gertie die Augen auf und hob leicht die Hand. Ihr Mund ging auf und wieder zu, ihre Lippen verzogen sich und zitterten.

Ellen griff nach einem Glas Wasser. »Hier, trinken Sie einen Schluck.«

Gertie schüttelte den Kopf und drückte das Wasserglas beiseite. Dann nahm sie alle Kraft zusammen und winkte Ellen zu sich heran.

Sie beugte sich vor und hielt das Ohr ganz dicht an den Mund der alten Frau. »Was ist los, Gertie? Kann ich Ihnen noch etwas Gutes tun?«

Erst war es nur ein leises Krächzen tief aus dem Rachen. Gerties Stimmbänder schienen mit dem, was sie tun sollten, überfordert zu sein. Doch nachdem sie ein letztes Mal tief und zittrig Luft geholt hatte, vernahm Ellen die ersten Worte, die Gertie seit sechzehn Jahren gesagt hatte.

Dann richtete sich Ellen wieder gerade auf, schloss sanft Gerties Lider und drehte sich zu Dougie um. »Sie hat gesprochen.«

»Was?«

»Sie hat gesprochen, Dougie!« Ein Lächeln umspielte ihre Lippen.

»Was hat sie gesagt?«

»Sie hat bloß gesagt... *Danke.*«

Dougie breitete die Arme aus, und ohne auch nur eine Sekunde zu zögern, drückte Ellen sich an ihn und presste ihr Gesicht in seinen weißen Kittel.

»Danke, Dougie! Das ist nur dir zu verdanken!«

15

Dr. Lambourn rieb sich das Kinn. Die Stoppeln erinnerten ihn wieder daran, dass er sich eine neue Rasierklinge kaufen sollte. Er rückte sich den Krawattenknoten zurecht, als er hörte, wie die Tür über den Teppich streifte, und drehte sich um, um seine Patientin zu begrüßen.

»Amy ist hier, Dr. Lambourn«, verkündete die Schwester und schob ihren Schützling in sein Sprechzimmer.

Amy sah sie empört an. »Hören Sie auf, mich zu schubsen. Ich kann ganz wunderbar ohne Ihre Hilfe gehen.«

Die Schwester verdrehte die Augen. »Bitte, Sir.«

Er bedeutete Amy, ihm gegenüber Platz zu nehmen. »Setzen Sie sich.«

Amy ließ sich auf den Stuhl fallen. In ihrem Blick loderte unverhohlener Zorn, und er war froh, dass der riesige Mahagonischreibtisch zwischen ihnen stand. Er hatte in seiner Zeit in der Anstalt schon alle möglichen Patientinnen erlebt und war mehr als ein Mal körperlich angegriffen worden – doch keine hatte ihn je so irritiert wie diese junge Frau.

Er verschränkte die Hände auf der Schreibtischplatte. Es würde keinem von ihnen helfen, wenn sie sähe, dass seine Hände leicht zitterten. Dann nahm er einen Schluck Wasser und räusperte sich. »Wie fühlen Sie sich, Amy?«

Sie lehnte sich auf dem Stuhl zurück, verschränkte die Hände im Nacken und musterte die Zimmerdecke. »Es ist jetzt schon ein ganzer Monat, Dr. Lambourn. Warum bin ich immer noch hier?«

»Es ist nur zu Ihrem Besten.«

»Aber es führt doch zu nichts. Zu Hause würde es mir deutlich besser gehen. Mein Vater sagt, dass er mir verziehen hat.«

Dr. Lambourns Blick huschte in Richtung der Schreibtischschublade. Er hatte sie nicht ganz zugeschoben. Obenauf lag der cremeweiße Briefumschlag, auf den in gestochener Handschrift *Dem behandelnden Arzt* geschrieben stand. Er schob die Schublade zu und drehte den Messingschlüssel herum.

»Erzählen Sie mir von Ihren frühesten Erinnerungen, Amy.«

»Warum? Was hat das denn mit allem zu tun?«

Er lächelte. »Tun Sie mir den Gefallen.«

Sie seufzte und verschränkte die Arme vor der Brust. »Was ist eigentlich der Unterschied zwischen Gott und einem Psychiater?«

Er tippte mit seinem Bleistift auf den Notizblock. »Ich weiß es nicht. Sagen Sie es mir.«

»Gott bildet sich nicht ein, er wäre Psychiater.«

Er nickte bedächtig, wollte sich aber nicht anmerken lassen, wie sehr ihn ihre Worte beschäftigten. »Nicht schlecht, Amy.«

Sie zwirbelte eine Haarsträhne um ihren Finger und

grinste. Mit ihren großen braunen Augen blickte sie inzwischen ein wenig sanfter drein, und auch wenn sie immer noch dunkle Augenringe hatte, strahlte sie eine Schönheit aus, die er nie zuvor an einer psychiatrischen Patientin erlebt hatte.

»Kommen wir trotzdem wieder zurück zum Thema? Ihre früheste Erinnerung.«

Ohne Vorwarnung stand sie auf und trat ans Fenster. Mit dem Rücken zu ihm ergriff sie das Wort, als wollte sie nicht, dass er ihr ihre Gefühle ansah.

»Ich war glücklich, zumindest zu Anfang. Ich weiß, dass Sie irgendwas Rührseliges erwarten – die einsame Kindheit, Schläge und Vernachlässigung –, aber so war es nicht.« Sie fuhr mit den Fingerspitzen über den Samtvorhang und strich zart über den weichen Flor. »Ich war erst zwei, als der Krieg ausbrach, nicht dass ich mich erinnern würde, aber ich weiß noch, dass wir auf den Bauernhof meiner Großtante zogen, meine Mutter und ich. Dad musste an die Front.« Sie drehte sich um. »Haben Sie je einen Menschen verloren, Dr. Lambourn?«

Die Frage erwischte ihn eiskalt, und er brauchte ein paar Sekunden, um seine Fassung wiederzuerlangen. »Es geht einzig und allein um Sie, Amy.« Er spürte, wie die Ader an seiner Schläfe pochte. »Bitte fahren Sie fort.«

»Ich wünschte mir, ich könnte mich besser an diese Zeit erinnern. Wenn ich an den Hof zurückdenke, habe ich beinahe körperliche Schmerzen.« Sie klopfte sich auf die Brust. »Es ist eine Sehnsucht, ein tiefes Verlangen, die Zeit zurückzudrehen. Es ist wunderschön dort. Waren Sie schon mal da?«

Er schüttelte den Kopf. »Wo genau?«

»Im westlichen Wales. Die Küste ist spektakulär – das wilde, unerbittliche Wasser, nebelverhangene Moore im Winter, im Sommer das reinste Blumenmeer auf den Kliffen und strahlend blauer Himmel...« Sie leckte sich über die Lippen. »Ich kann fast das Salz in der Luft schmecken. Oh, und dann der Geruch der Felder – frisch gemähtes Gras... Sogar die Weiden mitsamt dem Kuhdung haben für mich immer herrlich gerochen.«

»Klingt idyllisch.«

»Ja, das war es auch.« Sie breitete die Arme aus und drehte sich um die eigene Achse. »Wir haben die kompletten Kriegsjahre dort verbracht, Mummy und ich. Waren von allem, was auf dem Kontinent und in der restlichen Welt passierte, vollkommen abgeschirmt. Wir hatten nicht mal ein Radio! Hier und da kam ein Brief meines Vaters, manchmal auch nur eine vorgedruckte Postkarte, auf der er angekreuzt hat, dass es ihm halbwegs gut ging oder so was in der Art. Ich war damals zu klein, um ihn zu vermissen, und abgesehen davon war ich in einem fort beschäftigt. Als ich irgendwann alt genug war, ging ich morgens zur Schule, und wenn ich nach Mittag wieder heimkam, wartete Jess schon auf mich, der Border Collie meiner Großtante, mit dem Henkel unseres Eierkorbs im Maul, und statt nach Hause zu laufen, sammelten wir erst mal die Eier aus dem Stall hinter dem Cottage ein. Meine Mutter saß draußen auf der Wiese und malte, die Staffelei stand im hohen Gras und inmitten von Wildblumen, und über ihr kreisten die Bussarde. Dann liefen wir wieder nach drinnen, und ich bekam ein Glas frische Kuhmilch – immer noch warm. Anschließend backte Mummy Rosinenfladen.«

Er hatte sie noch nie so angeregt erlebt – ihre Augen leuchteten, und ihre Lippen waren zu einem Lächeln verzogen.

»Und nach dem Krieg?«

Genauso gut hätte er ihr den Teppich unter den Füßen wegziehen können. Ihre Züge verfinsterten sich, und sie ließ die Schultern hängen. Sie ließ sich wieder auf ihren Stuhl fallen. »Darüber will ich nicht sprechen.« Amy schlug die Hände vors Gesicht und holte tief Luft.

Er sah verstohlen auf die Uhr und wartete, bis der Minutenzeiger volle zwei Runden gedreht hatte, ehe er wieder das Wort ergriff. »Amy...«

Sie reagierte nicht.

Er stand auf, umrundete den Schreibtisch und ging vor ihrem Stuhl in die Hocke. Dann zog er ihr einen Finger nach dem anderen vom Gesicht. Ihre Wangen waren rotfleckig, und das Leuchten in ihren Augen, das vor wenigen Minuten noch da gewesen war, war erloschen.

»Ich kann Ihnen nicht helfen, wenn Sie nicht mit mir zusammenarbeiten.«

»Es ist einfach zu hart, daran zu denken, geschweige denn darüber zu sprechen, Dr. Lambourn«, wisperte sie. »Bitte zwingen Sie mich nicht dazu, es wird nichts nützen.«

Er kauerte so nah neben ihr, dass er spüren konnte, welche Hitze sie ausstrahlte. Er konnte ihren Atem riechen – süß wie Birnenbonbons. Mit dem Zeigefinger drückte er sanft ihr Kinn nach oben, sodass sie ihn ansehen musste. Ihre Augen waren so dunkel, dass er kaum ihre Pupillen sehen konnte.

»Vertrauen Sie mir, Amy?«

Sie atmete tief aus und sah zum Fenster hinaus, während sie über seine Frage nachdachte. »Ich vertraue niemandem, Dr. Lambourn«, sagte sie nach einer Weile.

Sie kam einem Pulverfass aus widersprüchlichen Gefühlen gleich. Verletzlich und kindlich in einem Moment, leidenschaftlich und angriffslustig im nächsten.

Er kehrte zu seinem Stuhl zurück und griff zum Telefon. »Tee für zwei, bitte, Schwester Atkins. Und ein paar Kekse.«

Wenige Augenblicke später trat die junge Schwesternschülerin mit dem Teetablett ein. Anscheinend hatte Schwester Atkins die Aufgabe delegiert.

»Danke sehr, Schwester, lassen Sie es einfach dort stehen.« Er zeigte auf das Tischchen vor dem Kamin. Dann drehte er sich wieder zu Amy um. »Kommen Sie?«

Sie stand auf, er trug ihren Stuhl hinüber an den Kamin und nahm selbst gegenüber Platz. Eine Weile nippten sie schweigend an ihrem Tee. Die Stille fühlte sich eher kontemplativ denn unangenehm an und wurde nur vom Knistern des Kaminfeuers unterbrochen.

Dr. Lambourn nahm einen letzten Schluck Tee und lehnte sich auf seinem Stuhl zurück, während Amy an einem Keks knabberte und ein paar Krümel in ihren Schoß segelten. Geistesabwesend wischte sie sie zu Boden, lehnte dann den Kopf zurück und schloss die Augen.

»Ich war acht, als der Krieg zu Ende war«, hob sie plötzlich an. »Ich muss damals die einzige Person weit und breit gewesen sein, die sich nicht gefreut hat. Mir war natürlich klar, dass wir wieder nach Manchester zurückkehren würden und dass meine Mutter dort nicht mehr für mich allein da sein würde. An meinen Vater konnte ich mich nicht mal erinnern. Ich hatte ihn als Zweijährige zuletzt gesehen, insofern war er mir vollkommen fremd. Es mag herzlos klingen, aber meinetwegen hätte er genauso gut im Krieg fallen können. Meine Mutter jedoch war außer sich vor Freude, unser Haus war immerhin sechs Jahre lang verbarrikadiert gewesen, und wochenlang haben wir geputzt, gelüftet und alles aufpoliert, bis ich schon glaubte, der König persönlich käme zu Besuch. Als mein Vater dann in der Tür stand, saß ich gerade auf Mums Schoß und las ein Buch. Er hatte immer noch die Uniform an. Ich weiß außerdem noch, dass sein Gesicht schmutzig war, und als er die Mütze abnahm, waren die Haare darunter plattgedrückt und fettig. Ein Landstreicher, dachte ich noch – aber meine Mutter erkannte ihn sofort wieder, sie kreischte laut und sprang auf, sodass ich von ihrem Schoß rutschte und mit dem Hintern auf dem Steinboden landete. Sie bemerkte es nicht mal. Und dann umarmten sie sich so lange, dass ich schon glaubte, sie hätten mich komplett vergessen. Irgendwann ließen sie einander los, und mein Vater kam auf mich zu, beugte sich zu mir herunter und breitete die Arme aus. Ich wusste gar nicht, was ich tun sollte, da nahm er mich auch schon hoch und drückte mich so fest an sich, dass ich glaubte, ich würde ersticken – weil ich keine Luft mehr bekam und seine Haut so sehr nach Maschinenöl stank. Er war unrasiert, und ich drehte den Kopf weg, um den Stoppeln auszuweichen, aber er lachte nur.«

Dr. Lambourn hatte schweigend zugehört. So viel hatte sie noch nie an einem Stück von sich gegeben, und er wollte sie nicht unterbrechen und Rückfragen stellen. Stattdessen lächelte er und nickte aufmunternd, damit sie weitersprach.

»Ich half meiner Mutter, die große Zinnwanne am Küchenherd zu füllen, während mein Vater einfach nur dasaß und uns zusah. Sie hatte ihm verboten, mit anzupacken. Wollte, dass er sich ausruhte. Als alles fertig war, wurde ich nach oben geschickt. Ich konnte sie lachen und kichern hören, und dann wurde es mit einem Mal mucksmäuschenstill.« Sie lehnte sich vor und griff nach ihrer Teetasse, spuckte dann aber den kalten Schluck zurück, ehe sie wieder das Wort ergriff: »Nachdem er gebadet und sich rasiert hatte, saß ich – erstmals in meiner Erinnerung – auf seinem Schoß. Er schob die Hand in die Tasche und angelte eine nagelneue Drei-Penny-Münze hervor. Die hielt er zwischen Daumen und Zeigefinger und ließ sie direkt vor meinen Augen verschwinden. So was hatte ich noch nie erlebt, und ich konnte nicht glauben, dass dieser Zauberer mein Vater sein sollte. Dann griff er mir hinters Ohr und zauberte die Münze wieder hervor. Ich war so schockiert, dass ich gar nichts sagen konnte. Er lachte, gab mir einen Kuss auf den Kopf, und da wusste ich, dass alles gut werden würde. Er war immerhin mein Vater und hatte mehr als genügend Liebe sowohl für meine Mutter als auch für mich übrig.« Sie lächelte. »Ich war kein schwieriges Kind, Dr. Lambourn. Ganz gleich, was Sie glauben.«

»Da bin ich mir sicher, Amy. Bitte erzählen Sie weiter.«

»Ich gebe zu, an dem Abend hatte ich einen kleinen Wutanfall, als ich ins Bett gehen sollte. Sechs Jahre lang hatte ich im Bett meiner Mutter geschlafen, und jetzt auf einmal sollte ich in meinem eigenen Bett in einem anderen Zimmer schlafen. Ich war fassungslos. Ich fühlte mich betrogen und stampfte die Treppe hoch, ohne den beiden gute Nacht zu sagen. Aber einschlafen konnte ich auch nicht und lag immer noch wach, als sie nach oben kamen. Einer von ihnen machte die Tür auf und spähte herein. Ich zog mir die Decke über den Kopf und tat so, als würde ich schlafen. Ich hatte immer so einen Riesenspaß gehabt, auf dem Bett meiner Mutter Trampolin zu springen; die Federn der Matratze waren schon alt, und wenn ich darauf herumhüpfte, quietschten sie im Takt. Als ich unter meiner Decke lag, hörte ich die Federn wieder quietschen und fragte mich, warum in aller Welt meine Eltern auf dem Bett herumhüpften. Ich meine – mein Vater musste doch müde sein, und waren sie dafür nicht ein bisschen zu alt?«

Dr. Lambourn musste lachen. »Was empfinden Sie dabei, wenn Sie heute daran denken, Amy?«

Sie zuckte mit den Schultern. »Sie haben einander

geliebt. Sie hatten einander immer geliebt – seit sie beide sechzehn gewesen waren. Keiner der beiden hatte sich je für einen anderen interessiert. Es war die Art Liebe, die man nur ein einziges Mal im Leben erfährt – und auch nur, wenn man Glück hat.« Sie hielt kurz inne und atmete zittrig ein. »Aber das machte es letztendlich nur umso schwerer, als ...«

»Als *was*, Amy?«

Sie kniff die Augen zusammen und rieb sich über die Schläfen. »Als ich sie umgebracht habe.«

Der Bleistift glitt ihm aus der Hand und landete auf dem Boden. Er war dankbar für die kurze Atempause, in der er sich hinabbeugen und den Stift wieder aufheben konnte. »Sie haben Ihre Mutter umgebracht?«

Sie nickte. »Sie war im neunten Monat schwanger. Ein Junge ... Mein kleiner Bruder ... ist ebenfalls gestorben.«

Bei ihrem nüchternen Tonfall wurde er sofort hellhörig. »Wie haben Sie ... Ich meine, können Sie mir erzählen, was passiert ist?«

»Nicht wirklich, nein. Ich kann mich nur noch daran erinnern, was später war, als ich im Wohnzimmer saß, mein Vater weinte und mich kaum mehr ansehen konnte. Ich hatte den Arm in einer Schlinge und eine Platzwunde auf der Stirn. Und es waren jede Menge Leute da, die ich nicht kannte, die alle Tee tranken, als wäre das die Lösung für sämtliche Probleme.«

Dr. Lambourn starrte die leeren Tassen an, die auf dem Tischchen zwischen ihnen standen. »Können Sie noch weitermachen?«

»Mit der Geschichte oder mit meinem Leben?«

»Mit Ihrer Geschichte, Amy.«

Sie starrte zur Decke empor, um den Tränen Einhalt zu gebieten, wie er glaubte.

»Ich weiß nur noch, dass ich auf der anderen Straßenseite einen Hund entdeckt hatte. Er sah genauso aus wie Jess, die ich schon seit fast einem Jahr nicht mehr gesehen hatte. Und auch wenn mir tief im Innern klar gewesen sein muss, dass es nicht Jess sein konnte, rannte ich auf die Straße. Dann weiß ich nur noch, dass jemand geschrien und ein Auto gehupt hat und meine Mutter auf der Motorhaube lag...«

Dr. Lambourn sah auf seinen Notizblock hinab. Ihre Geschichte hatte ihn derart in Bann gezogen, dass er kein einziges Wort notiert hatte.

»Das klingt nach einem tragischen Unfall. Wie kommen Sie darauf, dass Sie schuld daran wären?«

»Sie ist gestorben, weil sie mich beschützen wollte. Wenn ich nicht auf die Straße gerannt wäre, wäre sie immer noch am Leben, und ich würde hier nicht festsitzen... mit einem Vater, der mich hasst.«

»Er hasst Sie nicht, Amy. Und Sie sagten doch, dass er Ihnen vergeben hat.«

»Er sagt es, aber sein Blick spricht eine andere Sprache.«

Er war für einen Moment still. Doch für die Frage, die er ihr als Nächstes stellen wollte, gäbe es nie einen passenden Moment.

»Warum haben Sie das Baby mit in den See genommen, Amy?«

Sie sah ihn verwirrt an. »Was für ein See? Was für ein Baby?« Dann stand sie so abrupt auf, dass der Stuhl nach hinten umkippte und auf den Boden krachte. Als sie aus dem Zimmer stürmte, fiel eine Kugel vom Weihnachtsbaum in der Ecke und zerschellte auf den Steinfließen.

Noch lange, nachdem sie gegangen war, starrte er zur Tür. Dann nahm er den Handbesen aus dem Kaminbesteck, fegte die bunten Glasscherben zusammen, kehrte an seinen Schreibtisch zurück und schloss die Schublade wieder auf. Eine Weile brütete er erneut über Peter Sullivans Brief, kaute auf seinem Bleistift und machte sich eine Notiz. Dann überflog er, was er sich aufgeschrieben hatte, und dachte daran zurück, was Amy gesagt hatte. Womöglich hatte sie recht. Vielleicht glaubte er wirklich, er wäre Gott.

16

Ellen sah auf den Zettel hinab, den Schwester Atkins ihr in die Hand gedrückt hatte. »Was ist das?«

»Anweisungen des Doktors.«

Sie starrte die Schwester ungläubig an, die wieder einmal zu großzügig mit dem Lippenstift gewesen war. Auf ihren Schneidezähnen leuchteten rote Flecken.

»Amy soll eine Elektrokrampfbehandlung kriegen?« Ihre Stimme klang schrill vor Entsetzen.

»Genau das steht da, ja.«

Ellen musste daran denken, was sie in Gerties Akte gelesen hatte: Die alte Dame hatte sich während einer solchen Behandlung das Bein gebrochen.

»Ist das denn sicher? Ich meine, ich habe da ganz grässliche…«

Sie hielt inne und wirbelte herum, als sie Dr. Lambourns Stimme hörte. »Sie zweifeln schon wieder am behandelnden Arzt, wie ich höre, Schwesternschülerin Crosby. Ich weiß nicht, warum Sie sich die Mühe machen, überhaupt zur Berufsschule zu gehen. Anscheinend wissen Sie besser Bescheid als alle. Vielleicht sollten Sie mir ja das eine oder andere beibringen. Immerhin habe ich nur Abschlüsse in Medizin und Psychologie.«

Schwester Atkins musste sich ein Lachen verkneifen. Sie hatte an Ellens Unbehagen sichtlich Spaß.

»Tut mir leid, Doktor, es ist nur…«

»Ah, und gleich noch etwas, worin Sie gut sind – Entschuldigungen. Darin haben Sie ganz offensichtlich eine Menge Übung.« Er beugte sich so weit zu ihr hinunter, dass sie die Zahnpasta in seinem Atem riechen konnte.

Schwester Atkins gab sich einen Ruck und ging dazwischen. »Sorgen Sie bitte dafür, Schwesternschülerin Crosby, dass Amy heute nichts zum Frühstück bekommt.«

Dr. Lambourn bedachte Ellen mit einem nachdenklichen Blick. »Vielleicht könnten Sie Amy ja zur Elektrokrampfbehandlung begleiten. Womöglich lernen Sie dort noch etwas.«

»Ich? Oh, ich bin mir nicht sicher, ob ich…« Dann sah sie, dass Dr. Lambourn die Augenbrauen hochzog, und fuhr leiser fort: »Ich meine, ja, natürlich, Doktor.«

Ellen fand Amy an ihrem Lieblingsort im Erkerfenster des Aufenthaltsraums. Fahles Dezembersonnenlicht fiel auf den Teppich, darüber tanzte der Staub. »Amy, kommen Sie, es ist so weit.«

Sie sah nicht einmal auf. »Ich gehe nirgends hin.«

»Wir haben das doch besprochen. Dr. Lambourn empfiehlt diese Behandlung, damit es Ihnen besser geht.«

Sie bedachte Ellen mit einem finsteren Blick. »Indem man mir das Gehirn anbrät?«

»Das stimmt doch nicht – und außerdem steht es nicht zur Diskussion. Unsere Patienten müssen nicht erst ihr Einverständnis zu gewissen Behandlungen geben.«

Belinda schlenderte herbei, um Amy zu ermutigen. »Du musst keine Angst haben, so schlimm ist es nicht. Ich hab das schon mehrmals gehabt, und guck mich an. Mir geht es gut.« Sie fuhr sich mit gespreizten Fingern durchs Haar, sodass es in alle Richtungen abstand, schloss die Augen und streckte die Zunge seitlich heraus. »Siehste«, lispelte sie. »Bin total geheilt.« Dann lachte sie hysterisch und schlurfte aus dem Zimmer.

Dr. Lambourn wartete schon auf sie, als Ellen Amy in die Räumlichkeiten schob, wo die Elektrokrampfbehandlungen vorgenommen wurden. Er hatte beide Hände in die Reversschöße seines gestärkten Arztkittels gekrallt. »Guten Morgen.« Er drückte Ellen eine Liste in die Hand. »Könnten Sie diese Punkte bitte bestätigen, Schwester?«

Ellen überflog die Liste. »Die Patientin hat nichts gegessen. Wie Sie sehen können, trägt sie keine Brille und auch kein Gebiss, das man ihr erst abnehmen müsste.« Sie reichte ihm die Liste zurück.

»Danke.« Dann drehte er sich zu Amy um, tätschelte kurz ihren linken Handrücken und hielt Ausschau nach einer geeigneten Vene. Der Anästhesist nickte ihm kurz zu und legte den Zugang, durch den das Narkosemittel und das Muskelrelaxans zugeführt würden. Amy lag ganz still und mit glasigem Blick da. Aller Widerstand war gebrochen.

Der Anästhesist sah aus wie ein verrückter Professor – mitsamt Nickelbrille, die auf seiner Nasenspitze saß, und langen grauen Haaren, die er sich immer wieder aus dem Gesicht streichen musste.

»Amy«, sagte er jetzt, »zählen Sie bitte von zehn rückwärts...«

Sie leckte sich über die Lippen und seufzte. »Zehn, neun, acht, sie...« Dann gingen die Augen zu, und ihre dünne Stimme verebbte.

»Schwesternschülerin Crosby, Sie geben bitte das Kontaktgel auf die *Regio temporalis*.«

Ellen zog die Augenbrauen in die Höhe.

»Die Schläfen«, erklärte Dr. Lambourn und seufzte unverhohlen ungeduldig.

Sie spürte, wie ihr die Tränen kamen, als sie mit zitternden Fingern das Gel auf Amys Haut auftrug. Mit seinen dunkelbraunen Wänden wirkte der Raum klein und beengt, und ein merkwürdiger Geruch hing in der Luft – irgendein widerwärtiges Gas, das Ellen in die Nase stieg, im Rachen kitzelte und sie ganz benommen machte. Sie blickte auf, als sie hörte, wie hinter ihr die Tür aufging und zwei Schwestern den ohnehin schon überfüllten Raum betraten.

Der Anästhesist nickte Dr. Lambourn erneut zu, woraufhin der sich zu einer Holzkiste umwandte, die auf einem Rollwagen stand. Er nestelte kurz an diversen Drehknöpfen und Schaltern, bis er zufrieden zu sein schien. Dann schob er Amy einen Gummiball in den Mund, griff zu zwei Elektroden und befestigte sie an den Stellen, die Ellen zuvor mit dem Gel befeuchtet hatte.

Ellen presste sich die Faust vor den Mund, während sie darauf wartete, dass der Arzt den Schalter umlegte, der den Stromschlag auslösen würde. Sie spürte, dass sie einer Ohnmacht nahe war, und krallte sich panisch am Rollwagen fest, als im nächsten Moment achtzig

Volt durch Amys Gehirn jagten. Obwohl beide Schwestern die junge Frau festhielten, verkrampfte ihr Leib derart und zuckten die Gliedmaßen so heftig, dass sie sekundenlang über dem Behandlungsstuhl zu schweben schien.

Dr. Lambourn lächelte Ellen an. »Sehen Sie, war doch gar nicht so schlimm, oder?«

»Für mich nicht – aber was ist mit ihr?« Sie nickte auf Amy hinab, die wieder entspannt dazuliegen schien. An ihrem Kinn schimmerte ein Speichelfaden.

»In einer Viertelstunde kommt sie wieder zu sich – wahrscheinlich erst mal mit heftigen Kopfschmerzen. Diese Begleiterscheinung lässt sich leider nicht verhindern, aber das geht vorbei.«

»Und langfristig?«

Er kniff die Augen zusammen. »Amy hat Gedächtnisstörungen«, sagte er schulmeisterlich. »Und sie muss sich erinnern, wenn wir ihr bei der Genesung helfen wollen. Manchmal zieht diese Behandlung weitere Erinnerungslücken nach sich, aber in anderen Fällen ist das Gedächtnis infolge der Elektrokrampfbehandlung besser geworden, da sie die Störungen beseitigt, die mit den Depressionen in Verbindung stehen.«

An seinem Unterlid zuckte ein Nerv, und er hielt Amys Akte fest vor die Brust gepresst. In Ellens Augen sah so kein Mann aus, der glaubte, was er da sagte.

Sie ergriff die Gelegenheit beim Schopf. »Dann geben Sie also zu, dass das Ganze eher ein Lotteriespiel ist?«

Er schien genau zu überlegen, was er darauf erwidern sollte. »Sind Sie immer so schwierig? Oder haben Sie auch mal einen guten Tag?«

»Ich finde, es ist nichts Schlechtes dabei, wenn man gewisse Methoden hinterfragt, die von außen betrachtet einfach nur barbarisch aussehen und anscheinend eher beliebige Ergebnisse erzielen.«

Er schnaubte. Bestimmt wollte er so seinen Spott kundtun, denn es war nur zu klar, dass er Ellen kein bisschen amüsant fand. »Kümmern Sie sich weiter um die Hygiene der Patienten und Einläufe und überlassen Sie die wichtigen Sachen uns studierten Ärzten.« Dann marschierte er aus dem Raum und knallte die Tür hinter sich zu.

Der Anästhesist bedachte Ellen mit einem schiefen Lächeln, zuckte dann mit den Schultern und widmete sich wieder seinen Folterinstrumenten.

Sie hatte das unbändige Bedürfnis, Dougie zu sehen. Ellen brauchte jetzt ein freundliches Gesicht und die Versicherung, dass alles gut würde. Wie getrieben hastete sie den gewienerten Flur entlang, der zum Männerflügel führte, und schickte ein Stoßgebet gen Himmel, dass Dougie da war. Es war schon schwierig genug, sich den eigenen Schichtplan einzuprägen, ganz zu schweigen den eines Kollegen.

Als sie die verschlossene Tür zu seiner Station erreichte, spähte sie durch das Sicherheitsglas und klopfte. Sie ächzte innerlich, als sie den übergewichtigen Stationsleiter entdeckte, der auf sie zu schlurfte. Der schwere Schlüsselbund baumelte an seinem Oberschenkel hin und her. Er suchte den richtigen Schlüssel heraus und schloss auf.

»Ja?«

»Ist Pfleger Lyons noch da?«

»Wer will das wissen?«

Sie war nicht zu Spielchen aufgelegt. »Ich.«

Er grinste bloß und winkte sie herein. »Er ist im Aufenthaltsraum.«

»Danke.«

Quer durch die Abteilung steuerte sie den Aufenthaltsraum an. Sie musste sich nicht einmal umdrehen, um zu wissen, dass der Stationsleiter ihr auf den Hintern starrte und sämtliche Patienten sie musterten, als wäre sie ein kurioses Ausstellungsstück in einer viktorianischen Monstrositätenschau.

Dougie saß mit dem Rücken zur Tür an einem kleinen Tisch und hatte den Kopf in beide Hände gestützt. Ihm gegenüber lehnte sich ein junger Kerl mit einem selbstzufriedenen Grinsen auf seinem Stuhl zurück und verschränkte die Arme. »Schachmatt«, verkündete er.

Dougie schüttelte den Kopf. »Du hast schon wieder gewonnen, verdammt!«

Der Junge strahlte übers ganze Gesicht, sodass man die Grübchen in seinen Wangen sah. Sein rabenschwarzes Haar war an einer Kopfseite abrasiert, und auch wenn es bereits nachwuchs, konnte Ellen die Narbe unter den Stoppeln erkennen.

»Hallo, Dougie.« Seinen Schachgegner bedachte Ellen mit einem Lächeln.

»Himmel, was machst du denn hier?« Dougie wandte sich um, grüßte Ellen und zeigte anschließend auf den Jungen. »Das ist Edward. Der Kerl hat mich gerade schon wieder besiegt.« Er fing an, die Schachfiguren zusammenzuklauben. »Dann mal los, Ed, zieh Leine.«

Edward nahm den schwarzen König zur Hand, setzte ein Küsschen darauf und warf ihn in die Luft. Dougie streckte die Hand aus und schnappte ihn sich.

»Morgen um die gleiche Zeit?«

Edward kratzte sich am Kinn. »Da müsste ich erst in meinem Terminkalender nachsehen.« Dann stand er auf, musste sich dabei aber an der Tischkante festhalten. Auch Dougie sprang auf, doch Ed winkte ab. »Schaff ich schon, danke.« Dann lief er auf wackligen Beinen und mit winzigen, schlurfenden Schritten zur Tür und hielt die Arme ausgestreckt, um sich im Notfall irgendwo festhalten zu können. Als er die Tür fast erreicht hatte, stürzte er regelrecht auf den Türrahmen zu, als wäre der ein Rettungsboot. Während er über die Schulter sah, war sein Gesicht von der Anstrengung dunkelrot angelaufen. »Hab ich doch gesagt«, verkündete er stolz.

Nachdem er den Raum verlassen hatte, ließ Ellen sich auf Eds Stuhl fallen. »Nett von dir, dass du ihn gewinnen lässt, Dougie. Ist gut für sein Selbstbewusstsein, nehm ich an.«

»Dass ich ihn gewinnen lasse? Ich wollte, er würde *mich* hin und wieder gewinnen lassen! Ich hab ihn noch kein einziges Mal besiegt.«

Ellen war hörbar verblüfft. »Oh, und ich dachte...«

»Ja, ich weiß, was du denkst. Dass ich ein so schlechter Schachspieler bin, dass ich nicht mal einen Psychiatriepatienten schlagen kann.«

»Weshalb ist er hier? Ich habe die Narbe an seinem Kopf gesehen, und ganz offensichtlich hat er Schwierigkeiten beim Gehen.«

»Kopfverletzung. Schwerer Fahrradunfall. Ist schon seit Monaten in Ambergate.«

»Aber da ist so eine Anstalt doch nicht das Richtige, oder?«

»Ich mache die Regeln nicht, Ellen. Er hat immer noch Anfälle, weißt du.«

»Der arme Kerl. Und noch dazu so jung!«

»Er ist schon einundzwanzig. Hatte letzte Woche Geburtstag. Seine Mom hat ihm einen Kuchen vorbeigebracht, die Gute. Sie kommt ihn jede Woche besuchen und bringt ihm jedes Mal eine Birne mit.«

»Eine ... Birne?«

Dougie lachte. »Ja, eine Birne.« Er spähte zur Wanduhr empor. »Heute Nachmittag kommt sie wieder.«

Ellen nahm einen weißen Bauern zur Hand und drehte ihn hin und her. »Ich musste heute Morgen eine Patientin zur Elektrokrampfbehandlung bringen.«

Dougie streckte die Hand nach der Schachfigur aus. »Und das war heftig ...« Es war nicht als Frage gemeint.

»Gott, Dougie, es war ganz fürchterlich! Ich meine, wie kann es bitte in Ordnung sein, einen Patienten derart zu foltern?«

Er schob den Deckel auf die Schachfigurenschachtel. »Weißt du, Ellen, die gleiche Frage habe ich mir in den letzten zwei Jahren auch oft gestellt, aber ich habe eben auch erlebt, dass manche Patienten enorme Fortschritte gemacht haben. Mehr kann ich dazu nicht sagen. Ich kann dir nur erzählen, was ich hier tagtäglich sehe.«

»Ich habe Dr. Lambourn dazu befragt, weißt du, hab wissen wollen, ob es nicht irgendeine andere Methode ...«

»Hast du nicht!«

»Keine Sorge, ich hab meine Lektion gelernt. Er glaubt ohnehin, dass ich größenwahnsinnig bin.«

Über den Tisch hinweg tätschelte Dougie ihre Hand. »An einem bisschen Enthusiasmus ist doch nichts verkehrt, *chuck*.«

Unwillkürlich musste sie lächeln. Er hatte einen Kosenamen aus ihrem Heimatdialekt gewählt, auch wenn es aufgrund seines Akzents beinahe klang, als wollte er sie auf den Arm nehmen.

Sie stemmte sich hoch. »Ich gehe wohl besser zurück und sehe nach Amy.«

Er hielt abrupt inne und runzelte die Stirn. »Die junge Frau vom Ball? War sie das, die zur Behandlung musste?«

»Ja.«

Sie konnte seinen Gesichtsausdruck nicht deuten; er hatte die Stirn immer noch leicht krausgezogen, als er tief Luft holte.

»Armes Ding«, murmelte er.

Es hing immer noch Essensgeruch in der Luft: ranziger Speck und überreife, gedünstete Äpfel. Und Kohl – immer roch es nach Kohl, selbst wenn er gar nicht auf dem Speiseplan stand.

Amy lag auf ihrem Bett und starrte zur Decke. Rund um ihren Mund war der Speichel getrocknet. Pearl hockte auf einer Bettkante, Queenie auf der anderen, und beide hielten Amy bei der Hand. Die mitfühlende Geste rührte Ellen zutiefst.

»Das ist wirklich nett von Ihnen. Wie geht es ihr?«

»Spricht nicht«, antwortete Pearl.

»Also gut, ich übernehme jetzt. Sie beide waren ganz hinreißend, und ich bin mir sicher, dass Amy Ihre Freundlichkeit zu schätzen weiß.«

Die beiden Frauen hakten sich beieinander unter und watschelten in Richtung Aufenthaltsraum.

Ellen strich Amy über die Stirn. »Sie dürften hungrig sein, oder nicht? Da Sie heute gar nicht gefrühstückt haben und so ...«

Keine Reaktion. Als Ellen Amy ins Gesicht sah, biss sie die Zähne zusammen. Die junge Frau war nur mehr ein Schatten ihrer selbst. Ellens Hoffnung schwand, dass Amy sich von der Therapie erholen würde.

»Ich ... Ich ... will meinen Vater sehen.« Ihre Stimme war so dünn und heiser, als hätte sie den Rauch eines Lagerfeuers eingeatmet.

Ellen beugte sich über sie, sodass sie nur Zentimeter von Amys Gesicht entfernt war. »Ich kümmere mich darum, verlassen Sie sich auf mich.« Dann rief sie quer über den Mittelgang: »Belinda, kommen Sie mal rüber und bleiben kurz bei Amy sitzen?«

»Nein, ich bin beschäftigt. Sie können mich mal am ...«

»Belinda! Augenblicklich hierher!«

Als Ellen an Dr. Lambourns Sprechzimmertür klopfte, kitzelte der Schweiß in ihren Achseln, und ihr Herz raste, als wäre sie soeben einen Marathon gelaufen.

»Herein.« Die Stimme klang einigermaßen freundlich. Trotzdem war ihr klar, dass es damit schlagartig vorbei wäre, sobald sie über die Schwelle träte.

»Dr. Lambourn, dürfte ich kurz mit Ihnen sprechen?«

Er rieb sich die Schläfen. »Gott, Sie. Was ist denn nun wieder passiert?« Er hielt beide Hände in die Höhe. »Nein, sagen Sie nichts. Sie haben eine revolutionär neue Methode entwickelt, Irre zu behandeln, bei der man nicht im Gehirn herumstochern oder Elektroschocks durch sie hindurchjagen muss wie durch die Schweine im Schlachthof. Habe ich recht?«

Sie ließ die Schultern hängen, ballte aber ganz kurz die Fäuste, ehe sie mit so fester Stimme, wie ihr möglich war, antwortete: »Nichts dergleichen, Dr. Lambourn. Ich habe mich bloß gefragt, ob wir Amys Vater zu einem Besuch überreden könnten. Sie hat nach ihm gefragt, wissen Sie.«

»Sie hat nach ihm gefragt?« In seiner Antwort schwang ein leicht bedrohlicher Unterton mit.

Ellen schluckte. »Ganz richtig.«

»Und Sie glauben, es ist in Ordnung, wenn die Patienten selbst bestimmen, was wir für sie tun sollten?«

In ihrer Magengrube machte sich ein ängstliches Flattern bemerkbar. »Na ja, ich hab gedacht...«

»Das ist genau Ihr Problem. Sie denken zu viel.« Er zog die Schreibtischschublade auf, holte den Briefumschlag heraus und schleuderte ihn ihr entgegen. »Ich schlage vor, Sie lesen das mal.«

Ihre Finger fühlten sich ungelenk und dick wie Würstchen an, als sie an dem Kuvert nestelte, das sie schon einmal in der Hand gehabt hatte. Sie starrte auf den Brief hinab, ehe sie sich auf die einzelnen Worte konzentrierte.

1. Dezember 1956

An den behandelnden Arzt von Amy Amelie Sullivan

Hiermit verfüge ich, Peter Sullivan, Vater der oben genannten Patientin, dass meine Tochter auf unbestimmte Zeit in Ihrer Obhut bleibt. Dies ist die schwierigste, herzzerreißendste Entscheidung, die ich je habe treffen müssen, aber ich überlasse Amy der Fürsorge Ihrer Anstalt, weil sie nicht länger imstande ist, in meinem Haushalt zu leben. Sie stellt eine Gefahr für sich selbst und – was noch viel wichtiger ist – für meine Familie dar. Durch diverse Handlungen hat sie unter Beweis gestellt, dass sie nicht mehr im Vollbesitz ihrer geistigen Kräfte ist, und ich kann das Risiko, sie weiterhin in ihrem Elternhaus wohnen zu lassen, nicht länger eingehen. Ich glaube nicht, dass sie böswillig ist, aber ich habe auch nicht den Wunsch, sie wiederzusehen, ehe sie wieder vollständig genesen ist – ganz gleich, wie lange es dauern wird. Ich werde sie immer von Herzen lieben, aber sie so sehen zu müssen, ist schlicht zu schmerzhaft. Bitte nehmen Sie sie freundlich bei sich auf.
Mit verbindlichen Grüßen
Peter Sullivan

Dr. Lambourn hatte das Kinn aufgestützt und hielt den Kopf komplett still, auch wenn er mit dem Blick jeder von Ellens Bewegungen folgte.

Ellen faltete den Brief zusammen und ließ ihn auf seinen Schreibtisch fallen. »Weiß sie, dass ihr Vater sie nicht mehr besuchen kommt?«

Er schüttelte den Kopf. »Ich habe es ihr noch nicht erzählt, und ich sehe dazu fürs Erste auch keinen Anlass.«

»Aber sie wird am Boden zerstört...«

»Schwesternschülerin Crosby! Es gibt Dinge, über die Sie nicht Bescheid wissen und auch nicht Bescheid wissen *müssen*.« Er legte eine kurze Pause ein und tippte auf ein großes Buch vor sich auf dem Schreibtisch. »Sind Sie mit Sigmund Freuds Schriften vertraut?«

»Nein, nicht wirklich... Ich habe natürlich schon von ihm gehört, aber...«

»Carl Jung?«

Sie schüttelte den Kopf und starrte zu Boden.

Dann hörte sie, wie er seinen Stuhl zurückschob, und mit einem Mal tauchte er neben ihr auf und legte ihr den Arm um die Schultern, als wären sie Freunde. Sein aufdringliches Rasierwasser kitzelte sie in der Nase.

»Ellen, gehen Sie zurück in Ihre Station«, flüsterte er. »Und überlassen Sie Amy mir.«

17

Weihnachten war ihre liebste Zeit des Jahres. Ihre Mutter gab sich immer besondere Mühe, und die pure Vorfreude, wenn sie am Weihnachtsmorgen die Treppe hinunterlief und ihren Strumpf über dem Kamin hängen sah, hatte sie sich über die Jahre bewahrt. Auch wenn der Strumpf nie randvoll war – immerhin waren sie im Krieg –, enthielt er doch immer ein kleines handgemachtes Geschenk für sie. Es waren Geschenke, an denen Amy bis zum heutigen Tag Freude hatte. Das Taschentuch mit den eingestickten Initialen. Der glatte, flache Stein, den ihre Mutter am Strand gefunden und auf den sie ein paar pinkfarbene Sandglöckchen gemalt hatte, wie sie auch über der Steilküste in der Nähe des Cottages wuchsen. Und das Liebste von allen: ein kleiner bunter Teddybär, den ihre Mutter aus Wollresten gestrickt und mit alten Strumpfhosen ausgestopft hatte.

Sie wusste noch genau, wie sie auf der Armlehne neben ihrer Mutter gesessen hatte, als diese das hellblaue Matinee-Jäckchen für das Baby gestrickt hatte – für Amys kleinen Bruder, weil sie sich alle sicher gewesen waren, dass es ein Junge würde. Ihre Mutter hatte irgendetwas mit ihrem Ehering gemacht, hatte ihn über dem Babybauch pendeln lassen. Er war zur Seite geschwungen und womöglich auch ganz leicht im Kreis, da war Amy sich nicht mehr ganz sicher, aber ihre Mutter war außer sich vor Freude gewesen, weil es ihr anscheinend bestätigt hatte, dass sie mit einem Jungen schwanger war.

Amy starrte aus dem Fenster. Die Sonne stand tief über dem Horizont, ihr grelles Licht schien von den weißen Äckern wider, und die Bäume ächzten, weil so viel Schnee gefallen war. Der arme kleine Junge, ihr armer kleiner Bruder, sollte das Matinee-Jäckchen nie tragen. Ihr Vater hatte es noch jahrelang unter seinem Kopfkissen aufbewahrt.

»Amy, stehen Sie auf, wir gehen spazieren.«

Sie hatte den Doktor gar nicht hereinkommen hören, und seine unvermittelte Aufforderung riss sie aus ihren Tagträumen. Vielleicht war es ja gut so. Grübeln half niemandem weiter, zumindest sagten das ständig alle zu ihr. Doch es fiel ihr schwer, hier drinnen nicht in Grübeleien zu versinken. Dieser verdammte Arzt wollte ständig, dass sie sich mit ihm unterhielt und sich die schmerzhaften Erinnerungen von der Seele redete.

»Spazieren?« Sie glotzte hoch zu Dr. Lambourn, der schon in seinem dicken Wintermantel steckte und eine Pelzmütze trug, mit der er aussah wie ein russischer Geheimagent. Als er die Hände zusammenschlug, gaben die Lederhandschuhe ein lautes Klatschen von sich.

»Ja. Auf geht's.« Er hielt ihr den Mantel hin, den er über dem Arm getragen hatte, sodass sie nur noch hineinschlüpfen musste. »Ihre Haare sind länger geworden, wie ich sehe.«

Sie drehte sich zu ihm um, während sie den Mantel zuknöpfte. »Ich nehme an, das säbeln sie mir alsbald wieder ab.«

Draußen hatte sie das unbändige Bedürfnis, loszurennen und nie wieder zurückzublicken. Sie wollte im jungfräulichen Schnee tanzen, seine unberührte Oberfläche durchpflügen. Vielleicht hätte sie es auch gemacht, hätte Dr. Lambourn sie nicht bei sich untergehakt, als wären sie ein Liebespaar, das durch eine eisige Wintermärchenlandschaft streifte. Sie blieb stehen und sah zu ihm hoch. Seine Wangen waren von der Kälte gerötet, und seine Mütze war leicht verrutscht, sodass sie ihm fast bis über die Augen reichte.

»Bin ich für Sie eigentlich bloß ein Experiment, Dr. Lambourn? Ich meine, ich habe Sie nie mit Pearl oder Queenie oder auch Belinda spazieren gehen sehen.«

Er schnaubte. »Belinda? Gott bewahre!« Mit einem Taschentuch wischte er sich über die Augen. Nicht dass sie geträntt hätten – es war einfach nur die kalte Luft. »Sie faszinieren mich, Amy. Und ich glaube, ich kann Ihnen helfen. Haben Sie schon mal von Sigmund Freud gehört?«

Er schob sie ein Stück vorwärts, und ihre Schritte knarzten im Schnee.

»Ja«, antwortete sie misstrauisch. »War das nicht der mit den Träumen?«

Dr. Lambourn lachte. »Er ist der Vater der Psychoanalyse. Er hat seine Patienten dazu ermutigt, frei über ihre Erfahrungen zu sprechen, besonders über frühe Kindheitserlebnisse. Er wollte ihre Seele erforschen –

das Unterbewusstsein insbesondere. Insofern ja, in Teilen liegen Sie mit den Träumen ganz richtig.«

»Versuchen Sie deshalb, mich zum Reden zu bringen?«

»Ich würde mithilfe der Psychoanalyse gern den tiefer liegenden Grund herausfinden, der zu Ihren mentalen Problemen geführt hat. Ja.«

Sie blieb abrupt stehen. »Ich bin nicht verrückt, Dr. Lambourn. Warum fangen Sie nicht bei jemandem an, der wirklich Probleme hat?« Sie deutete vage zurück zum Anstaltsgebäude. »Das Haus ist voll von Irren, die Ihre Aufmerksamkeit wesentlich nötiger hätten.«

»Die meisten sind dafür schon zu weit weg.« Er legte ihr die Hand ans Kinn und zwang sie, ihn anzusehen. »Für Sie gibt es Hoffnung, Amy.« Dann tippte er ihr auf die Stirn. »Aber wir müssen den Schlüssel finden, der uns Zutritt zu alldem eröffnet, was hier oben vor sich geht. Der Schlüssel zur Freiheit hängt in Ihrem Fall nicht an Schwester Atkins' Schlüsselbund. Er steckt in Ihrem Kopf. Bitte, lassen Sie mich Ihnen helfen.«

Er hatte ihr Kinn immer noch nicht losgelassen, aber es fühlte sich nicht bedrohlich an. Tatsächlich liebkoste er mit dem lederbehandschuhten Zeigefinger ihre Wange. Womöglich sollte sie ihm vertrauen. Seit der Elektrokrampfbehandlung schienen ihre Erinnerungen wirklich ein wenig klarer zu sein. Zumindest in dieser Hinsicht hatte er recht behalten. Aber das Letzte, was sie wollte, war eine neuerliche Behandlung.

»Keine Elektrokrampfbehandlung mehr.«

Er legte ihr die Hände fest auf die Schultern. »Keine Elektrokrampfbehandlung mehr, Ehrenwort.«

Sie ließ den Blick in die Ferne schweifen und betrachtete die Anstalt, die gezwungenermaßen zu ihrem Zuhause geworden war. Der Wasserturm überragte alles. Eiszapfen hingen wie Speerspitzen von den rissigen Regenrinnen. Was wäre schon dabei, wenn sie sich für sein Psychoanalyseexperiment bereit erklärte? Was hätte sie noch zu verlieren?

»Und Sie sind für diese Psychoanalyse ausgebildet?«

»Mehr oder weniger.«

Sie zog die Augenbrauen in die Höhe. »Was soll das heißen?«

»Ich bin examinierter Psychiater, Amy. Sie haben nichts zu befürchten. Sie sind wirklich in guten Händen.«

Sie seufzte. »Meinetwegen, Doktor. Dann bin ich hiermit Ihr Versuchskaninchen.«

Erleichtert lächelte er sie an. »Sie werden es nicht bereuen, Amy. Wir fangen gleich nach Weihnachten an.«

Einvernehmlich schweigend spazierten sie weiter – den eisigen Wind im Gesicht, die Lippen schon taub von der Kälte –, bis sie wieder den Vordereingang des Gebäudes erreichten. Auf den Steinstufen lag eine dicke Schneeschicht. Am Fuß der Treppe standen einige Männer auf Schneeschaufeln gestützt zusammen, dann tauchte eine Schwester auf und gab ihnen Anweisungen. »Ed, Sie räumen bitte die Treppe frei, und fangen Sie oben an. Schieben Sie den Schnee von links nach rechts, sodass er dort durchs Geländer fällt.« Dann wandte sie sich an den Nächsten. »Und Sie schippen die Auffahrt.«

Der junge Ed erklomm Schritt für Schritt die Stufen wie ein Kleinkind, das gerade lernte, Treppen zu steigen. Dann hielt er sich kurz am Handlauf fest, atmete ein paarmal tief durch und fing an, Schnee zu schaufeln. Weder seine schmächtige Gestalt noch die wackligen Beine schienen ihn zu behindern, und im Handumdrehen hatte er den oberen Treppenabsatz freigelegt und machte mit der nächsten Stufe weiter. Dr. Lambourn und Amy warteten geduldig, bis die Treppe geräumt war.

Als er fertig war, bedeutete der junge Mann ihnen mit einer schwungvollen Geste, dass sie hinaufgehen sollten.

»Danke, Ed«, sagte Dr. Lambourn, während Amy ihn mit einem Lächeln bedachte und anerkennend nickte.

Ed strahlte sie an und zog sich die Mütze vom Kopf. »Seien Sie vorsichtig, Miss, nicht dass Sie ausrutschen.«

Dr. Lambourn stieg die Treppe als Erster hoch und trat den Schnee von den Schuhen. Amy schob ein bisschen Schnee vom Handlauf zusammen und formte daraus einen perfekten Schneeball. Ed war schon wieder mit seiner Schaufel zugange und hatte sich von ihnen weggedreht, als ihn der Schneeball traf – und zwar am Hinterkopf, sodass ihm der Schnee in den Kragen rutschte.

Empört richtete er sich auf. »Hey!« Dann blickte er sich nach dem Angreifer um – und sah, wie Amy sich grinsend die Hände rieb. »Sie?!«

Sie musste sich zusammenreißen, um nicht zu kichern, doch als er im nächsten Moment in die Hocke ging, um selbst in den Schnee zu greifen, quietschte sie laut auf, floh in den Eingangsbereich und schlug die Tür gerade rechtzeitig hinter sich zu. Von draußen konnte sie einen dumpfen Aufschlag hören, als Eds Schneeball die Holztür traf.

Sie lehnte sich gegen die Tür und lachte. Zum ersten Mal seit Jahren verspürte sie Freude, und ihr Lachen, das so lange tief in ihr vergraben gewesen war, brach sich Bahn wie Champagnerbläschen, die in der Flasche aufstiegen.

18

Die Station hatte noch nie so prachtvoll ausgesehen. Es lag nicht allein an der Weihnachtsdekoration. Es war überall geputzt, jede Spinnwebe, jeder Fleck war entfernt und jeder störrische Patient ruhiggestellt worden. Die Nachricht des neuen medizinischen Direktors war in der vorangegangenen Woche eingetroffen: Die Klinik habe zwei Tage vor Weihnachten für die Patientenfamilien offenzustehen, damit sie Zeit mit ihren Lieben verbringen und dann in der Gewissheit heimkehren konnten, dass ihre Angehörigen die bestmögliche Behandlung erführen, die die Klinik zu bieten hatte.

»Als hätten wir nicht schon genug zu tun«, hatte Schwester Atkins gemurrt, als sie das Memo gelesen hatte.

Ellen hatte den Mund gehalten. Schwester Atkins hatte nun wirklich keinen Grund, sich zu beklagen. Ohne jeden Zweifel würde sie die Arbeit an Ellen und die anderen Schwesternschülerinnen delegieren.

Nachdem sie mit dem Schrubben, Scheuern und Polieren fertig waren, sahen Ellens Hände schrundig und wund aus, und ihre Fingernägel waren nur mehr rissige Schatten ihrer selbst.

Amy tauchte mit einem Tablett in der Tür auf. »Wo soll ich die hinstellen?«

Die Kantine hatte ein paar heiße Mince Pies geschickt, und zusammen mit den Weihnachtsliedern vom Grammophon trug der Duft zur festlichen Stimmung bei und sorgte sogar ein klein wenig für ein Gefühl von Normalität. Ellen nahm das Tablett entgegen, stellte es auf dem Sideboard ab und rieb mit dem Ärmel einen Streifen Wachspolitur weg.

»Wie sehe ich aus?«, wollte Amy wissen und drehte sich um die eigene Achse. »Mein Vater soll sehen, dass ich auf dem Weg der Besserung bin und ihn nicht noch einmal enttäusche.« Sie trug zwar immer noch die unförmige Krankenhauskluft, hatte sich aber ein Stoffband um die schmale Taille gebunden und ein Stück Rauschgold zu einer Brosche gedreht. Sie hatte sich das Haar gekämmt und sogar einen Hauch hellen Lippenstift aufgetragen, der ihrer Verwandlung den letzten Schliff gegeben hatte.

Ellen griff nach den Ilexzweigen, die sie zuvor im Park gesammelt hatte, und dachte über eine Antwort nach. Gedankenverloren, wie sie war, stach sie sich mit einem der dunkelbraunen Blätter in den Finger, sodass sich ein Blutstropfen bildete. Sie schob den Finger in den Mund, glücklich über den Vorwand, so nicht auf Amys Frage eingehen zu müssen.

Bis die ersten Besucher eintrafen, hatten die Patientinnen sich schon im Aufenthaltsraum eingefunden, schlenderten mit Teetassen in den Händen auf und ab und verputzten die Mince Pies, als wären sie von den Herrschaften eines imposanten Landhauses zum geselligen Beisammensein geladen worden. Ellen lief mit der Teekanne herum, füllte Tassen auf und hielt hier und da einen kurzen Plausch. Ihr Blick streifte Amy, die immer wieder zur Tür spähte und nach ihrem Vater Ausschau hielt und deren Gesichtszüge sich Mal ums Mal verfinsterten, wenn ein weiterer Besucher für jemand anderen kam. Ellen wusste genau, dass Amys Vater nicht durch diese Tür kommen würde. Heute nicht, morgen nicht und auch an keinem anderen Tag. Dr. Lambourn hatte darauf bestanden, dass Amy nicht vom Brief ihres Vaters erfahren sollte. Es wäre ihrer Genesung nicht zuträglich. Ob Ellen nicht daran gelegen sei, dass es Amy irgendwann besser ginge? Ob sie das wirklich mit ihrem Gewissen vereinbaren könne? Und es war tatsächlich wahr: Amy war in den vergangenen Tagen heiter gestimmt gewesen. Sie war nicht mehr so streitlustig und aufsässig.

Queenie wiederum war geradezu in ihrem Element. Ihre jüngere Schwester war gekommen, und Queenie führte sie überall herum und stellte sie jedem, der es hören wollte, als Prinzessin Ethel vor.

»Herr im Himmel«, raunte Amy Ellen zu. »Man sollte doch meinen, dass sie ihr diesen Schwachsinn inzwischen ausgetrieben hätten. Ganz ehrlich? Es ist doch nicht richtig, dass ich mit solchen Leuten zusammengesperrt bin!«

»Sie ist harmlos, Amy.«

Sie wechselte abrupt das Thema. »Mein Vater kommt nicht, oder?«

Eilig schob sich Ellen einen halben Mince Pie in den Mund, um Zeit zu schinden und sich eine Antwort zurechtzulegen. Mühsam schluckte sie den Bissen hinunter und tupfte sich den Mund mit ihrer Schürze ab.

»Allmählich sieht es ganz danach aus, Amy, aber noch ist nicht aller Tage Abend. Konzentrieren Sie sich auf Ihre Genesung, und wenn es Ihnen wieder gutgeht, kehren Sie zu ihm nach Hause zurück.«

Amy griff nach ihrer Rauschgoldbrosche und riss sie sich grob vom Kleid. Ein kleines Loch blieb im Stoff zurück. »Ich wusste, er würde nicht kommen. Sie hat ihn einer Gehirnwäsche unterzogen.« Dann knotete sie das Stoffband auf, das sie um die Taille getragen hatte, und legte es sich um den Hals.

Ellen war schlagartig alarmiert. Es war ihr zuvor nicht mal in den Sinn gekommen, was Amy damit alles anstellen konnte. Sie hätte das Band gar nicht erst in die Hände bekommen dürfen. Sie hatte eine sogenannte Rotsperre, war als potenziell selbstmordgefährdet eingestuft worden, und wenn Schwester Atkins ihr auf die Schliche käme, würde das eine Untersuchung und ernsthafte Konsequenzen für denjenigen nach sich ziehen, der der Schutzbefohlenen das Band überlassen hatte.

Unterdessen hatte Amy sich durch die Menge im Aufenthaltsraum geschoben, saß wieder an ihrem Lieblingsfensterplatz und starrte hinaus in den Park. Draußen taute es, und Schneereste tropften vom Dach wie geschmolzenes Speiseeis. Ellen setzte sich ihr gegenüber und nahm ihre Hand.

»Für Sie gibt es Hoffnung, Amy. Sie dürfen nicht aufgeben.« Sie nestelte kurz an dem Stoffband, ehe sie es der jungen Frau sanft vom Hals zog und sich in die Tasche schob.

19

Wenn es in Ambergate gesellschaftliche Anlässe gegeben hätte, wäre der Weihnachtsball von allen der wichtigste gewesen, dachte Amy. Obwohl sie noch nicht so lange hier war, dass sie sich ein Urteil erlauben konnte, war ihr doch aufgefallen, wie wichtig das Weihnachtsfest für alle in der Klinik war. Die Patienten hatten die vergangene Woche damit verbracht, Papiergirlanden zu basteln, die jetzt zwischen den Wandleuchten baumelten, ein riesiger Weihnachtsbaum war von Gott weiß woher angeschleppt worden, und auch wenn er mittlerweile kaum noch Nadeln hatte, trug er auf seine bescheidene Weise zur feierlichen Stimmung bei.

Die Enttäuschung darüber, dass ihr Vater nicht aufgetaucht war, hatte sich im Laufe des Abends halbwegs gelegt, und zum ersten Mal, seit sie hier eingewiesen worden war, war Amy fast schon optimistisch. Dr. Lambourn hatte versprochen, ihr zu helfen, und auch wenn er dabei eine Methode anwenden wollte, in der er nicht ausgebildet war: Wer wäre sie, ihm zu widersprechen? Sie hatte keinen Schimmer, was einen Psychiater von einem Psychoanalytiker unterschied, und es war ihr im Grunde auch egal. Hauptsache, es bedeutete, dass sie sich keiner Elektrokrampfbehandlung mehr unterziehen musste.

Auf der Tanzfläche wankten mittlerweile unzählige gleich gekleidete Gestalten hin und her, die alle so taten, als hätten sie Spaß. Es waren Sonderrationen Zigaretten verteilt worden, und blauer Dunst hing wie eine giftige Wolke in der Luft. Amy fuchtelte sich vor dem Gesicht herum, weil ihre Augen brannten. Sie sah zu, wie Queenie Pearl über die Tanzfläche schob und dabei kaum imstande war, deren korpulente Gestalt zu umfassen.

Als ihr jemand auf die Schulter tippte, sah sie überrascht auf. Ein junger Pfleger streckte ihr die Hand entgegen.

»Darf ich bitten?«

Sie erkannte ihn an seinem Akzent wieder und zog die Nase kraus. »Entschuldigung, ich habe Ihren Namen vergessen.«

»Pfleger Lyons – aber heute Abend heiße ich Dougie.«

Sie legte ihre Hand in seine. »Sie müssen nicht mit mir tanzen, wissen Sie?«

»Ich will aber.«

Sie stand auf, strich sich das Kleid glatt, und mit einem Mal dämmerte ihr, dass sie so aussah wie jede andere Verrückte hier – ohne Zweifel hatte er sie nur aus Mitleid aufgefordert. Von diesem Tanz würde er später seinen Freunden erzählen und sich auf ihre Kosten amüsieren.

Auf der Tanzfläche hielt er sie auf respektvollem Abstand und doch nah genug, dass sie den zitronigen Duft seiner Haut riechen konnte. Er war ein gutes Stück größer als sie – wie die meisten –, und sie starrte ihm auf die Brust. Er hatte das Hemd nicht ganz zugeknöpft, sodass sie ein Stück unbehaarte Haut sehen konnte. Geradezu meisterhaft tanzte er mit ihr durch den Raum, trotzdem war sie dankbar, dass er sich nicht auch noch mit ihr unterhalten wollte, weil jedes Gespräch erzwungen gewesen wäre. Das Tanzen war einfach nur Teil seines Jobs.

Als die Schallplatte zu Ende war, hielt er sie auf Armeslänge von sich weg und lächelte. »Danke, Ma'am.« Dann nahm er sie bei der Hand und führte sie auf die Stuhlreihe an der Längswand zu. »Es war mir ein Vergnügen.«

Sie bedachte ihn mit einem ironischen Blick. »Sie sind ein guter Pfleger, Dougie, und ein noch besserer Lügner.«

Je länger sich der Abend zog, umso lieber wollte sie in die Station zurückkehren. Der Geruch verschwitzter Leiber, denen der Luxus regelmäßiger Bäder nicht vergönnt war, geschweige denn ein Deodorant, war schier überwältigend und die Hitze kaum noch erträglich. Sie knöpfte ihr Kleid ein Stück auf und blies sich über die Brust. Dann lehnte sie den Kopf gegen die Wand, schloss die Augen und reagierte nicht einmal mehr, als sie spürte, wie sich jemand auf den freien Stuhl neben ihr fallen ließ. Die Musik war lauter gedreht worden, und *Winter Wonderland* klang blechern, weil das Grammophon die Grenzen seiner Leistungsfähigkeit erreicht hatte.

»Hallo.«

Sie schlug die Augen auf und rieb sich das Ohr. »Kein Grund zu schreien. Ich sitze direkt neben Ihnen.«

»Entschuldigung, ich habe angenommen, dass Sie mich über den Lärm hinweg nicht hören.«

Sie drehte sich zu ihm um und lächelte, als sie den Jungen von neulich erblickte, der Schnee auf der Treppe geschippt hatte. »Oh, Sie sind das! Wie geht's Ihrem Kopf?«

Er rieb sich den Schädel. »Wird schon wieder werden. Seit sie ihn aufgemacht haben, um den Druck abzulassen, geht es mir viel besser. Nicht mehr so viele Anfälle. Hin und wieder noch Kopfschmerzen.«

»Hä? Wovon reden Sie?«

»Ich bin im Sommer von einem Lastwagen vom Fahrrad geschubst worden ... Der Typ ist nicht mal stehen geblieben, hat mich dort liegen gelassen, als wär ich schon tot. Hatte gerade die letzte Fuhre für den Tag abgeholt, Kartoffeln und Möhren – alles überall auf der Straße verteilt ... Aber jetzt geht's mir schon besser – solange mir niemand einen Schneeball an den Kopf wirft.«

Sie spürte, wie ihr die Röte in die Wangen schoss, und diesmal hatte es nichts mit der Hitze im Raum zu tun. »Das tut mir so leid. Ich hatte ja keine Ahnung! Ich meine, wie hätte ich auch ...«

Sie hielt inne, als sie sein Schmunzeln sah. Sein eben noch finsterer Gesichtsausdruck war einem schelmischen Grinsen gewichen. Dann stand er auf und nickte in Richtung der Tanzfläche. »Ich verzeihe Ihnen, aber nur, wenn Sie mit mir tanzen.«

Die Vorstellung, sich wieder zwischen die wogenden Leiber zu stürzen, war nicht gerade verlockend, aber er sah sie so hoffnungsvoll an und erinnerte sie mit seinen Grübchen an einen kleinen Jungen. Er war auch nicht verrückt. Genau wie sie hätte er gar nicht hier sein sollen. Außerdem wartete er immer noch auf ihre Reaktion.

»Sehr gerne, danke schön.«

»Ich heiße übrigens Edward Hooper.« Er streckte ihr die Hand entgegen. »Aber alle nennen mich Ed.«

»Amy Sullivan«, entgegnete sie. »Mich nennen sie Amy – mal abgesehen von all den anderen Schimpfnamen.«

Er zog sie näher an sich, als es der Pfleger getan hatte, und war auch viel kleiner als Dougie, gerade mal ein paar Zentimeter größer als Amy selbst. Es war unvermeidlich, dass sie beim Tanzen Blickkontakt aufnahmen. Sie spürte seine Hand an ihrem unteren Rücken, und wider Willen entspannte sie sich. Sie schob beiseite, wo sie war, und ließ sich in eine andere Welt entführen: in die Welt der Gemeindebälle, die sie früher besucht hatte, bei denen der Vikar höchstpersönlich über die Paarungen gewacht und den Arm zwischen die Tanzenden geschoben hatte, sobald sie sich allzu nahe kamen.

Die Erinnerung zauberte ihr ein Lächeln ins Gesicht, als das Stück zu Ende ging. Ed beugte sich zu ihr vor. »Danke«, flüsterte er.

Sie traten voneinander zurück, doch Ed hielt ihre Hand weiter fest, als er sie – selbst mit feuchten Händen – zurück zu den Stühlen begleitete. Seit Monaten, wenn nicht seit Jahren, hatte sie sich nicht mehr so leicht gefühlt – als wäre ihr der schwere schwarze Mantel der Verzweiflung, den sie wie eine zweite Haut getragen hatte, von den Schultern gerutscht und auf einem unordentlichen Haufen auf der Tanzfläche liegen geblieben.

20

»Hatten Sie ein schönes Weihnachtsfest, Amy?«

Sie lag auf der Couch, einem samtroten Teil, das zwar neu im Schwesternzimmer war, aber ganz offensichtlich irgendwo anders ein Vorleben gehabt hatte – bei jemandem, der es für schicklich gehalten hatte, seine Zigaretten auf dem Polster auszudrücken. Sie schob den Finger in ein Brandloch und zupfte geistesabwesend an der Polsterfüllung.

»Was ist das denn bitte für eine Frage, Dr. Lambourn? Ich war hier eingesperrt – was glauben Sie also, wie es war?«

Er tippte mit seinem Stift auf den Schreibblock. »Ich versuche nur, ein wenig Smalltalk zu betreiben, bevor wir loslegen, das ist auch schon alles.« Er sah, wie sie weiter an der Polsterung nestelte. »Könnten Sie damit bitte aufhören?«

Sie schnalzte missbilligend mit der Zunge und verschränkte die Arme vor der Brust. »In Ordnung. Was wollen Sie wissen?«

»Was möchten Sie mir denn erzählen?«

»Antworten Sie immer mit einer Gegenfrage?«

Er zog die Augenbrauen in die Höhe. »Und Sie?«

Sie schwang die Beine von der Couch und setzte sich aufrecht hin. »Das funktioniert so nicht, Doktor.

Ich habe nichts zu erzählen – weil nichts verkehrt mit mir ist. Ist doch egal, wenn ich mich manchmal so schwer fühle, als würde ich eine Rüstung tragen. Ist doch egal, wenn die Wut in mir lodert, dass ich den Eindruck habe, meine Haut würde in Flammen stehen. Ist doch egal, wenn ich auf der obersten Treppenstufe plötzlich meine, dass vor mir nichts mehr ist außer ein tiefes schwarzes Loch.«

Erneut fingerte sie an dem Brandloch herum, und das einzige Geräusch, das im Zimmer noch zu hören war, war Dr. Lambourns Stift, der blindwütig über Papier kratzte. Mehrmals unterstrich er irgendwas, ehe er sagte: »Sehr gut, Amy, wirklich sehr gut.«

»Sind Sie eigentlich verheiratet, Dr. Lambourn?«

Der jähe Themenwechsel schien ihn zu irritieren. »Nein, aber...«

»Dann eine Freundin? Einem so gut aussehenden Kerl wie Ihnen mangelt es doch nicht an weiblicher Gesellschaft?«

»Amy, es geht nicht um mich. Hören Sie auf abzulenken.« Er klang nachdrücklich, aber nicht unfreundlich. »Und jetzt erzählen Sie mir von dem Vorfall am See.«

Sie legte ihre Beine wieder auf die Couch und lehnte sich zurück. Die Hände hatte sie über dem Bauch verschränkt. »Sie sind wie ein Hund, der einen Knochen im Blick hat, Doktor.«

»Wenn es der Sache dienlich ist...«

Sie schloss die Augen, und mehrere Minuten verstrichen, ehe sie wieder das Wort ergriff. »Es war kalt, eiskalt, und so unendlich dunkel... Wahrscheinlich hätte ich Angst haben sollen, ich meine, es hätten alle möglichen Wahnsinnigen im Gebüsch unterwegs sein können...« Sie schlug die Augen wieder auf und sah den Arzt an. »Andererseits sind die ja alle hier, nicht wahr?«

Er lächelte schief. »Bitte, erzählen Sie weiter.«

»Ich weiß nicht... Ich wollte ihr einfach nur den gleichen tiefen Schmerz zufügen, den sie mir zugefügt hat.«

»Möchten Sie mir verraten, wer genau Ihnen Schmerzen zugefügt hat, Amy?«

Als sie antwortete, hatte sie einen bitteren Geschmack im Mund, als könnte sie die Worte, die ihr über die Lippen kamen, nicht ertragen. »Meine Stiefmutter.« Im selben Augenblick spürte sie, wie der altbekannte Zorn wieder in ihr aufflammte, und sie schluckte schwer, bevor sie den Namen ausspie: »Carrie.«

»Carrie?«, hakte Dr. Lambourn nach.

Sie hörte, wie er sich erneut etwas notierte. »Können wir ihren Namen bitte nicht noch einmal aussprechen?«, fragte sie.

Er hielt inne und schien darüber nachzudenken, als wäre es eine höchst relevante Frage und keine schlichte Bitte. »Wie Sie wollen. Zumindest fürs Erste.«

»Nachdem ich meine Mutter umgebracht habe...«

Sofort ging Dr. Lambourn dazwischen. »Amy, es war ein Unfall, das haben wir doch schon besprochen. Bitte hören Sie auf, sich selbst zu peinigen.«

Sie seufzte. »Also gut. Nachdem also meine Mutter bei einem tragischen Unfall ums Leben gekommen ist« –, sie legte eine Kunstpause ein und sah ihn vielsagend an –, »den *ich* verursacht habe, haben sich mein Vater und ich uns allmählich wieder angenähert. Also, anfangs war es nicht leicht... Nein – es war ganz fürchterlich. Immer wieder musste ich mir von Verwandten sagen lassen, dass ich aufhören sollte zu weinen, weil das meinen Vater aufregen könnte. Als würde sich alles einzig und allein um ihn drehen. Ich habe meine Mutter verloren, verdammt. Im einen Moment war sie noch da, und im nächsten war sie tot. Wie kann jemand so Schönes, so Talentiertes, so Lebendiges denn bitte einfach aufhören zu existieren? Aber ich durfte nicht traurig sein, also habe ich über die Jahre alles in mich hineingefressen, weil ich zu viel Angst hatte, sie auch nur zu erwähnen und damit meinen Vater aufzuwühlen. Wir haben nie über sie gesprochen. Es kam mir manchmal vor, als würde man sie langsam, aber sicher aus unserer Geschichte ausradieren, als hätte es sie nie gegeben, und das gefiel mir nicht.«

Eine vereinzelte Träne stahl sich zwischen ihren geschlossenen Lidern hindurch, und sie wischte sie mit dem Finger weg.

»Und dann war da auch noch das Baby... Sie konnten meinen Bruder nicht retten. Sie haben es versucht, aber er... er...«

Sie verstummte, als noch mehr Tränen kamen, schlug die Hände vors Gesicht und schämte sich dafür, dass Dr. Lambourn Zeuge ihrer tiefen Traurigkeit wurde.

Er zauberte ein Taschentuch hervor und hielt es ihr hin. Es war zu einem perfekten Quadrat gebügelt und so weiß und jungfräulich, dass sie kurz zögerte, ehe sie es auseinanderfaltete und es sich an die Nase hielt.

Es roch nach einer Mischung aus Seifenpulver und einem Hauch seines Rasierwassers – und das war seltsam tröstlich.

Dr. Lambourn klang leicht heiser, als er die Stimme erhob – als wäre er derjenige, der in Tränen ausgebrochen war. »Warum hassen Sie Ihre Stiefmutter so sehr?«

Ein tiefer Seufzer begleitete ihre Antwort. »Weil sie meinen Vater glücklich macht.«

»Sind Sie denn nicht froh, dass er wieder glücklich ist?«

Sie schüttelte den Kopf. »Ich will diejenige sein, die ihn glücklich macht.« Sie ballte sein Taschentuch in der klammen Faust. »Nachdem ich meine Mutter umge… Nach ihrem Tod haben wir uns regelrecht aneinandergeklammert, mein Vater und ich, sowohl physisch als auch emotional. Für jemand Dritten war da kein Platz. Wie auch? Die Leere, die meine Mutter hinterlassen hat, war viel zu groß, um je wieder gefüllt zu werden. Aber wir hatten einander, und wir wussten beide, was der jeweils andere gerade durchmacht.« Sie verstummte erneut und wedelte sich mit der flachen Hand Luft zu. »Es ist heiß hier drinnen… Könnten Sie vielleicht das Fenster aufmachen?«

Er nickte und wuchtete den schweren Schieberahmen ein Stück nach oben. Zwei Tauben, die sich auf dem Fensterbrett aneinandergekauert hatten, flatterten empört davon, und ein eisiger Windzug fegte herein.

»Erzählen Sie bitte weiter.«

»Sie war wunderschön, meine Mutter.«

Dr. Lambourn lächelte. »Dann kommen Sie nach ihr.«

»Oh nein«, sagte sie energisch. »Meine Mutter war *atemberaubend* schön. Wie eine Filmdiva, könnte man sagen. Und sie war so eine begabte Malerin... für Landschaften. Sie hat sogar einige Gemälde verkauft! Ein paar gingen an einen anderen Künstler, vielleicht haben Sie den Namen schon mal gehört. L. S. Lowry. Er hat an der Manchester School of Art studiert.«

Dr. Lambourn blickte von seinem Schreibblock auf. »Natürlich. Sehr beeindruckend.«

»Viel Geld hat sie dafür nicht bekommen, aber sie war drauf und dran, sich einen Namen zu machen. Er hat sie ›ein Ausnahmetalent‹ genannt.«

Die Temperatur im Zimmer ging rapide nach unten.

»Ist Ihnen jetzt kühl genug, Amy? Dann mache ich das Fenster wieder zu, und wir reden vielleicht über Carrie.«

»Nein!«, kreischte sie. »Nein, nein, nein!«

Dr. Lambourn trat sofort vom Fenster zurück. »Wie Sie wollen. Dann lasse ich auf.«

»Ich meine nicht das verdammte Fenster«, keifte sie ihn an. »Ich hab Ihnen doch gesagt, dass Sie den Namen nicht aussprechen sollen. Sie haben mir nicht zugehört!« Inzwischen war Amy aufgesprungen, machte sich keine Mühe mehr, die Schluchzer zurückzuhalten, und hämmerte dem Arzt mit beiden Fäusten auf die Brust. »Sie haben mir nicht zugehört!«

Er griff nach ihren Handgelenken und hielt sie fest. Gegen ihn kam sie nicht an, schlagartig war ihre Energie verraucht, und die Knie gaben unter ihr nach. Er schlang seine Arme um sie, drückte sie an sich und strich ihr sanft über den Hinterkopf.

»Wir belassen es für heute hierbei, Amy. Sie haben sich wacker geschlagen.«

Als ihre Schluchzer verebbt waren, schnäuzte sie sich die Nase. Dann wollte sie ihm sein Taschentuch zurückgeben.

Er hielt beide Hände hoch. »Bitte«, sagte er. »Behalten Sie es.«

Sie nickte und stopfte es stumm in ihren Ärmel. Ein schwaches Lächeln umspielte ihren Mund. »Danke.«

21

Amy legte die Hände zusammen und wärmte sie mit ihrem Atem. Sie hatte schon immer Probleme mit der Durchblutung gehabt und bekam bei Kälte ganz steife, blaue Finger. Sie stapfte über den Ertüchtigungshof, auf dem der Schnee fast komplett getaut war und nur mehr schmutzig-braune Matschflecken hinterlassen hatte. Der schneidende Wind biss ihr in die Wangen und peitschte um ihren ungeschützten Hals. Sie stellte den Kragen des viel zu dünnen Mantels hoch, den sie ihr zugewiesen hatten. Er war an diversen Stellen verschlissen, und das Futter war inzwischen weder nützlich noch dekorativ. Sie hätte einen wunderbaren Mantel zu Hause gehabt – knallrot, tailliert, mit großen Schmuckknöpfen und einem schwarzen Fellkragen. Bei der Vorstellung, welches Aufsehen der Mantel an diesem elenden Ort erregt hätte, musste sie lächeln.

Seit ihrer letzten Sitzung mit Dr. Lambourn waren zwei Wochen vergangen, und sie hatte ihn seither nicht mehr gesehen oder gehört. Anscheinend war er ihrer überdrüssig geworden, hatte ihre Tränen satt, die ihn jedes Mal zu irritieren schienen. Sobald sie irgendwelche Emotionen zeigte, beendete er ihre Sitzungen unvermittelt.

Am Tor gesellte sie sich zu Belinda, die durch den Zaun spähte. »Na, Rendezvous in Aussicht?«

»Was?« Zwischen Belindas gelben Zähnen steckte eine Zigarettenkippe.

»Vergiss es«, erwiderte Amy und wich zurück, als sie deren schlechten Atem roch.

Durch den Zaun rief Belinda ein paar Patienten, die den Gemüsegarten umgruben, zu: »He, du da, mit dem Spaten! Hast du noch Zigaretten? Darfst im Gegenzug auch ein bisschen fummeln.« Sie zog das Kleid auf und präsentierte ihre Hängebrüste, auf denen die Venen deutlich zu erkennen waren.

»Herr im Himmel«, murmelte Amy in sich hinein. »Wo ist deine Würde geblieben?«

Der Kerl mit dem Spaten blickte auf und kratzte sich am Kopf. »Meinst du mich?«, rief er zurück.

Amy erkannte Eds Stimme sofort wieder und wandte sich an Belinda. »Lass ihn in Ruhe, du Schlampe. Er ist doch noch ein Kind!«

»Willst du mich davon abhalten?«, höhnte Belinda.

»Notfalls ja.«

Die andere schnaubte. »Das will ich sehen.« Dann ballte sie die Fäuste, doch Amy war schneller und hatte sogar noch die Gelegenheit, sich an dem verblüfften Ausdruck in Belindas Augen zu weiden, ehe ihre Faust auf deren Kinn traf. Belinda taumelte zurück und schlug mit dem Kopf gegen die Mauer hinter ihr, ehe sie zu Boden ging.

Amy rieb sich die Fingerknöchel, während sie auf die erbärmliche Gestalt hinabblickte. Dann hörte sie, wie Ed ihren Namen rief, konnte aber nicht mehr antworten, weil Schwester Atkins sie im nächsten Moment von hinten packte und ihr den Arm auf den Rücken drehte. Es krachte laut, und Amy war sich sicher, dass sie sich die Schulter ausgekugelt hatte. Vor Schmerz wurde ihr schwarz vor Augen, und hätte Schwester Atkins sie nicht festgehalten, wäre sie neben der brabbelnden Belinda auf der Erde gelandet.

»Ich hab die Nase endgültig voll von diesen Sperenzchen!«, fauchte Schwester Atkins durch die zusammengepressten Zähne, und Speicheltröpfchen landeten auf Amys Gesicht. Trotz der Schmerzen hätte sie sich nur zu gern über die Wange gewischt, doch Schwester Atkins hielt ihr inzwischen beide Arme hinter dem Rücken fest.

»Belinda, aufstehen!«, befahl Schwester Atkins.

Die Frau kam auf die Beine. Blut tropfte ihr aus beiden Nasenlöchern, und strähnige Haare umrahmten ihr finsteres Gesicht.

»Und jetzt hört ihr mir beide zu! Ich will keinen Ärger mehr. Ihr lasst jetzt sofort voneinander ab, habt ihr mich verstanden?«

Keine der Frauen sagte etwas.

»Ich will wissen, ob ihr mich *verstanden habt*?«, keifte Schwester Atkins.

Amy sah Belinda aus zusammengekniffenen Augen an. »Ja, Schwester.«

»Belinda?«

Die verschränkte die Arme vor der Brust und kickte mit der Fußspitze in den Dreck. »Ja, Schwester«, murmelte sie.

Schwester Atkins ließ Amy wieder los und schubste

sie in den Rücken. »Das war die letzte Warnung.« Dann machte sie auf dem Absatz kehrt, marschierte zurück ins Gebäude und ließ die beiden draußen stehen, wo der Hass zwischen ihnen fast greifbar weiter vor sich hin glühte.

Amy hatte sich gerade zum Gehen gewandt, als Belinda ihr grob ins Haar griff und ins Ohr raunte: »Das war noch nicht alles. Ab sofort gibst du besser höllisch Acht!«

»Nur zu. Vor dir hab ich keine Angst. Dämliches Flittchen.«

Dann verpasste sie Belinda mit dem Ellbogen einen Stoß in die Rippen und stampfte zur anderen Seite des Hofs. Ein Grüppchen Frauen verstummte, als sie an ihnen vorbeistürmte.

»Die Show ist zu Ende«, fauchte sie sie an.

»Erzählen Sie mir, was es mit diesem Vorfall am Nachmittag auf sich hatte.«

Sie schüttelte den Kopf und sah Dr. Lambourn finster an. »Ganz sicher nicht.«

»Amy, ich versuche, Ihnen zu helfen, wirklich, aber Sie machen es mir nicht leicht. Ich widme Ihnen eine Menge Zeit – mehr als den anderen Patienten. Warum ist das wohl so, was glauben Sie?«

»Das haben Sie schon mal gesagt. Sie glauben, die anderen sind allesamt hoffnungslose Fälle und sprechen auf Ihre Hilfe nicht mehr an. Entweder das – oder Sie sind scharf auf mich.«

Er schloss die Augen und rang um Fassung, ehe er darauf reagierte. »Auf die letzte Bemerkung gehe ich gar nicht erst ein. So, machen wir dort weiter, wo wir bei der letzten Sitzung aufgehört haben.« Er sah auf seine Notizen hinab. »Als Sie das Baby Ihrer Stiefmutter...« Er hielt inne, um sicherzugehen, dass sie ihm zuhörte. »Als Sie sich *Carries* Baby geschnappt haben...«

Bei der Erwähnung des Namens spannte sie sich sichtlich an, auch wenn ihr klar war, dass er ganz bewusst eine Reaktion hatte provozieren wollen. Doch die Genugtuung wollte sie ihm nicht geben – so leicht würde sie es ihm nicht machen. Ihr Mund war staubtrocken, trotzdem bemühte sie sich, ihre Stimme fest klingen zu lassen. Er würde das Thema ja doch nicht ruhen lassen, also konnte sie es genauso gut gleich hinter sich bringen. Abgesehen davon fühlte sie sich auf seiner Couch in dieser Ruheoase seines Sprechzimmers fernab der Irren aus der Station durchaus wohl. Und was tat es schon zur Sache, wenn sie ihm den Gefallen tat?

»Ich glaube, Sie haben recht, Doktor. Ich habe die Nacht komplett verdrängt. Es wäre der Geburtstag meiner Mutter gewesen – ihr vierzigster. Aber kein Mensch hat daran gedacht.« Sie sah Dr. Lambourn ungläubig an. »Können Sie sich das vorstellen? Mein Vater hat tatsächlich *vergessen*, dass es der Geburtstag seiner Ehefrau war. Ich meine, sie waren ein Paar, seit sie sechzehn waren, aber seit ihrem Tod turtelte er nur noch mit seinem neuen Baby herum. Er hat nicht mal mehr an meinen Bruder gedacht, der so tragisch ums Leben gekommen war. In diese Familie habe ich einfach nicht mehr reingepasst. Es war nicht genügend Platz für uns alle. Ich habe damals darüber nachgedacht abzuhauen, aber wo hätte ich hingehen sollen? Und überhaupt – warum hätte ich mich aus meinem eigenen Zuhause verjagen lassen sollen?«

»Nur um sicherzugehen, dass ich es richtig verstanden habe«, ging Dr. Lambourn dazwischen. »Ihr Vater und Carrie haben irgendwann geheiratet und ein gemeinsames Kind bekommen?«

»Irgendwann? Dass ich nicht lache. Fünf Monate, nachdem sie sich kennengelernt haben, hat er sie unseren Namen tragen lassen!«

»Verstehe. Und wie viel später kam das Baby zur Welt?«

»Neun Monate.«

»Junge oder Mädchen?«

»Spielt das eine Rolle? Wozu stellen Sie mir diese Fragen?«

»Junge oder Mädchen?«, wiederholte er.

Sie seufzte ungeduldig. »Du liebe Güte, na, meinetwegen. Ein Mädchen.«

»Danke. Und jetzt zurück zu jener Nacht.«

»Gott, Sie klingen echt wie die Polizei!«

»Ist Ihnen eigentlich klar, Amy, dass Sie für den versuchten Mord an ihrer Stiefschwester im Gefängnis hätten landen können? Ich glaube, Sie schulden Ihrem Vater etwas dafür, dass er Sie stattdessen hierhergebracht hat.«

»Vielleicht sollte ich ihm eine Karte schicken.«

»Sie ahnen nicht, wie viel Glück Sie hatten. Gerade erst in der vergangenen Woche habe ich die Empfehlung ausgesprochen, einen Kerl hier nach Ambergate zur Behandlung zu bringen, der halb erdrosselt neben der verwesenden Leiche seiner Ehefrau aufgefunden wurde. Ohne sie hat er nicht weiterleben wollen und versucht, sich das Leben zu nehmen, damit sie wieder zusammen wären. Das Gericht ist meiner Empfehlung nicht gefolgt, und jetzt sitzt er stattdessen für sechs Monate in Strangeways.«

Amy zupfte ein paar Fusselknötchen von ihrem Kleid und rollte sie zwischen den Fingern. Dass sie das nicht im Geringsten kümmerte, stand ihr ins Gesicht geschrieben.

Er massierte sich die Schläfen und versuchte, ruhig zu bleiben. »Amy, was ist in jener Nacht passiert?« Er machte eine kurze Pause. »In Ihrem Tempo.«

Dann verstummte er und hörte auf zu schreiben. Er traute sich kaum mehr zu atmen. Die Stille im Raum wuchs an, bis sie sich regelrecht erstickend anfühlte. Doch Amy knickte als Erste ein.

»Ich wollte die beiden dafür bestrafen, dass sie den Geburtstag meiner Mutter vergessen haben«, sagte sie leise. »Ich wollte, dass sie den gleichen Schmerz spürten, den ich seither an jedem einzelnen Tag meines Lebens gespürt habe. Sie saßen unten am Kamin zusammengekuschelt in dem Sessel, in dem ich immer mit meiner Mutter gesessen hatte. Über dem Kamin hingen ein paar Stoffwindeln zum Trocknen, und sie saßen gemeinsam da, hatten die Köpfe aneinandergelehnt, und er strich ihr mit dem Finger über die Wange. Dass ich in der Tür stand, haben sie nicht mal bemerkt. Ich fühlte mich einfach nur unsichtbar. Es hätten die Windeln meines Bruders sein sollen, die dort zum Trocknen hingen, und er hätte oben in der Wiege liegen und schlafen sollen. Aber so war es einfach verkehrt.« Sie legte eine Pause ein und rollte den Fussel zwischen den Fingern hin und her. »An dem Abend habe ich beschlossen zu gehen und nie mehr zurückzukommen, auch wenn ich wusste, dass sie sich nicht um mich scherten. Ich wusste, sie würden nicht um mich trauern, wenn ich nicht mehr da wäre. Genau das wollten sie doch – dass ich ihnen nicht mehr im Weg stünde. Wahrscheinlich hätten sie sich noch eine Weile Vorwürfe gemacht, aber vermisst hätten sie mich nicht.« Sie lächelte in sich hinein. »Also habe ich beschlossen, das Baby mitzunehmen. Sie war ihnen wichtig, wissen Sie... und auf diese Art würde meine Stiefmutter das gleiche Leid empfinden, das ich tagtäglich empfunden habe.«

»Sie sind wirklich eine gequälte Seele, Amy Sullivan.«

»Und Sie echt gut darin, das Offensichtliche festzustellen, Dr. Lambourn. Wie lange waren Sie gleich wieder an der Universität?«

Er ging über die Frage hinweg. »Erzählen Sie bitte weiter.«

»Ich bin nach oben geschlichen und habe darauf geachtet, nicht auf die Stufe zu treten, die immer so laut knarzt, wenn man auch nur in ihre Nähe kommt. Dann habe ich ihre Schlafzimmertür aufgeschoben. Die Angeln haben so laut gequietscht, dass ich mir sicher war, dass sie im nächsten Moment die Treppe hochkommen würden. Aber sie waren so sehr mit sich selbst beschäftigt, dass sie ganz offensichtlich rein gar nichts mitbekamen. Das Baby schlief in der Wiege neben dem Bett. Bloß das rosige Gesichtchen war unter der Decke zu sehen. Ich habe sie so leise hochgenommen, wie ich nur konnte, und hab sie ein bisschen im Arm gewiegt, damit sie nicht aufwacht. Dann bin ich die Treppe runtergelaufen, durch die Haustür geschlüpft und in den Park gelaufen.«

»In der Absicht, Ihrem eigenen und dem Leben des Babys ein Ende zu setzen?«

»Ja, wahrscheinlich... Ich habe nicht mehr klar denken können, ich habe überhaupt nicht mehr nachgedacht... Ich weiß nur noch, dass ich wollte, dass der Schmerz endlich vorbei wäre. Meine Stiefmutter... Carrie...« Sie verzog das Gesicht, als hätte sie in eine Zitrone gebissen. »Carrie ist die typische böse Stiefmutter, die mich hasst, der ich im Weg stehe, die meinen Vater für sich allein haben will. Na ja, dachte ich mir, soll sie ihn doch haben – aber dafür nehme ich ihr Kind, dann weiß sie endlich, wie weh es tut, jemanden zu verlieren, den man unendlich liebt.«

»Das klingt in meinen Ohren so, als hätten Sie ziemlich gut über Ihre Lage nachgedacht, Amy.«

Sie schwieg für einen Moment und runzelte leicht die Stirn. »Mag sein, dass Sie recht haben.« Dann hob sie ergeben die Hände. »Aber was tut das jetzt noch zur Sache? Sie haben mich aufgespürt und hierhergebracht. Und diese Person hat am Ende bekommen, was sie wollte. Sie hat gewonnen.«

»Was fühlen Sie heute, wenn Sie an Carrie denken?«

Sie riss die Augen auf. Der Zorn war schlagartig wieder da. »Ich hasse sie. Sie ist eine böse, verbitterte Person, die meinen Vater gegen mich aufbringt, und er ist zu blind oder zu dumm, um es zu begreifen. Ich weiß nicht, was er in ihr sieht – sie ist eine alte Schabracke, die meiner Mutter niemals das Wasser hätte reichen können.« Ungläubig schüttelte sie den Kopf. »Aber aus unerfindlichen Gründen macht sie ihn glücklich. Das wäre meine Aufgabe gewesen, Dr. Lambourn. Ich hätte ihn glücklich machen sollen.«

Sie stand von der Couch auf, trat ans Fenster und fuhr geistesabwesend mit dem Finger durch den Staub auf dem Fensterbrett. Ihr warmer Atem kondensierte auf der Scheibe, als sie nach draußen blickte.

»Mein Vater kommt mich nicht mehr besuchen, stimmt's, Dr. Lambourn?«

»Das stimmt, Amy. Er kommt nicht mehr. Zumindest fürs Erste ...«

Sie drehte sich zu ihm um, und abgesehen von den Tränen, die auf ihren Wangen schimmerten, war ihre Miene komplett ausdruckslos.

»Ich wusste es«, flüsterte sie. »Ich hab es gewusst.«

22

Schwester Atkins sah Ellen über den Rand ihrer Brille an. »Der neue medizinische Direktor hat wieder mal was zu sagen.«

»Ach du Schande. Was hat er denn diesmal vor, Schwester?«

Die ältere Frau schob das Schreiben über den Schreibtisch. »Lesen Sie selbst.«

Ellen kniff die Augen zusammen, dann hielt sie das Blatt mit der blassen Schreibmaschinenschrift unter die Tischlampe, um es lesen zu können. »Seine Sekretärin sollte auf jeden Fall lernen, das Farbband auszutauschen, so viel ist sicher…« Dann las sie das Memo gleich zweimal. Sie ahnte, warum die Schwester derart konsterniert war. »Klingt für mich nach einem cleveren Schachzug.«

Schwester Atkins verdrehte die Augen. »Ich hätte wissen müssen, dass Sie es so sehen.« Sie klatschte die flache Hand auf das Schreiben. »Offene Fürsorge? So was Verrücktes habe ich ja noch nie gehört! Damit sie mehr rauskommen – damit sie miteinander in Kontakt treten!« Schriller hätte ihre Stimme gar nicht mehr werden können.

»Na ja, er sagt aber auch, dass er diese Maßnahmen an seiner vorherigen Arbeitsstätte getestet hat«, entgegnete Ellen. »Das muss doch erfolgreich gewesen sein, sonst würde er es hier nicht ebenfalls versuchen. Außerdem sollen nur ausgewählte Stationen geöffnet werden. Die gefährlichen Patienten und die Langzeitler bleiben weiter hinter Schloss und Riegel.«

Die Schwester schüttelte den Kopf – ob aus Ungläubigkeit, Verzweiflung oder widerwilliger Resignation, hätte Ellen nicht sagen können.

Sie versuchte weiter, die positiven Aspekte zu betonen. »Er schreibt auch, dass die Patienten weniger störrisch und leichter zu handhaben sind, wenn sie mehr Freiheiten genießen. Und das käme uns doch allen zugute, oder etwa nicht?«

Wortlos stemmte die Schwester ihre Ellbogen auf den Tisch und schob sich die gespreizten Hände ins Haar, sodass sich ihr Haarknoten im Nacken lockerte. Dann griff sie nach dem Schreiben, knüllte es zusammen und pfefferte es in den Mülleimer auf der anderen Seite des Raums. Vom Boden des Eimers war ein dumpfes Echo zu hören, ansonsten war es im Zimmer unbehaglich still.

»Genau *das* halte ich von dieser neuen Direktive zur Verbesserung des Wohlbefindens psychiatrischer Patienten.« Dann rieb sich Schwester Atkins die Hände, als hätte das Schreiben darauf Spuren hinterlassen. »Als ich noch in der Ausbildung war, wurden wir ausdrücklich dazu aufgefordert, die Patienten voneinander fernzuhalten. Wir durften nicht zulassen, dass sie sich gegen uns verschwören.« Sie stieß die Faust in die Luft. »*Divide et impera* – das war unser Motto.« Sie schüttelte den Kopf. »Für Seine Gnaden ist es aber natürlich in Ordnung, im stillen Kämmerlein zu sitzen und Anweisungen zu diktieren. Aber unsereins ist es doch, Sie und ich, die sich mit diesen neumodischen Ideen herumschlagen müssen und dann die Scherben zusammenkehren, wenn alles in die Brüche gegangen ist.« Sie griff nach ihren Streichhölzern, zündete sich eine Zigarette an und nahm einen langen, beruhigenden Zug, ließ sich dann auf ihren Stuhl zurückfallen und starrte hoch zur Zimmerdecke.

Behutsam zog Ellen sich aus dem Zimmer zurück, blieb aber dann doch an der Schwelle stehen. »Schwester, ich war am Wochenende zu Hause. Meine Mutter hat einen Kuchen gebacken.«

Schwester Atkins hatte die Augen geschlossen und gab sich nicht mal die Mühe, Interesse zu heucheln. »Mhm... Ich schreib eine Presseerklärung, in Ordnung?«

Ellen ging über die sarkastische Bemerkung hinweg. »Er ist für Amy... zu ihrem...« Sie stockte. Hätte sie die Schwester doch bei besserer Laune erwischt. »Na ja, sie hat heute Geburtstag... Sie wird zwanzig.«

Schwester Atkins sah Ellen skeptisch an. Die Zigarette hing immer noch zwischen ihren Lippen. »Und Sie haben ihr einen Kuchen gebacken?«

»Nein, nicht ich. Meine Mutter.«

»Jetzt mal nicht kleinlich werden. Schwesternschülerin Crosby, was glauben Sie eigentlich, wo wir hier sind?«

Wie so oft wurden Ellens Handflächen klamm. »Ich dachte einfach, es wäre eine nette Geste, das ist alles.«

Die Schwester bedachte sie mit einem nachdenklichen Blick, und Ellen konnte die Rädchen in ihrem Kopf beinahe rattern hören.

»Was ist es denn für ein Kuchen?«, wollte Schwester Atkins nach einer Weile wissen.

»Schokolade.«

Sie kniff die Augen gegen den Zigarettenrauch zusammen. »Legen Sie mir ein Stück beiseite.« Der Hauch eines Lächelns schlich sich auf ihre Lippen. »Und jetzt los, hauen Sie schon ab.«

Draußen war es mild, auch wenn noch Feuchtigkeit in der Luft hing, und vom Gemüsegarten wehte der Duft eines Holzfeuers herüber. Ellen hatte Amy gefragt, ob sie während der Besuchszeit mit ihr einen Spaziergang machen wolle. So musste die junge Frau nicht auf Station bleiben. Sie wussten ohnehin beide, dass sie keinen Besuch bekommen würde, ob sie nun Geburtstag hatte oder nicht. Es war nicht eine einzige Glückwunschkarte für sie gekommen.

Ellen hatte einen Weidenkorb mitgebracht, der an ihrer Seite vor- und zurückschwang, während sie schweigend nebeneinander herliefen. Ein paar männliche Patienten jäteten Unkraut in den Furchen der Beete. Jetzt, da es wärmer geworden war, war der Boden wesentlich leichter zu bearbeiten. Ein Pfleger warf ein wenig Brennholz ins Feuer, das sofort die Flammen niederdrückte und eine dichte Qualmwolke in den windstillen Tag hinaufschickte. Er hustete und wedelte sich den Rauch aus dem Gesicht.

Ellen schob den Henkel ihres Korbs in die Ellenbeuge und lachte. »Morgen, Dougie!«

Er musste die Augen gegen den rußenden Nebel zusammenkneifen, als er sie ansah. »Ellen, wie geht's? Was für eine Überraschung! Was führt dich denn hierher?«

Sie nickte zu ihrer Begleiterin. »Amy hat heute Geburtstag, und die Schwester hat uns erlaubt, ein bisschen spazieren zu gehen.« Sie hob den Korb. »Ich hab Kuchen dabei.«

»Na, dann mal herzlichen Glückwunsch, Amy!« Er lehnte sich ein wenig unbeholfen vor, hielt dann aber inne und schob die Hände in die Taschen.

Amy zwang sich zu lächeln. »Wollen Sie auch Tee und Kuchen? Wir haben eine Thermoskanne mitgebracht.«

Ellen hatte das Glitzern in ihrem Augenwinkel und das beschämte Lächeln bemerkt. »Kommen Sie, Amy. Pfleger Lyons hat noch eine Menge zu tun, auch ohne dass wir ihn aufhalten.« Sie schob die junge Frau vor sich her und rief über die Schulter: »Tschüss, Dougie!«

»Nur fürs Protokoll«, rief er ihnen nach. »Ich hätte ganz gern ein Stück Kuchen gehabt.«

Schweigend schlenderten sie weiter, bis sie den alten Cricket-Pavillon erreichten. Sie ließen sich auf der überdachten Terrasse nieder, wo sie vor dem leichten Sprühregen geschützt waren. Ellen packte den Kuchen aus und goss zwei Becher Tee ein.

»Er ist ganz nett, oder?« Amy nippte an ihrem Tee.
»Wer?«
»Dougie. Er sieht echt gut aus, und er geht wirklich toll mit den Patienten um – so freundschaftlich. Und sein Akzent... Er klingt wirklich wie ein Cowboy.«

Dann machte sie sich über ihr Stück Schokokuchen her, nagte erst die Kuvertüre ab wie ein Hamster, ehe sie einen Bissen vom Kuchen selbst nahm.

Ellen musterte sie von der Seite. »Dougie ist wahnsinnig professionell. Sie dürfen von seiner professionellen Leidenschaft nicht darauf schließen, dass er Ihnen gegenüber Gefühle haben könnte.« Es hatte barscher geklungen, als sie es beabsichtigt hatte, und sie bereute sofort, etwas gesagt zu haben, als sie Amys verletzten Gesichtsausdruck sah. »Hören Sie – tut mir sehr leid«, entschuldigte sie sich. »Ich wollte Sie nicht so anblaffen.«

Amy lächelte. »Schon in Ordnung. Ich weiß schon, dass er sich nicht für mich interessiert.« Sie stand auf und wischte sich die Krümel vom Kleid. »Außerdem hab ich schon einen Bewunderer.« Sie starrte eine Weile zum Hauptgebäude mit seinen zahllosen Fenstern, hinter denen alle Lebendigkeit zum Welken und Sterben verurteilt war. »Und der wird meine Fahrkarte aus diesem Höllenloch sein.«

23

Eine Woche nach der anderen ging ins Land – tagaus, tagein immer die gleichen eintönigen Abläufe. Wenn man vor der Einweisung nach Ambergate noch nicht wahnsinnig gewesen war, wurde man es hier bis zum Tag der Entlassung – sofern der je kam. Allerdings verstrich auch kein Tag ohne Auseinandersetzungen, Streitigkeiten oder Dramen, die nicht selten vom Personal selbst um des Amüsements willen angezettelt wurden. Von ein paar Anekdoten, die Dougie ihr erzählt hatte, war Ellen schier entsetzt gewesen. Das Leben im Männerflügel war definitiv brutaler als bei den Frauen. Gewalt stand dort auf der Tagesordnung, und gewisse Heilmethoden, wenn man sie denn so nennen wollte, waren – vorsichtig formuliert – mehr als fragwürdig.

In der Wohnheimkneipe steuerte sie eine Nische an und verzog angesichts des klebrigen Bodens das Gesicht. Der Teppichboden hatte über Jahre verschüttetes Bier aufgesaugt, und selbst die Tischplatte war von einem Schmierfilm bedeckt, über dessen Herkunft Ellen nur Mutmaßungen anstellen konnte. Als Dougie auf sie zukam, rief sie ihm zu: »Bring einen Lappen mit, sei so gut. Dieser Tisch ist widerlich.«

Mit einem grauen Geschirrtuch in der Hand kam er wieder und wischte die Tischplatte ab.

Ellen rümpfte die Nase. »Hm... na gut, zumindest ein bisschen besser.«

Ungewohnt schweigsam setzte er sich und fing an, an seinem feuchten Bierdeckel herumzuspielen. Er, der sonst ein so übersprudelndes Gemüt hatte, sah heute aus, als hätte er seit Wochen nicht mehr geschlafen.

»Ist alles in Ordnung, Dougie? Du siehst erschöpft aus.«

Er bemühte sich um Haltung. »Ach, ist nur einer dieser Tage...«

»Diese Tage haben wir alle mal. Willst du darüber reden?«

Er zögerte. »Nein, das willst du nicht hören.«

»Warum habe ich wohl gefragt, hm?«

Er nahm einen großen Schluck Bier. »Wir haben heute einen neuen Patienten reingekriegt. Brian. Seine Frau hat ihn eingeliefert, meinte, sein Arzt hat die Behandlung empfohlen. Sie selbst war sich nicht ganz so sicher...«

»Was hat er denn?«

Dougie atmete tief aus und sah sich verstohlen um, ehe er die Stimme senkte. »Er ist... andersherum.«

Ellen runzelte die Stirn. »Was?«

Dougie winkelte das Handgelenk geziert ab. »Du weißt schon... homosexuell«, raunte er ihr tonlos zu.

»Aber hast du nicht gesagt, seine *Frau* hat ihn gebracht?«

»Ganz genau. Sie sind seit fünf Jahren verheiratet. Er liebt sie über alles, und ich sehe ihr an, dass es ihr nicht anders geht. Sie lieben einander von Herzen.«

»Ich komme nicht mehr mit, Dougie... Warum ist er in Ambergate?«

»Sein Arzt hat ihn überwiesen. Er glaubt, dass der Mann bei uns geheilt werden könnte.«

»Geheilt? Geht das denn überhaupt? Ich meine – er ist doch nicht krank!«

Dougie zuckte mit den Schultern. »Wir werden sehen. Heute war die erste Aversionstherapiesitzung. Da bekommt er Bilder von nackten Männern gezeigt und gleichzeitig Elektroschocks.«

Ellen kippte ihr Getränk hinunter. »Grundgütiger. Der Arme! Das ist wirklich barbarisch.«

»Da hast du recht. Aber er liebt seine Frau so sehr, und für sie will er das durchstehen. Sie haben die Ehe nie vollzogen.«

Ellen spürte, wie sie errötete, und nestelte an ihrer Halskette. Allem Anschein nach blieb Dougie ihr Unbehagen nicht verborgen.

»Die ist hübsch«, stellte er fest, um das Thema zu wechseln.

»Die hat mir meine Mum zum Geburtstag geschickt. Sie war nicht teuer, trotzdem hat sie bestimmt Monate darauf gespart, daher ist sie mir sehr wichtig.«

»Oh, das ist schön. Wann hattest du denn Geburtstag?«

»Letzten Monat.«

»Da hättest du doch etwas sagen müssen!«

»Hab ich doch gerade.«

»Ich meine, vor heute Abend.« Er stand auf und streckte die Hand nach ihr aus. »Komm mit.«

Sie saßen nebeneinander auf dem Mäuerchen, und der Geruch von Essig und Druckerschwärze stieg zu ihnen auf. Ellen wickelte ihre Portion Pommes aus, und ihr lief das Wasser im Mund zusammen.

»Danke für die Einladung, Dougie!«

Er nickte in Richtung der Bretterbude, wo er für sie beide zwei Portionen gekauft hatte. »Ist nicht gerade das Midland...«

»Ich weiß, aber es ist so schön, zur Abwechslung mal etwas völlig Normales zu tun. Man vergisst so leicht, dass es draußen vor den Kliniktoren eine große, weite Welt gibt.«

Sie steckte sich eine heiße Pommes in den Mund. Das orangefarbene Gaslicht der Straßenlaterne spiegelte sich in den großen Pfützen, die der Regen hinterlassen hatte.

Ein räudiger Hund ließ sich vor ihnen auf dem Gehweg nieder. Er neigte den Kopf leicht zur Seite und nahm mit großen braunen Augen Ellens Hand ins Visier, als sie in die Zeitungstüte griff und eine weitere Pommes fischte.

»Oh, sieh ihn dir an – der ist ja am Verhungern!«

»Wirklich ziemlich heruntergekommen«, erwiderte Dougie und warf ihm eine Pommes zu. »Man sieht schon die Rippen.«

Der Hund schlang die Pommes hinunter, ohne zu kauen, und nahm erneut seine Bettelpose ein.

»Die ist auf direktem Weg im Magen gelandet. Geschmeckt hat der nichts.«

Ellen schleckte sich die fettigen Finger ab und knüllte die Zeitung zusammen. »Danke noch mal, Dougie. Das war das beste Geburtstagsessen, das ich je bekommen habe.«

Mit einem wehmütigen Blick sah er in die Ferne.

»Ich hab Danke gesagt, Dougie...«

Schlagartig war er wieder zurück im Hier und Jetzt. »Entschuldigung, ich musste gerade nur wieder an Brian und seine Frau denken. Was er für sie bereit ist zu tun... Das ist doch ohne jeden Zweifel wahre Liebe.« Er drehte sich zu ihr um. »Aber weißt du, was das Tragische daran ist?«

Ellen schüttelte den Kopf.

»Sie ist glücklich. Sie liebt ihn ganz genau so, wie er ist.« Er lächelte gequält. »Willst du ein Stück spazieren gehen?« Dann sprang er von der Mauer und stellte sich vor sie. »Komm.«

Er fasste sie um die Taille, zog sie von der Mauer und setzte sie behutsam auf dem Boden ab. Dann ließ er eine Hand an ihrer Hüfte und blickte zu ihr hinab. Sie traute sich kaum mehr zu atmen, als sie seine Fingerspitzen an ihrer Wange spürte. Dann strich er ihr mit der Hand über den Hinterkopf und zog sie zu sich heran. Sie fühlte, wie seine Finger sich in ihr Haar schoben, schloss die Augen, wartete darauf, seine Lippen auf ihren zu spüren. Als es so weit war, seufzte sie kaum hörbar, schlug die Augen wieder auf und lächelte ihn an.

»Du hast ja keine Ahnung, wie lange ich das schon tun wollte«, sagte er und trat einen Schritt zurück.

Ihr Herz hämmerte so laut, dass sie sich sicher war, er würde es hören. »Und dann hast du gewartet, bis ich nach Pommes rieche, bevor du den ersten Schritt machst?«

»An Pommes ist nichts verkehrt.« Er beugte sich vor

und gab ihr einen weiteren Kuss – diesmal mit mehr Leidenschaft.

Sie taumelte rückwärts, bis sie mit dem Rücken zur Wand dastand, und er bedeckte ihr Gesicht mit heißen Küssen.

An den verhungernden Hund verschwendete keiner von ihnen einen Gedanken, bis er ein schrilles Winseln von sich gab, von dem beide zusammenzuckten.

»Verdammt noch mal«, rief Dougie. »Sieht so Dankbarkeit aus?« Dann beugte er sich vor und tätschelte dem Hund den Kopf. »Warte kurz«, sagte er zu Ellen.

Er verschwand in Richtung Pommesbude und kam nur Sekunden später mit einem dampfenden Päckchen in der Hand wieder. Er legte es auf die Mauer, packte eine Wurst aus, die er mit spitzen Fingern zerteilte, und fluchte, weil die Hitze ihm die Haut versengte. Dann pustete er über die Stückchen und blies Würstchendampf in die Abendluft.

»Was machst du denn da?«, fragte Ellen.

Er sah aufrichtig verblüfft aus. »Ich will doch nicht, dass sich der arme Hund die Schnauze verbrennt!«

Er legte die Stückchen auf den Gehweg, und unter Ellens und Dougies Blick verschlang der dankbare Hund seine Mahlzeit.

»Die besten drei Pennys, die ich je investiert habe«, verkündete Dougie und legte Ellen den Arm um die Schultern.

Sie lehnte sich an ihn. »Was hast du doch für ein weiches Herz, Douglas Lyons.«

Er gab ihr einen Kuss auf den Scheitel. »Das kannst du laut sagen.«

24

Im Aufenthaltsraum war schon wieder die Hölle los. Auch wenn hier niemand seinen festen Sitzplatz hatte, neigten die Patienten dazu, immer ein und denselben Stuhl anzusteuern, und wehe, es traute sich jemand, sich auf den falschen zu setzen.

»Entschuldige, Belinda, aber das da ist mein Platz.« Amy gab sich alle Mühe, freundlich zu klingen, und lächelte die andere Frau sogar süßlich an.

Die blickte nicht einmal auf. »Zieh Leine, du eingebildete Ziege.«

Amy war beinahe froh, dass Belinda derart zickig reagiert hatte. Es bescherte ihr die Rechtfertigung für alles, was als Nächstes passierte: Sie pirschte sich von hinten an die Mitinsassin heran, nahm sie in den Schwitzkasten und zog ihr mit der freien Hand an den Haaren. Mit einer einzigen Bewegung fegte sie Belinda vom Stuhl und schickte sie zu Boden, wo sie gegen ein Tischbein krachte. Tassen flogen durch die Luft, und Tee ergoss sich über den Teppich. Schnaubend wie ein tollwütiges Tier setzte Belinda sich auf, kam auf die Beine und stürzte sich im selben Moment auf Amy, als Schwester Atkins in der Tür auftauchte.

»Herr im Himmel! Hier geht es ja zu wie im Wilden Westen! Ich sollte beim Schreiner Saloon-Türen in Auftrag geben.« Dann zerrte sie Belinda von Amy herunter und verpasste ihr einen ordentlichen Klaps auf den Hinterkopf. »Ich will nicht mal wissen, wer von euch angefangen hat! Ihr seid beide gleich unerträglich!« Damit drehte sie sich zu Amy um und verpasste ihr ebenfalls einen Klaps. »Nur damit ihr seht, dass ich niemanden bevorzuge.« Sie deutete auf das zerbrochene Geschirr. »Und jetzt aufkehren! Sofort!«

Belinda und Amy gingen in die Hocke, sammelten stumm die Porzellanscherben ein und legten sie auf ein Tablett. Pearl und Queenie, die das Ganze aus nächster Nähe beobachtet hatten, verfolgten die Szene wie vom Donner gerührt.

»'tschuldigung«, murmelte Belinda.

Amy – immer noch auf den Knien – richtete sich ein Stück auf. »Wie bitte?«

»Du hast mich gehört. Noch einmal sage ich es nicht.«

Amy lenkte ein. »Gleichfalls.« Dann stand sie auf und steuerte ihren Stammplatz im Erkerfenster an.

Belinda lief hinterher und ließ sich ihr gegenüber nieder. »Scheiße hier drin, oder?«

Da wollte Amy nicht widersprechen. Mit kaum verhohlenem Mitleid sah sie ihre Widersacherin an. Sie hatte keinen Schimmer, wie lange Belinda schon in Ambergate war, aber der Aufenthalt hatte auf sie eindeutig verheerende Auswirkungen.

»Weshalb bist du eigentlich hier, Belinda?«

Schlagartig war deren Trotzhaltung wie verflogen.

»Wegen Dad«, flüsterte sie. »Der wollte mich nicht mehr.«

Amy verspürte einen schmerzhaften Stich in der Brust. Das hatten sie also gemeinsam. »Hat er dich rausgeworfen?«

Belinda kaute auf ihrem Daumennagel, und in ihrem trüben Blick lag plötzlich Trauer. »So was in der Art. Ich glaub, ich war ihm irgendwann einfach zu alt.«

»Wovon zum Teufel redest du? Du bist doch kaum älter als ich.«

»Bin jetz' dreiundzwanzig«, schniefte Belinda. »Er steht auf Jüngere, weißt du... Bin hier mit sechzehn gelandet.«

Auch wenn der Instinkt ihr sagte, dass sie besser aufspringen und davonlaufen sollte, hatte Amy sich mittlerweile schon zu weit vorgewagt. »Was meinst du damit, Belinda?«

Insgeheim hoffte sie, ihr Gegenüber würde wieder die alte Feindseligkeit an den Tag legen und sie anfauchen, sie möge sich um ihre eigenen Angelegenheiten kümmern.

»Er ist fast jede Nacht zu mir ins Bett gekommen. Ich hab immer wach gelegen und gewartet, bis er aus der Kneipe kam, und wenn ich ihn die Treppe hochkommen hörte, war ich zutiefst erleichtert. Da wusst ich, dass ich die Nacht nicht allein bleiben muss.« Sie schüttelte den Kopf. »Ich hab das gehasst – allein zu schlafen. Ich mag es nicht, wenn es dunkel ist. Manchmal ist er tagelang weg gewesen, und da musst ich mich dann um mich selbst kümmern, nur dass nie Essen da war. Einmal hab ich altes Brot aus dem Garten der Nachbarn gegessen. Die Scheißvögel haben besseres Futter gekriegt als ich.«

Amy schluckte trocken. Sie war wie gebannt, auch wenn sie lieber gar nicht noch mehr hören wollte. »Aber das war alles – er hat bei dir im Bett bloß geschlafen?«

Belinda ging auf die Frage nicht ein. »Ich hab in meinem Zimmer gefroren. Er wollte nicht, dass ich ein Nachthemd trug, meinte, das wär im Weg, aber wenn er mit mir schmuste, war es immer schön warm.« Sie legte den Kopf in den Nacken und starrte zur Decke. »Seine Hände waren echt rau. Er ist Maurer, weiß du, aber mit mir war er nie grob, immer nur ganz sanft, wenn er mich gestreichelt hat. Er hat mich sehr geliebt.«

»Ich glaube, du verwechselst Liebe mit etwas anderem, Belinda«, entgegnete Amy leise.

»Was soll das heißen?«, fauchte sie. Die alte Wut loderte auf. »Du kennst ihn doch gar nicht! Er hat mir nie wehgetan. Der Dad von meiner Freundin hat sie immer windelweich geprügelt. Einmal hat er sie mit dem Kopf gegen eine Mauer geschleudert, dass der Putz abgeplatzt ist. Er war so sauer, dass er den Schürhaken ins Feuer gesteckt hat, und als der glühend rot war, hat er ihn ihr auf den Arsch gedrückt. Mein Dad hat so was nie gemacht, wag es also nicht ...«

Amy hob beschwichtigend die Hände. »Schon gut, beruhige dich wieder.« Sie wartete, bis Belinda wieder halbwegs gleichmäßig atmete. »Erzähl mir, warum du hier bist.«

»Meine Ma ist abgehauen, da war ich noch ein Baby, insofern waren es immer nur er und ich. Ich weiß von ihr nichts, hab nur mal ein Foto gesehen, okay, und sie war echt hübsch, das hab ich wohl von ihr.«

Amy betrachtete Belindas fettiges Haar, das ausgezehrte Gesicht und die vorstehenden Zähne, derentwegen sie den Mund nie ganz zubekam. Es fiel ihr schwer, sich einen unattraktiveren Menschen auch nur vorzustellen. Weiß der Himmel, wie ihre Mutter ausgesehen hatte.

»Wie schön«, sagte sie. »Wahrscheinlich hast du deinen Vater an sie erinnert.«

Belinda dachte kurz darüber nach. »Nah, der hat sie gehasst, die selbstsüchtige Kuh. So bin ich kein bisschen.«

Amy nickte. »Dann... Ich trau mich fast nicht, noch mal zu fragen, aber *warum* bist du hier?«

»Jetzt mal langsam«, blaffte Belinda sie an. »Dazu komm ich gleich noch.« Sie verschränkte die Arme vor der Brust und legte die Füße auf das Tischchen, das zwischen ihnen stand, als wollte sie es sich für einen netten Plausch bequem machen. »Er hatte jemanden im Pub kennengelernt – eine Frau, mein ich. Die hat am Tresen gearbeitet, hat immer nach Bier gestunken. Aber ehe ich michs versah, war die bei uns eingezogen, kannst du dir das vorstellen?« Sie schüttelte fassungslos den Kopf. »Ich konnte es echt nicht verstehen, so wie die aussah. Eine hässliche Kuh!«

Amy konnte nur mutmaßen, wie Belindas Definition von Hässlichkeit aussah. Sie musste an ihre eigene Stiefmutter denken, und die altbekannte Verbitterung schnürte ihr die Kehle zu. Vielleicht waren sie und Belinda am Ende doch gar nicht so verschieden.

»Aber sie hat deinen Vater glücklich gemacht?«

»Oh ja«, schnaubte Belinda. »Das hat sie wohl. Hat

gleich auch ihre Tochter mit angeschleppt. Die war gerade erst sieben.« Sie blickte aus dem Fenster und sprach leise weiter: »Danach ist er nie wieder zu mir ins Bett gekommen. Ich hab angenommen, er wär bei der hässlichen Kuh, aber nein, er ist zu der Kleinen gekrochen.« Dann drehte sie sich wieder zu Amy um. »Die hat meinen Platz eingenommen.«

Amy entfuhr ein langer Seufzer. »Belinda. Dein Vater hat euch beide missbraucht. Das siehst du hoffentlich ein?«

»Nein, das stimmt nicht, er hat mich geliebt, hat mir Sicherheit gegeben, hat schöne Sachen mit mir gemacht.«

Amy erschauderte. »Gott, Belinda!«

»Aber ist jetzt auch egal, oder? Als ich mich beschwert hab, hat er mich vor die Tür gesetzt. Aber das wollte ich mir nicht gefallen lassen. Hab einen Ziegel durchs Fenster geworfen.« Bei der Erinnerung lachte sie kurz auf, ehe sich ihr Gesicht wieder verfinsterte. »Okay, zugegeben, ich hab auch gekreischt wie eine Wilde, hab die ganzen Kinder verschreckt. Also hat er mich einweisen lassen.« Wütend wischte sie sich mit dem Handrücken übers Gesicht. »Zwei Polizisten haben mich weggeholt, als wär ich ein Stück Vieh, und mein Dad hat geschrien: ›Sperrt sie weg, die will ich nie wiedersehen!‹«

Amy streckte sich nach Belinda aus, doch die schlug ihre Hand weg.

»Ich brauche dein Mitleid nicht.«

»Wie du magst. Ich wollte nur ...«

Belinda stand auf und wandte sich zum Gehen. »Mach dir keine Mühe.«

Als sie den Raum verließ, starrte Amy ihr noch eine Weile nach. Kein Wunder, dass sie ihren Körper für ein paar Zigaretten hergab – das Mädchen sehnte sich nach der körperlichen Zuneigung, die ihre Kindheit geprägt hatte. Dass sie das für Liebe hielt, war schlichtweg eine Tragödie.

Der Himmel war bereits schwarzblau, als Amy sich aus ihrem Stuhl erhob. Sie war allein, und eine ferne Kakofonie aus klapperndem Geschirr zeugte davon, dass im Speisesaal das Abendessen aufgetischt wurde. Sie dehnte den Nacken, dass ihr Genick knackte. Dann blieb ihr Blick an etwas hängen, was unter dem Stuhl gegenüber liegen geblieben war. Sie sah verstohlen zur Tür, ging auf alle viere und zog das gut sieben Zentimeter lange Bruchstück einer Untertasse zu sich heran. Sie drehte es kurz hin und her und fuhr mit dem Finger über die scharfe, spitz zulaufende Bruchkante. Genau solche Sachen mussten augenblicklich an Schwester Atkins ausgehändigt werden.

Sie nahm das Sitzkissen von ihrem Stuhl und zog den Reißverschluss auf. Vorsichtig schob sie die Porzellanscherbe hinein und drapierte die Kissenfüllung darum. Dann legte sie das Kissen umgekehrt wieder auf den Stuhl und setzte sich. Perfekt. Womöglich würde sie die Scherbe nie brauchen, aber es schadete sicher nicht, einen Plan B zu haben.

25

Vor Dr. Lambourns Sprechzimmertür zögerte sie kurz, und ihre Fingerknöchel hielten über dem Türblatt inne. Sie wusste genau, dass ihr Hals gerötet war, und wider Willen stieg ihr die Wärme auch ins Gesicht.

Sie fuhr sich mit den Fingern durchs Haar. Es war mittlerweile schulterlang, und auch wenn es nicht wieder seine frühere Pracht hatte, fühlte es sich weicher an, seit der neue medizinische Direktor in der Klinik Shampoo angeordnet hatte. Amy war ihm nie begegnet, trotzdem war sie ihm dankbar für seine guten Taten. Sie strich ihr Kleid glatt, straffte den Stoff und fragte sich, wann er sich wohl endlich der Anstaltskleidung widmen würde. Auch wenn es für sie im Grund keine Rolle spielte. Sie hatte nicht vor, noch lange hierzubleiben.

Sie leckte sich die Lippen und schmeckte den Lippenstift, den sie zuvor aufgetragen hatte. Noch ein langer, beruhigender Atemzug, und sie klopfte an.

»Herein!«

Er hatte den Kopf aufgestützt und machte sich Notizen.

»Guten Morgen, Dr. Lambourn.«

Angesichts ihres beschwingten Tonfalls blickte er auf. Die Verblüffung stand ihm deutlich ins Gesicht geschrieben. »Also... Guten Morgen, Amy. Sie klingen heute viel fröhlicher.«

Ohne auf eine Aufforderung zu warten, ließ sie sich ihm gegenüber auf den Stuhl fallen und schlug die Beine übereinander. »Ich spüre es auch, Doktor, und das habe ich einzig und allein Ihnen zu verdanken.«

Sie sah Verlegenheit in seinem Blick und musste sich zusammenreißen, um nicht zu grinsen.

Er stand auf und bedeutete ihr, auf der Couch Platz zu nehmen. »Sollen wir?«

»Oooh, Dr. Lambourn, was haben Sie denn vor?« Sie klimperte kokett mit den Wimpern.

Er lockerte seinen Krawattenknoten. »Bitte, Amy. Das steht Ihnen nicht.«

Sie legte sich auf die Couch und verschränkte die Hände im Schoß, während er in seinem Schreibblock blätterte. Nur das laute, hypnotisierende Ticken der Standuhr in der Ecke unterbrach die Stille.

»Gestern im Aufenthaltsraum ist es erneut zu einer Auseinandersetzung gekommen«, ergriff Dr. Lambourn das Wort.

Sie biss sich auf die Lippe. Wie zu erwarten gewesen war, fing er – just als sie sich besser fühlte – mit etwas Negativem an. Doch den Köder würde sie nicht schlucken. Sie musste jetzt weiter fröhlich tun und nicht in ihre alte Aufsässigkeit zurückfallen. Sie winkte beschwichtigend ab. »Das ist längst vergessen. Da war nichts.«

»Gut. Wenn Sie es so sagen.«

Sie verlagerte das Gewicht und machte es sich ein bisschen bequemer. »Das tue ich.«

»Meinetwegen.« Er zog das Wort in die Länge. Es klang nicht so, als nähme er es ihr ab. »Sie sind jetzt seit vier Monaten in Ambergate, Amy. Erzählen Sie mir, was Sie sich von Ihrer Zukunft erhoffen. Was haben Sie für Pläne für die Zeit nach Ambergate?«

Ihr Puls beschleunigte sich. Das hier war neu. Sonst widmete er sich immer nur der Vergangenheit und brachte sie dazu, sich an Dinge zu erinnern, die sie in die finstersten Nischen ihres Gehirns verschoben hatte. Diesmal würde sie vorsichtig sein und ihm erzählen müssen, was er hören wollte.

»Ich will Verantwortung für meine Handlungen übernehmen«, hob sie an. »Ich schulde meinem Vater natürlich eine Entschuldigung – aber auch meiner Stiefmutter... Carrie.« Sie kniff die Augen zusammen und hielt für einen kurzen Moment die Luft an. »Ich muss begreifen, dass nicht ich den Tod meiner Mutter verschuldet habe und dass mein Vater ein Recht darauf hat, glücklich zu sein.« Sie hatte Fahrt aufgenommen, die Wörter sprudelten jetzt fast aus ihr heraus. »Nichts von alledem war Carries Schuld. Sie kann schließlich nichts dafür, dass sie sich in meinen Vater verliebt hat. Auch wenn ich selbst akzeptieren muss, dass ich keine zweite Mutter haben werde, gibt es keinen Grund, warum mein Vater keine zweite Frau haben sollte.«

Sie drehte das Gesicht in seine Richtung, und auch wenn er die Hand vor den Mund gelegt hatte, konnte sie ihm an den Augen ansehen, dass er lächelte. Allerdings sagte er nichts, nickte nur aufmunternd und ermutigte sie dazu weiterzusprechen.

»Ich selbst will auch wieder glücklich sein... jemanden kennenlernen und eines Tages eine eigene Familie gründen.«

»Das hätte Ihre Mutter sich für Sie gewünscht.«

Sie zögerte kurz und war leicht verärgert, dass er sich anmaßte, so etwas zu sagen. Trotzdem war ihre Stimme fest, als sie sagte: »Ja, das glaube ich auch.«

Dann schwang sie die Beine von der Couch und rutschte vor an die Kante, sodass sich ihre Knie fast berührten. »Finden Sie mich hübsch, Dr. Lambourn?«

Er zog die Augenbrauen in die Höhe. Der abrupte Themenwechsel hatte ihn eiskalt erwischt. »Was ich finde, tut nichts zur Sache, Amy.«

»Für mich schon.«

»Ich fürchte, diese Frage werde ich nicht beantworten.«

Sie wusste, dass sie ihn aufgebracht hatte. Aber er musste auch gar nicht antworten. Sie konnte ihm an den Augen und an der merkwürdigen Körperhaltung ansehen, wie die Antwort gelautet hätte. Sie lächelte.

»Wie Sie wollen.« Sie fuhr sich mit den Fingerspitzen am Kleiderkragen entlang und dann über die Brust. »Ist es hier warm, oder bin das nur ich?« Ein kokettes Schmunzeln umspielte ihre feuchten Lippen.

Dr. Lambourn ignorierte die Geste und kehrte an seinen Schreibtisch zurück. Dort zog er einen Bogen dicken, gelblichen Briefpapiers hervor und tauchte seine Füllfeder ins Tintenfass. »Ich werde Ihrem Vater schreiben, welche Fortschritte Sie machen. Mit seiner Einwilligung dürften wir alsbald über Ihre Entlassung nachdenken – dann können Sie in Ihr Elternhaus zurückkehren.«

Der Quell der Hoffnung, auf den sie so sehr gesetzt hatte, drohte regelrecht überzusprudeln. Sie zwang sich zur Ruhe und nickte bloß. »Danke, Doktor.«

26

Während draußen die Tage länger wurden, genoss er den belebenden Spaziergang heim zu seinem Cottage umso mehr; so trieb er die schale Luft aus dem Sprechzimmer aus seiner Lunge. Bei der Aussicht auf seinen bequemen Lehnstuhl am Kamin beschleunigte er seine Schritte. Als er sich dann auch noch ausmalte, sich ein Glas Rotwein einzuschenken und den vollen, erdigen Geschmack auf der Zunge zu haben, fiel er fast in den Laufschritt. Er schlug den Kragen gegen den Regen hoch und hatte es beinahe bis zum Fuß der Eingangsstufen geschafft, als er eine Stimme in seinem Rücken hörte.

»Dr. Lambourn?« Dann das Klappern von Absätzen, während die atemlose Stimme näher kam. »Gut, dass ich Sie noch erwischt habe.« Es war Schwesternschülerin Crosby, die sich die Hand auf die Brust presste, während sie um Atem rang. »Da ist jemand, der Sie sprechen muss... sagt, es sei wichtig.«

Er schob den Ärmel hoch und sah demonstrativ auf seine Armbanduhr. »Ich fürchte, das muss warten. Sie sollen einen Termin vereinbaren, ganz wie es sich gehört. Die Leute müssen allmählich lernen, dass sie nicht einfach so aufkreuzen und erwarten können, dass ich Zeit für sie habe.«

Ohne ihre Reaktion abzuwarten, stiefelte er auf das

Anstaltstor zu – ein zielstrebiger Mann, der am Ende eines langen Tages mit sich allein sein wollte.

»Dr. Lambourn, warten Sie!«

Er lief einfach weiter, musste sich aber gar nicht erst umdrehen, um zu wissen, dass die Schwester ihm hintereilte. Dann zupfte sie ihn über dem Ellbogen am Ärmel. Er blickte finster auf sie hinab.

»Tut mir leid, aber die Frau ist wirklich aufgebracht, Dr. Lambourn, und besteht darauf, Sie zu sprechen. Sie wollte mir nicht einmal sagen, worum es geht, aber sie ist in einer schrecklichen Verfassung.«

Er fluchte leise. Wenn er nicht erst noch seinen Schreibtisch in Ordnung gebracht hätte, wäre er längst durch das Tor hindurch und außer Sicht gewesen.

Er starrte Schwesternschülerin Crosby an, die ihre Hände wie zum Gebet gefaltet hatte und ihn mit einem Bettelblick ansah. Er schüttelte den Kopf und seufzte irritiert. »Na gut, fünf Minuten.«

Die Frau saß mit dem Rücken zur Tür, als er das Sprechzimmer betrat, stand aber sofort auf, als sie ihn hereinkommen hörte.

Er streifte die Lederhandschuhe ab und warf sie auf seinen Schreibtisch. Er verzichtete auf jede Höflichkeitsfloskel. »Wie kann ich Ihnen helfen?«

Sie tupfte sich mit einem Taschentuch die Nase und presste es sich dann weiter vors Gesicht, sodass der Stoff ihre Stimme dämpfte. »Tut mir leid, dass ich hier einfach so auftauche. Ich wusste einfach nicht, was ich sonst tun sollte.«

Auf ihrer dunkelblauen Gabardine schimmerten

immer noch Regentropfen, und das Seidentuch, das sie unter dem Kinn verknotet hatte, war triefnass. Ihre Augen lagen hinter einer schimmernden Sonnenbrille verborgen – merkwürdig, fand er, da sich die Sonne seit Tagen nicht gezeigt hatte. Mit zittrigen Fingern nahm sie die Brille ab. Ihre Lider waren derart geschwollen, dass die rot geränderten, blauen Augen in ihrem ansonsten hübschen Gesicht nur mehr wie Schlitze aussahen.

Kurz bereute er, dass er die junge Frau so barsch angeredet hatte, die eindeutig in einer Notlage zu sein schien. Er bedeutete ihr, auf dem Sessel am Kamin Platz zu nehmen. »Bitte, setzen Sie sich dorthin. Das Feuer ist zwar so gut wie niedergebrannt, aber die Glut wärmt noch ein bisschen.«

Sie pustete sich in die Hände.

»Vielleicht lege ich auch noch ein paar Kohlen dazu«, sagte er und griff bereits nach der Schütte.

Sie nickte, nahm das Kopftuch ab und drapierte es über dem Kamingitter. Dann fuhr sie sich mit den gespreizten Fingern durch das blonde Haar, damit es sich wieder lockte. »Danke«, schniefte sie.

Dr. Lambourn ließ sich ihr gegenüber nieder. Er blickte schon nicht mehr ganz so grimmig drein, im Gegenteil, er war neugierig, warum diese bildschöne, wenn auch triefnasse Frau darauf bestanden hatte, ihn zu treffen.

»Warum sagen Sie mir nicht erst mal, wie Sie überhaupt heißen?«

Sie reckte leicht das Kinn vor und runzelte die Stirn, als bereitete ihr die Frage Kopfzerbrechen. »Ich heiße Carrie ... Carrie Sullivan.«

Er brauchte einige Augenblicke, ehe er die Sprache

wiederfand. Amy hatte ihre Stiefmutter in einem völlig anderen Licht dargestellt. Diese Frau hatte keinerlei Ähnlichkeit mit dem Bild, das er sich nach Amys wenig schmeichelhaften Schilderungen gemacht hatte.

»Sind Sie Amys Stiefmutter?«, hakte er nach.

Sie nickte. »Peter Sullivan ist... war mein Mann, ja.« Dann presste sie sich die geballte Faust an den Mund und biss sich in die Fingerknöchel.

»*War* Ihr Mann?«

Sie schnappte nach Luft, und in ihren Augen standen Tränen. »Er hatte einen Herzinfarkt.« Ihre Stimme war nur mehr ein Flüstern, während sie an dem durchnässten Taschentuch nestelte. »Jede Hilfe kam zu spät.«

Intuitiv lehnte er sich vor und berührte ihr Handgelenk. »Das tut mir sehr leid.«

Sie lächelte schief. »Danke, Doktor.« Sie rang noch kurz um Fassung. »Könnten Sie es Amy ausrichten? Ich würde es ja selbst tun, wenn die Lage nicht so... also...«

»Bitte, Sie haben mein vollstes Verständnis. Natürlich setze ich sie ins Bild.« Er zögerte kurz, war sich nicht sicher, wie er weitermachen sollte. »Ich habe Ihrem Mann letzte Woche geschrieben, dass Amy Fortschritte macht, und ihm nahegelegt, sie alsbald wieder zu sich nach Hause zu holen.«

Sie riss panisch die Augen auf, und er hob eilig die Hand.

»Natürlich wird das jetzt nicht einfach so gehen... Ich will nicht, dass Sie sich Sorgen machen. Sie haben derzeit schon genug um die Ohren.« Er hielt inne, als von der Tür ein schüchternes Klopfen zu hören war. »Herein?«

Schwesternschülerin Crosby trat über die Schwelle. Sie hatte die Schultern hochgezogen, um das Gewicht des Babys in ihren Armen halten zu können. »Bitte entschuldigen Sie, Doktor – aber die Kleine wird unruhig, und ich glaube, dass sie Hunger hat.«

Carries Gesicht hellte sich auf, als sie das Murren ihrer Tochter hörte, und sie streckte die Arme aus, um Ellen das Baby abzunehmen. Dr. Lambourn beugte sich vor und sah dem Kind ins zerknautschte Gesicht. Lange Wimpern umrahmten die dunkelbraunen Augen. Ihm schnürte es die Kehle zu.

»Sie ist ... wunderschön«, brachte er mühsam hervor.

Carrie wiegte ihre Tochter hin und her und lächelte auf sie hinab. Dann blickte sie wieder zu Dr. Lambourn hoch.

»Bitte, Doktor«, flehte sie ihn an, »Sie müssen verhindern, dass diese Geisteskranke je wieder in die Nähe meiner Tochter kommt!«

Er schloss die Augen und stellte sich vor, wie Amy mit diesem kleinen, hilflosen Würmchen im Arm in den See gewatet war. Die Verantwortung für Carries Sicherheit und die ihres Kindes lastete schwer auf ihm. Auch wenn kein Zweifel daran bestand, dass Amy in seiner Obhut große Fortschritte machte, konnte er nicht einmal ahnen, welche verheerende Auswirkung der Tod ihres Vaters auf sie haben mochte.

Er streifte das Händchen des Babys. »Keine Sorge, Mrs. Sullivan. Amy ist hier, um wieder gesund zu werden, und Sie haben mein Wort, dass sie bis dahin nirgends hingehen wird.«

27

Begleitet von den unheilverheißenden Klängen des Trauermarschs von Chopin folgte sie dem Sarg ihres Vaters, den die Sargträger im Gleichschritt vor ihr her trugen. Sie klammerte sich an Dr. Lambourns Arm, der sie in die Kirche und in eine der Sitzreihen führte. Er bedachte sie mit einem matten Lächeln, als er neben ihr Platz nahm. Sie war dankbar dafür, dass er im eisigen Kirchenschiff, in dem die Kälte vom Steinboden aufstieg, so nah neben ihr saß. Ihr ganzer Körper zitterte in einem fort, und ihr klapperten die Zähne. Durch die Buntglasfenster warf das Sonnenlicht ein Kaleidoskop aus Farben auf den schlichten Sarg. Als Amy zur anderen Seite des Mittelgangs sah, krümmte sich dort ihre Stiefmutter in der Bank, berührte mit der Stirn beinahe die Knie und wiegte sich vor und zurück. Sie hatte einen hauchdünnen schwarzen Schleier angelegt.

Dr. Lambourn tätschelte Amys Knie. »Schaffen Sie das?«, fragte er.

Sie schüttelte kaum merklich den Kopf und steckte die Nase in ihr Gesangbuch. Die vergilbten Seiten rochen modrig; das dünne Papier war mit der Zeit ganz spröde geworden.

»*Bleib bei mir, Herr*«, bemerkte sie. »Das war der Lieblings-Choral meiner Mutter.«

»Wie passend«, bemerkte Dr. Lambourn. »Und was für eine schöne Geste von Carrie, finden Sie nicht?«

Amy schnaubte. »Ich werde sie nie leiden können, verschwenden Sie also nicht Ihre Zeit. Es ist ihre Schuld, dass mein Vater tot ist.«

Er legte den Kopf in den Nacken und starrte zu den Deckenbalken empor. »Nicht jetzt, Amy. Bitte.«

Dann hallte die Stimme des Pfarrers über die Handvoll Trauernden hinweg. »Liebe Trauergemeinde...«

Amy schloss die Augen und wünschte sich nichts sehnlicher, als dass es vorbei wäre.

Sie schaffte es fast bis ans Ende des Gottesdienstes. Als dann aber ihre Mutter erwähnt wurde, drang ein so lauter Schluchzer aus ihrer Kehle, dass es von den Kirchenwänden widerhallte und ein paar andere Trauergäste ihr einen mitfühlenden Blick zuwarfen: die Verrückte, die nur unter Aufsicht ihres Psychiaters der Beerdigung des letzten Elternteils beiwohnen durfte.

Draußen in der Sonne stand sie am leeren Grab und sah mit an, wie ihr geliebter Vater hinabgelassen wurde. Ihre Stiefmutter schluchzte in ein geblümtes Taschentuch. Ein Gefühl grässlicher Endgültigkeit hing in der Luft, und Amy verspürte nur mehr entsetzliche Hoffnungslosigkeit und tiefe Verzweiflung. Dr. Lambourn hatte den Kopf geneigt und die Hände hinter dem Rücken verschränkt.

Um sie herum machten sich die ersten Frühlingsboten bemerkbar. Die Schneeglöckchen waren schon fast verblüht, doch Krokusse und Narzissen schoben zwischen den Grabsteinen bereits die farbigen Köpfchen aus dem Boden. Alle waren so mit ihrer eigenen Trauer beschäftigt, dass Amy für einen kurzen Moment erwog, die Flucht zu ergreifen – aber nur kurz. Denn sie wusste zwar genau, wovor sie fliehen wollte, hatte jedoch keine Ahnung, wohin sie sich wenden sollte.

Dr. Lambourn hatte darauf bestanden, dass sie anschließend ihr Elternhaus besuchen und ein Schlückchen Sherry auf den Verstorbenen trinken sollten. Carrie hatte dafür das Wohnzimmer vorgesehen, das immer schon der repräsentativste Raum im ganzen Haus gewesen und von Amys Mutter zu Lebzeiten nur selten genutzt worden war.

Als Amy in das Zimmer schlich und auf dem harten Sofa Platz nahm, verspürte sie einen Anflug von Schuld. Zum Zeichen der Trauer waren die Vorhänge noch immer zugezogen und würden es wohl noch wochenlang bleiben. Dr. Lambourn drückte ihr ein Gläschen Sherry in die Hand, das sie in einem Zug leer trank. Von dem Brennen in ihrer Kehle tränten ihr die Augen.

»Wie lange müssen wir bleiben?«

»Ich hätte nicht gedacht, dass Sie es eilig hätten, nach Ambergate zurückzukehren, Amy.«

Sie ließ den Blick durchs Zimmer und all die unbekannten Dekorationsgegenstände schweifen. Die schlichten Möbel waren immer noch da, aber ihre Stiefmutter hatte darauf quietschbunte Zierkissen verteilt – und ein Schaffell. Die Tapete, die früher einen satten Kaffeebraunton gehabt hatte, war in einem faden Magnolia überstrichen worden.

Amy sprang auf, als Carrie mit dem Kind auf der Hüfte das Zimmer betrat. Sie hatte den lächerlichen Schleier abgelegt, und Amys eigene Trauer spiegelte sich im Gesicht ihrer Stiefmutter.

»Danke, dass du gekommen bist, Amy.«

Sowie sie ihren Namen aus dem Mund der Stiefmutter hörte, flammte der Zorn erneut auf, der ohnehin nur knapp unter der Oberfläche gewesen war.

»Wie kannst du es wagen«, fauchte sie sie an. »Du *bedankst* dich allen Ernstes dafür, dass ich zur Beerdigung meines Vaters gekommen bin? Ich bin hier, weil ich das wollte, weil er mein *Vater* war, mein letzter *Blutsverwandter*, der ohne dich immer noch am Leben wäre!«

Das Baby starrte Amy mit weit aufgerissenen Augen an, und Carrie drückte es fester an sich und legte ihm eine Hand übers Ohr. »Ich verbitte mir diesen Ton in meinem Haus. Ich erwarte einen gewissen Respekt. Dein Vater hätte...«

»Erzähl du mir nicht, was mein Vater getan oder nicht getan hätte.« Amy war nur noch Zentimeter von Carrie entfernt und konnte deren Atem auf ihrem Gesicht spüren. »Du... hast... ihn... umgebracht.«

Sie klang derart giftig, dass das Baby anfing zu weinen, noch während Carrie aus dem Zimmer stürmte.

Erst jetzt mischte sich Dr. Lambourn ein, der alles schweigend mit angehört hatte. »Das war gemein von Ihnen, finden Sie nicht?«

»Dass Sie für sie Partei ergreifen, hätte mir klar sein müssen.« Amy keuchte schwer und zitterte. »Bringen Sie mich wieder nach Hause.«

»Nach Hause?«, hakte er nach.

Sie hielt kurz inne und starrte ihn aus zusammengekniffenen Augen an. »Nach Ambergate.«

Nachdem sie die Rückfahrt schweigend hinter sich gebracht hatten, hielt Dr. Lambourn vor dem Hauptgebäude an. Amy wartete ungeduldig, bis er um den Wagen herumgelaufen war und ihr die Tür aufgemacht hatte. Dann nahm sie die dargebotene Hand und kletterte hinaus.

»Wenn es möglich wäre, würde ich mich jetzt gern in die Kapelle zurückziehen, Dr. Lambourn.«

Er nickte. »Natürlich. Ich gebe der Schwester Bescheid.«

Die Kapelle lag zwischen dem Haupt- und dem Verwaltungsgebäude und war von Moos überwuchert. Trotz des Nebels, der den Glockenturm einhüllte, konnte man die eiserne Glocke leicht hin und her schwingen sehen. Amy drückte die Klinke der schweren Holztür nach unten und schlüpfte ins Innere.

Atemwölkchen schwebten vor ihrem Gesicht, als sie die Schuhe auf der Fußmatte abklopfte. Das dumpfe Geräusch hallte von den nackten Wänden wider. Zwei große Kerzen brannten zu beiden Seiten des Altars; die Messingleuchter schimmerten sanft im flackernden Schein.

Sie setzte sich auf eine Bank und zog ein Kissen zu sich heran, und ihre Knie knackten, als sie sich zum Gebet hinkniete. Dann faltete sie die Hände, schloss die Augen und suchte nach Worten, die sie an jenen allgegenwärtigen Gott richten konnte, der sie so regelmäßig im Stich zu lassen schien. Es gab eindeutig nichts, wofür sie sich bei ihm hätte bedanken können. Nachdem sie die Zeilen des Vaterunsers, an die sie sich noch erinnern konnte, vor sich hin gemurmelt hatte, hievte sie sich wieder auf die Bank und erschauderte unwillkürlich. Sie hatte das merkwürdige Gefühl, dass sie nicht allein in der Kapelle war – sie sah oder hörte niemanden, und trotzdem nahm sie am Rand ihres Bewusstseins eine fremde Präsenz wahr.

»Hallo?«, rief sie. »Ist ... Ist da jemand?«

Im nächsten Moment war sie sich sicher: Sie hörte Schritte auf den rauen Steinplatten jenseits des Altars. Sie starrte den blauen Samtvorhang an, der vor die Tür zur Sakristei gezogen worden war, und atmete scharf ein, als er zur Seite gerissen wurde und aus der Dunkelheit eine Schattengestalt auf sie zutrat.

28

»O Gott, Ed!«, rief sie. »Mir ist fast das Herz...« Sie hielt jäh inne und riss sich zusammen. Sie schämte sich, weil sie um ein Haar den Umstand erwähnt hätte, der ihren Vater gerade erst das Leben gekostet hatte. »Ich meine... Sie haben mich... ganz schön erschreckt.«

Seine dunklen Locken waren fast wieder komplett nachgewachsen, und sein jungenhaftes Gesicht strahlte eine wohltuende Freundlichkeit aus. »Entschuldigung, ich wollte Sie nicht beim Beten stören.«

Sie klopfte auf den Sitz neben sich, und er gesellte sich zu ihr.

»Ich habe nicht gebetet, nicht richtig. Ich hab Ihm nichts zu sagen, sofern Er überhaupt existiert.«

Verschüchtert sah sich Ed um und blickte dann zu den Dachsparren hinauf, als erwartete er, dass im nächsten Moment ein Blitz ins Dach einschlüge. »Psst, sagen Sie so was hier drin nicht...«

Sie lachte. »Das Schlimmste ist doch ohnehin schon passiert. Jetzt kann Er mir nichts mehr antun, was mich noch mehr verletzen könnte.«

»Was ist denn passiert?«

»Mein Vater ist tot. Ein Herzinfarkt, sagen sie, was ja kein Wunder ist, nachdem er versucht hat, mit seiner jungen Ehefrau klarzukommen... Er war einundvierzig – und dann das Baby... Ich meine, in seinem Alter...« Sie sprach den Satz nicht zu Ende und schüttelte stattdessen den Kopf.

»Oh, Amy, es tut mir so leid, das zu hören! Es muss sehr schwer für Sie sein.«

»Ich habe alles verloren, Ed. Auf mich wartet dort draußen gar nichts mehr.«

»Sagen Sie so etwas nicht«, wiederholte er nachdrücklich. Dann nahm er ihre kalte Hand und wärmte sie in seiner. »Irgendwann sind... Irgendwann bist du wieder gesund und kannst diesen Ort hinter dir lassen. Dann lernst du jemanden kennen und gründest deine eigene Familie.«

»Das ist sehr lieb von dir, Ed. Ich wünschte mir nur, ich könnte es glauben.« Mit einem Blick auf den schwarzen Lappen in seiner freien Hand wechselte sie das Thema. »Was hast du hier drinnen überhaupt gemacht?«

Er nickte vor zum Altar. »Hab die Leuchter poliert.«

Für einen Moment schwieg sie, genoss die Ruhe in der Kapelle und Eds unaufgeregte Gesellschaft. Dann lehnte sie den Kopf an seine Schulter, und seine gleichmäßige Atmung beruhigte sie sofort. Beschwichtigende Worte waren nicht nötig. In seiner Anwesenheit verspürte sie einen Frieden, den sie seit dem Tod ihrer Mutter nicht mehr empfunden hatte, und mit einem Mal fielen Jahre der aufgestauten Emotionen – Schicht um Schicht – ganz langsam von ihr ab. Sie schloss die Augen und driftete in einen erschöpft-traumlosen Schlaf.

Erst einige Zeit später schreckte sie wieder auf. Es dauerte einen Moment, ehe sie sich orientiert hatte. Sie hatte nicht die geringste Ahnung, wie lange sie geschlafen hatte. Sie lehnte immer noch an Ed, sein Arm lag um ihre Schultern, aber irgendetwas stimmte nicht...

»Ed?«

Keine Reaktion. Als sie ihn ansah, waren seine Augen ins Leere gerichtet und die Pupillen geweitet.

»Ed, was ist los? Rede mit mir!«

Als er immer noch nicht reagierte, machte sich Panik in ihr breit. Sie packte ihn bei den Schultern und schüttelte ihn, dann tastete sie nach seinem Puls und atmete erleichtert auf, als sie das sachte Pochen unter ihren Fingerkuppen spürte. Trotzdem war sein Gesicht leichenblass, er blinzelte nicht einmal mehr, und Mund und Kinnpartie sahen steif wie die einer Statue aus.

»Ed, bitte...«

Im nächsten Moment krampfte sich sein ganzer Körper zusammen. Arme und Beine schienen fast schon ein Eigenleben zu führen. Er rutschte von der Bank auf den Steinboden und trat um sich wie ein Mann, der zu ertrinken drohte.

»Ed, was ist denn los?«, schrie Amy.

Zwischen den Kapellenbänken war nicht genug Platz, um sich neben ihn zu kauern und ihm gut zuzureden oder Hilfsmaßnahmen zu ergreifen. Es fühlte sich an wie eine Ewigkeit, ehe die gewaltsamen Krämpfe allmählich nachließen und Eds Leib erst komplett stocksteif wurde, bevor sich die Muskeln endlich entspannten. Blut sickerte aus seinem Mundwinkel, und sein Gesicht war kreideweiß und schweißbedeckt.

Sie starrte auf seinen schlaffen Körper hinab. Sein Atem ging flach und hektisch.

»Alles in Ordnung, Ed, ich bin bei dir«, redete sie ihm beruhigend zu und beugte sich über ihn, um sein dunkles Haar über der Stirn glatt zu streichen.

Er machte den Mund auf, um etwas zu sagen, brachte aber nichts heraus. Dann streckte er die Zunge heraus, zeigte auf seinen Mund und hechelte wie ein Hund.

»Hast du Durst?«

Er nickte und versuchte zu lächeln – sichtlich dankbar dafür, dass sie ihn verstanden hatte.

Sie schob sich aus der Kirchenbank und kam nur wenige Sekunden später mit einem Kelch zurück, den sie aus dem Waschbecken am hinteren Ende der Sakristei genommen und mit Wasser gefüllt hatte. Sie half Ed, sich aufzusetzen, und hielt ihm den Kelch an die Lippen. Mit einiger Mühe nahm er ein paar Schlucke, ehe sein Kopf nach vorn kippte. Amy setzte sich im Schneidersitz hinter ihn und zog ihn dann vorsichtig nach unten, sodass sein Kopf auf ihrem Schoß lag, und strich ihm über Haar und Gesicht, bis die wächserne Blässe wieder einer gesünderen Farbe gewichen war.

»Tut mir leid, dass du das mit ansehen musstest.«

»Tut mir leid, dass du das durchmachen musstest. Du armer Kerl!«

»Ich schmecke Blut... Ich glaube, ich habe mir in die Wange gebissen oder so.«

Sie zupfte ihr Taschentuch aus dem Ärmel, befeuchtete es mit der Zunge und wischte ihm ein bisschen Blut vom Kinn.

Er schloss die Augen und atmete jetzt zusehends tiefer. »Mein Kopf tut so weh, und ich bin so müde, Amy... Ich bin immer so müde, wenn ich...«

»Psst, sag jetzt nichts.«

Sie konnte sich noch gut daran erinnern, wie es ihr nach den Krämpfen bei der vermaledeiten Elektrokrampfbehandlung gegangen war. Ihr Gehirn hatte sich angefühlt, als passte es nicht mehr in den Kopf, als wäre es irgendwie angeschwollen und hätte die Schädeldecke aufgesprengt. Der Schmerz hatte sie ganz krank gemacht, und noch während der Woche danach hatte die Müdigkeit ihr jeden Funken Energie geraubt.

»Alles ist gut, Ed. Ich bin ja da. Ruh du dich eine Weile aus. Ich bleibe bei dir.«

Sie fuhr ihm mit den Fingern durchs Haar und massierte vorsichtig seine Kopfhaut, bis sie sah, dass seine Kiefer sich entspannten und er eingeschlafen war.

Irgendwann war ihr Hintern auf dem Steinboden taub vor Kälte, ihr Rücken tat weh, und die Beine waren im Schneidersitz eingeschlafen. Ihr leerer Magen knurrte und gurgelte wie die alten Rohrleitungen in der Station. Sie konnte sich kaum daran erinnern, wann sie zuletzt etwas gegessen hatte. Seit dem Porridge am Morgen war das Einzige, was sie zu sich genommen hatte, der Sherry gewesen, den sie beim Leichenschmaus in sich hineingekippt hatte. Sie hatte keine Ahnung, wie spät es war, ahnte aber, dass es inzwischen dunkel geworden war. Das einzige Licht kam von den zwei Kerzen auf dem Altar. Wahrscheinlich war das Abendessen bereits vorbei, aber das war ihr im Moment egal. Ed ging es wieder gut, und ganz gleich, wie hungrig sie war oder welcher Ärger sie erwarten würde, sie würde ihn jetzt nicht aufwecken.

29

Ed war wackliger auf den Beinen als sonst, aber weil er so dünn war, fiel es ihr leicht, ihn zu stützen, als sie ihn den Flur entlang zurück zu seiner Station begleitete. Ein alter Mann mit Hose auf Halbmast und nur mehr einem Zahn, der aus seinem Unterkiefer ragte, kam ihnen entgegen. Er hatte die Fäuste geballt und schlug sich selbst ins Gesicht, wechselte bei jedem Schritt die Hand. Amy presste sich die Hand vor Mund und Nase und würgte, als ihr sein stechender Uringeruch entgegenschlug.

»Einer der Nachteile«, sagte Ed schmunzelnd, »wenn man einen Kuraufenthalt in einer Nervenklinik gebucht hat.«

»Hm, kann man so sagen.« Sie sah zu Ed hinüber – der klug war, bei Sinnen und mit einer fürsorglichen Mutter gesegnet, die zu Hause auf ihn wartete. »Gehörst du wirklich hierher, Ed? Es kann doch nicht richtig sein, dass du dich mit solchen Irren abgeben musst.«

»Ach, Jimmy Panda ist schon in Ordnung. Wenn man ihn erst besser kennt, lernt man seine Marotten zu schätzen.«

»Jimmy Panda?«

»Ja – weil er immer zwei Veilchen hat.«

»Was? Ist das dein Ernst?«

Er lächelte. »In diesem Laden gibt's alle möglichen Schicksale, Amy. Die meisten Leute haben eine echt traurige Geschichte – sie fühlen sich in Ambergate zu Hause und sind wirklich dankbar dafür. Ich hab hier ganz wunderbare Menschen kennengelernt und werde ihnen für alles, was sie für mich getan haben, ewig dankbar sein.« Er hielt kurz inne. »Man sollte diese Menschen nie vorverurteilen.«

Bei jedem anderen hätte sie es als Tadel aufgefasst, doch sein Lächeln nahm seinen Worten den Stachel, und sie nickte bloß. Womöglich konnte sie von Ed noch ein, zwei Dinge lernen.

Vor dem Zugang zur Station blieben sie stehen. »Ich komm ab hier allein klar, Amy, aber danke, dass du dich um mich gekümmert hast – und noch mal: Tut mir leid, das mit deinem Vater.«

»Danke«, flüsterte sie. »Pass gut auf dich auf. Hast du mich verstanden?«

»Klar.« Er breitete die Arme aus und schwankte leicht hin und her, als sie einander umarmten. Sie hielten sich noch kurz umklammert und wollten den Moment menschlicher Nähe auf sich wirken lassen, den die meisten anderen Menschen für so selbstverständlich erachteten.

Als sie endlich in ihrer eigenen Station ankam, waren dort die Vorhänge zugezogen und die Lichter gelöscht. Schwester Atkins saß im Schwesternzimmer und blätterte in einer Zeitschrift.

»Das wird aber auch Zeit. Wo in Gottes Namen bist du gewesen?«

»Dr. Lambourn hat gesagt, er würde Ihnen Bescheid geben. Ich war in der Kapelle und habe gebetet.«

»Du warst stundenlang verschwunden! Und jetzt glaubst du, du könntest einfach so wieder reintänzeln?« Die Schwester stand auf und donnerte die Zeitschrift auf den Tisch. »Ich hab verdammt noch mal gewusst, dass das passieren würde, sobald hier die Türen aufstünden! Patienten, die kommen und gehen, wann es ihnen passt. Das endet in einer Katastrophe, lass dir das gesagt sein.« Sie griff zu ihren Zigaretten. »Und denk gar nicht erst darüber nach auszubrechen. Wir fangen dich wieder ein, und dann wird es für dich nur umso schlimmer.« Sie zog an ihrer Zigarette und blies den Rauch wie ein Drachen durch die Nasenlöcher aus.

»Ich war auf der Beerdigung meines Vaters.«

Die Schwester hielt mitten im nächsten Zug inne. »Mag sein, aber das gibt dir nicht das Recht, dich nach Gutdünken zu entfernen. Du hast das Abendessen verpasst, da musst du jetzt wohl hungrig ins Bett, aber vielleicht ist dir das eine Lehre. Und jetzt verschwinde, bevor mir noch irgendwas einfällt, was dir leidtun könnte.«

Pearl und Queenie schliefen bereits – Pearl auf dem Rücken und mit offenem Mund, und aus den Tiefen ihrer Kehle war ein nerviges Rasseln zu hören. Amy schlug ihr dünnes Laken zurück und schlüpfte darunter. Dann zog sie sich das Kissen übers Gesicht und presste es sich auf die Ohren. Dem Himmel sei Dank dafür, dass sie diesen Ort nicht mehr viel länger würde ertragen müssen.

Sie hörte die Federn quietschen und spürte gleichzeitig, wie sich jemand auf ihr Fußende fallen ließ. Sie zog sich das Kissen vom Gesicht und starrte die Gestalt im Zwielicht an. »Wer ist da?«

»Psst, ich bin's, Belinda.«

Amy setzte sich auf und verschränkte die Arme. Heute Abend war sie wirklich nicht mehr zu Streitereien aufgelegt. »Was willst du?«

Belinda warf einen Blick in Richtung des Schwesternzimmers. »Ich hab bemerkt, dass du beim Abendessen gefehlt hast. Also hab ich dir was mitgehen lassen.« Sie zauberte eine Schüssel hinter dem Rücken hervor. »Ist jetzt zwar kalt, aber immer noch essbar.«

Amy nahm die Schüssel entgegen und rührte mit dem Löffel darin herum.

»Apfelkompott und Soße«, erklärte Belinda. »Die Äpfel hätten ein bisschen mehr Zucker gebraucht, aber es ist besser als nichts.«

Die zähflüssige Soße hatte bereits eine unappetitliche gelbe Haut angesetzt. Trotzdem lief Amy das Wasser im Mund zusammen, und sie tauchte den Löffel hinein. »Danke, Belinda.«

Grinsend wandte die sich wieder zum Gehen. »Gern geschehen.«

Amy verputzte in Windeseile das Mahl und wischte die Schüssel sogar noch mit dem Finger aus, damit sie auch wirklich jeden Rest des Desserts erwischte. Belinda winkte ihr vom Bett gegenüber zu, und Amy erwiderte den Gruß. Derlei unverhoffte Freundschaftsgesten waren in Ambergate selten – und manchmal kamen sie von unerwarteter Seite.

30

Wolken zogen vorüber und erlaubten der Sonne, hier und da durch den Schleier zu brechen. Dr. Lambourn sah hinauf in den Himmel und lächelte zufrieden. Dann legte er auf jeden der weiß lackierten schmiedeeisernen Stühle ein Sitzkissen und stellte eine Karaffe mit selbst gepflückten Narzissen auf den Tisch. Er mochte sein Cottage und das Gärtchen – es bereitete ihm Freude und diente ihm als wohlverdientes Refugium von der düsteren Atmosphäre, die oft bei der Arbeit herrschte. Ein gepflasterter Weg führte zu einem kleinen Teich am unteren Ende des Grundstücks, und zu beiden Seiten bildete das Heidekraut üppige Kissen in sämtlichen Schattierungen von Pink und Violett. Dr. Lambourn streckte die Handflächen vor sich aus. Zufrieden, dass kein Regen mehr fiel, lief er nach drinnen und holte das Tablett mit Shortbread.

Der Winter lag endlich hinter ihnen, und jetzt, da die Aprilsonne den Boden wärmte, fing das Gras wieder an zu sprießen, und die Bäume trieben aus. Er schlug die Zeitung auf dem Tisch auf. Die Brise war gerade stark genug, als dass sie an den Ecken zupfte. Er drückte die Hand auf das Papier und versuchte, sich auf die Artikel zu konzentrieren, solange sein Gast noch nicht da war.

Um Punkt elf passierten dann zwei Dinge auf einmal: Der Kuckuck in seiner Küche schoss aus seinem Häuschen, und es klingelte an der Tür. Gut, bemerkte er, sie war pünktlich. Trödelei war ihm ein Gräuel.

Er lief zur Tür. »Guten Morgen. Bitte, kommen Sie doch herein – und dann geradeaus durch, ich hab mir gedacht, wir setzen uns in den Garten.«

Sie putzte sich die Schuhe an der Fußmatte ab – und zwar ausgiebig. Sie ließ sich sogar mehr Zeit, als von seiner Warte aus nötig gewesen wäre.

»Danke«, erwiderte sie.

Im Garten ließ sie sich auf einem der Stühle nieder, während er in der Küche Tee aufgoss.

»Ihr Garten ist wunderschön«, rief sie nach drinnen.

Er brachte die Teekanne heraus und nahm ihr gegenüber Platz. »Danke. Er ist zwar klein, aber vollkommen ausreichend, finde ich.«

»Absolut richtig.«

Sie ließ den Blick schweifen und sah sich alles an – außer ihn. Mit sichtlichem Unbehagen rutschte sie auf dem Stuhl hin und her. Seit sie einander zuletzt gesehen hatten, hatte sie sich verändert. Die von der Trauer hohlen Wangen waren wieder rund, der einst fahle Teint strahlte inzwischen Gesundheit aus, und ihr Haar schimmerte und fiel ihr in weichen Locken über die Schulter. Endlich wandte sie sich zu ihm um und räusperte sich.

»Das hier scheint mir doch ein wenig unorthodox zu sein. Ich frage mich, was Sie zu dieser Einladung bewogen hat, Dr. Lambourn.«

Er zog die Augenbrauen in die Höhe.

»Ich meine – dass ich zu Ihnen nach Hause kommen

sollte, obwohl Sie doch über ein Sprechzimmer in der Klinik verfügen.«

Mit der Serviette wischte er sich ein paar Shortbread-Krümel vom Mund. »Das hat schon seine Richtigkeit, Carrie. Die Atmosphäre dort kann manchmal ein wenig steif sein. Und ich dachte mir, ein entspannteres Ambiente täte uns beiden gut.«

»Weiß meine Stieftochter, dass ich hier bin?«

»Ich informiere meine Patienten nicht über jeden meiner Schritte – und ich hielt es nicht für nötig, sie davon in Kenntnis zu setzen.«

»Und was wäre *davon*, Doktor?«

Er bot ihr den Teller mit Shortbread an, aber sie winkte ab.

»Sie sind Amys nächste Verwandte.«

Ein Hauch von Verärgerung flackerte in ihrem Blick auf. »Und?«

»Kurz bevor Ihr Mann gestorben ist, habe ich ihm einen Brief geschrieben und darin die Fortschritte geschildert, die Amy macht. Ich habe ihm vorgeschlagen, ihre Einweisung neu zu überdenken.«

Sie schüttelte den Kopf. »Den Brief habe ich nie gesehen.«

»Das mag sein, aber es ändert nichts daran, dass ich ihn geschrieben habe.«

Sie drehte sich weg. »Ist das eine Heckenkirsche an Ihrer Tür?«

Man brauchte kein Psychoanalytiker zu sein, um ihr Ablenkungsmanöver zu durchschauen. »Ja. Im Augenblick sieht es nach einem Haufen toter Zweige aus, aber in ein paar Monaten steht sie wieder in voller Blüte. Ihr

Duft ist einfach betörend.« Er nahm die Teekanne zur Hand und schwenkte sie herum, damit die Teeblätter in Bewegung gerieten. »Mehr Tee?«

Sie schüttelte den Kopf. »Ich kann sie zu Hause nicht mehr ertragen, Dr. Lambourn. Sie hat versucht, mein Kind umzubringen. Das ist doch nicht richtig. Sie können nicht von mir erwarten, dass ich sie bei mir aufnehme.«

»Was denken Sie denn, wo sie hingehen sollte?«

Sie zuckte mit den Schultern. »Ich weiß nicht... Es ist alles so durcheinander... Ich bin jedenfalls noch nicht bereit, Amy wieder zu mir zu holen.« Geistesabwesend zupfte sie an einer Narzisse und riss ein Blütenblatt nach dem anderen heraus.

»Werden Sie denn je bereit dazu sein?«

»Das kann ich Ihnen nicht sagen, Dr. Lambourn. Ich kann es wirklich nicht.«

»Ich weiß Ihre Aufrichtigkeit zu schätzen, Carrie.« Er faltete die Hände. »Ich sage Ihnen, was wir tun können. Von diesem Treffen wird nie jemand etwas erfahren. Ich setze die Behandlung mit Amy fort, aber Sie müssen verstehen, dass ich sie ohne Grund nicht lange in der Klinik behalten kann. Sie hat enorme Fortschritte gemacht, und ich will nicht, dass der medizinische Direktor meine Methodik hinterfragt. Nicht dass es am Ende so aussieht, als wüsste ich nicht, was ich tue.«

»Oh«, sagte Carrie gedehnt. »Jetzt kommen wir der Sache näher. Es geht hier um Sie, nicht um Amy.«

Er überlegte genau, was er sagte. »Wenn es Ihnen hilft, es so zu sehen – ja. Aber für gewöhnlich empfehle ich die Kopf-in-den-Sand-Taktik nicht.«

»Mein Baby hat für mich oberste Priorität, Dr. Lambourn. Das werden Sie sicher verstehen. Die Kleine ist alles, was mir noch geblieben ist.«

»Das verstehe ich.« Und das tat er wirklich. »Doch ich kann Ihnen versichern: Weder Sie noch Ihr Baby werden dabei in Gefahr gebracht.«

Sie entspannte sich sichtlich, die Schultern sackten nach unten, und sie atmete tief aus. »Danke, Dr. Lambourn. Sie ahnen ja nicht, was mir das bedeutet.«

Lächelnd streckte er die Hand aus. »Warum zeige ich Ihnen jetzt nicht meinen Garten? Ich habe ein paar wundervolle Azaleen, die kurz vor der Blüte stehen, und im Teich unten kann man eine riesige Wolke Froschlaich sehen.«

Sie rümpfte die Nase. »Froschlaich?« Sie musterte ihn, um zu sehen, ob er es ernst meinte. »Na dann, zeigen Sie mal.«

Er nahm sie bei der Hand, um ihr vom Stuhl aufzuhelfen, und war schier erschüttert, wie weich sich ihre Haut anfühlte. Er war die schwieligen Hände der Schwestern gewohnt und die rissigen Patientenpranken, die er um jeden Preis vermied zu schütteln. Er legte Amys Stiefmutter die freie Hand auf den unteren Rücken und manövrierte sie in Richtung des Froschteichs, erhaschte den Hauch ihres Parfüms, und der wohlbekannte Geruch katapultierte ihn zurück in glücklichere Tage. Er fühlte sich regelrecht davon heimgesucht – von unvermittelten Erinnerungen, die sich ungebeten in seinem Kopf entfalteten. Er schüttelte sie ab. Über die Vergangenheit nachzugrübeln brachte selten etwas Gutes mit sich.

31

Die sanfte Brise kitzelte die Kronen der Silberpappeln, die den Park säumten – ein willkommener Windhauch, der die Spätnachmittagshitze zumindest ein wenig linderte, die ihr den Schweiß ins Gesicht und unter die Achseln getrieben hatte.

»Fühlt sich gut an an der frischen Luft, hm?« Dr. Lambourn atmete so tief ein, dass sein Brustkorb sich weitete.

Amy konnte ihm nur beipflichten. Alles war besser, als unter dem Raubvogelblick der Schwestern über das Anstaltsgelände zu schlendern. Sie spazierten nebeneinanderher am Bach entlang, der nach den Niederschlägen des Winters immer noch Hochwasser trug. Hier und da streiften ihre Hände einander, und Amy wünschte sich, der Arzt würde ihre Hand nehmen. Sie wischte sich für den Fall der Fälle die feuchte Handfläche an ihrem Kleid trocken. Der medizinische Direktor hatte tatsächlich neue Kleidung eingeführt, und auch wenn sie ihr leichtes Sommerkleid zu schätzen wusste, fühlten sich ihre Füße in den engen Schuhen immer noch viel zu heiß an.

»Dr. Lambourn, dürfte ich vielleicht die Füße ins Wasser halten? Die machen sonst nicht mehr lange mit.«

»Ich wüsste nicht, was dagegenspräche.« Er zeigte

ein Stück den Weg hinunter. »Dort vorn zieht der Bach eine Schleife, da ist das Ufer sandig – die perfekte Stelle, um sich hinzusetzen.«

Amy fragte sich, woher er das wusste. Wen hatte er sonst noch zu dieser perfekten Stelle mitgenommen?

Ein Stück spazierten sie noch in stillem Einvernehmen weiter. Die einzigen Geräusche waren das Rascheln ihres Kleids und der Ruf einer Amsel irgendwo in der Nähe. Dann erreichten sie den sandigen Uferabschnitt unter einer Trauerweide, und Dr. Lambourn breitete die Karodecke aus, die er sich unter den Arm geklemmt hatte.

Amy streifte sich die Schuhe und dicken Strümpfe von den Füßen, raffte den Rock zusammen und lief auf Zehenspitzen bis an den Ufersaum. Aber wie kalt das Wasser war! Zu dieser Jahreszeit hatte sie eine angenehme Erfrischung erwartet und verlor vor Schreck um ein Haar das Gleichgewicht. Aber es war nicht nur die Kälte. Nicht dass sie es hätte benennen können – es war irgendetwas am Rande ihres Bewusstseins. Sie schwankte leicht, als sie auf den Bach blickte, breitete eilig die Arme aus, um sich gerade zu halten – und dann fiel es ihr schlagartig wieder ein. Erneut lief der Schrecken in ihrem Kopf ab wie ein Kinofilm, den sie schon oft gesehen, aber immer irgendwie aus dem Gedächtnis getilgt hatte. Sie sah vor sich, wie sie ins Wasser watete, immer tiefer und noch tiefer hinein, der verzweifelten Sehnsucht folgend, der Vergessenheit anheimzufallen. Sie erinnerte sich auch an die Schreie, an hysterische, erstickte Schluchzer und an ein Baby in ihren Armen... Das Baby, das sie versucht hatte zu...

Im selben Augenblick stürzte sie ins Wasser und knallte mit der Nase an einen scharfkantigen Stein. Als sie sah, wie sich ihr Blut in den Bachlauf mischte, schluckte sie panisch Wasser – dann rissen Hände sie nach oben, zerrten sie zurück an den Strand und betteten sie auf die Decke. Beruhigende Laute ertönten. Sie spürte eine Hand, die ihr über die Stirn strich.

Sie lag eine Weile da, starrte in den blauen Himmel hinauf, an dem Vögel scheinbar ziellos ihre Kreise drehten, und atmete flach.

Dr. Lambourn setzte sich neben sie. Sein Gesicht war nur Zentimeter von ihrem entfernt, und sie konnte seinen warmen Atem auf ihren nassen Wangen spüren.

»Da haben Sie mir aber einen Schrecken eingejagt!« Mit einem Taschentuch tupfte er die Schnittwunde an ihrer Nase trocken.

»Tut mir leid... Ich weiß auch nicht, was da gerade passiert ist«, stammelte sie. »Es war das eisige Wasser, glaube ich... Es fühlte sich wieder genauso an wie an dem Tag, als ich... O Gott, ich konnte sie schreien hören... Es war, als wäre sie wieder direkt hinter mir und würde nach ihrem Baby schreien, das...«

Er legte ihr den Finger auf die Lippen. »Psst, versuchen Sie, ganz ruhig zu bleiben.« Dann brachte er sie in Sitzposition und legte ihr den Arm um die Schultern, zog sie an sich, wiegte sie sachte hin und her, bis sie sich entspannte und ihr Atem wieder ruhig und gleichmäßig ging.

»Hören Sie«, sagte er. »Dort ein Stück weiter verkauft ein Mann in einem Kiosk Eis. Ich hole uns welches, in Ordnung?« Dann stemmte er sich hoch und wischte sich die Hose sauber. »Sieht aus, als würde er jeden Moment zumachen, ich nehme also besser die Beine in die Hand.«

Als er wenig später mit zwei Eiswaffeln wiederkam, fühlte sich Amy schon wesentlich besser. Sie zupfte an ihrem tropfnassen Haar, und das Kleid klebte auf ihrer Haut. Trotzdem musste sie sich zusammenreißen, um nicht loszukichern, als sie den Zustand seiner Hose sah, die sich bis zu den Knien mit Wasser vollgesaugt hatte. Er fing ihren Blick auf und lächelte.

»Tja, ich hatte keine Zeit, die Schuhe auszuziehen und die Hosenbeine hochzukrempeln.«

Dann ging er vor ihr in die Hocke und drückte ihr ein Eishörnchen in die Hand.

»Danke.« Sie leckte über die rosafarbene Kugel Eis und genoss den sahnigen Geschmack auf der Zunge, während Dr. Lambourn aus seiner Jacke schlüpfte und sie ihr um die Schultern legte.

»Hier, Sie zittern ja.«

»Warum tun Sie das alles für mich?«

»Sie sollen sich nicht den Tod holen. Ihr Kleid ist doch patschnass.«

»Die Jacke meinte ich nicht. Warum bringen Sie mich hierher und schenken mir all diese Aufmerksamkeit?«

Er schien über die Frage nachzudenken.

»Sie faszinieren mich, Amy«, antwortete er nach einer Weile. »Ich mag Ihre Art, Ihre Unbezwingbarkeit, und ich will nicht glauben, dass Sie gemeingefährlich sind. Sie haben in Ihrem Leben schon einige schwere Verluste hinnehmen müssen, und so was hat zwangsläufig Auswirkungen – aber Sie sind seit dem Tag, als wir uns zum ersten Mal begegnet sind, sehr weit gekommen. Ich will, dass Sie gewappnet sind, wenn Sie eines Tages der Anstalt den Rücken kehren.«

»Verstehe.« Sie schob sich den Rest der Eiswaffel in den Mund.

Zwischen ihnen machte sich eine unangenehme Stille breit. Sie hatte ihm die Gelegenheit geboten, ihr seine wahren Gefühle zu gestehen – sie hatte die Staffelei mitsamt der leeren Leinwand direkt vor seiner Nase hingestellt. Alles, was er noch hätte tun müssen, wäre gewesen, *Ich liebe dich* darauf zu schreiben. Aber das hatte er nicht getan.

»Ich will wieder zurück«, sagte sie.

»Nach Hause?«

»Nach Ambergate.«

»Jetzt schon? Gefällt es Ihnen hier nicht?«

»Ich dachte, Sie würden mich mögen, Dr. Lambourn.«

»Ich mag Sie doch auch.«

»Aber nicht *so*.«

Er seufzte. »Amy, es ist nicht ungewöhnlich, dass Patienten sich zu ihren Therapeuten hingezogen fühlen. Es liegt in der Natur der Sache, fürchte ich, aber Sie müssen verstehen, dass die Gefühle, die ich für Sie aufbringe, einzig und allein meinem Wunsch entspringen, Ihnen zu helfen. Sie wieder gesund zu machen. Sie wieder in die Gesellschaft zurückzuführen.« Er legte eine kurze Pause ein, damit sie seine Worte sacken lassen konnte. »Es stimmt schon, ich habe Sie anders behandelt als die anderen. Sie hätten nie erlebt, wie ich etwa mit Pearl oder Belinda durch den Park spaziert wäre – aber für Sie gibt es noch Hoffnung. Deshalb sind Sie mir so wichtig. Ich habe Ihrem Fall eine Menge Zeit gewidmet...«

Sie schnaubte. »Ist das alles, was ich für Sie bin? Ein *Fall*?«

»Amy, bitte, hören Sie auf, mir die Worte im Mund zu verdrehen.«

Sie schwieg für einen Moment. Wie hatte sie all das nur so falsch verstehen können? »Ich bin zwanzig Jahre alt, Dr. Lambourn. Und wissen Sie was? Ich bin noch nie geküsst worden.«

Für einen winzigen Moment war er verunsichert, wusste nicht, was er darauf erwidern sollte. »Amy, all das liegt noch vor Ihnen. Sie sind eine bildhübsche junge Frau, und jeder Mann würde sich glücklich schätzen, Sie in seinem Arm halten zu dürfen. Haben Sie nicht bemerkt, welche Blicke die Leute Ihnen zugeworfen haben, als wir dort am Bach entlangspaziert sind? Da hat sich manch einer nach Ihnen umgedreht.«

»Das sagen Sie jetzt doch nur so.«

»Nein, das stimmt nicht.«

Er lehnte sich näher zu ihr vor und schob ihr eine Haarsträhne hinters Ohr. Fast wäre sie von dem elektrischen Schlag, den seine Finger auslösten, zurückgewichen. Er ließ die Hand kurz an ihrem Kinn entlangstreifen, und als er sie immer noch nicht wieder wegziehen wollte, neigte sie den Kopf leicht zur Seite und rückte ein Stück auf ihn zu, schloss die Augen, um seine Zurückweisung nicht mit ansehen zu müssen, konnte dann aber spüren, dass er immer noch direkt vor ihr war – und sein warmer Atem sich mit ihrem vermischte. Sie konnte die Seife auf seiner Haut riechen, den entfernten Hauch Tabak. Mit geschlossenen Augen hob sie die Hand, berührte seine Wange, auf der die Stoppeln, die er am Morgen abrasiert hatte, schon wieder einen Schatten auf seiner Haut bildeten. Als sie sich kaum mehr zurückhalten konnte, verlagerte er sein Gewicht, und seine Lippen berührten ihre, sein Atem klang angestrengt und immer dringlicher, als er die Hand unter ihr Kleid schob.

Sie unterdrückte einen kleinen Freudenschrei. Dann hatte sie all die Zeit recht gehabt – er *hatte* Gefühle für sie entwickelt, und jetzt bewies er ihr auf unmissverständliche Art und Weise, wie tief diese Gefühle gingen. Das Fundament für ihren Weg aus Ambergate war gelegt.

Sie wich von ihm zurück, umfasste sein Gesicht mit beiden Händen, sodass er gar nicht anders konnte, als ihr in die Augen zu sehen.

»Ich liebe Sie, Dr. Lambourn«, flüsterte sie.

32

Er hatte es derart eilig, die Tür aufzubekommen, dass er den Schlüssel gleich drei Mal fallen ließ, ehe er endlich sein Haus betrat. Er trat den Poststapel beiseite und stampfte direkt in die Küche, drehte das kalte Wasser auf und füllte das Spülbecken. Dann krempelte er die Ärmel hoch, legte die Handkanten zusammen und tauchte das Gesicht ins eisige Wasser. Nachdem er das noch zwei Mal wiederholt hatte, war sein Hemd triefend nass, und zu seinen Füßen hatte sich eine Pfütze gebildet. Er lehnte sich keuchend an den Waschtisch. Seine Fingerknöchel waren weiß, und in seinem Kopf hämmerte es so heftig, dass er sich am liebsten die Haare gerauft hätte.

Sie waren schweigend zur Anstalt zurückgelaufen. Keiner von ihnen hatte gewusst, was er hätte sagen sollen – allerdings war Amy eindeutig leichtfüßiger unterwegs gewesen und fast neben ihm hergehüpft, während sie mit einem vergnügten Lächeln im Gesicht seine Hand umklammert hatte.

Er ballte die Faust und donnerte sie auf die Arbeitsplatte. Wie hatte er nur so dumm sein können? Er hatte eine Patientin ausgenutzt, und da spielte es keine Rolle, dass sie ihm keinerlei Widerstand entgegengesetzt hatte – er hätte es besser wissen müssen. Sie hatte sogar gesagt, dass sie ihn liebe. Mit jeder Faser seines

Körpers hätte er diese Worte gern erwidert – aber das war unmöglich. Er war ihr Arzt. Er hätte den Fall an einen Kollegen abgeben müssen, sobald ihm gedämmert hatte, dass er für sie Gefühle entwickelte. Und doch hatte er sich von ihr nicht loslösen können. Sie hatte ihn in ihren Bann geschlagen.

Er nahm ein Handtuch und trocknete sich das Gesicht, presste das Handtuch an sich und wünschte sich, er könnte die Zeit zurückdrehen. Dann griff er nach der Whiskyflasche, die er für Notfälle zuhinterst im Küchenschrank aufbewahrte. Auch wenn er sonst lieber einen guten Wein trank, würde er heute eine Ausnahme machen. Mit dem Whisky spülte er zunächst ein paar Schmerztabletten hinunter. Dann goss er sich ein zweites Glas ein, nahm es mit ins Wohnzimmer und zog den Kopf ein, um der tief stehenden Sonne zu entgehen, die quer durch den Raum fiel. Er steuerte den Kamin an, stellte das Glas ab und nahm die silbern gerahmte Fotografie in die Hand. Mit dem Daumen strich er sachte über das Bild, wischte ihr den Staub aus dem Gesicht – das Gesicht einer Frau, die er einst wahrhaft geliebt zu haben glaubte, einer Frau, mit der er seine Zukunft geplant hatte, auf der all seine Hoffnungen und Träume geruht hatten. Bis sie ihm eines grässlichen Tages verkündet hatte, dass sie ihn zwar liebe – aber leider nicht genug. Nach ihr hatte er sich nie wieder vorstellen können, sich neu zu verlieben. Bis Amy alles verändert hatte.

Nach dem Abendessen, als die anderen sich bereits in den Aufenthaltsraum zurückgezogen hatten, meldete sich Amy ab und legte sich aufs Bett. Sie wollte sich den Nachmittag wie einen Farbfilm in Zeitlupe vor Augen führen und erneut jede Liebkosung, jeden Kuss genießen – den zarten, neckenden ebenso wie den drängenderen, leidenschaftlichen. Sie war unter seinen Berührungen erzittert, und jeder Nerv in ihrem Leib hatte vor Anspannung regelrecht geschrien. Er hatte sich quälend viel Zeit gelassen, aber als der entscheidende, lang ersehnte Moment schließlich gekommen war – der Moment, der aus dem Mädchen eine Frau machen sollte –, war sie an einen Ort entführt worden, von dem sie nie geahnt hatte, dass er existierte. Auch in seinem Gesicht hatte sie es gesehen – sie hatte es seiner schweren Atmung angehört, es in den drängenden Schüben seiner Hüfte gespürt. Natürlich war sie nicht einfach nur irgendeine Patientin für ihn gewesen. Sie hatte es die ganze Zeit geahnt. Und jetzt war sie sich wirklich sicher.

Tags darauf wachte sie ein gutes Stück vor dem Gong auf. Sie hatte nur wenig geschlafen, denn sie hatte Zukunftspläne geschmiedet, die bis gestern unmöglich gewesen waren.

»Guten Morgen, Amy«, sagte Ellen. »Sie sind ja früh auf den Beinen. Ist alles in Ordnung?«

Amy strahlte sie an. »Oh ja, Schwester. Mehr als in Ordnung, würde ich sagen.«

Ellen runzelte die Stirn. »Na, schön zu hören, dass Sie so gute Laune haben. Heute ist Badetag. Wollen Sie die Erste sein?«

Unter anderen Umständen hätte Amy die Gelegenheit sofort ergriffen, doch heute wollte sie, so lange es ging, seinen Geruch einatmen. So lange sie ihn immer noch riechen konnte, wusste sie, dass es nicht nur ein Traum gewesen war, aus dem sie jeden Moment aufwachen würde.

»Nein danke, Schwester.« Sie zeigte hinüber zur anderen Seite des Gangs. »Warum fragen Sie nicht Belinda, ob sie die Erste sein will?«

»Also, ich muss sagen, das ist sehr... sehr nett von Ihnen, Amy.« Ellen hatte allem Anschein nach Mühe, sich ihre Überraschung nicht allzu sehr anhören zu lassen. »Wirklich sehr nett. Belinda wird begeistert sein, da bin ich mir sicher.«

Dann bedachte sie Amy mit einem verwirrten Blick, ehe sie hinüber zu Belinda lief und ihr die gute Nachricht überbrachte.

Erst später, als Amy vor Schwester Atkins im Schwesternzimmer stand, brach alles in sich zusammen.

»Ich möchte bitte zu Dr. Lambourn«, bat sie höflich, aber nachdrücklich, weil ihr klar war, dass sie ein Nein nur schwer würde ertragen können. Sie war leicht enttäuscht gewesen, dass er nicht von selbst auf sie zugekommen war, hatte aber angenommen, dass er schlichtweg zu beschäftigt gewesen sei. Immerhin hatte er noch ein paar andere Patienten.

Schwester Atkins sah von ihrem Schreibtisch zu ihr hoch. »Das geht nicht.«

Alles in Amy sträubte sich. »Und warum nicht?«

Schwester Atkins widmete sich wieder der Akte auf ihrem Schreibtisch. »Weil ich es sage.«

»Das reicht mir nicht, Schwester.«

»Mir schon. Und jetzt raus hier.«

Doch so schnell wollte Amy nicht aufgeben. »Ich muss Dr. Lambourn sprechen«, wiederholte sie.

»Das habe ich schon beim ersten Mal gehört. Und jetzt raus aus meinem Arbeitszimmer, bevor ich dich rauszerren muss.«

Unwillkürlich traten ihr Tränen in die Augen. Trotzdem weigerte sich Amy, klein beizugeben.

»Bitte, Schwester Atkins«, bettelte sie und gab ihr Bestes, um ihr Temperament im Zaum zu halten. Wenn sie jetzt die Fassung verlöre, würde alles nur noch schlimmer werden.

Schwester Atkins atmete verbittert aus. »Er ist nicht zu sprechen, weil er nicht da ist. Er ist abgereist.«

Unter ihren Füßen schien sich ein Loch aufzutun, und sie griff nach der Stuhllehne, um sich festzuhalten. Das Blut schoss ihr so jäh in den Kopf, dass ihre Kopfhaut prickelte. Was sie soeben gehört hatte, war unbegreiflich – als hätte sie es nur durch Ohrwärmer gedämpft vernommen; sie konnte zwar sehen, wie Schwester Atkins den Mund bewegte, doch was sie sagte, kam verzerrt und unverständlich bei Amy an.

»Was? Das kann er doch nicht…«

»Dieses Gespräch dauert schon viel zu lang. Du hast deine Bitte vorgebracht, und ich hab gesagt, was es zu sagen gibt. Und jetzt hau ab und lass mich in Frieden.« Sie wandte sich wieder der Akte zu, kritzelte irgendwas und unterstrich es mehrmals nachdrücklich.

Amy schwankte leicht, versuchte aber, sich nichts anmerken zu lassen. »Wo ist er denn hingereist… und wann kommt er wieder?«

Schwester Atkins blickte auf und kniff die Augen zusammen. »Bist du immer noch da?«

»Ja, aber...«

Die Schwester stand von ihrem Stuhl auf und brüllte quer durch die Station: »Schwesternschülerin Crosby, könnten Sie bitte hierherkommen und eine Patientin aus meinem Arbeitszimmer entfernen?« Dann drehte sie sich zu Amy um. »Dr. Lambourn ist zu einem Notfall in der Familie gerufen worden – nicht dass es dich irgendetwas angehen würde. Er wird für eine Weile fortbleiben.« Dann stemmte sie die Hände in die Hüften. »Bist du jetzt zufrieden?«

Amy wandte sich zum Gehen und lief wie ferngesteuert aus dem Schwesternzimmer. Als Schwester Crosby ihr helfen wollte, steuerte sie direkt ihr Bett an, schlüpfte hinein und zog sich das Laken über den Kopf, um das Gackern der anderen Frauen und das sinnlose Gemurmel um sie herum auszublenden, das sie jetzt nicht ertragen konnte. Nichts ergab mehr Sinn. Was für ein Notfall konnte das sein, der ihn von ihr fortgerissen hatte, nachdem sie sich doch gerade erst ihre gegenseitige Zuneigung offenbart hatten?

Sie kauerte sich in Embryonalhaltung zusammen, und eine einzelne Träne kullerte ihr an der Nase hinab. Jeder, den sie je geliebt hatte, ließ sie früher oder später im Stich.

33

Die Wochen zogen sich dahin, endlose Tage, die lediglich von Monotonie, nichtigem Gezänk und despotischen Schwestern gefüllt waren. Von Dr. Lambourn kein Wort. Es war, als hätte er nie hier in Ambergate gearbeitet.

Erst war Amy hysterisch gewesen, hatte in einem fort allen in den Ohren gelegen und die Schwestern hartnäckig um Informationen angebettelt. Doch keine hatte auch nur einen Mucks gesagt. Stattdessen hatte Amy Medikamente bekommen, die sie beruhigen, ihre Sinne betäuben und sie in eine folgsame Patientin verwandeln sollten, die endlich aufhörte, Ärger zu machen. Nur dass sie die Tabletten nicht geschluckt hatte. Sie hatte die Kunst perfektioniert, so zu tun, als täte sie es. Sie warf dafür den Kopf theatralisch in den Nacken und trank große Schlucke Wasser. Doch inzwischen hatte sich unter ihrer Matratze bereits ein Häuflein Pillen angesammelt.

Eines Morgens war sie mit Belinda draußen im Park und kam an dem Areal vorbei, das früher als Ertüchtigungshof gedient hatte, inzwischen aber nur mehr nach Geröll aussah. Belinda hakte sich bei ihr unter und zog sie dichter an sich heran.

»Ich bin froh, dass du meine beste Freundin bist.«

Amy sah die Frau von der Seite an. Der Ausdruck »Freundinnen« wäre ihr nie in den Sinn gekommen – in ihren Augen waren sie eher zwei unglückliche Seelen, die das Schicksal zusammengeführt hatte, auf dass sie das Beste aus ihrer Lage machten. Abgesehen davon, dass sie beide Patientinnen in einer Psychiatrischen Klinik waren, hatte Amy mit Belinda rein gar nichts gemein, und wenn sie je von hier wegkäme, würde sie sogar eher die Straßenseite wechseln, wenn sie einander zufällig begegneten. Trotzdem war es immer noch besser, sie zur Freundin denn zur Feindin zu haben.

Sie tätschelte Belindas Arm. »Da bin ich auch froh.«

Als sie Ed mit einem Korb in der Hand bei den Hühnerställen entdeckte, wo er gerade die frisch gelegten Eier einsammelte, entwand sie sich Belindas Griff.

»Ich wäre jetzt gern ein bisschen allein, wenn es dir nichts ausmacht.«

»Aber warum denn? Beste Freunde brauchen keine Zeit für sich allein.«

»Bitte, Belinda. Ich muss über ein paar Sachen nachdenken. Wir sehen uns später.«

Ohne auf eine Antwort zu warten, ließ sie Belinda stehen und steuerte auf den einzigen wahren Freund zu, den sie in Ambergate hatte.

»Morgen, Ed.«

Er zog die Hand aus der Legekiste und zauberte zwei braune Eier hervor. »Morgen.« Dann streckte er ihr die Hand entgegen. »Schau dir diese zwei Schmuckstücke an.« Er strahlte, als hätte er die Eier selbst gelegt.

Ein Lächeln stahl sich auf Amys Gesicht. Sich derart über ein paar Eier zu freuen, das konnte nur Ed.

»Sie sind wirklich fantastisch.«

»Wie geht es dir?«

Die Frage war alles andere als oberflächlich gemeint. Ed verstand sie. Auch wenn sie das Gefühl gehabt hatte, ihm nicht anvertrauen zu dürfen, was zwischen ihr und Dr. Lambourn vorgefallen war, wusste er doch genug, um nachvollziehen zu können, wie sehr sie unter der Abreise des Arztes litt. Sie brauchte zusehends Eds Unterstützung; ohne ihn hätte sie den Schmerz tatsächlich nicht länger ertragen können.

»Ach, du weißt schon... Ich frage mich immer noch, warum ich hier bin – von meinem eigenen behandelnden Arzt sitzen gelassen, dem einzigen Menschen, der mich aus der Klapse hätte rausbringen können. Jetzt muss ich in diesem Irrenhaus verrotten.«

»Das weißt du doch gar nicht. Er ist doch noch gar nicht lange weg.«

»Vier Wochen und zwei Tage.«

Er streckte die Hand aus. »Komm her.«

Sie machte einen Schritt auf ihn zu und nahm seine Hand. Er hatte inzwischen eine gesunde Gesichtsfarbe, und sie fragte sich insgeheim, wie lange er wohl noch hierbleiben würde. Dann verbannte sie den Gedanken aus ihrem Kopf.

»Ich bringe nur schnell die Eier zu Dougie.«

Er lief auf den Pfleger zu, der gerade einer Gruppe Patienten erklärte, wer was im Garten erledigen sollte und wie sie die Nutzpflanzen von Unkraut unterscheiden könnten. Amy sah ihm nach. Sein Gang war selbstbewusst, vom einstigen Straucheln war nichts mehr zu sehen. Natürlich freute sie sich für ihn. Bis zu seiner

Genesung war es ein langer Weg gewesen, aber dass er so fest entschlossen gewesen war, wieder auf die Beine zu kommen, hatte sich ausgezahlt. Die Vorstellung jedoch, dass er Ambergate alsbald verlassen könnte, war für Amy viel zu entsetzlich, als dass sie darüber nachdenken wollte.

Es war endlich richtig warm geworden. In den vergangenen Wochen hatte die Sonne sie verwöhnt. Die Kehrseite der Medaille war nur, dass die Schwestern wegen der Hitze noch missmutiger waren als sonst.

»Setzen wir uns dort«, schlug Ed vor, als er wieder zurückgekommen war, und zeigte auf den Rasen vor dem alten Cricket-Pavillon. Unter dem blauen Himmel ließen sie sich nieder. Er legte sich ins Gras und verschränkte die Hände im Nacken. »Wenn man das da oben sieht, vergisst man, wo man sich befindet.«

Sie legte sich neben ihn, stützte sich aber auf die Ellbogen auf, sodass sie ihn ansehen konnte. Er hatte die Augen geschlossen, seine Gesichtszüge waren entspannt und die Grübchen in seinen Wangen kaum zu sehen. Sie strich mit der Hand durchs Gras, pflückte eine Butterblume und kitzelte ihn damit unter dem Kinn. Er fuchtelte mit den Händen vor seinem Gesicht herum und setzte sich auf.

»Was war denn das?«

Sie lachte. »Das war ich, du Dummerchen.« Sie hielt die Butterblume in die Höhe.

»Ah, okay.« Er zupfte ein paar Gänseblümchen, flocht sie zu einem Kranz und setzte ihn Amy auf den Kopf. »Bildschön«, flüsterte er. Dann lehnte er sich vor und gab ihr einen zarten Kuss auf die Wange.

Verwirrt hob sie die Hand ans Gesicht, wo sie immer noch die leicht feuchte Spur seiner Lippen spüren konnte.

Er hielt erschrocken inne. »Ich... Tut mir leid, ich weiß nicht, was da gerade über mich gekommen ist.«

»Es muss dir nicht leidtun«, sagte sie sanft. »Mir tut es auch nicht leid.«

34

Sie war ins Lager geschickt worden, um ein Kleiderbündel für eine neue Patientin zu holen. Die Politik der offenen Fürsorge hatte unter anderem mit sich gebracht, dass die Schwestern ihnen Dinge auftrugen, die ihnen selbst zu dumm geworden waren. Amy machte das nichts aus. Jede Gelegenheit, der Station zu entfliehen, war eine willkommene Abwechslung.

Sie lief die endlosen Flure entlang, strich mit der Hand über die glänzend braunen Kacheln an den Wänden und genoss es, für eine Weile allein zu sein. Es war schon wieder ein Monat vergangen – und immer noch keine Nachricht von Dr. Lambourn. Wenn sie darüber nachdachte, wie er sie erst benutzt und dann einfach fallen gelassen hatte, kochte sie innerlich vor Wut und konnte sich kaum noch beherrschen. In ruhigeren Momenten jedoch war sie sich sicher, dass er sie nicht verlassen hatte – es musste eine logische Erklärung für alles geben. Immerhin war er ein fürsorglicher Mann, das wusste sie nur zu gut, also ergab es gewissermaßen Sinn, dass er sich womöglich länger um jenen familiären Notfall kümmern musste.

Sie klemmte sich das Kleiderbündel unter den Arm und beschloss, einen kleinen Umweg zurück zu ihrer Station einzuschlagen und die Einsamkeit der hallenden Flure noch ein bisschen länger zu genießen, auf denen ihr lediglich der Hall ihrer eigenen Schritte Gesellschaft leistete. Sie ging ein wenig schneller, als sie an den gefürchteten geschlossenen Abteilungen vorüberkam – die offene Fürsorge würde diesen Insassen niemals zuteilwerden dürfen.

Sie hätte nicht sagen können, ob sie es bewusst entschieden hatte – doch nur wenig später fand sie sich auf dem Flur zu Dr. Lambourns Sprechzimmer wieder, und ihr Puls beschleunigte sich, als sie sich der Tür mit seinem Namensschild näherte, die lediglich angelehnt war. Sie blieb davor stehen und traute sich kaum zu atmen, als sie auf Geräusche von drinnen lauschte. Sie hörte, wie eine Schublade aufgezogen und wieder zugeschoben wurde, dann eine zweite, als würde jemand irgendetwas suchen. Amy legte das Kleiderbündel auf dem Boden ab, fuhr sich mit der Hand durchs Haar und zwickte sich in die Wangen, damit sie ein bisschen Farbe bekamen. Dann klopfte sie an.

»Herein?«

Sie zögerte kurz. Er klang älter, abgespannter, als hätte dieses eine Wort ihn ungeheure Kraft gekostet.

Als sie eintrat, stand er mit dem Rücken zu ihr am Fenster und kämpfte mit dem Schiebemechanismus. Es war drückend heiß im Raum, und die Luft roch schal und abgestanden, nach Mottenkugeln und Bienenwachs.

Sie wünschte sich, er würde sich umdrehen, das Zimmer durchqueren und sie in die Arme schließen. Es war ihr egal, dass er so lange fortgewesen war – endlich war er zurück, und nur das allein zählte. Doch er kämpfte weiter mit dem Fenster und seufzte irritiert, als es sich seinen Bemühungen widersetzte.

»Ich hab dich vermisst«, flüsterte sie.

Augenblicklich hörte er auf, gegen das Fenster zu hämmern, und drehte sich um. Sie starrte ihn an, hatte den Mund schon aufgemacht, um ihn zu fragen, ob sie ihm ebenfalls gefehlt habe, doch die Frage blieb ihr im Halse stecken. Sie brachte bloß ein kehliges Krächzen hervor.

»Wie bitte?«

»Wo... Wo ist Dr. Lambourn?«

»Dürfte ich fragen, wer Sie sind?« Er klang höflich, doch seine Gesichtszüge sahen verhärmt und alles andere als freundlich aus. Er war deutlich älter als Dr. Lambourn, die Schläfen waren bereits ergraut, und die fleckigen Handrücken zeugten von fortgeschrittenem Alter.

»Ich bin eine seiner Patientinnen.«

»War.«

»Was?«

»Sie *waren* eine seiner Patientinnen. Dr. Lambourn hat Ambergate verlassen, um eine neue Anstellung andernorts anzutreten. Ich bin sein Nachfolger. Ich bin mir sicher, dass Sie auch auf meiner Liste stehen, insofern werde ich mich Ihnen noch offiziell vorstellen, wenn ich durch die Stationen gehe. Aber fürs Erste hätte ich noch einiges zu tun, wenn Sie mich also entschuldigen würden...«

Es rauschte in ihren Ohren, als wäre sie unter Wasser. »Er... kommt nicht wieder? Aber ich muss mit ihm sprechen!«

Der Doktor lächelte, und um seine Augen bildeten sich Fältchen. »Ich bin Dr. Harrison. Seien Sie versichert, dass ich mich genauso gut um Sie kümmern kann, wie es Dr. Lambourn getan hat.« Er sprach langsam, betonte jedes Wort, als redete er mit einer schwerhörigen Idiotin. »Und jetzt, meine Liebe, würden Sie bitte dorthin zurückkehren, wo Sie hergekommen sind, hm? Braves Mädchen.«

Er schob sie in Richtung Tür, und sie fühlte sich wie in Trance.

Ziellos wanderte sie durch das Labyrinth aus Korridoren, taumelte gegen Wände und stolperte durch irgendwelche Türen. Tränen brannten, während sie die Schluchzer, die sich Bahn zu brechen drohten, mit aller Kraft unterdrückte. Als sie am Ende eines Flurs ankam – in einem Teil des Krankenhauses, in dem sie noch nie gewesen war –, stürzte sie durch eine Tür hinaus ans Sonnenlicht. In diesem Moment schrie sie gellend los – und der Schrei schien aus den Tiefen der Erde zu kommen. Die zwei Pfleger, die neben sie traten, nahm sie nicht zur Kenntnis, und ehe sie protestieren konnte, hatten sie sie bei den Armen gepackt und eskortierten sie ohne großes Federlesen zurück zu ihrer Station.

Schwester Atkins riss verzweifelt die Arme in die Höhe, als sie Amys geschwollene Augen und ihr tränenüberströmtes Gesicht erblickte. »Wo zur Hölle hast du gesteckt?« Dann drehte sie sich zu den Pflegern um. »Ich übernehme.«

Amy starrte stumm zu Boden. Schwester Atkins griff ihr ins Haar und zwang sie aufzublicken.

»Ich hab dich etwas gefragt!«

»Ich bin das Kleiderbündel holen gegangen, genau wie Sie es mir aufgetragen haben.«

»Und wo ist es?« Das Gesicht der Schwester war nur mehr Zentimeter von Amys Gesicht entfernt, und sie verstärkte den Griff.

Amy sah sich um und erwartete fast, dass das Bündel wie von Zauberhand vor ihr auftauchte. »Das muss ich verloren haben…«

»Sie muss es verloren haben«, echote Schwester Atkins. »Was bist nur für eine Idiotin! Kannst nicht mal die einfachsten Dinge erledigen, ohne dass irgendwas schiefgeht!«

Amy wusste nicht, ob von ihr eine Antwort erwartet wurde oder nicht.

Die Schwester schob die freie Hand in ihre Tasche und hielt ihr dann die offene Handfläche hin. Darin lagen Dutzende weißer Pillen. »Und jetzt rate mal, wo ich die hier gefunden habe.«

Amy neigte den Kopf, doch die Schwester riss ihn an den Haaren wieder nach oben, sodass Amy schon befürchtete, sie würde ihr ein Stück Kopfhaut ausreißen. Sie schwieg. Sie hätte ohnehin nichts sagen können, was richtig gewesen wäre.

Endlich ließ die Schwester Amys Haare wieder los und schubste sie gegen die Brust. »Sofort zurück in die Station. Dich nehm ich mir später noch mal vor.«

Auf ihrem Bett brach Amy einfach zusammen und rieb sich den schmerzenden Scheitel. Im Handumdrehen tauchte Belinda neben ihr auf. »Sie haben deine Pillen unter der Matratze gefunden.«

»Ich weiß.«

»Die musst du doch nehmen, wenn du wieder gesund werden willst«, tadelte Belinda sie.

Amy bedachte sie mit einem unverhohlen mitleidigen Blick. »Wie lange bist du jetzt schon in Ambergate, Belinda?«

»Keine Ahnung. Sieben Jahre?«

»Und du hast deine Pillen immer genommen?«

Belinda nickte eifrig. »Klar.«

»Bist du gesund geworden?«

Darüber dachte Belinda kurz nach. »Ja.«

»Warum bist du dann noch hier?«

Sie zuckte mit den Schultern. »Na ja, weil ...«

»Ich sag dir, warum. Du bist nicht gesund geworden, weil von Anfang an gar nichts verkehrt bei dir war. Diese ganzen Therapien über all die Jahre – die Elektrokrampfbehandlung, diese Insulinkur, die nicht enden wollenden Tablettencocktails – da ging es immer nur darum, dich ruhigzustellen, nicht, dich zu heilen. Die haben dir die Sinne vernebelt, Belinda, haben dich in jemanden verwandelt, der nicht mehr klar denken kann. Und das Schlimmste ist: Du bist ihnen auch noch dankbar dafür, verdammt!«

Belinda ließ den Kopf hängen und zupfte an einem losen Faden, der aus ihrem Kleid hing. »Aber wenn ich rauskäme, wo sollte ich denn auch hin?«, flüsterte sie. »Ambergate ist mein Zuhause.«

Amy lehnte ihren Kopf an Belindas Schulter und griff nach deren Hand. »Und genau das ist die eigentliche Tragödie.«

35

Ihre Schichtpläne hatten es wochenlang beinahe unmöglich gemacht, sich zu treffen, und als Ellen endlich wieder in ihrer Stammkneipe auf Dougie wartete, drehte sie ihren Verlobungsring immer rundherum und betrachtete hingerissen das Goldband mit den drei kleinen Diamanten. Sie hatte nicht den blassesten Schimmer gehabt, wie er sich den Ring hatte leisten können, bis ihr eingefallen war, wie viele Sonderschichten er freiwillig übernommen hatte und dass er sich statt Pints nur noch kleine Gläser bestellt und in der Bäckerei nur mehr das Brot vom Vortag gekauft hatte. All das war Teil eines Schlachtplans gewesen, um Geld anzusparen und ihre stürmische Romanze mit einem Heiratsantrag krönen zu können.

Als sie ihn auf den Tisch zukommen sah, stand sie auf, und er eilte auf sie zu, drückte sein Gesicht an ihren Hals und küsste sie hinter dem Ohr, sodass sie kichern musste.

»Hör auf«, lachte sie und schob ihn zärtlich von sich weg. »Die anderen gucken schon.«

»Ich kann aber nicht anders. Ich hab dich vermisst!«

»Ich habe dich auch vermisst.« Sie schob ihm das Haar aus der Stirn, und sie setzten sich. »Du siehst müde aus, Dougie. Sicher, dass du dich nicht überarbeitest?«

»Mach dir um mich keine Gedanken. Ich bin nicht aus Zucker. Darf man ja auch nicht sein, wenn man an diesem Ort lebt.« Er nahm einen großen Schluck Bier. »Aber ich habe gute Nachrichten. Dieser Typ, dem ich geholfen habe – du weißt schon, der mit dem Fahrrad angefahren wurde?«

»Klar, ich weiß, wen du meinst. Was ist mit ihm?«

»Er darf nächste Woche nach Hause. Was sagt man dazu?«

Ellen zögerte kurz. »Na ja, das sind dann wohl… gute Nachrichten. Zumindest für ihn.«

»Was meinst du damit?«

»Ach, nichts. Ich habe bloß eine Patientin, die ihn wirklich vermissen wird. Das ist alles.«

»Du meinst Amy?«

»Genau. Die beiden haben sich angefreundet.« Sie zuckte mit den Schultern. »Aber Patienten werden gesund, nicht wahr? Und sie sind schließlich keine Gefangenen.« Dann musste sie an Pearl und Queenie und die arme Gertie denken, die jahrelang gefangen gehalten worden waren. »Zumindest wollen sie, dass wir das glauben.«

Der Himmel war derart finster geworden, dass man hätte meinen können, es wäre schon Abend, und auch wenn nach der Hitze der vergangenen Wochen der Regen eine Wohltat war, lief sie angesichts der Blitze, die den Himmel zerteilten, unwillkürlich ein bisschen schneller. Bis sie den alten Cricket-Pavillon erreichte, hing ihr das Haar in nassen Strähnen ums Gesicht, und ihr dünnes Kleid klebte an ihrem zitternden Leib. Ed wartete bereits auf der Terrasse auf sie. Er streckte ihr die Hand entgegen und half ihr die Holzstufen hinauf.

»Du bist ja vollkommen durchnässt«, rief er. »Hier!« Er schlüpfte aus seiner abgetragenen Jacke und legte sie ihr um die Schultern.

Amy lächelte. Das Gleiche hatte Dr. Lambourn vor vielen Monaten getan. War das tatsächlich schon so lange her? Sie fragte sich, wie es nur möglich sein konnte, dass die Zeit so schnell verflog, wenn man sich derart elend fühlte.

»Komm, setz dich«, sagte Ed, der immer noch ihre Hand hielt. Und auch als sie sich nebeneinander auf der Holzbank niedergelassen hatten, ließ er sie nicht los, sondern hielt sie locker in seinem Schoß fest. »Wie läuft's mit dem neuen Arzt?«

Sie schnaubte. »Ach, kein Vergleich zu Dr. Lambourn. Du kennst solche Leute – reden viel, sagen aber rein gar nichts. Er hat kein Interesse, behandelt mich wie alle anderen, schreibt mir nur Pillen auf, die betäuben und gefügig machen.« Sie sah auf ihre verschränkten Hände hinab. »Mit Dr. Lambourn war ich wirklich auf einem guten Weg. Bei ihm konnte ich über meine Gefühle reden. Es war, als hätte man eine Flasche Champagner geköpft – es ist nur so aus mir herausgesprudelt, und das hat geholfen.« Sie sah, wie sich ihre Verzweiflung in Eds Augen spiegelte, und schüttelte den Kopf. »Aber man kriegt den Korken eben nicht mehr in die Flasche.«

Ed sah sie gequält an. Er hatte die Stirn in Falten gelegt. »Dr. Lambourn muss doch Berichte über deine Fortschritte hinterlassen haben. Die können dich nicht ohne guten Grund hierbehalten.«

Amy warf einen Blick zurück zum Hauptgebäude. Dort saßen jede Menge Leute ohne guten Grund ein. »Natürlich können sie, Ed. Sie können es.«

Er verstummte und streichelte ihr sachte über den Handrücken, während er mit dem Blick ein paar Männern aus der Langzeitpflege folgte, die in identischen, schlecht sitzenden Anzügen und mit hängenden Köpfen und Schultern am Rand des Feldes entlangschlurften. Er wusste selbst, dass einige von ihnen seit Anfang des Jahrhunderts hier waren.

»Worüber denkst du nach, Ed?«

Er drehte sich zu ihr um, sah ihr ins Gesicht und ließ sie nicht aus den Augen, als er antwortete: »Ich werde nächste Woche entlassen, Amy. Ich darf wieder heim.«

Seine Worte schwebten in der Luft – Worte, die Freude in ihr hätten auslösen müssen. Ed hatte es verdient, nach Hause zu dürfen. Sie bezweifelte, dass er überhaupt jemals hier hätte landen sollen.

»Also, das ist... Das sind fantastische Neuigkeiten.« Sie zwang sich zu einem fröhlichen Tonfall. »Ich freue mich so für dich, ehrlich! Natürlich wirst du mir fehlen, aber du...«

»Komm mit«, fiel er ihr ins Wort, und er klang fest entschlossen und hatte einen flehentlichen Ausdruck im Gesicht.

»Ich soll mit dir mitkommen?« Sie lachte kurz auf, verstummte dann aber, als sie sah, wie ernst er dreinblickte. »Wie denn? Und wo sollte ich hin?«

»Komm mit zu mir nach Hause. Es gibt nur Mutter und mich, und wir haben genügend Platz, bis du dir etwas Eigenes gesucht hast.«

Sie ließ den Blick über das Gelände schweifen. »Ich weiß nicht. Wie soll ich überhaupt hier rauskommen?«

»Das Rauskommen ist nicht so schwer«, spöttelte Ed. »Das *Draußenbleiben* ist eher das Problem. Solange man nicht gesundgeschrieben wird, haben sie dich in der Hand. Kein Zweifel, dass sie sämtliche Register ziehen würden, um dich wieder zurückzuholen. Sie würden die Polizei alarmieren und vielleicht sogar die hiesige Zeitung ins Boot holen …«

»Da hast du es doch. Warum das Ganze? Es wäre doch ohnehin hoffnungslos.«

»Noch hoffnungsloser, als den Rest deines Lebens hier drin zu verbringen?«

Sie musste an all die Männer und Frauen denken, die in Ambergate eingesperrt worden und inzwischen derart verstört und gemeingefährlich waren, dass sie die Welt vor den Anstaltstüren nie wieder betreten würden. Mit Sicherheit waren die auch gesund gewesen, als sie vor einer halben Ewigkeit eingewiesen worden waren. Sie mochte gar nicht darüber nachdenken.

Dann kam ihr ein anderer Gedanke. Wenn sie wegkäme, würde sie vielleicht Dr. Lambourn aufspüren. Sie würden noch einmal von vorn anfangen. Dann wäre sie nicht seine Patientin, und es wäre ihnen gestattet, ein gemeinsames Leben zu führen.

Sie drehte sich zu Ed um und lächelte ihn schief an. Er schien immer noch auf ihre Antwort zu warten.

»Hast du denn einen Plan?«, fragte sie und zog skeptisch eine Augenbraue in die Höhe.

Er zwinkerte ihr zu und drückte ihre Hand. »Darauf kannst du Gift nehmen.«

36

Mit hochrotem Kopf und schweren Armen strich Amy das gestärkte Laken glatt, massierte sich dann den schmerzenden Rücken und massierte mit den Daumen die harten Muskeln. Dann ließ sie den Blick über die Reihen frisch gemachter Betten schweifen und war für einen Moment stolz auf sich. Sie konnte es gut und gern mit Florence Nightingale persönlich aufnehmen: Die dreißig Matratzen sahen aus wie meisterhaft verpackte Weihnachtsgeschenke.

In ihrem Rücken hörte sie Pearl keuchend näherkommen. »Amy, da sind zwei Männer, die sich mit dir unterhalten wollen... in der Abteilung!« Sie sah Amy ungläubig an. Außer den Ärzten und einigen wenigen Besuchern wurden Männer hier selten gesehen.

»Danke, Pearl. Ich bin gleich da.«

Auch wenn sie sich alle Mühe gab, sich nichts anmerken zu lassen, brauchte sie einen kurzen Moment, um sich zu sammeln. Sie atmete ein paarmal tief ein und ging im Kopf erneut durch, was sie sagen wollte.

Ed stand an der Stirnseite der Station neben Pfleger Lyons, der den Arm um die Schultern seines jungen Schützlings gelegt hatte. Er lächelte Amy entgegen.

»Dieser junge Mann darf heute nach Hause und möchte sich gern von Ihnen verabschieden.«

Amy starrte Ed an. Er trug seine eigenen Kleidungsstücke: eine braune Hose, die ihm tatsächlich passte und nicht kurz über den Knöcheln aufhörte, und ein grün kariertes Hemd, das er am Kragen aufgeknöpft hatte. In den hochgekrempelten Ärmeln steckten braungebrannte Arme. Er hielt eine Kappe in Händen und nestelte daran herum und hatte den Blick zu Boden gerichtet.

Bitte, Ed, flehte sie ihn innerlich an. *Verhalte dich normal. Verrate uns nicht!*

»Hallo, Ed«, hauchte sie. »Danke, dass du vorbeikommst, um dich zu verabschieden.«

Er sah zu ihr auf, sagte aber nichts, fast als traute er sich selbst nicht über den Weg.

»Du siehst schick aus. Bereit für zu Hause, was?«

Er nickte. »Mhm«, war das Einzige, was er herausbrachte.

Amy sah, wie sein Blick unruhig umherwanderte. Selbst in Sträflingskleidung, mit einer Sturmhaube auf dem Kopf und einem Sack voll Diebesgut über der Schulter hätte er nicht verdächtiger wirken können. Er musste augenblicklich von hier verschwinden.

»Also, war schön, dich kennengelernt zu haben, Ed. Alles Gute für die Zukunft – und pass auf deinem Fahrrad von nun an schön auf!« Sie gluckste kurz.

Er machte einen zögerlichen Schritt auf sie zu, breitete die Arme aus und drückte sie unbeholfen an sich. Sie zog ihn zu sich heran und spürte seinen warmen Atem an ihrem Ohr.

»Bis morgen«, wisperte er.

»Alles in Ordnung bei dir?« Belinda setzte sich im Erker Amy gegenüber und stemmte die Faust unters Kinn. Es sah fast aus, als würde sie die Antwort ernsthaft interessieren.

Amy sah von ihrem Buch auf. »Warum fragst du?«

»Na ja, ich weiß doch, wie gern du den Jungen hattest, und jetzt ist er weg. Dachte, vielleicht bist du traurig.«

Amy sah Belinda aus zusammengekniffenen Augen an und war insgeheim erstaunt, wie weit sie beide gekommen waren, seit sie sich erstmals gegenübergestanden und auf den ersten Blick gehasst hatten. »Das ist lieb von dir, Belinda, aber mir geht es gut, ehrlich.«

Die schien sich damit zufriedenzugeben und lächelte breit. »Das ist toll. Du bist so... ach, wie heißt das wieder... Du kommst immer sofort wieder auf die Beine...«

»Unverwüstlich?«, schlug Amy vor.

»Ja, so könnte man es sagen. Ich wünschte mir, ich wäre mehr wie du.«

»Du bist schon in Ordnung so, wie du bist, Belinda.« Um ihr zu signalisieren, dass die Unterhaltung vorüber war, wandte Amy sich erneut ihrem Buch zu.

Doch Belinda schien den Wink nicht verstanden zu haben. »Freust du dich auf den Sommerball am Samstag?«

Amy starrte die Buchstaben auf der Buchseite vor ihr an, die vor ihren Augen verschwommen und unlesbar wurden. »Klar.«

»Tanzt du mit mir?«

Die Vorstellung, Belindas verschwitzten Körper an-

fassen zu müssen, bescherte ihr eine Gänsehaut. Allein schon, während sie hier vor ihr saß, konnte sie riechen, wie ihr die Ausdünstungen aus allen Poren sickerten.
»Mal sehen.«

»Aber der Junge ist doch dann nicht mehr da, um mit dir zu tanzen.«

»Das stimmt.« Sie blätterte um und hielt den Blick gesenkt.

»Dann hast du doch Zeit, um mit mir zu tanzen?«

Amy klappte das Buch so laut zu, dass Belinda zusammenzuckte. Sie hatte alle Mühe, nicht ungehalten zu klingen.

»Ich bin mir sicher, dass eine Menge junger Kerls da sein werden, die nur zu gern mit dir tanzen wollen, Belinda.«

Nichts wäre weiter von der Wahrheit entfernt gewesen. Die Männer würden zwar wie üblich Schlange stehen, um sie für ein paar Zigaretten befummeln zu können, aber diejenigen, die mit ihr würden tanzen wollen, wären nicht allzu reich gesät.

Sie war zu nervös, um zu frühstücken, doch damit niemand Verdacht schöpfte, knabberte sie an einer Scheibe Toast. Die schmierige Margarine ekelte sie an. Sie zwang eine Tasse dampfenden Tee hinunter und warf einen Blick zur Wanduhr – nur noch zwei Stunden müsste sie diese elende Existenz ertragen, danach wäre sie frei. Die geballte Aufregung in ihrer Brust erschwerte ihr das Atmen. Sie wischte sich die Schweißperlen von der Oberlippe und trommelte mit den Fingern ungeduldig auf die Tischplatte.

Mit einem Klemmbrett in der Hand tauchte Schwester Atkins hinter ihr auf und tippte ihr auf die Schulter. »Du. Planänderung. Ab in die Wäscherei.«

Amy wirbelte zu ihr herum. »Aber ich bin diese Woche doch bei den Betten...«

»Und jetzt bist du in der Wäscherei.« Schwester Atkins zog Amys Stuhl nach hinten, und Amy kam auf die Beine. »Dalli, dalli!«

Sie versuchte, sich zu beruhigen. Ihr Plan war immer noch durchführbar. Jetzt müsste sie sich nur eine Ausrede einfallen lassen, warum sie die Wäscherei verlassen müsste, und dann zum anderen Ende des Klinikgeländes laufen, wo sie Ed treffen wollte. Am Tor links, hatte er ihr eingebläut, dann die Erste rechts, und an der Bushaltestelle würde er auf sie warten. Von der Wäscherei aus wäre der Weg deutlich länger, aber sofern nicht nach ihr gesucht würde, ehe sie durchs Tor geschlüpft wäre, würde alles gut werden. Ed würde Wechselkleidung für sie dabeihaben. Denn wie er festgestellt hatte, wäre es zwar ein Kinderspiel, durch ein unverschlossenes Tor zu verschwinden, doch in der Umgebung würde eine Frau in Patientenkluft mit eingesticktem Ambergate-Wappen auf der Brusttasche durchaus Verdacht erregen.

Als sie durch die Station marschierte, gingen ihr unzählige Szenarien im Kopf herum. Sie spähte hinüber zu ihrem eigenen Bett, über dem das Laken auf der Matratze immer noch glatt gespannt war, und verspürte einen merkwürdigen Anflug von Stolz. Vor Belindas Bett blieb sie stehen. Die versuchte gerade, sich die dichten, widerspenstigen Haare mit einer Bürste zu glätten, was aber kaum Wirkung zeigte.

»Auf Wiedersehen, Belinda.« Fast hätte ihr die Stimme versagt, und sie war selbst überrascht, schluckte trocken und zwang sich zu lächeln.

Belinda runzelte die Stirn. »Bis zum Mittagessen, oder?«

Amy zögerte leicht. »Ja ... ja, klar.«

Ein skeptischer Ausdruck machte sich auf Belindas Gesicht breit. Sie glaubte ihr kein Wort. »Wo gehst du hin, Amy?«, wollte sie wissen.

»In die Wäscherei.«

Belinda warf die Bürste aufs Bett. »Und danach? Wenn du dort fertig bist?«

Amy zögerte. »Was meinst du?«

»Du bist komisch in den letzten Tagen, seit dein Freund gegangen ist. Ich hab recht, oder? Du gehst über die Mauer.«

Amy leckte sich die Lippen und ließ sich mit der Antwort Zeit. Sie müsste es entweder rundheraus leugnen oder Belinda ins Vertrauen ziehen. Die sah sie mit hilflosem Dackelblick an.

»Ich gehe nirgendshin«, sagte sie schließlich und drückte kurz Belindas Hand. »Wir sehen uns später, versprochen.«

»Gut«, sagte Belinda. »Denn ohne dich halte ich es hier nicht aus.«

37

Die Wäscherei war im Winter der beste Aufenthaltsort überhaupt: Der warme Wasserdampf in der Luft und der angenehme Geruch frischer Wäsche war der lärmenden Kantinenküche eindeutig vorzuziehen. Im Sommer jedoch war es unerträglich. Sowie Amy die Tür aufgeschoben hatte, schlug ihr eine erbarmungslose Hitze entgegen, als hätte sie ein Treibhaus betreten, nur dass es hier statt exotischer Blumen und Schmetterlingen nur Fässer mit dampfender Kleidung und den stechenden Körpergeruch zu hart arbeitender Insassen gab, die nicht häufig genug badeten. Sie sah sich um und war erleichtert, als sie niemanden kannte.

Sie griff sich eine Zange und zog eine Männerjacke aus dem kochenden Wasser, kontrollierte die Schöße auf Flecken, und als sie keine finden konnte, tauchte sie das Kleidungsstück in den Bottich mit kaltem Wasser.

Eine alte Frau trat auf sie zu. Sie hatte keine Schneidezähne mehr, und ihr Haar war weiß bis auf den vergilbten Pony. »Dich hab ich ja noch nie gesehen.«

Amy zog die Jacke aus dem Wasser und begann, sie auszuwringen. »Und?« Sie war nicht zu Plaudereien aufgelegt.

»Schon gut«, sagte die Alte. »Wollt mich nur unterhalten.« Dann griff sie mit den bloßen Händen ins kochende Wasser.

»Was machst du denn? Da!«, sagte Amy schnell und wollte ihr die Kleiderzange in die Hand drücken. »Nimm die.«

»Wenn du schon so lang hier arbeitest wie ich, brauchst du so feines Werkzeug nicht mehr.«

Amy beobachtete fassungslos, wie die andere eine Hose aus dem Zuber zog. Die Hände der Frau waren brandrot und die Haut fest und rissig wie die eines Elefanten.

Herr im Himmel, dachte sie sich. *Ich muss schleunigst verschwinden.*

Die Zeiger der Wanduhr schienen in einen Streik getreten zu sein, so quälend langsam, wie die Zeit verging. Amy war erstaunt, dass noch niemand Verdacht geschöpft hatte, weil sie so oft zur Uhr hinaufgespäht hatte, bis endlich der Moment gekommen war, zur Tat zu schreiten. Mit zitternden Händen knotete sie die Schürze auf. Ihr Mund fühlte sich trocken und pelzig an, und vor Anspannung war ihr leicht schwindlig. Sie atmete dreimal tief durch die Nase ein und langsam durch den Mund wieder aus. Adrenalin schoss durch ihre Adern, und sie wollte es nur noch hinter sich bringen. Endlich war der Zeitpunkt gekommen, mit dem Rest ihres Lebens neu anzufangen. Heute würde sie wiedergeboren werden.

»Ich muss mal schnell zur Toilette«, rief sie der Alten zu, die schon wieder die Arme bis zu den Ellbogen ins heiße Wasser getaucht hatte. Statt auf eine Antwort zu warten, schlüpfte sie durch die Tür hinaus in die wohltuende Kühle des Korridors. Sie lief, so schnell sie sich traute, ohne Gefahr zu laufen, Verdacht zu erregen, und zugleich von dem verzweifelten Wunsch getrieben, diesen elenden Ort zu verlassen. Während sie zielstrebig durch die Flure marschierte, hielt sie den Blick gesenkt. Sie war gerade schnell genug unterwegs, dass niemand auf die Idee käme, sie anzusprechen und in eine Unterhaltung zu verwickeln.

Leicht desorientiert schob sie eine Doppeltür auf und trat hinaus ins Freie. Dann sah sie sich um. Das Cricket-Feld und die Auffahrt dahinter lagen ein Stück weiter entfernt, als sie gehofft hatte. Trotzdem sollte es zu machen sein. Ed würde auf sie warten. Es war besser, sich ein wenig mehr Zeit zu nehmen, als zu hetzen und das Risiko einzugehen, aufgegriffen zu werden. Sie drückte sich am Feldrand entlang und blieb immer wieder stehen, um ein Gänseblümchen zu pflücken oder das Gesicht in die Sonne zu halten. Wer immer sie durchs Fenster beobachtete, würde so wohl kaum auf den Gedanken kommen, dass sie drauf und dran war zu türmen.

Als das Haupttor in Sicht kam, musste sie sich schwer zusammenreißen, um nicht augenblicklich loszusprinten. Das Herz hämmerte so hart in ihrer Brust, dass sie schon glaubte, es könnte platzen. Sie rechnete sich aus, dass es noch an die hundert Schritte sein müssten, die sie von der Freiheit trennten, und fing an, im Kopf runterzuzählen…

Neunundneunzig, achtundneunzig… Sie dachte an ihre Mutter, an ihre bildschöne, talentierte Mutter, die sie mit Liebe überschüttet hatte... Nie im Leben hätte sie gewollt, dass die Tochter an einem solchen Ort dahinsiechte. Die Mutter hatte ihr während der Kriegsjahre in Wales das Lesen und Schreiben beigebracht, sie hatte sie gelehrt zu zeichnen, Rosinenfladen zu backen, sich Locken zu drehen, Taschentücher zu besticken... Wie anders alles hätte werden können, wenn sie nicht unter so tragischen Umständen ums Leben gekommen wäre...

Fünfundsechzig, vierundsechzig... Amy ballte die Fäuste, als ihre Gedanken zu ihrem Vater wanderten. Als welch schwacher Mensch der sich entpuppt hatte – sich von einer deutlich Jüngeren einwickeln zu lassen, die ihm obendrein ein Kind schenkte, das er eigentlich mit Amys Mutter hätte haben sollen...

Zweiunddreißig, einunddreißig... Als ihre Gedanken zu Dr. Lambourn wanderten, verschleierte sich ihr Blick. Sie weigerte sich zu glauben, dass er sie einfach sitzengelassen hatte. Dafür hatten sie zu viel geteilt – nicht nur körperlich, sondern auch emotional. Doch jetzt war sie beinahe frei, und sobald sie ihn wiederfände, würde sie ihm die Gelegenheit geben, alles zu erklären. Sie würde nicht hysterisch werden, und er würde erkennen, dass sie zusammengehörten.

Fünfzehn, vierzehn... Sie war auf Armeslänge bis an den hohen geziegelten Pfeiler am Eingangstor herangekommen und musste dem Impuls widerstehen, über die Schulter zu blicken. Sie hatte sich verrechnet, aber das war jetzt egal, nur noch ein paar wenige Schritte trennten sie von der Freiheit.

Sie umrundete den Pfeiler, und ein erleichtertes

Schluchzen entrang sich ihrer Kehle; sie beschleunigte, und ein breites Grinsen legte sich auf ihr Gesicht.

Doch aus ihrem Freuden- wurde ein Schreckensschrei, als sie plötzlich mit dem Fuß hängen blieb und kopfüber aufs Pflaster stürzte. Es dauerte ein paar Sekunden, bis ihr dämmerte, was passiert war. Dann wälzte sie sich zur Seite und inspizierte die Handflächen. Die Handballen waren blutüberströmt und mit Steinchen gespickt. Winselnd rieb sie sie aneinander, während sich ein schwarzer Schatten vor die Sonne schob.

Als sie aufblickte, hatte die Gestalt die Hände in die Hüften gestemmt.

»Wo wolltest du hin?«

38

Schwester Atkins sah hämisch auf sie herab und schürzte spöttisch die Lippen.

»Hast du wirklich geglaubt, damit kämst du durch?« Sie trat gegen Amys Bein. »Aufstehen!«

Amy rappelte sich hoch. Ihre Knie waren aufgeschürft, und an einem Bein lief ein kleines Rinnsal Blut hinab. Ihr linker Ellbogen tat weh, und sie umfasste ihn mit der rechten Hand.

»Wie... Wie konnten Sie das wissen?«, wisperte sie.

»Als würde ich meine Quellen verraten.« Schwester Atkins packte sie grob am Arm und eskortierte sie die Auffahrt hinunter. Mit der freien Hand rieb sie sich übers Kinn wie der Bösewicht aus einem Comic-Heft. »Jetzt frag ich mich natürlich, wie ich dich bestrafen soll... Da werd ich mir wohl meine Denkermütze aufsetzen und mir was besonders Geistreiches ausdenken müssen!«

Dann brach sie in manisches Gelächter aus.

In der Station hatten die Vorbereitungen fürs Abendessen begonnen. Belinda half ebenfalls aus und bestrich einen gewaltigen Haufen dicker Weißbrotscheiben mit Margarine. Sie blickte nicht mal auf, als Amy die Station erreichte, sondern konzentrierte sich auf ihre Aufgabe, als wäre es das Spannendste, was sie je getan hatte.

Amy inspizierte ihren Oberarm und strich sich über die blau verfärbte Haut. Sie konnte den Abdruck von Schwester Atkins' knochigen Fingern immer noch sehen. Sie spürte, wie heißer, bitterer Zorn in ihrer Speiseröhre aufstieg, sich im Rachen sammelte und drohte, sie zu ersticken. Sie trat auf den Tisch zu, an dem Belinda arbeitete, und schlug mit der Hand in den Brothaufen, der prompt ins Rutschen geriet. Mehrere Scheiben landeten auf dem Boden.

»He«, rief Belinda. »Was glaubst du eigentlich, was... Oh, du bist das. Wie war's in der Wäscherei?« Sie klang komplett ruhig, hatte aber die Augen zusammengekniffen. Amy sah, dass ihre Hände zitterten.

»Dafür wirst du büßen«, fauchte sie. »Und zwar wenn du am allerwenigsten damit rechnest. Du wirst bis an dein Lebensende hier drinnen über die Schulter blicken, und eines Tages steh ich hinter dir, und dein schlimmster Albtraum wird wahr.« Dann beugte sie sich zu Belinda vor, bis sich ihre Nasen beinahe berührten, und senkte die Stimme. »Rache ist ein Gericht, das am besten kalt serviert wird – heißt es nicht so?«

Wortlos und mit weit aufgerissenen Augen sah Belinda sie an und wischte sich Amys Speicheltröpfchen von der Wange. »Ich... Ich weiß überhaupt nicht, wovon du redest«, entgegnete sie, doch Amy hatte bereits auf dem Absatz kehrtgemacht, sodass Belinda ihr nur mehr mit offenem Mund hinterherstarren konnte. Dann bückte sie sich, sammelte die hinuntergefallenen Brotscheiben auf, blies Staub und Flusen ab und stapelte sie wieder auf einen Haufen.

Mit einem feuchten Handtuch auf der Stirn lag Amy auf dem Bett. Sie hatte die Augen geschlossen und stellte sich Ed vor, der an der Bushaltestelle mit einem Kleiderbündel unter dem Arm auf sie gewartet hatte. Wie oft hatte er wohl auf die Uhr und die Straße hinuntergeblickt und sich gewünscht, sie endlich um die Ecke kommen zu sehen? Er war für sie ein enormes Risiko eingegangen, und sie hatte ihn im Stich gelassen. Vielleicht glaubte er ja, sie hätte es sich anders überlegt. Vielleicht dachte er, sie wollte Ambergate nun doch nicht mehr verlassen.

Sie spähte in Richtung des Schwesternzimmers und fragte sich, was sich diese gemeine Schwester wohl als Strafe für sie überlegen mochte. Sie stemmte sich auf die Ellbogen hoch und zog sich das Handtuch vom Gesicht. Es spielte keine Rolle. Die würden sie nicht kleinkriegen. Unverwüstlich hatte Belinda sie einmal genannt. Und damit hatte sie recht. Amy würde selbst unter Androhung von Gewalt nicht einknicken. Wenn Schwester Atkins Krieg wollte, dann sollte sie ihn haben, und es würde nur eine von ihnen als Siegerin hervorgehen.

Später, als es draußen dämmerte, saß Amy mit ihrem Buch am offenen Fenster im Aufenthaltsraum und ließ sich die kühle Brise ins Gesicht wehen. Geistesabwesend blätterte sie um. Ihr Blick huschte zwar über die Zeilen, doch sie war mit den Gedanken zu weit weg, als dass die Worte für sie noch Sinn ergaben. Dass sie nur darauf warten konnte, dass das Beil irgendwann auf sie herniederfuhr, war ohne Zweifel Teil von Schwester Atkins' Bestrafung.

Mit einem Becher in der Hand kam Belinda herein und nahm langsame, bedächtige Schlucke. »Hmm, der Kakao schmeckt wirklich toll. Die Schwester hat ihn mir gegeben, weil ich so artig war.«

»Warum hast du das gemacht, Belinda?«

Belinda wischte sich über den Mund und schüttelte kaum merklich die Hand aus. »Ich hatte früher nie eine Freundin. Nicht hier drin und draußen auch nicht.« Dann zeigte sie zum Fenster. »Niemand hat mich je einfach nur gemocht, so wie ich bin. Sie haben immer irgendwas von mir gewollt. Das hast du mir klargemacht, Amy. Du hast mir die Augen dafür geöffnet, dass ich mehr wert bin als das.«

Amy bemühte sich um eine ruhige Antwort. »Ich bin froh, dass du mich als Freundin ansiehst, Belinda. Aber einen solchen Verrat habe ich nicht verdient. Freunde verpetzen einander nicht.«

»Aber... Aber ich wollte nicht, dass du gehst... Ich...«

»Und was ist mit *mir*?«

Belinda zuckte mit den Schultern. »Ich dachte, du würdest mich mögen.«

»Tja, *ich dachte* hat uns ja nicht weit gebracht.« Amy wandte sich wieder ihrem Buch zu und blätterte hitzig um. »Geh mir aus den Augen, Belinda. Und sprich mich nie wieder an.«

Belinda trank den Rest ihres Kakaos aus und donnerte den Becher auf den Tisch. »Du eingebildete Kuh! Hast immer geglaubt, du wärst was Besseres als wir anderen, oder etwa nicht? Tja, dann erzähl ich dir jetzt mal was. Du bist genau wie wir. Dein Dad hat dich hier abgesetzt – so wie meiner –, und dass der Doktor das Weite gesucht hat, ist auch kein Wunder! Wahrscheinlich hatte er für den Rest seines Lebens genug von deinem Gejammer.«

Amy schluckte trocken und schnaufte durch die Nase wie ein zorniger Stier, der gleich zum Angriff übergehen würde. Dann griff sie nach unten, schob die Hand in den Bezug ihres Sitzkissens und tastete nach dem Reißverschluss. Ohne den Blick von Belinda abzuwenden, zog sie ihn gerade weit genug auf, um die Finger ins Futter gleiten zu lassen. Sie wühlte in der weichen Kissenfüllung, bis sie endlich auf den Gegenstand stieß, nach dem sie gesucht hatte.

Langsam zog sie die scharfe Porzellanscherbe heraus und verbarg sie in ihrer Faust. Ihre Fingerfertigkeit hätte einem Zauberer zur Ehre gereicht.

Belinda hatte sich vor ihr aufgebaut und die Hände in die Hüften gestemmt. Anscheinend wollte sie sich noch mehr von der Seele reden. »Und warum dieser nette kleine Junge überhaupt mit so jemandem wie dir zu tun…«

Mit der Hand hinter dem Rücken stand Amy auf. Sie starrte Belinda direkt ins Gesicht. Mit ihrem höhnischen Tonfall forderte sie eine Reaktion regelrecht heraus.

Amy lächelte, hob die Hand und rammte Belinda die Scherbe in den Hals. Vor ihren Augen fing das Blut in hohem Bogen an zu sprudeln.

Dann ging Belinda zu Boden.

39

Sie lag eingerollt wie ein Igel im Winterschlaf und mit der Wange auf dem kalten Gummibezug an der Kante, wo Wand auf Fußboden traf. Nach einer Weile streckte sie eine Gliedmaße nach der anderen und rollte sich auf den Rücken, tastete über die massive, gepolsterte Wand, die sich ganz weich anfühlte. Ihre Finger fanden ein kleines Loch, in das sie den Fingernagel schob, und sie angelte ein Büschel struppiges Pferdehaar heraus.

Mühsam setzte sie sich auf und rieb sich den Nacken. Ihr eigenes Haar fühlte sich spröde an und roch sauer nach Erbrochenem. Ihr Blick suchte die metallgraue Stahltür, in die eine kleine Luke eingelassen war. Ihr Magen fühlte sich hohl an, als hätte jemand ein Ventil aufgedreht und alle Luft aus ihrem Körper gelassen.

Ein Rasseln, dann das Quietschen von Scharnieren. Die Luke ging auf, und ein Augenpaar spähte herein. »Guten Morgen, Amy. Ich komme jetzt rein – also keine Mätzchen bitte, wenn Sie so gut wären.«

Schwester Ellen Crosby schob die Tür auf und befestigte den scheppernden Schlüsselbund an ihrem Gürtel. Dann hielt sie Amy ein Tablett hin. »Ich hab Ihnen Porridge gebracht.« Sie warf einen Blick zurück zur offenen Tür und schob die Hand in die Tasche. »Und ein Päckchen Zucker obendrein. Dachte mir, so schmeckt der Porridge vielleicht ein bisschen besser. Sie haben nicht allzu viel gegessen, wissen Sie...«

Amys Zunge klebte am pelzigen Gaumen, und nur unter Mühe brachte sie krächzend hervor: »Wasser... Ich brauche ein Glas Wasser...«

Ellen nickte auf das Tablett hinab. »Da, in der Schnabeltasse.« Sie ging neben Amy in die Hocke, hielt ihr den Becher an die Lippen und sah zu, wie sie ihn gierig austrank. »Sie waren aber durstig!«

Amy streckte die Arme aus und stöhnte. »Ich bin ganz steif... Was ist passiert? Wo bin ich?«

Wieder warf Ellen einen verstohlenen Blick zur Tür und senkte die Stimme. »Woran erinnern Sie sich noch?«

Amy versuchte, sich durch das klebrige Haar zu streichen. Dann kniff sie die Augen zusammen und kramte in ihrer Erinnerung. »Ich war draußen«, hob sie mit kratziger, heiserer Stimme an. »Es war warm, und ich war... glücklich, glaube ich... Aufgeregt. Ich wollte jemanden treffen.« Allmählich verzog sich der Nebel in ihrem Kopf. »Ja, das war's – ich wollte Dr. Lambourn treffen. Er hat nach mir geschickt. Ich wusste, dass er das tun würde.« Sie versuchte, auf die Beine zu kommen. »Ich muss zu ihm, sofort, er wartet bestimmt schon. Bitte, würden Sie mir hochhelfen, Schwester?«

Ellen legte die Hand auf Amys Schulter und drückte sie wieder nach unten. »Sie gehen im Moment gar nirgends hin, Amy.«

»Bitte, ich muss mich waschen... Er darf mich so nicht sehen.« Sie griff nach Ellens Handgelenk, und die junge Schwester schreckte zurück. Doch Amy lachte nur. »Schon okay... Ich tu Ihnen nicht weh. Kann ich jetzt baden?« Dann packte sie ihr Nachthemd und schnüffelte daran. »Und ich muss mich umziehen.«

»Dr. Lambourn arbeitet nicht mehr hier, Amy.«

»Das weiß ich, ich bin doch nicht verblödet! Er wartet draußen auf mich.«

Ellen schüttelte den Kopf. »Nein, er wartet nicht. Sie wurden immer noch nicht wieder gesundgeschrieben, und nach allem, was mit Belinda passiert ist, dürfte das eine ganze Weile so bleiben, fürchte ich.«

Amy sah sie verständnislos an. »Wer ist Belinda?«

»Ist das Ihr Ernst?«

Amy antwortete nicht. Sie presste sich bloß die Hand auf den Bauch, als ihr erneut übel wurde. Der Würgereiz nahm überhand, Galle brannte ihr im Rachen, und sie spie das Wasser, das sie eben erst getrunken hatte, über das Frühstückstablett.

Ellen wich erschrocken zurück. »Oh nein, nicht schon wieder... Das geht jetzt schon die ganze Woche jeden Morgen so!«

»Die ganze Woche?«, stammelte Amy. »Aber ich bin doch erst gestern Abend... Wovon reden Sie?«

Ellen schüttelte den Kopf. »Sie waren die meiste Zeit nicht bei Bewusstsein. Sie wissen schon... Man hat Sie sediert.« Ihr war nicht wohl bei dem Gedanken. »Ich meine – wir hatten keine andere Wahl. Sie waren extrem gewalttätig und unbeherrscht. Ein Glück, dass Belinda überlebt hat. Es war nur gut, dass...«

»Jeden Morgen?«, fiel Amy ihr ins Wort.

»Entschuldigung?«

»Sie sagten, mir war jeden Morgen schlecht...«

Ellen nickte bedächtig. »Das stimmt.«

Amy blickte an sich hinunter und strich das Nachthemd glatt. Sie ließ die Hand auf der kaum sichtbaren Rundung ihres Bauches liegen.

»Oh...«, hauchte sie ungläubig. »O Gott!« Dann sah sie lächelnd zu Ellen auf. »Ich bekomme ein Kind – von Dr. Lambourn.«

Nachdem sie den Trakt mit den Tobzellen verlassen hatte, eilte Ellen zurück zur Station. Sie musste Schwester Atkins finden und ihr die unfassbare Nachricht überbringen. Sie verfluchte in diesem Augenblick die Weitläufigkeit der Anstalt mit ihren unzähligen Türen und nicht enden wollenden Fluren, auf denen man sich auch nach Monaten noch mühsam zurechtfinden musste. Als sie völlig außer Atem in der Station ankam, traf sie Schwester Atkins im Schwesternzimmer an. Sie hörte sich ein Musikstück im Radio an, hatte die Augen geschlossen und die Füße auf den Tisch gelegt.

»Schwester Atkins, ich...«

Die Schwester gebot ihr mit erhobener Hand Einhalt, ohne auch nur die Augen zu öffnen. »Psst, nicht jetzt.«

»Aber...«

»Sind Sie taub oder einfach nur bescheuert?«

»Keins von beiden, ich...«

»Raus!«

Ellen trat an der Schwelle von einem Bein aufs andere und knabberte an ihrem Daumennagel. »Es ist wichtig, Schwester Atkins. Ich würde Sie sonst nicht stören, aber es geht um Amy.«

Schwester Atkins ächzte. »Ich hätte es wissen müssen, dass es sich mal wieder um sie dreht. Sie ist nicht mehr Patientin dieser Station, und trotzdem ist sie hier ständig Gesprächsthema.«

Sie nahm die Füße vom Tisch, schaltete das Radio aus und deutete auf den Stuhl gegenüber. Dankbar nahm Ellen Platz.

»Ich hab ihr gerade Frühstück gebracht. Ich ... wollte sehen, wie es ihr geht. Irgendwie hatte ich immer schon eine Schwäche für sie, das wissen Sie ja. Wir sind beide zur selben Zeit nach Ambergate gekommen, wir sind im selben Alter ...«

»Könnten Sie bitte zum Wesentlichen kommen, Schwesternschülerin Crosby?«

»Natürlich. Also, heute Morgen war sie schon ein bisschen wacher. Sie war seit dem Angriff auf Belinda sediert und kann sich anscheinend nicht mehr daran erinnern.«

»Das ist nicht ungewöhnlich – und eindeutig nicht wichtig genug, als dass Sie mich deshalb in meiner Pause stören müssten.«

Ellen schüttelte den Kopf. »Nein, deswegen bin ich nicht hier ... In Ordnung, ich komme zum Punkt.«

»Halleluja!« Schwester Atkins verdrehte die Augen. Dann zündete sie sich eine Zigarette an und nahm einen tiefen Zug.

Ellen lehnte sich leicht vor und senkte die Stimme. »Amy ist schwanger.«

Schwester Atkins starrte ins Leere. Ihr Gesichtsausdruck war schwer zu lesen. Bedächtig tippte sie Zigarettenasche auf die Untertasse vor ihr auf dem Tisch. »Schwanger?«

Ellen nickte. »Behauptet sie zumindest.«

»Und wie soll das möglich sein?«

»Ich bin mir nicht sicher... aber sie sagt, das Kind sei von Dr. Lambourn.«

Schwester Atkins brach in so lautes Gelächter aus, dass Ellen zurückschreckte.

»Ha, also, allmählich wird es mir wirklich zu bunt. Das ist doch die Krönung!«

»Warum... Warum sollte sie sich diesbezüglich irgendwas ausdenken?«

»Ganz einfach. Das Mädchen ist komplett geisteskrank. Nachweislich plemplem, verdammt! Und das sage nicht ich – das haben wir schwarz auf weiß in den Unterlagen.«

»Trotzdem habe ich das Gefühl, dass sie die Wahrheit sagt. Ich glaube, sie könnte wirklich schwanger sein.«

Schwester Atkins schien das nicht zu beeindrucken. »Selbst für den unwahrscheinlichen Fall, dass das stimmen sollte, Dr. Lambourn ist definitiv nicht der Vater, das kann ich Ihnen versichern.«

»Ich weiß, es klingt unglaublich – aber er hatte sie tatsächlich gern.«

»Sie glauben allen Ernstes, er hätte seine Karriere für eine Affäre mit einem durchgedrehten Gör aufs Spiel gesetzt?«

Ellen zuckte mit den Schultern. »Warum würde sie es sonst sagen?«

»Man kann ja wohl kaum etwas auf ihr Wort geben. Nein – wenn sie wirklich schwanger sein sollte, dann tippe ich auf diesen jungen Kerl, mit dem sie durchbrennen wollte. Das ergibt viel mehr Sinn.«

»Mag sein, aber...«

»Schließen Sie die Tür«, fiel Schwester Atkins ihr ins Wort.

Ellen runzelte die Stirn, tat dann aber wie geheißen und kehrte zu ihrem Stuhl zurück.

»Sie haben schon mal von Mumps gehört, Schwesternschülerin Crosby?«

»Natürlich, aber was hat das damit zu tun?«

Schwester Atkins drückte ihre Zigarette aus. »Das hier dürfte ich eigentlich gar nicht erzählen, und es bleibt unter uns, haben Sie mich verstanden?«

Ellen nickte. »Selbstverständlich, Schwester.«

»Gut.« Sie rang kurz die Hände, legte sie dann auf den Schreibtisch und klang mit einem Mal ehrfurchtsvoll. »In jungen Jahren ist Dr. Lambourn an Mumps erkrankt. Seither ist er unfruchtbar.« Sie wartete, bis die Information bei Ellen eingesickert war, ehe sie fortfuhr: »Haben Sie sich nie gefragt, warum ein so gut aussehender Mann Anfang dreißig noch nicht verheiratet ist?«

»Nein, um ehrlich zu sein, habe ich darauf nie einen Gedanken verschwendet.«

»Tja, er war vor mehreren Jahren verlobt, aber als seine Braut erfuhr, dass er keine Kinder würde zeugen können, hat sie ihn Hals über Kopf verlassen.«

»Wie grässlich.«

»In der Tat. Sie sehen also, was immer Amy Sullivan erzählt, Dr. Lambourn kann unmöglich der Vater ihres Kindes sein.«

40

Die Morgenluft war schneidend kalt. Sie einzuatmen, fühlte sich wohltuend und belebend an. Amy schlenderte durch den vereisten Park und musste sich konzentrieren, um nicht auf dem verrottenden Laub am Boden auszurutschen. Als sie den Cricket-Pavillon erreichte, griff sie zum Handlauf und stieg behutsam die Stufen hinauf. Vollkommen außer Atem ließ sie sich auf der Bank nieder und rieb sich mit beiden Händen den runden Bauch, über dem der Mantel gefährlich spannte. Seit zwei Tagen schon tat ihr der Rücken weh, und der Unterleib spannte wie früher während ihrer Periode. Ihr war klar, dass es jetzt nicht mehr lange dauern würde. Schon bald würde sie Dr. Lambourns Baby in den Armen halten, und spätestens dann müssten sie sie gehen lassen. Ein Baby brauchte seinen Vater ebenso sehr wie die Mutter.

Die vergangenen sechs Monate waren in einem Nebel aus weiß gepolsterten Wänden und Beruhigungsmitteln verstrichen, die sie bis zur Unterwürfigkeit eingelullt hatten. Sie hatte endlose Tage damit verbracht, in Gesellschaft ihrer vernebelten Erinnerungen an die Decke zu starren. Nur Dr. Lambourns Gesicht hatte sie immer glasklar vor sich gesehen. Sie konnte sich seine dunklen Augen ins Gedächtnis rufen und die weißen

Zähne, die angesichts des dunklen Teints, über dem stets ein Bartschatten lag, umso weißer strahlten.

Sie zog das Taschentuch hervor, das er ihr vor Monaten gegeben hatte, und hielt es sich unter die Nase. Der Duft seines Rasierwassers war mittlerweile fast vollständig verflogen, doch was davon noch übrig war, katapultierte sie zurück zu ihren Sitzungen in sein Sprechzimmer – einem Ort, an dem sie sich hatte entspannen und ihm erlauben können, ihre Dämonen in die Flucht zu schlagen.

Sie drehte sich um, spähte durch die Glastüren in den Pavillon und hob die Hand gegen die Spiegelung über die Augen. Ein altes, verschlissenes Sofa stand dort an der Wand, die Polsterfüllung quoll bis auf den Dielenboden, der von Mäuseköteln übersät war. Unwillkürlich blitzte eine Erinnerung in ihr auf, das Aufflackern eines Lächelns, eine warme, gebräunte Hand in ihrer, ein Oberschenkel, der sich an ihr Bein drückte.

Sie legte die Hand auf die Klinke, und die Tür schwang quietschend auf. Es roch abgestanden und modrig, und sowie sie über die Schwelle trat, legten sich Spinnweben auf ihr Haar. Sie spürte, dass sie schon einmal hier drinnen gewesen war, doch die Erinnerung wollte kein klares Bild ergeben.

Amy strich mit der Hand über das Sofa. Der Bezug war bis auf die Schussfäden abgewetzt. Sie rieb sich die Schläfen, kniff die Augen zusammen und konzentrierte sich ... Ein Name kam ihr in den Sinn. Edward ... Ed?

Aus heiterem Himmel legte sich ein Ring aus Schmerz um ihre Körpermitte, sie kreischte schrill auf und schreckte eine Maus auf, die quer über den

Fußboden flüchtete. Amy ließ sich langsam auf das kaputte Sofa sinken und atmete tief durch, während der Schmerz sie erneut in den eisernen Klammergriff nahm. Es war so weit.

»Nein«, flüsterte sie, »nicht hier, nicht jetzt ...«

Schwankend kam sie auf die Beine und presste die Hand in den unteren Rücken. Ihr Herz raste wie wild. Dann tastete sie sich die rutschige Treppe hinunter und lief so schnell, wie ihre plumpe Gestalt es erlaubte, zurück in Richtung des Hauptgebäudes.

»Bitte«, flehte sie, auch wenn sie nicht wusste, an wen sie sich gerade wandte.

Sie blieb stehen, als die nächste schmerzhafte Welle durch ihren Unterleib rollte, sodass sie sich vornüber krümmen musste. Das Blut schoss ihr in den Kopf, und trotz der eisigen Kälte war ihr Nacken schweißnass. Als der Schmerz nachließ, richtete sie sich gerade auf und taumelte weiter, jeder Schritt auf dem gefrorenen Boden ein Wagnis. Tränen liefen ihr über die Wangen, während sie verzweifelt versuchte, aufrecht zu stehen, tief im Innern jedoch bereits wusste, dass sie verlieren würde. Panik schnürte ihr die Kehle zu und krallte ihre Finger bis in die Luftröhre.

Dann wurde Amy schwarz vor Augen, als hätte ihr jemand einen Umhang übergeworfen. Sie ging zu Boden, und mit einem widerlich dumpfen Geräusch krachte ihr Kopf auf die frostharte Erde.

Jemand hielt ihre Hand und versuchte, ihr beruhigend über die Stirn zu streichen, während sie den Kopf hin- und herwarf. Das Licht über dem Bett war viel zu grell, die Laken kühl und klamm, und das Geklapper von medizinischen Instrumenten klang viel zu laut in ihren Ohren. Eisengeruch hing in der Luft. Jeder ihrer Sinne schien unter Beschuss zu stehen. Sie hob den Kopf leicht vom Kissen und stöhnte. Eine Schwester, die sie noch nie gesehen hatte, forderte sie auf zu pressen. Pressen? Sie hatte keine Ahnung, wovon die Frau sprach.

Sie ließ den Kopf wieder aufs Kissen sinken. »Was ist passiert? Wo bin ich?«

Eine bekannte, ruhige Stimme erklang an ihrem Ohr. »Ich bin's, Amy – Schwesternschülerin Crosby. Sie sind in einem speziellen Krankenzimmer. Schwester Brown – die Hebamme – und ich, wir kümmern uns um Sie. Sie bringen jeden Moment Ihr Kind zur Welt.«

Amy hatte nicht mal mehr die Zeit, darauf zu reagieren, als eine neuerliche Wehe ihren Körper zu zerreißen schien. »Aaaaah, das tut weh! Das ist zu viel, bitte, ich brauche...«

Der Schmerz ließ nach, und mit weißen Bläschen in den Mundwinkeln blieb sie keuchend liegen. »Ich muss etwas trinken«, krächzte sie.

Ellen hob ihr ein Glas an die Lippen, und dankbar nahm Amy einen Schluck.

»Sie halten sich wacker«, munterte eine unbekannte Stimme sie auf. »Es dauert schon recht lange, aber jetzt ist es bald so weit, nur noch ein paarmal pressen, und es ist alles vorbei.«

Amy sah an sich hinab. Zwischen ihren gespreizten Beinen kauerte die Hebamme am Fußende des Betts.

»Wie lange noch?«, winselte sie.

Schwester Brown sah nach oben. Auf ihrem rötlichen Gesicht bildete sich eine leichte Sorgenfalte. Sie hatte die Hand tief in Amys Unterleib geschoben. »So etwas kann man nicht beschleunigen.«

»Sie hatten großes Glück«, sagte Ellen. »Draußen auf dem Gelände ist Ihre Fruchtblase geplatzt – ein Wunder, dass man Sie rechtzeitig gefunden und reingebracht hat.«

»Schwester Crosby?« Die Hebamme bemühte sich um einen sorglosen Tonfall, auch wenn ihr Gesichtsausdruck etwas anderes sagte. »Könnten Sie bitte mal zu mir kommen?«

Beruhigend legte Ellen Amy die Hand auf den Scheitel. »Es wird alles gut werden.«

»Irgendwas stimmt nicht«, flüsterte Schwester Brown. »Ich fürchte, die Nabelschnur hat sich um den Hals gelegt. Mit der nächsten Wehe kommt das Köpfchen, und dann müssen Sie den Finger unter die Nabelschnur schieben und das Kind befreien. Schaffen Sie das?«

Ellen schluckte schwer und atmete ein paarmal flach aus, als läge sie selbst in den Wehen. »Ich hoffe es.«

Dann wandte sich die Hebamme an Amy. »Gut. Wenn Sie die nächste Wehe spüren, müssen Sie lang und hart pressen – machen Sie immer weiter, bis ich sage, dass Sie aufhören können.«

Ellen starrte wie gebannt hin, als das Köpfchen des Babys zum Vorschein kam. Dann tauchte das zerknautschte Gesichtchen auf. Es sah wutschnaubend aus ... und dann sah sie die pulsierende Nabelschnur, die um den Hals des Kindes geschlungen war.

Schwester Brown nahm das Köpfchen in beide Hände. »Jetzt!«, befahl sie.

Ellen lockerte die Nabelschnur, die sich unter ihren Fingern schleimig anfühlte, und mit der nächsten Wehe rutschte der kleine, bläuliche Körper aus dem Geburtskanal heraus.

Schwester Brown drehte das Kind um und klatschte ihm mehrmals härter auf den Rücken, als Ellen es für nötig gehalten hätte. Dann fing sie an, den kleinen Leib zu reiben und zu kneten wie einen Teig.

Ellen stand immer noch am Fußende. Der Anblick des zerknautschten Menschleins schockierte und schlug sie zugleich in seinen Bann. »Ist er... Wird er es schaffen?«

Die Hebamme ging über die Frage hinweg, rieb einfach immer weiter, und unter der Anstrengung bebte sie von Kopf bis Fuß. Irgendwann hörte sie auf, schüttelte bloß den Kopf und bekreuzigte sich. Dann sah sie zu Ellen.

»Ich habe alles gegeben, aber es hat zu lange gedauert.«

Ellen blickte auf den perfekten Körper des kleinen Jungen hinab. »Sie meinen doch nicht...«

»Was... Was ist los?«, keuchte Amy und stemmte sich auf die Ellbogen. »Wo ist mein Baby?«

Ellen kämpfte mit den Tränen, als sie Amys Hand nahm. »Es tut mir so leid, Amy, aber er hat es nicht geschafft. Die Nabelschnur war...«

Im selben Moment schrie Amy los – ein lang gezogener Urschrei, der von den gekachelten Wänden widerhallte. »Nein, nein, nein! Sie irren sich! Lassen Sie mich meinen Sohn sehen – er kann nicht tot sein, das kann nicht sein! Ich liebe ihn!« Sie erstickte schier an ihren Schluchzern, als sie die Arme ausstreckte. »Geben Sie ihn mir!«

Schwester Brown schüttelte den Kopf. »Dazu kann ich nicht raten...« Dann drückte sie Ellen das Bündel in die Hand. »Sie wissen, was zu tun ist.«

»Nein!« Amy war inzwischen hysterisch, riss das dünne Laken zurück, mit dem sie zugedeckt gewesen war, und versuchte aufzustehen. »Lassen Sie mich mein Baby sehen! Es kann doch nicht tot sein – es ist alles, was ich noch habe. Ich warne Sie, wenn Dr. Lambourn erfährt, dass Sie mir mein Kind entrissen haben, dann wird er...«

Die Hebamme drückte sie nach unten. »Wir sind noch nicht fertig. Sie müssen noch die Nachgeburt herauspressen. Es tut mir sehr leid um Ihr Kind, aber so etwas kann passieren.« Sie nickte Ellen mit kaum verhohlener Ungeduld zu. »Bringen Sie ihn ins Leichenhaus.«

41

September 2006

Bis Sarah zu Hause ankam, war es dunkel geworden. Sie schloss die Haustür auf und rief nach ihrem Vater. »Tut mir leid, dass es so spät geworden ist, Dad. Hast du schon gegessen?«

Dann steckte sie den Kopf durch die Wohnzimmertür. Er saß mit der Zeitung in seinem Lieblingssessel.

»Ja, ich habe Roastbeef gemacht. Im Kühlschrank steht noch eine Portion für dich.«

»Toll, danke.«

»Ich habe sogar Yorkshire Puddings gebacken – nach dem Rezept deiner Mutter –, und sie sind richtig gut geworden.«

Mit dem Abendessen auf einem Tablett setzte sie sich ihm kurze Zeit später gegenüber. »Ich bin am Verhungern!« Dann schaufelte sie sich eine große Portion in den Mund. »War ein anstrengender Tag.«

Er zog die Augenbrauen in die Höhe. »Wie... Wie läuft's denn bei der Recherche?«

Sie hörte auf zu kauen und legte das Besteck beiseite. Zum ersten Mal überhaupt zeigte er Interesse an ihrem Projekt. Sarah schluckte und wischte sich den Mund mit ihrer Serviette ab. »Ziemlich gut.«

Er nickte bedächtig. »Gut. Freut mich zu hören.« Dann wandte er sich wieder der Zeitung zu.

»Dad?«

Er sah sie über den Rand seiner Brille an. »Ja?«

»Du weißt, dass ich das Buch über Ambergate nur schreibe, weil du dort gewesen bist?«

»Hab ich mir schon gedacht.«

Sie rutschte ein Stück nach vorn und balancierte das Tablett auf den Knien. »Ich habe wirklich gehofft, dass du mir helfen und ein bisschen was aus dem Alltagsleben der Patienten erzählen würdest. Es würde das Buch so viel authentischer machen.« Als er ihr nicht sofort Einhalt gebot, fuhr sie fort: »Es ist ein so wichtiger Teil unserer Geschichte. Die Leute, die dort hospitalisiert waren, haben es verdient, dass man ihre Geschichte erzählt.« Er schwieg immer noch, während sie sich allmählich warm redete. »Mit deiner Hilfe könnte ich ihnen eine Stimme geben.« Kunstpause. »Ich könnte *dir* eine Stimme geben, Dad. Dein Beitrag wäre unschätzbar wichtig.«

Er legte den Kopf an die Lehne und starrte zur Decke empor. »Ich weiß nicht, Sarah... Das ist alles schon so lange her.«

»Was spielt das denn für eine Rolle? Die Leute lesen doch auch immer noch Geschichten über die Schlacht bei Hastings!«

Er lachte. »Gegen diese Logik komme ich nicht an.«

Sie faltete die Hände. »Bitte, Dad.« Ihr war klar, dass sie klang wie ein nerviges Kleinkind.

Er schüttelte erneut den Kopf. »Ich weiß nicht, Sarah, ich...«

»Ich habe heute etwas gefunden. Vielleicht überlegst du es dir ja doch anders.«

»Ach, und was soll das sein?«

Sie knabberte an ihrer Unterlippe und überlegte kurz, wie viel sie ihm erzählen sollte. »Wir haben Koffer gefunden.«

»Koffer?«

»Ja, in einer Dachkammer.«

»Wer ist überhaupt *wir*?«

»Oh, ich und dieser Typ namens Nathan. Er ist obdachlos und übernachtet manchmal in Ambergate.«

»Er übernachtet in einem aufgelassenen Irrenhaus?« Ihr Vater erschauderte. »Na, besser er als ich...«

»Stimmt. Aber egal – da oben liegt jedenfalls ein Haufen Koffer. Vielleicht zwanzig insgesamt. Wir haben den Inhalt dokumentiert und alles fotografiert. Deshalb hat es auch so lange gedauert.«

Er faltete die Zeitung zusammen und ließ sie neben sich auf den Teppichboden fallen. »Und – war was Spannendes dabei?«

Sie zögerte. »Also... um ehrlich zu sein, ja.«

»Ach?«

»Komm mit, Dad. Komm morgen mit nach Ambergate, und dann zeig ich es dir.«

Er schüttelte den Kopf. »Nichts da, Sarah. Ich setze nie wieder einen Fuß dorthin.«

»Warum denn nicht, Dad? Was ist da drinnen passiert?«

»Sagen wir einfach, das war ein Teil meines Lebens, an den ich lieber nicht mehr denken will.«

Sie stand auf, stellte das Tablett auf den Boden und

griff in ihre Gesäßtasche, zog den Zettel heraus, den sie in dem Koffer gefunden hatte, und fuhr mit dem Finger vorsichtig über die Kante. Behutsam faltete sie ihn auseinander und hielt ihn ihrem Vater hin.

Er schüttelte erneut den Kopf und hob abwehrend die Hand. »Nein, ich will damit nichts mehr zu tun haben, Sarah. Was immer das ist, nimm es weg.«

Sie atmete enttäuscht aus. »Wie du willst, meinetwegen.« Sie steckte den Zettel weg, nahm das Tablett und lief in die Küche. »Willst du auch einen Tee?«

Aus unerfindlichen Gründen sah er auf die Uhr, bevor er antwortete: »Ja, von mir aus.«

Später, als sie nicht schlafen konnte, knipste sie ihr Nachtlicht wieder an und zog die zerknautschte Bettdecke zurecht. Dann schwang sie die Beine über die Bettkante, streckte sich zur Seite, griff nach ihrer Kamera und fing an, durch die Bilder zu scrollen. Ihr Herzschlag beschleunigte sich beim Anblick des Schatzes, den sie gehoben hatte. Nichts davon hatte einen materiellen Wert, aber es waren hochinteressante Erinnerungsstücke.

Und dann natürlich... der Zettel. Sie schob die Hand unters Kissen und tastete nach dem gelblichen Blatt Papier. Als sie es auseinandergefaltet hatte, las sie im Flüsterton die ersten fünf Worte: »Ihr Baby ist nicht gestorben.«

42

Zu dieser frühen Stunde war es in der Bibliothek menschenleer. Selbst das Personal lag noch überwiegend in den Federn, und es war gespenstisch still. Nur das Sirren der Notbeleuchtung war zu hören.

Sarah hängte ihren Mantel an den Haken hinter die Tür zum Personalraum und stellte den Wasserkocher an. Das gehörte zu ihrer täglichen Routine, seit sie vor fünf Jahren hier angefangen hatte. Ihr Arbeitsbereich war die Referenzbibliothek im Obergeschoss. Den Job hatte sie hauptsächlich aufgrund ihrer Leidenschaft für Ortsgeschichte bekommen. Sie hatte für die Lokalzeitung und diverse Kirchenblätter unzählige Artikel zu unterschiedlichsten Themen verfasst und wurde gern gelesen. Auch wenn die Bezahlung mickrig bis nicht existent gewesen war, war sie immer enorm stolz gewesen, wenn wieder einer ihrer Texte abgedruckt worden war. Trotzdem war die Historie von Ambergate ihr bislang größtes Projekt, und sie hatte vor, es ihrem Vater zu widmen.

Sie goss heißes Wasser über den Pfefferminzteebeutel, steuerte mit dem Becher in der Hand den Computer an und tastete unter dem Tisch nach dem Anschaltknopf. Sobald der Rechner zum Leben erwachte, loggte sie sich in ihr Benutzerkonto ein und öffnete den Internetbrowser. Sie schlug ihr Notizbuch auf, fand den Namen, nach dem sie gesucht hatte, und gab ihn in die Suchmaske ein. Aus mehr als zehntausend Treffern klickte sie gleich den ersten an – eine Web-Enzyklopädie.

Millie McCarthy
(6. November 1916 – 1. September 1947)
   Millie McCarthy, geboren in Salfort, britische Landschaftsmalerin. Ihre Inspirationsquelle war hauptsächlich die Küste von Pembrokeshire, wo sie mit ihrer kleinen Tochter weitab der nächsten Stadt die Kriegsjahre verbrachte. Sie galt als so begnadet, dass L. S. Lowry, der zwei ihrer Gemälde erstand, sie als »Ausnahmetalent« bezeichnete. Am 1. September 1947 kam sie bei einem Autounfall ums Leben.

Sarah lehnte sich zurück. Stirnrunzelnd starrte sie das Foto an, das neben dem Eintrag zu sehen war: ein Schwarz-Weiß-Bild, das Millie mit dem Pinsel in der Hand neben ihrer Staffelei zeigte. Sie hatte den Kopf in den Nacken geworfen und lachte. Sie sah glücklich aus, strahlte übers ganze Gesicht. Ambergate war mit keiner Silbe erwähnt. Sarah klickte ein paar Tasten, der Drucker erwachte zum Leben und spuckte den Ausdruck aus.

Als sie das Papier in den Händen hielt, hörte sie, wie zuerst an der Eingangstür gerüttelt und dann zögerlich an die Scheibe geklopft wurde. Sie eilte nach unten. Sie ahnte, wer sich hinter den zwei vage bekannten Konturen verbarg, und schloss auf.

»Lesezeit ist erst um neun«, sagte sie und warf einen Blick zur Wanduhr.

Er sah zerknirscht aus, doch der flehentliche Ausdruck zeugte von echter Verzweiflung. Er hielt seine Tochter an der Hand. »Es tut mir unendlich leid, aber könnten Sie sie vielleicht für eine halbe Stunde zu sich nehmen?« Er strich dem Mädchen sanft über den Kopf. »Ich hab eine Telefonkonferenz mit Hongkong.«

»Kann sie nicht bei Ihnen im Büro warten?«, wollte Sarah wissen.

»Sie will die Lesezeit nicht verpassen.«

»Also... ich weiß nicht«, stammelte Sarah. »Ich glaube, so was deckt die Versicherung nicht... Annie kommt auch erst um Viertel vor.«

»Sie ist auch ganz brav.« Er ging in die Hocke und drückte der Tochter einen Kuss auf die Stirn. »Nicht wahr, Maisie, du bist doch ein braves Mädchen?«

Die Kleine nickte. »Ja, Daddy, versprochen.«

Er zog hoffnungsvoll die Augenbrauen in die Höhe und trat von einem Bein aufs andere, während er auf Sarahs Antwort wartete. Er sah gut aus mit seinem Bartschatten über dem markanten Kinn und dem schwarzen Haar, das er sich mit einem schimmernden Gel aus dem Gesicht frisiert hatte.

»Na gut«, sagte Sarah seufzend und zog die Tür weiter auf. Schließlich musste es wichtig sein, wenn er an einem Samstagmorgen einen Telefontermin hatte.

Er legte ihr die Hand an den Arm. »Danke, Sie retten mir gerade das Leben!«

»Und Sie übertreiben gerade maßlos.« Sie tippte auf ihre Armbanduhr. »Versuchen Sie, bis halb zehn wieder da zu sein. Ich will nicht, dass mein Chef glaubt, ich hätte hier eine Kinderkrippe eröffnet.«

Er zwinkerte ihr zu. »Und wer übertreibt jetzt?«

Sie lachte. »Bis später!«

Dann sah sie ihm nach, wie er den Gehweg entlangjoggte, stehen blieb und sich noch mal zu ihr umdrehte. »Ich heiße übrigens Matt.«

Maisie klammerte sich an ihren Rucksack. Ihr feines blondes Haar war ungeschickt zu einem französischen Zopf geflochten, einzelne Strähnen hatten sich bereits aus dem Haargummi gestohlen.

»Sollen wir uns in der Leseecke auf die Sitzsäcke setzen?«

Maisie nickte und trottete los. »Darf ich mir heute die Geschichte aussuchen?«

Sarah lief hinter ihr her. »Na ja, das kann ich nicht entscheiden, aber ich rede mit Annie. Mal sehen, was sie sagt. Ich arbeite gar nicht hier unten, weißt du. Ich arbeite oben bei den Erwachsenenbüchern... Willst du etwas trinken?« Sie ging im Kopf den Inhalt der Kaffeeküchenschränke durch. Tee, Kaffee, eine Whiskyflasche, die sie dort für die richtig stressigen Tage gebunkert hatten. »Wie wär's mit einem Glas Milch?«

Maisie grinste. »Schoko-Milchshake?«

»Das ist eine Bibliothek, nicht McDonald's. Also nein, kein Schoko-Milchshake.«

Die Kleine kicherte. »Du bist lustig.« Dann kuschelte sie sich in den Sitzsack und schlug ein großes Bilderbuch auf. »Okay, dann einfach nur weiße Milch.«

Sarah kam mit einem Glas Milch und einem Doppelkeks zurück und stellte beides auf dem Tischchen neben Maisie ab.

»Danke.« Maisie nahm einen großen Schluck, der einen Milchbart auf ihrer Oberlippe hinterließ. »Kannst du mir vielleicht die Haare neu flechten? Daddy kann das nicht besonders gut, und das ist alles locker geworden.« Sie schnitt eine Grimasse und zog das Haargummi ab. »Hier.«

Sarah nahm es entgegen. »Ich weiß gar nicht, wie ein französischer Zopf geht, tut mir leid. Reicht auch ein englischer?«

Maisie dachte kurz darüber nach. »Wie Rapunzel, meinst du?«

»Ja, genau. Das würd ich hinkriegen.«

Maisie wühlte in ihrem Rucksack und fischte eine Haarbürste heraus.

Behutsam, damit die Knötchen nicht ziepten, bürstete Sarah die blonden Locken des Mädchens aus. »Kann deine Mummy dir keinen französischen Zopf flechten?«

Ohne aufzublicken, blätterte Maisie in ihrem Buch eine Seite um und antwortete: »Ich hab keine Mummy mehr. Die ist gestorben.«

Sarah hielt mitten in der Bewegung inne und wich leicht zurück. »Ach du … Das tut mir leid! Ich hoffe, du bist jetzt nicht traurig.«

»Es ging ihr nicht gut, und sie hatte keine Haare mehr.«

Sarah schluckte trocken und spähte zur Tür. Hoffentlich platzte Matt nicht ausgerechnet jetzt wieder herein, während sie ein so heikles Thema besprachen. »Du armes Ding…«

»Sie ist gestorben, als ich fast vier war«, fügte Maisie nüchtern hinzu.

»Und wie alt bist du jetzt?«

»Fünfeinhalb.« Sie nahm den Keks, fummelte die Hälften auseinander und nagte die Füllung mit den Schneidezähnen ab.

Sarahs Blick fiel auf die glitzernden Fingernägel des Mädchens. »Ich mag deinen Nagellack.« Sie war froh, ein anderes Thema gefunden zu haben.

»Den hat Daddy mir draufgemacht. Mit den Haaren ist er nicht so gut, aber Fingernägel anmalen kann er super.«

Sarah teilte Maisies Haar in drei Strähnen und fing an zu flechten. »Das ist ja toll. Und was kann er noch super?«

»Also, kochen kann er auch. Mein Lieblingsessen sind Nudeln auf Toast.«

»Himmel hilf, ich hoffe, das ist nicht alles, was er kulinarisch zustande bringt!«

Mit großen Augen drehte sich Maisie zu ihr um. »Solche Wörter kann ich nicht.«

Sarah lachte. Sie flocht den Zopf fertig und zwirbelte das Haargummi um das Ende. »Du bist süß, Maisie.« Dann tätschelte sie ihr die Schulter. »So, fertig. Und jetzt suchen wir uns eine Geschichte aus, ja?«

Mit dem Rücken zur Tür stand sie später in der Referenzbibliothek, als Matt plötzlich in den Raum stürmte. Die Bücher rutschten ihr aus den Armen und fielen zu Boden, so wenig hatte sie mit ihm gerechnet.

»Tut mir wahnsinnig leid, es hat länger gedauert als gedacht.«

Sarah presste sich die Hand auf die Brust. »Haben Sie mich erschreckt!«

Er ging in die Hocke und klaubte die Bücher zusammen. »Tut mir leid«, sagte er erneut. »Hat sie sich benommen?«

Sarah lächelte ihn an. »Maisie ist ganz zauberhaft.«

»Was soll ich sagen?« Mit einem Strahlen im Gesicht breitete er die Arme aus. »Sie ist mein Ein und Alles.«

»Und sie hat Ihnen alle Ehre gemacht.«

»Normalerweise gehen wir nach der Lesezeit auf den Spielplatz. Sie wissen ja, Kids lieben Routinen.«

Sarah nickte, auch wenn sie keine Ahnung hatte, was Kids liebten oder nicht. »Wie nett.« Sie sah aus dem Fenster. »Sieht schön aus da draußen. Und warm. Womöglich kriegen wir einen Indian Summer.«

Er lockerte seinen Kragen. »Wollen Sie nicht vielleicht mitkommen?«

Sie zögerte kurz. »Eigentlich habe ich noch zu tun…«

»Aber Sie machen doch sicher bald eine Mittagspause?«

Sarah lächelte verlegen. Bei der Vorstellung, mehr Zeit mit ihm zu verbringen, war sie merkwürdig aufgeregt. Also sagte sie kurzerhand: »Warum nicht? Klar, gerne.«

Er klatschte in die Hände. »Fantastisch. Das muss ich gleich Maisie erzählen. Es war ihre Idee.«

Sie saßen nebeneinander auf einer Bank und sahen zu, wie Maisie die Rutsche hinaufkletterte. Sarah biss von ihrer Waffel ab. »Danke für das Eis.«

»Gern geschehen. Das war das Mindeste, was ich tun konnte, nachdem Sie mir vorhin aus der Patsche geholfen haben.«

Maisie stand oben auf der Rutsche und winkte mit beiden Armen zu ihnen herüber. »Daddy, guck mal!«

Er war sofort auf den Beinen. »Hinsetzen, Maisie! Und halt dich mit beiden Händen fest!« Er schüttelte den Kopf und setzte sich wieder. »Sie ist dermaßen furchtlos ...«

Sarah warf einen verstohlenen Blick auf Matts Ehering. »Sie hat mir von ihrer Mum erzählt.«

Er lächelte schief. »Das wundert mich nicht. Sie redet von ihr, als wäre Lucy nur eben zum Einkaufen gegangen. Aber sie weiß, dass sie nicht wiederkommt. Das habe ich ihr erklärt. Es ist schwer, aber sie hat es begriffen.«

»Sie klingt ziemlich tapfer.«

»Jupp, und sie hält mich auf Trab. Gibt mir einen Grund weiterzumachen, auch wenn es viel einfacher wäre, den ganzen Tag lang die Decke über den Kopf zu ziehen.«

»Das tut mir wirklich leid. Muss schwer sein.«

Matt zuckte mit den Schultern. »Ist es auch, aber was ich durchmache, ist kein Vergleich zu dem, was Lucy durchmachen musste. Und zumindest sehe ich Maisie aufwachsen – ich war bei ihr, als sie ihren ersten Vorschultag hatte, ich werde ihren Schulabschluss mit ihr feiern, sie eines Tages zum Altar führen ...« Er stockte kurz, holte tief Luft und drehte sich zu Sarah um. »Entschuldigung.«

»Kein Grund, sich zu entschuldigen, Matt. Es ist wichtig, über so was zu reden. Es in sich reinzufressen, hat noch niemandem genutzt.«

»Da haben Sie recht.«

»Wir können uns gern duzen.«

Er lächelte. »Okay.« Dann, nach einem kurzen Moment der Stille, fuhr er fort. »Als Lucy gestorben ist, wollte ich ausschließlich über sie sprechen, aber meinem Umfeld war das offenbar unangenehm. Irgendwann hab ich es bleiben lassen. Die Gefühle der anderen waren mir wichtiger. Ich wollte sie nicht vor den Kopf stoßen.«

Sie schwiegen eine Weile, bis Maisie mit leuchtend roten Wangen auf ihre Bank zugerannt kam. »Daddy, kannst du mich auf der Schaukel anschubsen?«

Er sprang sofort auf. »Klar, Süße. Geh schon mal vor, ich hol dich gleich ein.« Dann drehte er sich zu Sarah um. »Die Pflicht ruft.«

Sie sah ihm nach, wie er hinter seiner Tochter herlief. Seine braune Cordjacke mit den Ellbogenaufnähern flatterte im Wind. Jeder andere hätte darin wie ein alternder Uniprofessor gewirkt, doch an Matt sah die Jacke einfach nur lässig-schick aus. Maisie kletterte auf die Schaukel, und Matt stellte sicher, dass sie sich gut festhielt, ehe er vorsichtig anfing, sie anzuschubsen.

»Höher, Daddy!«

Kopfschüttelnd sah er zu Sarah. »Siehst du? Furchtlos.«

Nach fünf Minuten hatte Maisie genug. »Fang mich auf, Daddy!«

Matt lief um sie herum nach vorn, und als die Schaukel langsamer hin- und herpendelte, drückte sich Maisie ab und sprang ihrem Vater in die Arme. Er hielt sie hoch in die Luft, wirbelte sie herum und presste ihr sein Gesicht an den Hals, und sie quietschte laut, als er ihr ein Küsschen nach dem anderen gab. Nach außen hin lächelte Sarah angesichts des zärtlichen Umgangs der beiden, doch innerlich zog sich ihr bei dem Gedanken, was sie verloren hatte, alles zusammen.

Sie hatte sich bereits in ihr Schlafzimmer zurückgezogen, als ihr Vater spät am Abend an ihre Tür klopfte.

»Komm rein.«

Er schlurfte über die Schwelle. »Ich hab dir warmen Kakao gemacht.«

Sie war sichtlich überrascht. »Oh. Okay ... Danke!«

»Das volle Programm, inklusive Sahne und Marshmallows.«

Sie nahm den Becher entgegen. »Womit habe ich das denn verdient?«

Er setzte sich an ihr Bett. »Gestern, als ich dich gefragt habe, wann du wieder in deine Wohnung ziehen willst ...«

Sie zupfte ein Marshmallow vom Sahneschaum und schob es sich in den Mund. »Mhm, und weiter?«

»Also, ich will nicht, dass du denkst, du wärst nicht willkommen. Natürlich bist du das. Du kannst bleiben, so lange du willst.«

»Danke.«

»Aber ich komme klar, weißt du? Meinetwegen brauchst du nicht hierzubleiben.«

»Ich weiß, dass du es gut meinst, Dad. Und ich ziehe auch bald wieder heim, Ehrenwort.«

Sie sah sich in ihrem alten Kinderzimmer mit der

orange-braun bemalten Raufasertapete, dem quietschgelben Bettbezug und dem alten Schaukelpferd in der Ecke um – sie hatte dem Pferd so oft die Mähne gestriegelt, dass es inzwischen fast kahl war. Sogar das David-Cassidy-Poster hing noch an der Wand über dem Kopfteil ihres Betts. Das Zimmer sah aus, als wäre es in den Siebzigern hängen geblieben, aber hier fühlte sie sich sicher. Es war ihr Heimathafen.

Sarah klappte den Deckel ihres Laptops zu und klaubte die Notizen zusammen, die auf dem Bett herumlagen. Ihr Vater nahm den Eintrag zur Hand, den sie in der Bibliothek ausgedruckt hatte, und starrte darauf hinab. Das Papier zitterte leicht in seinen Fingern, als er den Text überflog.

»Was... Was machst du denn damit?«

Sie nahm ihm den Ausdruck ab und schob ihn zurück in ihre Tasche. »Ach, das hat mit meiner Recherche zu tun. Ich habe in einem der Koffer, von denen ich dir erzählt habe, ein Gemälde gefunden. Die Malerin hieß Millie McCarthy. Ich dachte, vielleicht würde ich ja einen Hinweis darauf finden, warum sie in Ambergate war, aber so wie es aussieht...«

Er unterbrach sie. »Lag in dem Koffer noch mehr?«

Sie hielt beim Aufräumen inne. »Ich dachte, du wolltest nichts damit zu tun haben?«

»A-also...«, stammelte er. »Will ich auch nicht, aber... Ein Gemälde, sagst du?«

»Dad, willst du mehr wissen oder nicht?«

Er dachte eine Weile darüber nach. Als er schließlich antwortete, war seine Stimme kaum mehr als ein heiseres Flüstern. »Dann erzähl.«

Sarah klopfte die Kissen in ihrem Rücken zurecht und setzte sich bequem hin. »Auf dem Dachboden der Klinik lagen rund zwanzig Koffer, die meisten enthielten bloß Klamotten, ein bisschen Schnickschnack und so, aber andere waren echt interessant. Sie sind nicht namentlich gekennzeichnet, insofern haben wir nicht herausgefunden, wem sie gehörten, aber in einem Koffer habe ich unter anderem ein Aquarell gefunden.«

»Unter anderem?« Er zog die Augenbrauen hoch.

Sie griff unter ihr Kissen und holte den Zettel mit der Nachricht hervor, den sie im Koffer aufgestöbert hatte. »Und das hier.« Sie hielt ihm die handschriftliche Nachricht hin. »Soll ich deine Brille holen?«

Er faltete das Blatt auseinander und starrte auf die Zeilen hinab. Die ersten fünf Worte in Großbuchstaben – *Ihr Baby ist nicht gestorben ...*

»Nein«, sagte er nach einer Weile. »Ich brauche die Brille nicht.« Dann schob er die Hand in die Hosentasche, zog ein Taschentuch heraus und tupfte sich über die Augen.

»Was ist denn los, Dad?«

Er faltete das Blatt wieder zusammen, stand auf, und seine alten Knochen knackten. »Ich dachte für einen Moment, ich hätte eine Ahnung, wem dieser Koffer gehört haben könnte, aber jetzt bin ich mir nicht mehr sicher.«

»Wirklich?« Sarah kämpfte sich vom Bett hoch und legte ihm die Hand an den Ellbogen.

Er rieb sich das Ohr – ein Zeichen, dass er über etwas nachdachte. »Ja. Aber der Satz über das Baby ergibt keinen Sinn.« Er faltete das Blatt erneut auseinander. »Was steht da noch? Den Rest kann ich ohne Brille nicht lesen.«

Sarah hielt sich das annähernd unleserliche Gekritzel vor die Augen – der Brief musste in großer Eile verfasst worden sein – und las laut vor: »›Wenn Sie das hier lesen, haben Sie Ambergate endlich verlassen. Sie finden mich in Manchester, 113 Oak Grove. Kommen Sie zu mir, ich werde Ihnen alles erzählen. Herzlich, Ellen Crosby.‹«

»Das ist alles?«

»Ja, Dad, das ist alles.«

Er ließ sich auf die Bettkante sinken und schlug die Hände vors Gesicht.

Sarah setzte sich neben ihn. »Dad?«

Er schloss die Augen und kniff sich in den Nasenrücken. »Das könnte einen Rattenschwanz an Konsequenzen nach sich ziehen, Sarah.« Er schüttelte den Kopf. Dann sah er sie mit entschlossenem Blick an und sagte mit kalter Stimme: »Ich will, dass du diesen Brief zurücklegst und vergisst, dass du ihn je gesehen hast.«

»Das wäre doch, als müsste ich meinen eigenen Namen vergessen.« Sie tätschelte ihm das Knie. »Du musst nichts damit zu tun haben, Dad. Aber ich werde zu der Adresse fahren und herausfinden, was es mit all dem auf sich hat.«

»Sarah, ich hab gesagt, lass es bleiben! In dieser alten Geschichte herumzuwühlen, wird nichts Gutes bringen.« Er lächelte gequält. »Bitte. Leg den Zettel dorthin zurück, wo du ihn gefunden hast.«

Sarah stand auf. »Tut mir leid, Dad. Aber das kann ich nicht.«

43

Sarah stand vor dem Gartentor und musterte die hübsche Doppelhaushälfte aus dunkelrotem Ziegel mit weiß gemörtelten Fugen. Die Rasenkante zum Gartenweg war so akkurat gestutzt, als hätte sie jemand mit einer Nagelschere bearbeitet. Beim Anblick der zwei Gartenzwerge neben dem kleinen Teich musste sie schmunzeln. Einer hielt eine Angel in der Hand. Sie schob das Törchen auf, blieb dann aber stehen, als jemand mit einer Leiter auf der Schulter um das Haus herumkam. Der weiße Overall war mit Farbklecksen in allen Schattierungen übersät. Sie schätzte ihn auf etwa Mitte siebzig.

Als er sie entdeckte, zog er die Augenbrauen in die Höhe. »Kann ich Ihnen helfen?«

Mit einem Mal kam sie sich ganz furchtbar albern vor. »Ich bin... Ich bin auf der Suche nach Ellen Crosby.«

Er lehnte die Leiter an die Mauer und kam auf sie zu. »Und Sie sind...?«

Sie streckte die Hand aus. »Ich bin Sarah... Sarah Charlton. Ich bin Historikerin und recherchiere für ein Buch, und ich habe mich gefragt, ob ich mich wohl kurz mit Ms. Crosby unterhalten könnte.« Innerlich zuckte sie zusammen und wünschte sich, sie hätte es anders formuliert, sodass es nicht geklungen hätte, als wäre sie von der Polizei.

Doch ihn schien ihre Antwort zufriedenzustellen. Er gab ihr die Hand. »Douglas Lyons... Dougie. Ellen ist meine Frau.«

Sarah wühlte in ihrer Handtasche nach ihrer Visitenkarte von der Bibliothek. »Hier.«

Dougie nahm die Karte entgegen, sah flüchtig darauf hinab und steckte sie in die Tasche. »Kommen Sie, Ellen ist drinnen.«

Sie putzte sich die Schuhe an der Fußmatte ab, während Dougic im Haus verschwand, um seine Frau zu holen. Der Duft von Äpfeln und Zimt wehte ihr aus der Küche entgegen.

Dann tauchte eine Frau auf, die sich die Hände an ihrer Schürze abwischte. »Hallo, ich bin Ellen. Was kann ich für Sie tun?«

Sarah starrte sie an. Womöglich war sie ein paar Jährchen jünger als ihr Ehemann – zudem hatte sie sich allem Anschein nach deutlich besser gehalten. Ihre Haut war glatt, nur um die Augen hatte sie ein paar Fältchen, und ihr silbergraues Haar war zu jenem schicken Pixie-Schnitt frisiert, der nur Leuten stand, deren Gesicht die richtige Form dafür hatte. Sie musste in ihrer Jugend eine Schönheit gewesen sein.

»Hallo, ich heiße Sarah. Ihr Bruder hat mir Ihre Adresse gegeben.«

»Bobby?«

»Ja, ich bin erst an der Oak Grove gewesen. Er hat mir erzählt, dass Sie schon seit mehr als dreißig Jahren hier wohnen.«

»Warum geht ihr nicht ins Wohnzimmer«, mischte Dougie sich ein, »und ich mache Tee?« Er legte seiner Frau die Hand auf die Schulter und schob sie durch die Tür. Dann drehte er sich zu Sarah um. »Zucker?«

Sie schüttelte den Kopf. »Nur ein bisschen Milch, bitte.«

Im Wohnzimmer setzte sich Ellen hin und faltete die Hände auf dem Schoß. »Dann erzählen Sie mal, was Sie hierher führt.«

»Also... Ich schreibe ein Buch über die Geschichte von Ambergate.«

Sie wartete auf irgendeine Reaktion, doch Ellen nickte bloß. Ihr Gesicht gab nichts preis.

»Ich bin schon mehrere Male dort gewesen«, fuhr Sarah fort. »Habe das alte Gebäude erforscht, um ein Gefühl dafür zu kriegen, wie es früher gewesen sein muss. Ich fürchte, es dauert nicht mehr lange, und sie bauen es um oder reißen es ab. Aber ich finde es wichtig, dass die nächste Generation von solchen Orten erfährt – wie es früher für Leute war, die psychische Probleme hatten.« Sie legte eine Pause ein, hatte dann aber das Gefühl, sie müsste ihrem Anliegen noch mehr Glaubwürdigkeit verleihen. »Außerdem ist Ambergate auch Teil meiner Familiengeschichte.«

Ellen runzelte die Stirn. »Woher wissen Sie, dass ich in Ambergate gearbeitet habe?«

»Oh, was... Sie haben dort gearbeitet? Das wusste ich nicht. Ich wusste nur... Moment!« Sie wühlte durch ihre Handtasche und zog den Brief heraus. »Vielleicht sollte ich es noch mal anders erklären...«

Ellen sah zur Tür. »Vielleicht. Ich muss sagen, ich

bin ein bisschen verwirrt.« Dann rief sie ihren Mann. »Dougie, wo bleibst du denn mit dem Tee?«

Er kam mit einem Tablett ins Wohnzimmer – drei Becher, ein Teller mit Keksen. »Ich habe auch gleich noch den Kuchen aus dem Ofen geholt, Liebes. Die Küchenuhr hätte sowieso gleich geklingelt. Sieht so aus, als wäre er fertig.«

»Danke, Liebling.« Sie legte die Hände an ihren Becher und nahm einen Schluck. Dann nickte sie zu Dougie hinüber. »Wir haben beide in Ambergate gearbeitet. Da haben wir uns kennengelernt.«

Dougie setzte sich neben sie aufs Sofa und legte ihr den Arm um die Schultern. »Wir sind jetzt seit sechsundvierzig Jahren verheiratet.« Er hatte einen leichten Akzent, den Sarah nicht zuordnen konnte, aber er stammte eindeutig nicht aus der Gegend. Die beiden sahen einander an wie frisch verliebte Teenager.

»Also, dann komme ich wohl mal auf den Punkt«, sagte sie. »Bei meinen Erkundungsgängen bin ich auf dem Dachboden auf einen Raum voller Koffer gestoßen – etwa zwanzig...«

Ellen setzte sich kerzengerade hin. Kerzengerade – und wachsam. »Wie... interessant.«

»Ja, es war wirklich faszinierend. Als würde man ein Fenster in die Vergangenheit aufstoßen. In einem der Koffer habe ich einen Brief gefunden, und darin standen Ihr Name und Ihre Adresse.« Sie hielt Ellen den Brief hin.

Als die ältere Frau auf das Blatt Papier in ihren Händen hinabblickte, wurde sie schlagartig kreidebleich. Ihre Finger nestelten an ihrer Perlenkette. »Du lieber

Gott, ich glaube es nicht!« Sie reichte das Blatt an Dougie weiter.

»Sie hat ihn nie erhalten«, flüsterte er. »Sie ist nie dort rausgekommen…«

»Was wollen Sie damit sagen?«, hakte Sarah nach.

Ellen schien sie nicht mehr zu hören. Sie starrte immer noch Dougie an. »Wenn Amys Koffer immer noch oben im Lager ist, dann muss sie in Ambergate gestorben sein.«

Sarah stellte ihren Becher auf den Untersetzer auf dem Couchtisch. »Amy? Heißt das, Sie wissen, wem der Koffer gehört hat, Mrs. Lyons?«

Ellen nickte. »Ja. Ja, das weiß ich.«

»Und könnten Sie mir vielleicht mehr darüber erzählen?«

Ellen warf ihrem Mann einen Seitenblick zu, und Dougie nickte bedächtig. Daraufhin stand sie auf, trat ans Fenster und rang die Hände, während sie hinaus in den Garten sah.

»Sie hieß Amy Sullivan«, hob sie nach einer Weile an. »Sie kam etwa zur selben Zeit nach Ambergate, als ich dort angefangen habe zu arbeiten. Das war im November 1956.« Sie drehte sich zu Dougie um. »Du weißt noch, wie sie ankam, oder?«

Er lachte. »Klar weiß ich das noch. Sie hat uns ganz schön in Atem gehalten.«

Bei der Erinnerung daran musste Ellen lächeln. »Das ist wahr, sie konnte störrisch sein wie ein Esel. Aber ich hatte Mitleid mit ihr. Wir waren im selben Alter und am selben Ort gelandet, aber unsere Situation hätte unterschiedlicher nicht sein können.«

»Warum war sie in Ambergate?«

»Ihr Vater hatte sie in die Klinik gebracht. Sie hatte versucht, sich selbst und das Baby ihrer Stiefmutter umzubringen.«

»O Gott, wie schrecklich!«

»Sie war nicht bösartig. Einfach nur zutiefst verstört. Hat sich allen möglichen Ärger eingehandelt.«

»Sie war schwanger, nicht wahr? Als sie nach Ambergate kam?«

Ellen und Dougie wechselten einen Blick.

»Nein«, antwortete Ellen. »Schwanger wurde sie erst dort.«

»Oh, verstehe… Ich wusste nicht, dass so etwas erlaubt war.«

»War es auch nicht, aber das bedeutet nicht, dass es nicht passierte«, erklärte Dougie. »Wir Pfleger haben… sagen wir… gelegentlich beide Augen zugedrückt.«

»Lass mich den Brief noch mal sehen, Dougie.« Ellen nahm das Papier wieder an sich und las die Zeilen erneut durch. »Es ist bald fünfzig Jahre her, dass ich das geschrieben habe…« Sie schüttelte den Kopf. »Ich habe so oft an sie denken müssen und mich gefragt, was wohl aus ihr geworden ist – warum sie sich nie bei mir gemeldet hat. Das arme Ding!« Sie wandte sich an ihren Mann. »Ich habe doch das Richtige getan, oder nicht?«

»Mehr als jeder andere getan hätte, Ellen.«

Sie sah wieder aus dem Fenster. »Du hast wahrscheinlich recht. Aber ich meine – was hatte ich denn für eine Wahl?«

»Was hat der Brief zu bedeuten?«, fragte Sarah. »Was bedeutet der Satz mit dem Baby?«

Ellen zögerte kurz. »Bitte... Darüber dürfen Sie nicht schreiben. Ich weiß schon, dass seither Jahrzehnte vergangen sind, aber ich finde nicht...«

Sarah hob beschwichtigend die Hand. »Keine Sorge, Mrs. Lyons. Ich verstehe, dass es eine sensible Angelegenheit ist, aber ich bin keine Journalistin, die auf eine Sensationsstory aus ist. Sie haben mein Wort, dass ich nichts erwähnen werde, was Ihnen nicht behagt.« Sie legte sich die Hand aufs Herz. »Versprochen.«

Ellen schüttelte leicht den Kopf. Der Kummer stand ihr ins Gesicht geschrieben. »Ich habe ihr einst auch etwas versprochen.« Sie hielt kurz den Brief hoch. »Ihr. Amy. Ich habe ihr versprochen, dass sie Ambergate eines Tages verlassen wird und dann ein komplett neues Leben vor ihr liegt. Ich war damals nicht in der Position, ihr alles zu erzählen, aber ich habe diesen Brief geschrieben, um dafür zu sorgen, dass sie eines Tages die Wahrheit erfährt.«

Dann hielt sie sich den Brief vors Gesicht und atmete den staubigen Geruch ein.

»Ich habe mein Bestes gegeben, um mein Versprechen zu halten«, sagte sie nach einer Weile. »Aber so wie es aussieht, hat mein Bestes nicht gereicht.«

»Wollen Sie mir nicht die ganze Geschichte erzählen?«, fragte Sarah behutsam. Sie brannte darauf, sie zu hören, ahnte aber, dass sie Ellen zu nichts würde drängen dürfen.

Ellen schob den Ärmel hoch und sah auf die Uhr. »Ja, ja... Ich glaube, das will ich.« Dann wandte sie sich an ihren Mann. »Dougie, sei so lieb und hol den Kuchen. Es könnte ein bisschen länger dauern.«

44

Februar 1958

Ellen presste sich das winzige Bündel an die Brust. Sie wagte es kaum, dem Baby ins leblose Gesicht zu sehen. Manchmal erwies sich das Leben als unerträglich grausam, und sie haderte mit Gott, der zugelassen hatte, dass das alles passiert war. Warum hatte er das Gefühl gehabt, er müsste Amy immer weiter bestrafen – ganz zu schweigen von diesem armen kleinen Kind?

Sie ging schneller, fiel in den Laufschritt und verfluchte – nicht zum ersten Mal – die endlosen Flure und unzähligen Türen, an denen sie vorüberkam. Das Baby wippte leicht in ihren Armen auf und ab. Ein Stück vor sich konnte sie einen Patienten sehen, der über den Korridor schlurfte, den Kopf geneigt hielt und vor sich hin murmelte. Weil sie ihn nicht erschrecken wollte, drosselte sie ihr Tempo und machte längere Schritte, und ihr Puls wurde allmählich ruhiger. Sie marschierte an dem Patienten vorbei, der nicht einmal zu ihr aufblickte, und dann weiter über den verwaisten Flur, der sich vor ihr erstreckte. Nur ihre Schritte auf dem Fliesenboden waren zu hören.

Erst glaubte sie, sie hätte sich getäuscht und ihre Sinne würden ihr einen Streich spielen. Doch dann hörte sie es wieder: der Hauch eines Hustens – oder vielmehr ein Röcheln. Sie blieb stehen und starrte dem Baby ins Gesicht. Die Lippen waren mit einem Mal rot und seine Wangen rosig.

»Herr im Himmel«, keuchte Ellen. »Du kleiner Kämpfer!« Sie hob den Blick zur Decke. »Danke, Gott, danke!«

Der Säugling schlug die Augen auf – winzige Pupillen, die nicht fokussieren konnten. Dann legte es die Stirn in Falten und fing an, so laut zu brüllen, dass die Zunge erzitterte. Unwillkürlich musste Ellen lachen. Sie schob ihm den Fingerknöchel ihres kleinen Fingers in den winzigen Mund. Sofort beruhigte er sich und begann, an ihrem Finger zu saugen.

»Du hast Hunger, nicht wahr?« Sie machte auf dem Absatz kehrt und lief in die Richtung, aus der sie gekommen war. »Dann mal los, wir laufen zurück zu deiner Mummy, in Ordnung?«

Das Baby saugte weiter an ihrem Finger, während sie zurück zur Krankenstation eilte. Sein schwarzes Haar war von einer weißen Schmiere verklebt, und er drehte das Köpfchen hin und her und versuchte, sich aus dem eng gewickelten Laken zu befreien. Ellen zupfte leicht an dem Stoff, um ihm ein bisschen mehr Bewegungsfreiheit zu geben.

»Na, du bist ja ein ganz Beherzter, was? Genau wie deine Mutter.«

Er bekam ein Ärmchen aus dem Laken, und sie legte die Hand um seine winzigen Finger.

Übersprudelnd vor Aufregung kam sie vor dem Zimmer an, in dem Amy ihn vor wenigen Minuten zur Welt gebracht hatte. Sie konnte gar nicht aufhören zu lächeln. Ihre Wangen taten bereits weh. Rund um Amys Bett waren die Vorhänge zugezogen, und in der Luft hing der Geruch von Desinfektionsmitteln. Ein Stück weiter stand ein Putzeimer mitsamt Mopp, und Ellen erhaschte einen Blick auf rosa gefärbtes Wasser. Stirnrunzelnd zog sie den Vorhang zur Seite – und konnte gerade noch den Impuls unterdrücken, laut loszuschreien. Doch um das Baby nicht zu erschrecken, hielt sie die Luft an und gab lediglich ein Keuchen von sich, als sie das leere Bett mit der fleckigen Matratze vor sich sah.

An einem Dutzend leerer Betten vorbei rannte sie bis ans entlegene Ende der Station. Doch auch das Schwesternzimmer war verwaist – Papiere waren überall auf dem Boden verstreut, und eine Teetasse lag inmitten von Spritzern umgekippt auf einem Unterteller.

»Was ist hier passiert? Wo sind denn alle?«, wisperte sie dem Baby zu, das eingeschlafen zu sein schien. Sie tastete an seinem Hals nach dem Puls. »Oh, Gott sei Dank«, hauchte sie.

Als sie hinter sich Schritte hörte, wirbelte sie herum. Schwester Brown marschierte auf Amys Bett zu.

Ellen rannte sofort auf sie zu. »Wo ist Amy?«

»Ich musste den Notarzt holen. Sie hat nicht aufgehört zu bluten, und ich habe nichts dagegen tun können. Sie haben sie ins Krankenhaus gebracht. Wir sind für derlei Notfälle nicht hinreichend gerüstet.« Sie hielt inne und starrte auf das Bündel in Ellens Armen hinab. »Ist ... Ist das ... Warum in aller Welt haben Sie ihn nicht ins Leichenhaus gebracht? Ich habe Ihnen doch ausdrücklich gesagt, dass ...«

»Psst«, sagte Ellen und zog die Decke zurück, sodass das kleine, runzlige Gesichtchen zum Vorschein kam. »Ich habe ihn nicht ins Leichenhaus gebracht, weil er lebt.«

Die Hebamme machte einen Schritt nach vorn und berührte die Wange des Jungen. »Teufel auch!«

»Ich weiß – es ist unglaublich! Ich bin mit ihm gerannt, vielleicht hat die Bewegung – ich weiß auch nicht – irgendwas gelockert und die Atmung in Gang gesetzt.« Ellen beugte sich vor und setzte dem Kleinen ein Küsschen auf die Stirn. »Es ist ein Wunder!«

Mit dem Hauch eines Lächelns im Gesicht nahm Schwester Brown die Hand des Babys. Dann verfinsterte sich ihr Blick, sie zog ihre Hand zurück, als hätte sie sich verbrannt, und sie tippte sich an die Schläfe. »Hören Sie, er wird nicht normal sein...«

»Was wollen Sie damit sagen?«

Schwester Brown schüttelte den Kopf. »Der lange Sauerstoffmangel. Unter Garantie hat er dabei einen Hirnschaden davongetragen.«

»Blödsinn.« Ellen drückte das Baby an sich. »Er ist ganz bestimmt ein helles Köpfchen.«

»Drei Minuten ohne Sauerstoff, und das Gehirn beginnt abzusterben. Ich kann mir ehrlich gesagt nicht vorstellen, wie...«

Ellen konnte es nicht länger ertragen. »Er muss zu seiner Mutter!«

»Unmöglich«, entgegnete Schwester Brown entschieden. »Die ist derzeit zu nichts imstande.«

»Und was machen wir dann mit ihm? Er muss doch gefüttert werden!«

Die Hebamme dachte kurz darüber nach. »Ich besorge für ihn Büchsenmilch. Und dann informiere ich die Behörde.«

»Wie bitte?« Ellen drückte das Baby noch enger an sich. »Welche Behörde?«

»Die Adoptionsbehörde natürlich. Amy Sullivan ist nicht nur ledig, sie ist außerdem unzurechnungsfähig und nicht in der Lage, sich um ein Kind zu kümmern.« Sie schüttelte den Kopf und fügte mitfühlend hinzu: »Keine Diskussion. Das Baby muss zur Adoption freigegeben werden.«

»Aber...«

»Kein Aber, Schwester.« Sie streckte die Arme aus. »Geben Sie ihn mir.«

Ellen wich einen Schritt zurück. »Nein, niemals.«

Schwester Brown schnaubte verärgert. »Was Amy Sullivan angeht, ist dieses Baby gestorben. Es gibt keinen Grund, ihr etwas anderes zu erzählen. Wollen Sie wirklich, dass sie mit dem Wissen weiterlebt, ihr Kind würde von jemand anderem großgezogen? Hm?«

Ellen fehlten die Worte.

»Denken Sie darüber nach. Es würde sie umbringen. Die Hoffnung, dass es ihr je besser gehen könnte, wäre damit zunichte. Können Sie sich wirklich vorstellen, ihr zu erzählen, dass ihr Kind noch am Leben ist, wir es ihr aber weggenommen haben? Sie wäre am Boden zerstört. Glauben Sie mir, es ist besser so.«

Ellen biss sich auf die Unterlippe. »Aber er braucht doch eine Mutter...«

»Das sehe ich auch so. Er braucht eine Mutter, die sich um ihn kümmern, ihn ernähren und ihm alles geben kann, was er benötigt.« Sie hielt kurz inne. »Aber diese Person ist nicht Amy Sullivan und wird es auch nie sein.«

»Aber muss sie nicht irgendwas unterschreiben?«

»Sie *darf* gar nichts unterschreiben. Sie ist nicht geschäftsfähig. Wie Sie wissen, steht sie unter unserer Vormundschaft. Dr. Harrison wird sich um die Formalitäten kümmern.«

Ellen blickte hinab auf das kleine Bündel. »Dann wird er also zwangsadoptiert...«

Schwester Brown war mit ihrer Geduld am Ende. »Verdammt noch mal! Er ist nicht der Erste, der von seiner leiblichen Mutter getrennt wird, damit er ein besseres Leben bekommt. Es gibt in diesem Land überall Mutter-Kind-Heime, in denen so etwas tagtäglich passiert.« Sie nahm Ellen das Baby ab. »Ich will für dieses Kerlchen doch nur das Beste – und ich hätte gedacht, das wollten Sie auch.« Sie zog die Augenbrauen in die Höhe. »Also?«

Ellen nickte. »Aber wenn Amy glaubt, ihr Sohn wäre gestorben, wird sie doch sein Grab besuchen wollen. Wie wollen Sie ihr das erklären?« Siegessicher verschränkte sie die Arme vor der Brust.

Schwester Brown bedachte sie mit einem vernichtenden Blick. »Wir beerdigen tot geborene Kinder nicht in eigenen Gräbern. Er wäre im Sarg eines anderen verstorbenen Patienten gelandet.«

Ellen erschauderte. »Das ist ja fürchterlich!«

»Immer noch besser, als allein in der Erde zu liegen.«

»Mag sein... Aber was passiert denn jetzt?«

»Er wird in die Entbindungsklinik am Ort gebracht und dort einer geeigneten Familie zugeführt.«

»Und was ist mit seiner Geburtsurkunde?«

Schwester Brown schüttelte den Kopf. »Hören Sie eigentlich nie auf, Fragen zu stellen?«

»Amy ist immer noch seine Mutter. Ihr Name muss doch auf der Geburtsurkunde stehen.«

»Wird er auch – neben der leeren Stelle, wo der Name des Vaters hätte stehen sollen. Als Geburtsort wird die Psychiatrische Klinik Ambergate vermerkt. Wir haben da nichts zu verbergen.«

»Außer der Tatsache, dass die Mutter glaubt, er wäre tot!«

»Hören Sie«, erwiderte Schwester Brown, »eines Tages wird es Amy womöglich wieder so gut gehen, dass sie die Wahrheit vertragen kann, und wenn dieser Tag kommt, wird sie die Erste sein, die erkennt, dass wir das Richtige getan haben. Wir handeln in ihrem Interesse – und noch wichtiger: im Interesse des Kindes. Wir wissen nicht, was die Zukunft für Amy bereithält. Wir können lediglich die Lage einschätzen, so wie sie sich heute darstellt.« Sie blickte dem Baby ins Gesicht. »Außerdem wissen wir nicht, wie geschädigt er ist; vielleicht braucht er sein Leben lang die Hilfe von Spezialisten. Glauben Sie wirklich, Amy könnte sich das leisten?«

»Wahrscheinlich nicht.«

»Zu allem Übel wissen wir auch nicht mit Sicherheit, ob sie die Geburtsverletzungen überleben wird. Vielleicht ist sie ja schon tot – was wissen wir schon?«

45

Die Busfahrt zum Krankenhaus war nicht lang, aber von Dieseldämpfen, quietschenden Bremsen und wenig vertrauenswürdigen Stoßdämpfern geprägt. Als Ellen ausstieg, war ihr flau im Magen. Mit dem Blumenstrauß in der Hand steuerte sie auf den Haupteingang zu. Schwester Atkins hatte Nachricht erhalten, dass Amy die schwere Geburt überlebt hatte, doch selbst zwei Wochen später ging es ihr immer noch nicht gut genug, um nach Ambergate zurückzukehren.

Sobald Ellen die Schwelle des Krankenhauses überquert hatte, nahm sie die Unterschiede zur Kenntnis: Hier waren die Flure luftig und hell, es hingen Bilder an den Wänden, und die Schwestern liefen beschwingt und mit einem Lächeln im Gesicht die Korridore entlang und plauderten miteinander.

Als eine von ihnen sah, wie Ellen sich suchend umblickte, blieb sie stehen. »Kann ich Ihnen helfen?«

»Oh, ja bitte. Ich möchte zur Station M8.«

Die Schwester wies ihr den Weg. »Dort durch die Türen, gleich die erste links und dann die zweite rechts.«

Ellen murmelte ein Dankeschön und fragte sich nicht zum ersten Mal, warum sie immer noch an einem so deprimierenden Ort wie Ambergate arbeitete.

Amy lag im Bett – und auch das Bett hatte keinerlei Ähnlichkeit mit den Pritschen, die sie gewöhnt war. Dieses Bett war breit, drumherum war eine Menge Platz – und ein Schränkchen für persönliche Habseligkeiten und ein Schwenktisch, der übers Bett gezogen werden konnte, damit die Patientin bequem essen konnte. Verglichen mit Ambergate war das hier das Midland.

»Wie geht es Ihnen, Amy?« Ellen sah der jungen Frau ins Gesicht. Sie war aschfahl und hatte tiefe Augenringe. Ihre Lippen waren spröde, und das Haar klebte ihr am Kopf.

Amy blinzelte, hatte anscheinend Probleme, Ellen zu erkennen. »Wer sind Sie?«, krächzte sie.

»Ich bin's, Schwester Crosby. Wie geht es Ihnen?«

Amy lächelte angestrengt. »Wie sehe ich aus?«

»Ganz ehrlich? Sie sahen schon mal besser aus.« Sie legte den Blumenstrauß auf das Schränkchen. »Ich habe Blumen für Sie mitgebracht. Ich frage gleich eine Schwester nach einer Vase.«

»Danke.«

Sie setzte sich auf die Bettkante. »Sie haben uns einen ordentlichen Schrecken eingejagt.«

Amy schnaubte. »Das bezweifle ich.«

»Wir freuen uns, wenn Sie wieder zu uns zurückkommen.« Ellen schob die Kissen zurecht, während Amy sich mühsam aufsetzte.

»Haben Sie meinen Jungen gesehen? War er schön?«

Ellen zögerte. »Amy, da ist etwas, was ich ...«

»Er muss wunderschön ausgesehen haben. Dr. Lambourn ist ein attraktiver Mann.« Sie senkte die Stimme zu einem Flüstern. »Aber er war wütend auf mich. Als er erfahren hat, dass ich sein Kind nicht lebend zur Welt gebracht habe, war er alles andere als glücklich. Dann hat er sich wieder beruhigt, hat mir verziehen, sagt er, und dass es keinen Grund gibt, warum wir es nicht noch mal versuchen sollten.«

»Warten Sie... Wollen Sie damit sagen, dass Dr. Lambourn hier war?«

»Natürlich. Wir heiraten.«

»Sie *heiraten*?«

»Ja, im Frühling. Er hat die Hochzeitsreise schon gebucht. Wir fahren nach Paris.« Sie lachte und fing an zu trällern: »Frühling in Paris... Wie klingt das?«

»Also, das ist ja... ganz wunderbar«, erwiderte Ellen und stand von der Bettkante auf. »Würden Sie mich bitte ganz kurz entschuldigen?«

Sie eilte zum Schwesternzimmer und trat auf die Stationsschwester zu.

»Könnten Sie mir vielleicht helfen?«

»Ich kann's ja mal versuchen.«

»Amy Sullivan. Hat sie irgendwann Besuch gehabt?«

»Aber ja. Ein Gentleman kommt jeden Abend und sitzt an ihrem Bett, liest ihr vor, bringt Obst, auch wenn sie manchmal nicht einmal mitbekommt, dass er da ist.«

»Wissen Sie, wie er heißt?«

Die Schwester schüttelte den Kopf. »Nein, leider nicht. Sie spricht immer nur von ihrem Verlobten. Gibt es denn da ein Problem?«

»Jeden Abend, sagen Sie?«

»Ganz richtig.«

Ellen spähte zur Wanduhr empor. »Wann ist denn die Abendbesuchszeit?«

»Zwischen sieben und acht.«

»Danke.«

Ellen eilte zurück an Amys Bett. »Amy, es tut mir leid, ich muss wieder gehen. Aber ich verspreche Ihnen, dass ich später noch einmal wiederkomme, in Ordnung?«

Amy entließ sie mit einer knappen Geste. »Bemühen Sie sich nicht. Es spielt keine Rolle.«

Während sie an der Bushaltestelle wartete, versuchte Ellen zu begreifen, was sie soeben erfahren hatte. Dr. Lambourns Verlobte hatte ihn verlassen, nachdem sie Wind davon bekommen hatte, dass er zeugungsunfähig war. Warum glaubte der Arzt jetzt, dass er der Vater von Amys Baby sei?

Es gab nur eine Möglichkeit, das herauszufinden: Sie würde ihn in der Besuchszeit abfangen und ihn unverblümt darauf ansprechen. Wenn er wie durch ein Wunder tatsächlich der Vater wäre, würde er sich unter Garantie um sein Kind kümmern wollen, und dieser Adoptionswahnsinn hätte ein für alle Mal ein Ende.

46

Mit einer braunen Papiertüte voller Trauben in der Hand eilte Ellen den Flur entlang und verfluchte die Busverbindungen, die mit den ausgehängten Fahrplänen nur wenig gemein zu haben schienen. Die Abendbesuchszeit war bereits vor einer Viertelstunde angebrochen, als sie endlich um die Ecke lief und Amys Station erreichte.

An der Tür hielt sie inne. Er saß an Amys Bett und streichelte ihre Hand. Amy schien darauf nicht zu reagieren. Ihr Kopf ruhte auf dem Kissen. Sie schlief mit offenem Mund.

Mit einem Räuspern trat Ellen neben ihn. »Schön, Sie wiederzusehen.«

Er drehte sich zu ihr um. »Oh, hallo... Dougies Freundin, nicht wahr?«

Ellen hielt die linke Hand in die Höhe und wackelte mit den Fingern. »Verlobte, um genau zu sein.«

»Ach! Gratuliere!« Er nickte in Amys Richtung. »Sie ist heute Abend komplett ausgeschaltet. Hatte wieder einen Anfall.« Er verzog das Gesicht. »Ist hysterisch geworden, sodass sie ihr ein Beruhigungsmittel geben mussten.«

Ellen setzte sich auf einen Stuhl und legte die Traubentüte auf ihren Schoß. »Das ist sehr schade. Sie wird traurig sein, wenn sie hört, dass sie Sie verpasst hat. Sie sind wirklich jeden Abend hier?«

»Ja, seit ich davon gehört habe. Ich habe mehrmals versucht, sie in Ambergate zu besuchen, aber man hat mich nie zu ihr gelassen. Schwester Atkins kann da sehr rigoros sein.«

Ellen überreichte ihm die Trauben. »Könnten Sie die kurz für mich halten?«

Dann lief sie zum Schwesternzimmer und zeigte in Richtung von Amys Zimmer.

»Der junge Mann, der Amy Sullivan besucht – ist er derjenige, der jeden Abend herkommt?«

Die Schwester spähte um die Ecke. »Ja, das ist er.«

»Und hatte sie auch andere Besucher?«

»Nein, nicht dass ich wüsste.«

Ellen kehrte an Amys Bett zurück und nahm wieder Platz. »Ed, erzählen Sie, wie ist es Ihnen ergangen, seit Sie Ambergate verlassen haben?«

»Gut. Es sind jetzt sieben Monate, und ich komme jeden Tag mehr zu Kräften. Ich gehe wieder arbeiten und hatte seit einem halben Jahr keinen Anfall mehr.«

»Das freut mich sehr für Sie.« Sie nickte auf die Papiertüte hinab. »Möchten Sie ...?«

»Nein, danke.«

Sie sah ihn von der Seite an. Er ließ Amy nicht aus den Augen und hielt weiter ihre Hand. »Ihr Fluchtplan ... den haben Sie geschmiedet, nicht wahr?«

»Ja.« Er wandte seine Aufmerksamkeit Ellen zu und sah ihr ins Gesicht. »Ich bereue es nicht. Sie hat es nicht verdient, dort bleiben zu müssen. Ich kann auf sie aufpassen.« Er drehte sich zu Amy um. »Ich liebe sie.«

»Sie wissen von dem Baby, oder?«

Er nickte. »Tragisch, nicht wahr?«

»Wussten Sie, dass sie schwanger war, als Sie ihre Flucht geplant haben?«

»Nein.«

»Ed...«

»Ja?«

»Besteht die Möglichkeit, dass das Kind von Ihnen war?«

Er schüttelte den Kopf. »Aber das ist mir egal. Ich liebe sie trotzdem.«

Ellen sah, wie er ein Taschentuch herauszog und ein wenig Spucke in Amys Mundwinkel wegwischte. Dann strich er ihr über das strähnige Haar und küsste sie auf die Stirn. »Ich kann mich um sie kümmern, das weiß ich genau.«

»Sie sind ein toller Mensch, Ed. Sie kann froh sein, jemanden wie Sie zu haben.«

Er seufzte. »Erzählen Sie das ihr. Sie ist davon besessen, dass Dr. Lambourn der Vater des Kindes war und dass die beiden jetzt verlobt sind...«

»Das hat sie Ihnen also erzählt?«

»Aye. Aber es stimmt nicht. Ich bin der Einzige, der sich um sie kümmert. Ich bin der Einzige, der sie besuchen kommt.« Er drückte Amys Hand. »Wir könnten eine gemeinsame Zukunft haben, nur sieht sie das noch nicht.«

»Sie ist nicht gesund, Ed.« Ellen tippte sich an die Schläfe. »Ich meine – hier oben. Vielleicht sollten Sie darüber nachdenken, sie gehen zu lassen, und mit Ihrem Leben weitermachen.«

Entsetzt starrte er sie an. »Das kann ich nicht. Sie *ist* mein Leben. Alle haben sie im Stich gelassen, aber ich werde sie nicht aufgeben, jetzt, da sie mich am meisten braucht.«

47

September 2006

Bis Ellen ihre Geschichte zu Ende erzählt hatte, war der Kuchen verputzt, und draußen dämmerte es bereits. Sarah lehnte sich auf ihrem Stuhl zurück und umklammerte die Armlehnen. Kein Wunder, dass ihr Vater sich weigerte, über seine Zeit in Ambergate zu sprechen. Er hatte von einem Rattenschwanz an Konsequenzen gesprochen – die Untertreibung des Jahrhunderts.

Sie schluckte trocken. »Haben Sie Amy je von dem Baby erzählt?«

»Ich konnte nicht. Schwester Brown hatte recht. Amy war mental angeschlagen, und ich wusste, dass ich von Schwester Atkins keine Unterstützung zu erwarten hätte. Ich war bloß eine Schwesternschülerin, die in dem Ruf stand, hier und da ihre Kompetenzen zu überschreiten. Trotzdem fühlte ich mich moralisch verpflichtet, Amy die Wahrheit zu sagen.«

»Das muss unendlich schwer für Sie gewesen sein«, sagte Sarah. »Sie tagaus, tagein zu sehen, über dieses Geheimnis Bescheid zu wissen und ihr trotzdem nichts sagen zu dürfen. Wie sind Sie damit klargekommen?«

Ellen blickte für einen kurzen Moment ungehalten drein, richtete sich auf und reckte das Kinn vor.

»Bitte«, sagte sie leise, aber nachdrücklich, »verurteilen Sie mich nicht, Sarah. Sie müssen das Ganze im Zusammenhang sehen. Es waren andere Zeiten.«

»Oje, Sie glauben hoffentlich nicht, dass ich Sie verurteilen würde«, entgegnete Sarah sofort. »Mir ging es nur darum, dass Sie doch eine enorme Bürde tragen mussten…«

Dougie drückte die Hand seiner Frau. »Irgendwann wurde es zu viel für sie, Sarah.«

Ellen schlug den Blick nieder und wischte sich gedankenverloren über den Rock. »Ich habe kurze Zeit später gekündigt. Ich wollte wirklich etwas bewegen, musste aber gegen ein System ankämpfen, das noch nicht bereit für Veränderungen war.« Sie blickte wieder auf, sah Sarah an und lachte kurz auf. »Ich war der Zeit wohl voraus. Ein paar Jahre später ist Enoch Powell zum gleichen Schluss gekommen.«

Sarah nickte. »Ja, von seiner berühmten Wasserturm-Rede habe ich natürlich schon gehört – und dass er maßgeblich an der Schließung der alten Anstalten beteiligt war.«

»Ich weiß noch genau, wie er mal nach Ambergate kam«, warf Dougie ein. »Dass uns der Gesundheitsminister persönlich besuchen käme, hat natürlich für Wirbel gesorgt, und wir haben tagelang Böden geschrubbt, Fenster geputzt, die Patienten fein gemacht und überhaupt alles getan, was in unserer Macht stand, um ihn davon zu überzeugen, dass Ambergate eine Institution ist, die sich der Pflege und Heilung der Insassen verschrieben hat. Die ganze Anstalt hat nach frischer Farbe und Holzpolitur gerochen. Ganz ehrlich? Ich glaube, für die Queen hätten wir kaum mehr Aufwand betreiben können.«

»Dougie«, ging Ellen dazwischen. »Das alles interessiert unseren Gast doch nicht. Lass mich einfach fertig erzählen.« Sie wandte sich wieder zu Sarah um. »Ein paar Wochen, nachdem das Kind zur Welt gekommen war, habe ich Ambergate verlassen. Amy lag immer noch im Krankenhaus, aber ich wusste, dass ich es nicht schaffen würde, das Geheimnis für mich zu behalten, sobald sie wieder auf Station wäre und ich sie jeden Tag sehen müsste. Dann fiel mir ein, dass ich ihr ja einen Brief in den Koffer legen könnte. Die Patienten bekamen bei ihrer Entlassung ihre Sachen zurück, wissen Sie – und ich dachte mir, wenn Amy den Brief fände, hieße das doch, dass sie entlassen worden und somit wieder geheilt wäre. Zumindest insoweit, als dass sie die Wahrheit über ihren Sohn vertragen hätte.« Sie blickte hilfesuchend zu Dougie. »Das schien mir damals die beste Option zu sein.«

»War es auch, Liebes«, pflichtete er ihr bei.

»Und es ist immerhin fast fünfzig Jahre her, Sarah – ein ganzes Leben.«

Sarah starrte erneut auf den Brief hinab. »Aber sie hat ihn nie bekommen ...«

Ellen zog die Schultern hoch. »Wie schon gesagt, ich kann nur vermuten, dass sie Ambergate niemals verlassen hat und dort letztlich gestorben ist. Ein paar Jahre, nachdem Dougie sich zum Psychiatriepfleger hat ausbilden lassen, hat er sich erfolgreich als Stationsleiter an einer anderen Klinik beworben, sodass wir zur Klinik keine Verbindung mehr hatten.«

Sarah lehnte sich vor und stützte die Ellbogen auf die Knie. »Darf ich Sie mal was fragen?«

»Nur zu.«

»Was glauben Sie? Wer war wirklich der Vater von Amys Baby?«

»Ehrlich gesagt will ich da keine Vermutungen anstellen. Ich neige dazu, Ed zu glauben, der behauptete, es sei nicht sein Kind gewesen. Er hätte keinen Grund gehabt zu lügen. Aber Dr. Lambourn war unfruchtbar, insofern konnte er es auch nicht gewesen sein.«

Sarah stand von ihrem Stuhl auf, und von der abrupten Bewegung wurde ihr kurz schwindlig. Sie hielt sich am Türrahmen fest. »Dr. Lambourn war nicht unfruchtbar.«

Ellen runzelte die Stirn. »Entschuldigung, aber woher wollen Sie das denn wissen?«

Sarah atmete tief aus, und ihre Stimme war kaum mehr als ein Wispern. »Weil er mein Vater ist.«

48

Als Sarah heimfuhr, war es bereits Abend geworden. Die Laternen flackerten, und in den Häusern entlang der Straßen waren die Vorhänge zugezogen. Sarah war zu schnell unterwegs, das wusste sie, und trotzdem kam es ihr vor, als käme sie nicht vom Fleck. Mit quietschenden Reifen kam sie vor dem Haus ihres Vaters zum Stehen und rannte den Gartenweg hoch. Sie hatte Mühe, den Schlüssel ins Schloss zu schieben, und fluchte in sich hinein, als er ihren Fingern entglitt und auf die Fußmatte fiel.

Endlich im Flur rief sie: »Dad? Bin wieder da!«

Keine Antwort.

»Dad, wo bist du?«

Sie rannte von Zimmer zu Zimmer und rief seinen Namen, auch wenn er sie in einem Haus dieser Größe gar nicht hätte überhören können. Am Fuß der Treppe blieb sie stehen und machte sich innerlich darauf gefasst, was sie oben erwarten würde, ehe sie die Stufen hinaufpolterte. Atemlos vor Panik blieb sie vor seiner Schlafzimmertür stehen. Sollte sie klopfen, oder wäre das albern? Könnte sie einfach so dort hineinplatzen? Sie zwang sich zur Ruhe und klopfte behutsam an die Tür.

»Dad? Bist du da drin?«

Dann kniff sie die Augen zusammen und machte sich darauf gefasst, seinen leblosen Körper vor sich zu sehen. Doch das Zimmer war leer. Sein Bett war gemacht, und die Hausschuhe standen ordentlich nebeneinander vor der Kommode gegenüber. Sie rannte wieder nach unten, hinaus in den Garten, spähte durch das Garagenfenster – und runzelte die Stirn, als sie entdeckte, dass sein Wagen verschwunden war. In der letzten Zeit war er kaum mehr selbst Auto gefahren, sondern war spazieren gegangen oder hatte den Bus in die Stadt genommen. Er hatte mal einen kleineren Auffahrunfall gehabt und einen Poller übersehen; ein anderes Mal war er einer Katze ausgewichen, auf den Gehweg geraten und hatte den Einkaufstrolley einer älteren Dame plattgefahren. Dan, Sarahs Exmann, hatte irgendwann darauf gedrängt, dass sein Schwiegervater den Autoschlüssel abgeben möge, doch Sarah hatte es nie übers Herz gebracht, ihm diese Form von Unabhängigkeit komplett abzusprechen.

Sie lief in die Küche zurück und stellte den Wasserkocher an. Auf der Wanduhr war es kurz vor sieben, und es sah nicht danach aus, als hätte ihr Vater zu Abend gegessen – obwohl er Kartoffeln geschält hatte, die neben dem Kochfeld bereitlagen und darauf warteten, gegart und gestampft zu werden. Der Anblick bereitete ihr Kopfzerbrechen, vor allem, weil ihr Vater sonst immer um Punkt sechs Uhr zu Abend aß. Das hatte ihre Mutter so eingeführt, und Sarah hatte oft gestaunt, wie die es hinbekommen hatte, mit geradezu militärischer Präzision Essen auf den Tisch zu bringen: keine Minute vor und keine Minute nach sechs.

Wo zur Hölle war ihr Vater hingefahren?

Sie ließ den Wasserkocher links liegen und zog stattdessen den Kühlschrank auf, goss sich ein Glas Wein ein und setzte sich an den Küchentisch. Sie trank ein paar Schlucke und dachte über Ellens Geschichte nach. Als es an der Tür klingelte, sprang sie auf. Auch wenn sie nicht in der Stimmung für Vertreter oder die Zeugen Jehovas war – vielleicht würde sie endlich erfahren, wo ihr Vater steckte. Insgeheim hoffte sie, es wäre nicht die Polizei, die ihr mitteilte, dass ihr Vater...

Sie riss die Haustür auf und erstarrte. »Oh... Du bist's.«

Dan breitete die Arme aus und lächelte gekünstelt. »Überraschung!«

Sarah starrte ihren Exmann an. »Was willst du?«

»Die Höflichkeit gebietet, einen Gast erst mal hereinzulassen.«

Sie warf einen Blick über die Schulter. »Es passt jetzt nicht, Dan.«

»Oh. Du bist nicht allein?«

»Das ist es nicht... Nach allem, was passiert ist, finde ich es bloß... schwierig, dir hier gegenüberzustehen.«

Er starrte auf seine Schuhe hinab und wich ihrem Blick aus. »Ich kann mich gar nicht genug entschuldigen, Sarah. Ich weiß, dass ich...«

»Mein Vater ist verschwunden«, platzte es aus ihr heraus. Ihr war bewusst, dass sie damit ein wenig übertrieb.

Er blickte auf. »Was? Nein, bestimmt nicht. Komm, lass mich rein.«

In der Diele nahm er sie erst einmal fest in die Arme. So vertraut, wie sich sein Körper anfühlte, hätte sie am liebsten sofort wieder um all das geweint, was sie einst geteilt und dann verloren hatten.

Er nahm ihre Hand. »Wie lange schon?«

»Was?«

»Wie lange ist er schon verschwunden?«

»Oh, äh... Ich bin mir nicht sicher. Er ist nicht richtig... *verschwunden*. Ich weiß einfach nur nicht, wo er ist. Als ich heimkam, war sein Wagen weg.«

Dan schob sie in die Küche, nahm sich ein Glas aus dem Schrank und goss sich ebenfalls Wein ein. »War ja klar, dass du es ein bisschen dramatischer darstellst, als es in Wahrheit ist. Andererseits ist er hinterm Steuer durchaus eine Gefahr.«

»Das ist gerade meine geringste Sorge«, murmelte sie.

Sie hatte Dan seit mehreren Monaten nicht mehr gesehen. Er war schmal im Gesicht, und sein Haar war länger geworden, und er trug Klamotten, die eher einem Zwanzigjährigen gestanden hätten als einem Mann, der auf die Vierzig zuging.

Sie nickte in seine Richtung. »Ist das dein Ernst? Weiße Röhrenjeans?«

Er blickte an sich hinunter, als sähe er seine Hose gerade zum ersten Mal. »War Laurens Idee. Sie fand, ich müsste mehr mit der Mode gehen.«

Bei der Erwähnung seiner neuen Freundin kippte Sarah den Rest ihres Weins in einem Zug hinunter. »Vielleicht hätte sie sich einfach einen Kerl in ihrem eigenen Alter suchen müssen.«

»Tja«, sagte er. »Das hab ich wohl nicht anders verdient ...«

»Warum bist du hier, Dan?«

Er setzte sich an den Tisch und fuhr mit dem Finger über den Rand seines Weinglases. Sie versuchte, über das nervige Quietschen hinwegzuhören. Entgegen Laurens Versuchen, ihn neu zu erfinden, sah er gealtert aus. Sie beugte sich vor, um ihn genauer zu betrachten.

»Hast du ... Hast du dir die Haare gefärbt, Dan?« Sie musste ein Kichern unterdrücken.

Er sah zerknirscht zu ihr auf. »Ich habe einen Fehler gemacht.«

Jetzt musste sie wirklich lachen. »Sehe ich ähnlich. Die Farbe ist viel zu rötlich für deinen Teint.«

»Ich spreche nicht von der blöden Haartönung. Ich hätte dich nie verlassen dürfen. Ich war ein Vollidiot.«

Sie machte einen Schritt zurück und ließ die Worte unkommentiert. In der Stille war nur das leise Summen des Kühlschranks zu hören.

»Also«, sagte sie nach einer Weile, »da werde ich dir jetzt mal nicht widersprechen.«

»Bitte, Sarah. Ich weiß nicht mehr, was ich tun soll. Ich liebe Lauren nicht. Ich hab sie nie geliebt.« Weil er ihr nicht ins Gesicht sehen konnte, blickte er auf die Tischplatte hinab und stützte den Kopf in beide Hände.

Sarah war hinter ihm stehen geblieben, starrte seinen gebeugten Rücken an und musste sich zusammenreißen, um ihm nicht den Arm um die Schultern zu legen und ihm zu erzählen, dass alles wieder gut werden würde. Weil es nicht wieder gut werden würde. Dieser Zug war abgefahren.

»Dan, sie erwartet ein Kind von dir.«

Mit fleckigen Wangen und dunklen Augenringen lehnte er sich auf seinem Stuhl zurück. »Es ist alles so durcheinander, Sarah. Ich habe es echt vermasselt.«

Wie sollte sie darauf reagieren? Die Faust in die Luft stoßen? Ein kleines Siegestänzchen um den Küchentisch aufführen? Es gab bei dieser Sache keinen Sieger. Sie waren beide Verlierer.

Er drehte sich auf seinem Stuhl zu ihr um und sah mit einem Dackelblick zu ihr hoch. »Was soll ich denn jetzt machen?«

»Wie man sich bettet, so liegt man, Dan.« Wenn er allen Ernstes mit Mitgefühl gerechnet hatte, dann musste sie ihn enttäuschen. »Du hast deinen Standpunkt bei unserem Scheidungstermin unmissverständlich klargemacht.«

Sie drehte sich um und hielt ihr leeres Glas unter den Wasserspender. Insgeheim gratulierte sie sich dazu, hart geblieben zu sein, obwohl es nur zu leicht gewesen wäre, ihm in die Arme zu fallen und den Ablass zu erteilen, den er sich offenbar erhofft hatte. Aber sie würde nicht einknicken. Er mochte ihr das Herz gebrochen haben, aber ihre Würde war immer noch intakt.

»Und wenn es dir jetzt nichts ausmacht – ich hätte noch ein paar Dinge zu erledigen.«

»Dein Vater?«

»Ja, und er wäre im Übrigen nicht sonderlich begeistert, dich an seinem Küchentisch zu sehen.«

Dan verzog das Gesicht. »Dann hasst er mich immer noch...«

»Wer könnte es ihm verübeln?«

»Es war nicht nur meine Schuld! Du warst dermaßen darauf fixiert, ein Kind zu bekommen, dass gar kein Raum mehr...«

Sarah knallte ihr Glas auf den Tisch. »Wehe, du kommst mir wieder mit dieser Leier!« Dann riss sie sich zusammen. »Es hat keinen Sinn mehr, Dan. Mit uns ist es vorbei.«

»Aber...«

Er zog den Kopf ein, als sie beide einen Schlüssel in der Haustür hörten.

»Gott sei Dank«, sagte Sarah, »er ist wieder da.« Sie lief ihrem Vater entgegen und rief noch über die Schulter: »Kannst durch die Hintertür verschwinden.«

Dan stemmte sich hoch. »Ein Feigling bin ich nicht.«

Sarah kam mit ihrem Vater im Schlepptau zurück in die Küche. Dan streckte ihm die Hand entgegen. »Stephen, schön, dich wiederzusehen.«

Dr. Lambourn würdigte ihn keines Blicks und wandte sich stattdessen an Sarah. »Was zur Hölle hat der hier zu suchen?«

»Er wollte gerade gehen, Dad. Kein Grund, dich aufzuregen.« Dann nahm sie ihrem Vater den schweren Mantel ab und zischte Dan tonlos zu: »Und jetzt verschwinde.«

»Und, willst du mir erzählen, wo du warst?«, fragte Sarah später, als sie die Töpfe zusammenstellten und den Geschirrspüler befüllten.

»Ich war in Ambergate.«

Noch immer mit dem schmutzigen Besteck in der Hand richtete sie sich gerade auf. »In Ambergate?«

»Genau.«

»Okay... und warum?«

Er griff zum Geschirrtuch und trocknete sich die Hände ab. »Ich habe den Koffer geholt.« Er schluckte trocken. »Amys Koffer. Ich war mir fast sicher, dass es ihrer wäre, als du mir von dem Gemälde erzählt hast. Aber ich musste es mit eigenen Augen sehen.«

»Aber woher wusstest du, wo er liegen würde?«

»Sarah, Liebling, ich kenne jeden Millimeter in dem alten Kasten. Ich habe vier Jahre meines Lebens dort verbracht, schon vergessen? Es hat kurz gedauert, bis ich mich wieder zurechtgefunden habe, muss ich zugeben. Seit ich zuletzt da war, hat sich einiges verändert.«

»Und was machst du jetzt? Mit dem Koffer, meine ich?«

»Amy war meine Patientin. Wenn sie in Ambergate ein Kind zur Welt gebracht und dieses Kind überlebt hat, verdient sie es, die Wahrheit zu erfahren. Ich bin nicht stolz auf mich – ich habe sie damals im Stich gelassen.«

»Dad«, tastete Sarah sich behutsam vor. »Ich war heute bei Ellen Crosby.«

Schicksalsergeben schlug er den Blick nieder. »Ich wusste, dass du sie besuchen würdest. Aber lass mich dir erst meine Version der Geschichte erzählen.«

Sie berührte ihn sanft am Arm. »Die würde ich wirklich gern hören.«

Er nickte in Richtung Wohnzimmer. »Sollen wir...?«

Langsam und bedächtig ließ er sich in seinem Sessel nieder und überkreuzte die Beine. Als er die Brille abnahm und sie mit einem Taschentuch sauber wischte, konnte man ihm jedes seiner neunundsiebzig Jahre nur allzu deutlich ansehen. Die Arthritis in den Händen machte ihm sichtlich zu schaffen. Als er wieder das Wort ergriff, sprach er zwar leise, aber entschlossen und in der Überzeugung, dass seine Geschichte gehört werden musste.

»Als ich Amy Sullivan kennengelernt habe, war sie neunzehn Jahre alt – im Grunde noch ein Kind, auch wenn sie das gewisse Etwas hatte. Sie war wahnsinnig hübsch, und ich muss zugeben, dass sie mich persönlich wie auch professionell sofort in ihren Bann geschlagen hat. Sie war anders als die anderen Patienten, die ich vor ihr behandelt hatte. Ich mochte sie mit jedem Tag mehr und entwickelte irgendwann Gefühle für sie, die ich nicht hätte haben dürfen, wenn du verstehst, was ich meine. Sie hatte niemanden mehr, sie war einsam, keiner stand ihr zur Seite, und keinem war es mehr wichtig, ob sie überhaupt noch Fortschritte machte oder nicht. Ich hatte das Gefühl, Verantwortung für sie zu tragen, nicht nur als ihr behandelnder Arzt, sondern auch als Mensch – trotzdem hätte ich nicht…« Er hielt inne, drehte seinen Ehering um den Finger und rang nach Worten. »Ich hätte die Gelegenheit nicht ausnutzen dürfen.«

»O Gott, du hast sie doch nicht gezwungen…«

»Nein«, ging er sofort dazwischen. »Nichts dergleichen. Aber ich war zehn Jahre älter als sie. Ich war ihr Arzt, verdammt. Ich hätte es besser wissen müssen.«

»Was ist passiert?«, fragte Sarah. Auch wenn sich

in ihr alles zusammenkrampfte, wollte sie die Wahrheit hören.

So wie er auf seinem Sessel herumrutschte, schien es ihm unangenehm zu sein. »Ich habe sie auf einen Spaziergang runter zum Bach mitgenommen. Einfach nur, um frische Luft zu schnappen und mal was anderes zu sehen. Es war spät am Nachmittag, und die meisten anderen Spaziergänger waren schon wieder weg. Es war wirklich idyllisch – so friedlich und Welten entfernt von Ambergate. Genau das, was sie brauchte. Ich habe eine Picknickdecke auf einem Stück Sandstrand unter einer Weide ausgebreitet, und Amy ist in den Bach hineingewatet, nur kurz falsch aufgetreten und ins Wasser gefallen. Ich habe sie rausgezogen, auf die Decke gesetzt und ihr meine Jacke umgelegt.« Bei der Erinnerung musste er lächeln. Er blickte auf und sah seiner Tochter ins Gesicht. »Sie wollte es auch, Sarah. Ich schwöre es – ich habe mich ihr nicht aufgedrängt.«

»Dad, sie war Patientin der Psychiatrie und labil. Was in aller Welt hast du dir dabei gedacht?«

Er schüttelte den Kopf. »Ich weiß, ich weiß. Es hätte nie passieren dürfen.«

»Wusstest du, dass du sie geschwängert hast?«

»Nein, natürlich wusste ich das nicht. Aber es hätte auch keinen Unterschied gemacht. Ich wäre nie davon ausgegangen, dass das Kind von mir hätte sein können! Ich dachte, ich wäre zeugungsunfähig. Ich wäre niemals so weit gegangen, wenn ich auch nur geahnt hätte, dass sie Gefahr laufen könnte, schwanger zu werden. Meine Verlobte hatte mich damals doch gerade erst verlassen, weil ich keine Kinder zeugen konnte.«

»Dad«, ging Sarah behutsam dazwischen. »Ellen Crosby hat mir erzählt, dass Amy immer darauf bestanden hat, dass das Baby von dir war. Nur hat ihr niemand geglaubt. Alle dachten, sie wäre durchgedreht.«

Er wischte sich mit dem Taschentuch über die Augen. »Die arme Kleine.«

»Und die größte Tragödie ist doch, dass sie ihr erzählt haben, das Kind wäre gestorben, obwohl es in Wahrheit überlebt hat und zur Adoption freigegeben wurde. Irgendwo dort draußen könnte also dein Sohn leben...« Sie hielt kurz inne, ehe sie fortfuhr: »Und ich könnte einen Bruder haben.«

»Es war ein Junge?«

Sarah nickte.

Er schlug die Hände vors Gesicht. »O Gott, was habe ich nur getan?«

Fünfzig Jahre zuvor hatte er einen schrecklichen Fehler begangen, und jetzt war es zu spät, ihn wiedergutzumachen. Seine Qualen waren schwer mit anzusehen.

»Dad, warum hast du Ambergate verlassen?«

Er atmete scharf ein und ballte die Fäuste. »Weil ich egoistisch war. Ich wollte meine Karriere nicht gefährden. Wenn herausgekommen wäre, dass ich eine Affäre mit einer Patientin hatte, wäre ich drangewesen.« Er seufzte und rieb sich mit den Händen übers Gesicht. »Also habe ich mir woanders eine Stelle gesucht. Ich hab mir Amy aus dem Kopf geschlagen. Darauf bin ich wirklich nicht stolz.«

»Es ist, wie es ist, Dad. Du musst den Blick wieder nach vorn richten.«

»Da hast du recht«, sagte er. »Und wo immer Amy heute steckt, sie hat es verdient, die Wahrheit zu erfahren.«

»Ellen Crosby glaubt, dass sie gestorben ist«, murmelte Ellen. »Warum sollte ihr Koffer sonst in Ambergate stehen geblieben sein?«

»Schon möglich«, sagte er und stemmte sich aus seinem Sessel. »Aber ich schwöre dir, Sarah, wenn sie noch am Leben ist, dann finde ich sie und mache es wieder gut.«

49

Gegen den beißenden Wind klappte sie den Kragen nach oben. Sie schmeckte Salz auf ihren Lippen. Unter ihren Füßen war der Matsch zu hartem Schorf gefroren, und die flachen Regenwasserpfützen hatten sich in Spiegelglas verwandelt. Sie trat mit dem Fuß auf, sodass das Eis in tausend Splitter zerbarst – und sie genoss das Gefühl, das in ihr hochwallte. Sie lief den Küstenpfad entlang. Nur das Rauschen der Wellen, die sich weit unten an den Felsen brachen, übertönte den heulenden Wind in ihren Ohren. Sie pustete sich in die Hände, ehe sie sich erneut dem Kampf gegen die Elemente stellte.

Sie rief ihren Hund zu sich, der vor ihr hergelaufen war und dem der Wind, der ihm den Pelz zerzauste und die Ohren lustig nach oben wehte, nichts auszumachen schien. »Jess, schön warten – meine alten Knochen sind für dein Tempo nicht mehr gemacht.« Doch der Wind riss ihre Worte mit und verwehte sie über der tosenden See.

Zurück im Cottage stampfte sie sich auf der Fußmatte die Sohlen trocken, während der Hund sich bereits über den Wassernapf hermachte. Sie schlüpfte aus ihrem Mantel, hängte ihn in der Diele an einen Haken und warf die dicken Handschuhe in den Korb.

Die fingerlosen Baumwollhandschuhe, die sie darunter getragen hatte, würde sie anbehalten, denn so viel wärmer als draußen war es hier drinnen nicht. Sie fuhr sich mit der Hand über den dichten, silbergrauen Zopf, zog ihn über die Schulter nach vorn und suchte ihn geistesabwesend nach splissigen Spitzen ab. Sie waren ihr einst mit einer stumpfen Schere abgeschnitten worden. Trotzdem stellte ihr Haar – selbst jetzt, in ihrem Alter – immer noch ihr absolut schönstes Attribut dar.

»Komm, Jess. Jetzt einen Tee, oder?«

Noch während sie darauf wartete, dass das Teewasser kochte, schnitt sie sich eine dicke Scheibe Weißbrot ab, bestrich sie mit Butter, brach ein ordentliches Stück vom Cheddarkäse ab und warf es Jess zu, die es wie ein Seelöwe in einer Wassershow aus der Luft auffing.

Dann trug sie ihr Frühstück ins Wohnzimmer und setzte sich mit den Füßen zum Kamin auf ihren Lehnstuhl. Jess schob den Kopf auf den Schoß ihres Frauchens und ließ sie nicht aus den Augen, während sie ein ums andere Mal von ihrem leckeren Käsebrot abbiss.

»Na gut, hier«, sagte sie, lachte und überließ dem verfressenen Hund den letzten Happen. Jess schlang den Käse hinunter, und als ihr dämmerte, dass ihr weiteres Betteln nichts nutzen würde, drehte sie sich ein paarmal auf dem Teppich im Kreis, ehe sie sich vor dem Feuer niederließ.

Sie dösten eine Weile. Doch dann hob Jess den Kopf, nahm ihn von den Pfoten und neigte ihn zur Seite, spitzte die Ohren und sah wachsam zur Tür.

»Das ist bloß der Wind, Jess.«

Trotzdem sprang die Hündin auf und trottete zur Eingangstür, winselte und kratzte über das Holz.

»Hör auf, Jess, du zerkratzt doch die Tür! Wie oft soll ich es dir noch sagen?«

Erst da hörte sie es selbst. Das unverkennbare Knirschen von Reifen auf Schotter. Sie zog die Vorhänge ein Stück zur Seite und musterte das fremde Auto auf dem Weg. Hinter der Windschutzscheibe konnte sie zwei Personen ausmachen. Sie schienen kurz miteinander zu reden, ehe die Beifahrertür aufging und sich jemand mit einiger Mühe aus dem Auto hievte.

Sie kniff die Augen zusammen. Das Gesicht war natürlich gealtert. Trotzdem erkannte sie ihn sofort wieder. Flach atmend sah sie mit an, wie er am Riegel des Gartentors hantierte, und hörte das Quietschen, als er das Tor aufschob. Mit der Hand am Hut – sonst hätte der Wind ihn weggerissen – kam er den Weg herauf. Jess kläffte inzwischen aufgeregt die Tür an und wedelte wie wild, sodass er nun wirklich nicht auch noch klingeln musste. Trotzdem tat er es.

Sie packte den Hund am Halsband und öffnete die Tür. Er nahm den Hut ab und presste ihn sich vor die Brust.

Ein, zwei Sekunden verstrichen, ehe er das Wort ergriff. »Hallo, Amy.« Er versuchte zu lächeln, doch es wollte ihm nicht recht gelingen. »Wie geht es dir?«

Sie ließ Jess' Halsband los, und augenblicklich sprang der Hund an ihrem Besucher hoch. Die Pfoten reichten ihm bis an die Brust. Rückwärts taumelnd tätschelte er den Hundekopf.

»Keine Sorge, sie beißt nicht«, sagte Amy ruhig. Dann erhob sie die Stimme. »Jess, aus!«

»Ein Border Collie. Die hast du immer gemocht.«

Amy schluckte trocken. Sie hatte ihm so viel zu sagen. Über die Jahre hatte sie sich alles ein ums andere Mal im Kopf zurechtgelegt, dann aber die Hoffnung verloren, je die Gelegenheit dazu zu haben. Er war gut gealtert; seine Haltung war aufrecht und gerade, und nichts deutete darauf hin, dass er gebrechlich wurde. Auch wenn sein Haar inzwischen – genau wie ihres – grau geworden war, war es immer noch dicht, und mit seinem dunklen Teint sah er immer noch sonnenverwöhnt aus.

Sie schloss die Augen. In ihrem Kopf spielte sich ihre letzte Begegnung wie ein ruckeliger Farbfilm ab: jener Nachmittag am Bach, als sie ins Wasser gefallen war und wie sie beide anschließend ...

Sie spürte seine Hand an ihrem Arm. »Amy, ich weiß, das muss ein Schock für dich sein. Aber ich muss wirklich mit dir sprechen. Darf ich vielleicht reinkommen?«

Sie kämpfte den Impuls nieder, vor ihm auf den Boden zu spucken und ihm die Tür vor der Nase zuzuschlagen, reckte stattdessen das Kinn vor und sah ihm direkt in die Augen. »Das kommt fünfzig Jahre zu spät.«

»Amy, bitte, ich bin von weither ...«

»Hast du überhaupt eine Ahnung, was du mir angetan hast? Du glaubst, du könntest einfach auftauchen, und ich falle dir um den Hals und verzeihe dir, dass du mich sitzengelassen hast?«

»Ich bin nicht hier, um dich um Verzeihung zu bitten. Es ist viel wichtiger als das. Du hast alles Recht, zornig zu sein…«

»Oh, das ist wirklich großzügig von dir, vielen Dank.« Sie klang unüberhörbar sarkastisch.

»Bitte, Amy«, bat er sie erneut, »lass mich rein.«

Dieses Mal hatte sie Oberwasser. Sie hatte die Kontrolle über ihre Handlungen, und niemand würde sie mehr dazu zwingen können, irgendetwas zu tun, was sie nicht tun wollte. Ihr ganzes Leben lang hatten andere für sie Entscheidungen getroffen. Aber das war jetzt anders.

»Fünf Minuten«, sagte sie und zog die Tür ein Stück weiter auf.

»Danke«, hauchte er und bückte sich unter der niedrigen Zarge hindurch. Dann folgte er ihr ins Wohnzimmer und nahm ihr gegenüber auf einem Stuhl am Kamin Platz. »Ganz wie früher«, sagte er und machte es sich bequem.

»Du hast fünf Minuten – verschwende deine Zeit also nicht mit Smalltalk. Wie hast du mich gefunden?«

»Das war nicht schwer. Ich kenne schließlich deinen vollen Namen und dein Geburtsdatum. Natürlich war ich erst bei deiner letzten bekannten Adresse, du weißt schon… die Beerdigung deines Vaters…« Bei dessen Erwähnung verspannte sie sich, sodass er eilig weitersprach. »Aber auch ohne die Hilfe der Behörden hätte ich mir denken können, dass du hier sein würdest.« Er sah sich in dem spartanisch eingerichteten Zimmer um. »Ich wusste, dass es dich an diesen Ort zurückziehen würde. So wie du während unserer Sitzungen darüber gesprochen hast, war dies der letzte Ort, an dem du wahrhaft glücklich warst, das war mir klar.«

»Ach?«, erwiderte sie. »Weil du so ein guter Psychiater bist?«

Er rutschte auf seinem Stuhl hin und her. »Hätte es denn überhaupt Sinn, mich bei dir zu entschuldigen?«

»Kommt darauf an, wofür genau du dich entschuldigen willst.«

»Für meine Feigheit. Dafür, dass ich meine Karriere für wichtiger erachtet habe als dich. Und dass ich ohne jede Erklärung das Weite gesucht habe.«

Sie drehte sich weg, wollte nicht, dass er sah, wie sie schmerzhaft das Gesicht verzog. »Wirklich eine ganze Menge, wofür du dich entschuldigen musst.«

»Wenn ich die Zeit zurückdrehen könnte...«

»Ha«, schnaubte sie so heftig, dass er zusammenzuckte. »Dieses alte Klischee... Tja, aber das kannst du leider nicht.« Sie lehnte sich vor und warf ein weiteres Holzscheit ins Feuer. »Weißt du noch, als ich dich mal gefragt habe, was Gott von einem Psychiater unterscheidet?«

Er nickte. »Gott glaubt nicht, er wäre Psychiater. Das habe ich nie vergessen.«

»Wirklich nicht? Tja. Ich war schwanger mit *deinem* Baby, Dr. Lambourn, und du hast dich dafür entschieden, mich alleinzulassen.« Ihre Stimme wurde lauter. »Ausgerechnet in Ambergate! Du wusstest genau, dass ich dort gar nicht hätte sein dürfen. Trotzdem hast du mich in dieser Hölle verrotten lassen. Du hättest die Macht gehabt, mich rauszuholen, hast dich aber dagegen entschieden.«

Als ihr eine vereinzelte Träne über die Wange lief, griff Dr. Lambourn in seine Tasche und hielt ihr ein frisch gebügeltes weißes Stofftaschentuch hin. Sie starrte darauf hinab. Ihr war, als wäre es gestern gewesen.

»Nein, danke.«

»Ich hatte keine Ahnung, dass du schwanger warst, Amy. Ich wusste nicht mal, dass ich überhaupt imstande war, ein Kind zu zeugen.«

»Und wenn du es gewusst hättest?«

Er schüttelte den Kopf. »Dann hätte ich das Richtige getan.«

»Ich wusste sofort, dass es dein Baby war. Ich hab's ihnen erzählt, aber sie haben mir nicht zugehört. Für sie war das einfach nur ein weiterer Beweis dafür, dass ich durchgedreht war. Hat ihnen einen weiteren Grund geliefert, warum sie mich wegsperren konnten.« Sie rieb sich über das Gesicht, sah ihm dann direkt in die Augen und fauchte: »Dein Baby ist gestorben, Dr. Lambourn, und nicht mal *du* kannst dagegen noch irgendwas tun. Deine Zeit, Gott zu spielen, ist vorbei.«

Er tätschelte sich die Brusttasche, dann stand er auf und machte zwei Schritte auf ihren Stuhl zu. Er ging vor ihr in die Hocke und nahm ihre Hand.

»Nein, Amy«, sagte er sachte. »Unser Baby ist nicht gestorben.«

50

Sarah trommelte aufs Lenkrad und stellte die Scheibenwischer an. Der Wind peitschte den Regen horizontal über Land, und die Wagenfenster waren samt und sonders beschlagen. Mit dem Ärmel wischte sie über die Windschutzscheibe und spähte nach draußen. »Was dauert denn da so lange?«, murmelte sie und warf einen Blick auf den Rücksitz, wo Amys Koffer lag.

Weil sie die Autobatterie nicht strapazieren wollte, hatte sie das Radio ausgestellt, sodass das Quietschen der Scheibenwischer nunmehr das einzige Geräusch war. Sie schob den Sitz zurück und schloss die Augen.

Sie waren gestern lange unterwegs gewesen, und eine rostige Feder in ihrem Gasthausbett hatte sich ihr die ganze Nacht lang in die Hüfte gebohrt.

Der rhythmische Klang der Scheibenwischer hatte sie fast in den Schlaf gelullt, als unvermittelt ihr Handy anfing zu klingeln. Sie angelte es aus der Handtasche, sah aufs Display und ging ran.

»Hallo, Dan.«

»Wo bist du gerade?«

»In Pembrokeshire.«

Sie konnte fast hören, wie in seinem Kopf die Rädchen ratterten. »In Pembrokeshire? Was in aller Welt willst du denn dort?«

»Na ja, ist eine lange Geschichte, aber...« Sie hielt kurz inne. »Aber eigentlich geht es dich gar nichts an. Was willst du, Dan?«

Sofern er den kühlen Unterton gehört hatte, ließ er sich nichts anmerken. »Es ist Lauren... Die Wehen haben eingesetzt.«

Sie holte tief Luft. Ihr Exmann war drauf und dran, Vater zu werden, und trotz allem, was vorgefallen war, fiel ihm nichts Besseres ein, als ihr Bescheid zu sagen?

»Na und?«

»Eigentlich sollte es erst nächsten Monat so weit sein. Ich bin im Krankenhaus, der Arzt ist gerade bei ihr.«

»Und was erwartest du jetzt von mir, Dan?« Sie konnte im Hintergrund Schritte hören und stellte sich vor, wie er mit der Hand am Kopf die Klinikflure auf- und abtigerte.

»Ich liebe sie nicht, und ich will dieses Kind nicht. Das hab ich dir doch schon mal gesagt.«

Sarah starrte zum Cottage hinüber. Vorhänge versperrten den Blick ins Innere; trotzdem konnte sie sich in etwa vorstellen, wie das Gespräch dort drinnen verlief.

»Dan, du kannst Lauren nicht einfach sitzenlassen. Du weißt ja gar nicht, wie viel Glück du hast! Du wirst Vater – und jetzt geh zurück und kümmere dich darum!«

Wie befriedigend wäre es gewesen, einfach den Hörer aufzuknallen. Das alte Telefon, mit dem sie aufgewachsen war, hatte einen massiven grünen Hörer gehabt, den man mit Wucht auf die Gabel schmettern konnte, sodass dem Gesprächspartner am anderen

Ende unmissverständlich klar war, was die Stunde geschlagen hatte. Sie starrte auf ihr Handy hinab und drückte die rote Auflegen-Taste mit so viel Nachdruck wie nur möglich. Es war nicht ganz das Gleiche.

Geschlagene fünf Minuten lang atmete Sarah tief ein und aus, bis sich ihr Puls wieder halbwegs beruhigt hatte. Dann fing das Handy erneut an zu klingeln, und obwohl sie es am liebsten aus dem Fenster geworfen hätte, spähte sie auf das Display. Eine unbekannte Nummer. Misstrauisch ging sie ran.

»Hallo?«

»Spreche ich mit Sarah?«

»Äh, ja, wer ist denn da?«

»Hier ist Matt.« Er legte eine Pause ein. »Äh, du weißt schon... aus der Bibliothek.«

Schlagartig war sie aufgeregt. »Oh, hi – schön, von dir zu hören. Wie geht's?«

»Ganz gut. Annie aus der Bibliothek hat mir deine Nummer gegeben. Ich hoffe, das ist okay.«

Sie nahm sich vor, Annie dafür einen dicken Schmatzer auf die Wange zu geben. »Absolut. Was kann ich für dich tun?« Innerlich winselte sie auf und wünschte sich, sie hätte nicht... wie eine Bibliothekarin geklungen.

Er wirkte leicht nervös und verunsichert. »Ich hab mich gefragt, ob du uns vielleicht mal besuchen kommen willst. Du weißt schon... bei uns zu Hause... zum Abendessen...«

Sie war verblüfft. Hatte er sie gerade um ein Date gebeten?

»Also, das wär ganz toll, danke – sehr gerne.«

Seine Erleichterung war nicht zu überhören. »Oh, großartig. Sie wird sich riesig freuen.«

»Wer wird sich freuen?«

»Maisie. Sie fragt schon die ganze Zeit, wann du mal vorbeikommst. Sie scheint einen Narren an dir gefressen zu haben.«

Da war ihre Antwort. Es war kein Date.

»Ach, das ist aber nett! Ich mag sie auch.«

»Würde dir der nächste Samstag passen? Ich bin wirklich kein Sternekoch, aber irgendwas Essbares werde ich schon hinbekommen.«

»Samstag passt perfekt.«

»Super. Ich schreib dir unsere Adresse.«

Sie hielt den Brief in ihren zitternden Händen und las ihn zum wiederholten Mal. Dr. Lambourn kniete immer noch schweigend neben ihr und ließ sie nicht aus den Augen.

Ihr Baby ist nicht gestorben.

Nach einer gefühlten Ewigkeit drehte sie sich zu ihm um. »Wo hast du das gefunden? Woher willst du wissen, dass der Brief an mich gerichtet war? Da steht kein Name drauf.«

Er kam mühsam auf die Beine, und seine Knie knacksten, als er sich gerade aufrichtete und wieder auf seinem Stuhl Platz nahm. »Er lag in deinem Koffer.«

Sie sah ihn stirnrunzelnd an. »In welchem Koffer?«

»In dem Koffer, mit dem du nach Ambergate gekommen bist. Er liegt auf dem Rücksitz im Auto. Soll ich ihn holen?«

Sie hob die Hand. »Moment, langsam.« Dann kniff sie die Augen zusammen und zerknüllte den Brief in der Faust. Wie leicht wäre es, ihn einfach ins Feuer zu werfen und die qualvolle Vergangenheit ein für alle Mal auszulöschen. Das Ticken der Kaminuhr füllte die Stille. Sie wollte nicht mehr an jenen Ort erinnert werden.

»Weißt du überhaupt, wie lange ich dort war?«

Er schüttelte den Kopf. »Nein, ich...«

»Siebenundzwanzig Jahre.«

Irgendein Ausdruck huschte über sein Gesicht. Ein Gefühl. Schuld? Scham? Mitleid vielleicht?

»Mir sind siebenundzwanzig Jahre meines Lebens geraubt worden. Meine besten Jahre – meine *gebärfähigen* Jahre.« Sie wartete, bis ihre Worte bei ihm eingesickert waren. »Ich war sechsundvierzig, als ich endlich rauskam. Was immer in diesem Koffer liegt, stammt aus einem anderen Leben. Aus einem Leben, das mir geraubt wurde. Ich wollte diesen Koffer damals nicht, und ich will ihn auch heute nicht.«

»Amy, er enthält ein paar wertvolle Dinge. Du solltest...«

Sie sprang auf, stampfte mit dem Fuß auf und hielt sich die Ohren zu. »Hör auf! Hör sofort auf damit! Ich hab es so satt, dass Leute mir erzählen, was ich tun soll.« Sie sah ihn finster an, und ihre Lippen waren ganz weiß vor Wut. »Ich bin nicht mehr in der Psychiatrie, *Dr. Lambourn*. Und du...« Sie stieß ihm den Zeigefinger in die Brust. »Du erzählst mir *nicht*, was ich tun soll!«

Dann packte sie ihn am Arm, versuchte, ihn hochzuziehen, aber er war zu schwer für sie.

»Raus!«, schrie sie. »Ich will, dass du auf der Stelle verschwindest.« Sie atmete hektisch und flach, drohte zu hyperventilieren. »Ich will... Ich brauche... frische... Luft.«

Sie stürmte aus dem Zimmer. In der Diele schnappte sie sich ihren Mantel und riss die Haustür auf. Der Wind riss sie ihr aus der Hand, sodass sie gegen die Wand krachte und ein Stück Putz abfiel.

»Jess, komm.« Dann drehte sie sich zu Dr. Lambourn um. »Und wenn ich wiederkomme, hast du besser das Weite gesucht!«

Es hatte aufgehört zu regnen, aber der Wind pfiff ihr immer noch um die Ohren. Die grauen Strähnen, die sich aus ihrem Zopf gelöst hatten, peitschten ihr ins Gesicht. Sie marschierte wie von Sinnen und mit langen Schritten und setzte die Arme ein, als könnte sie sich so noch schneller vorwärtsbewegen. Selbst Jess hatte Schwierigkeiten, mit ihr Schritt zu halten.

Als sie endlich den Küstenpfad erreichte, keuchte sie schwer und war nassgeschwitzt, ihr Gesicht glühte vor Zorn, und ihr Herz war trauerschwer. Sie stellte sich an den Rand der Klippe, blickte hinab in die tosende See und sah zu, wie die Wellen gegen die Felsen schlugen. Sie machte noch einen Schritt näher auf den Abgrund zu und schloss die Augen, streckte die Arme zur Seite aus wie eine Gekreuzigte und ließ sich vom Wind umtosen, sodass sie leicht vor- und zurückschwankte. Nicht zum ersten Mal in ihrem Leben sehnte sie sich nach Erlösung. Sie mochte nicht mehr von Mauern umgeben sein, aber würde sie in diesem

Leben wirklich je frei sein? Oder würde sie diese Gnade erst im nächsten Leben erfahren dürfen?

Der Wind ließ etwas nach, und das Heulen verklang gerade lange genug, dass Jess' Winseln an ihr Ohr drang. Sie schlug die Augen wieder auf und sah in Richtung ihrer treuen Begleiterin. »Oh, Jess.« Sie strich ihr über die seidigen Ohren. »Was mache ich denn jetzt?«

Amy öffnete die Faust und starrte auf den Brief in ihrer Hand. Sie zog das Papier auseinander und las ihn erneut, dann fiel sie auf die Knie, legte den Kopf in den Nacken und schrie zum Himmel empor. »Warum? Was habe ich getan, um das alles zu verdienen? Mein Baby… Mein armes Baby…«

Die Schluchzer, die sie so lange hinuntergeschluckt hatte, brachen sich aus den Tiefen ihrer Seele Bahn. Sie schnappte ein paarmal hilflos nach Luft, streckte die Hand aus und übergab den Brief dem Wind, der ihn über die Klippe und hinab ins Meer riss.

51

Sie fuhren schweigend vom Cottage zurück. Dass zwischen den Spurrillen auf dem Weg Gras wuchs, zeugte davon, wie selten hier draußen jemand unterwegs war und wie isoliert Amy lebte. Allein Brot einkaufen zu gehen musste für sie einer Expedition gleichkommen.

Sarahs Vater starrte unverwandt nach vorn, und sein Körper wippte leicht auf und ab, weil die Stoßdämpfer des Wagens den holprigen Untergrund nur unzureichend abfederten.

»Warum hast du das gemacht, Sarah?«, fragte er erschöpft.

Statt ihn anzusehen, hielt sie den Blick weiter auf die Straße gerichtet. »*Was* gemacht?«

»Du wusstest, was ich davon gehalten habe, dort in der Anstalt herumzukreuchen. Aber du wolltest es ja nicht sein lassen. Dein verdammtes Buch war dir wichtiger als meine Bitte.« Er donnerte die Faust aufs Armaturenbrett. »Verdammt, Sarah, warum musstest du so stur sein?«

Sie hatte die Finger so fest um das Lenkrad gelegt, dass ihre Fingerknöchel weiß hervortraten. »Oh nein, Dad. Für dieses Durcheinander kannst du mich nicht verantwortlich machen. Daran bist du ganz allein schuld. Kein Wunder, dass du nie über Ambergate reden wolltest.« An einer Weggabelung blieb sie kurz stehen und sah flüchtig in beide Richtungen. »Hat Mum über all das Bescheid gewusst?«

»Sie wusste, dass ich nicht über Ambergate sprechen wollte, kannte aber die Gründe dafür nicht.« Er drehte sich zur Seite, sodass sein Atem die Scheibe beschlug.

»Tja, ich bin jedenfalls froh, dass sie das nicht mehr erleben musste. Es hätte sie umgebracht.«

»Wenn sie noch am Leben wäre«, konterte er, »wären wir jetzt nicht hier. Sie hätte dir verboten, gegen meinen Willen in der Vergangenheit herumzuwühlen, und auf *sie* hättest du gehört. Das hast du immer getan.«

Sarah blinzelte die Tränen weg. »Gott, was für ein Chaos!«

»Amy ist immer noch so dünnhäutig, und jetzt habe ich sie mit einer solchen Nachricht alleingelassen... Ich hätte dortbleiben und ihr beistehen müssen!« Er schlug den Blick nieder. »Was habe ich nur getan?«, flüsterte er.

»Es geht nicht mehr darum, was du getan hast. Es geht jetzt darum, was du noch tun wirst. Warum bist du nicht bei ihr geblieben?«

»Sie ist aus dem Haus gestürmt, und ich bin ein verdammter Idiot, dass ich ihr nicht nachgelaufen bin. Aber sie war so wütend – und ich habe das respektiert. Ich habe ihr deine Handynummer aufgeschrieben, damit sie weiß, wie sie mich kontaktieren kann. Wenn sie nicht anruft, fahre ich morgen wieder hin. Das kann ich so nicht stehen lassen.«

Sarah fuhr an den Straßenrand und legte die Stirn ans Lenkrad. Dann spürte sie, wie ihr Vater ihren Arm berührte.

»Sarah?«

Sie lehnte sich zurück und schloss die Augen. »Während du bei ihr warst, hat Dan angerufen.«

Ihr Vater schnaubte unwirsch. »Und was hat er gewollt?«

»Es ging um Lauren.« Sie hasste es, den Namen auszusprechen, und verzog das Gesicht, als hätte sie in einen saftigen Apfel gebissen und wäre auf einen Wurm gestoßen. »Sie... Sie liegt in den Wehen.«

»Was? Und deshalb hat er dich angerufen?«

»Er will das Kind nicht, Dad.«

»Na, dafür ist es jetzt ein bisschen spät.«

»Das hab ich ihm auch gesagt, aber...«

Sie hielt inne, als sie ihr Handy in der Tasche vibrieren spürte. Die Nummer auf dem Display war ihr fremd. Sie hielt ihrem Vater das Telefon hin. »Ich glaube, das ist Amy.«

Er nahm das Gerät entgegen und starrte auf die Tasten hinab.

»Die grüne – drück auf die grüne Taste.«

Er nestelte kurz an dem Handy herum, dann hob er es ans Ohr. »Amy?«

Nach einer Weile gab er Sarah das Telefon zurück. »Sie will sich mit mir treffen.«

52

Der verschlossene Koffer lag auf dem Tisch zwischen ihnen. Amy fuhr mit den Fingerspitzen darüber und berührte behutsam die Schließe. Sie betrachtete das braune Etikett, das vom Griff baumelte. Statt eines Namens bloß eine Nummer. Das war alles, was sie für diese Leute gewesen war. Genauso gut hätten sie sie mit einem Brandeisen kennzeichnen können.

»Willst du ihn aufmachen?«, fragte Dr. Lambourn.

Sie nickte kaum merklich und schloss die Augen. Hörte zu, wie er in seiner Tasche wühlte, dann nach ihrem Handgelenk griff und ihre Finger sanft auseinanderzog. Als sie die Augen öffnete, lag in ihrer Hand ein kleiner Messingschlüssel, der nicht nur den Koffer, sondern eine ganze Welt voller schmerzlicher Erinnerungen öffnen würde.

Sie atmete tief ein und machte sich bereit. Es war jetzt fünfzig Jahre her, dass sie den Koffer gepackt hatte, aber als sie ihn aufmachte und den Deckel hochschob, füllte augenblicklich der Geruch ihrer Kindheit den Raum, und sie fühlte sich, als stünde sie wieder in ihrem alten Kinderzimmer. Von allen Sinnen war der Geruchssinn ihrer Ansicht nach der stärkste, wenn es darum ging, Erinnerungen wachzurufen. Sie konnte nicht mal mehr Kohl kochen, ohne sofort an die unselige Kantinenküche von Ambergate und den Fraß zu denken, den sie den Patienten dort aufgetischt hatten.

Sie nahm das Blümchenkleid heraus, das obenauf lag, und musste angesichts ihrer damaligen Naivität fast lachen. »Stell dir vor, das hätte ich in Ambergate getragen!«

Er trat nervös von einem Bein aufs andere. »Ich habe die Regeln damals nicht gemacht, Amy.«

Sie warf das Kleid auf den Tisch. »Du hast auch nicht viel unternommen, um sie zu verändern.«

Dann ging sie durch die Kleidungsstücke und legte sie neben dem Koffer auf einen Stapel. Ihre Hand verharrte auf der Haarbürste ihrer Mutter, und sie strich sachte über die weichen Borsten. Sie zog sich das Haargummi vom Zopf, entwirrte ihn mit den Fingern, bis sich ihr Haar weich und silbrig herablockte, und fuhr mit der Bürste darüber, während Dr. Lambourn sie gebannt und ohne ein Wort zu sagen beobachtete.

Als sie ihn dabei ertappte, wie er sie anstarrte, ließ sie die Bürste auf den Tisch fallen. »Ich glaube, du kannst jetzt gehen. Danke für den Koffer, Dr. Lambourn.«

»Bitte, sag Stephen.«

»Stephen?« Stirnrunzelnd ließ sie den Namen auf ihrer Zunge wirken. Er fühlte sich fremd und zugleich vertraut an.

»Ganz richtig. Und ich lass dich nicht allein, zumindest jetzt noch nicht. Wir haben noch eine Menge zu bearbeiten.«

»Zu bearbeiten? Du bist nicht mehr mein behandelnder Arzt... *Stephen*. Deine Psychiatermuskeln lässt du besser bei jemand anderem spielen.«

Er lächelte. »Liebe, liebe Amy. Du hast dich wirklich kein bisschen verändert.«

»Nein. Auch wenn ihr euch alle Mühe gegeben habt, damit genau das passiert.«

»Dürfte ich von deinem Telefon aus kurz meine Tochter anrufen?«

»Du hast eine Tochter?« Ihre Stimme klang leicht schrill.

»Ja, Sarah hat mich hierhergefahren. So lange Strecken schaffe ich nicht mehr. Außerdem droht sie ständig, mir den Autoschlüssel abzunehmen.« Er sah beschämt weg. »Ich hatte ein paar… kleinere Unfälle und musste ihr versprechen, keine weiten Strecken mehr zu fahren. Ich will das Auto nur nicht komplett abgeben. Diese Freiheit will ich nicht verlieren.«

Sie starrte ihn an. »Ist nicht schön, wenn andere einem vorschreiben, was gut für einen ist, was?«

Er sah sie nachdenklich an. »Ich werde mich nie genug bei dir entschuldigen können, Amy«, sagte er und hob kapitulierend die Hände. »Aber wenn du dir sicher bist, dass du allein sein willst, dann rufe ich Sarah an und sag ihr, dass sie mich abholen soll. Es ist deine Entscheidung.«

»Ist schon gut«, sagte sie, wandte sich wieder dem Koffer zu und zog das Matinee-Jäckchen heraus. »Du kannst noch ein bisschen bleiben.« Dann hielt sie sich das Jäckchen an die Nase und atmete seinen Duft ein. Es roch immer noch nach ihrem Vater – ein Hauch Pfeifentabak hatte sich in den Maschen verfangen.

Als Nächstes nahm sie den handgestrickten Teddybären heraus. Die unterschiedlichen Farben zeugten vom Vorsatz ihrer Mutter, selbst den allerletzten Wollrest nicht zu verschwenden. Sie drückte sich das Stofftier an die Brust. »Den sollte mein kleiner Bruder kriegen, der ...«

Dr. Lambourn berührte sie am Arm. »Ich weiß«, sagte er sanft. »Genau deshalb wollte ich dich noch nicht allein lassen. Ich werde dir nie wieder vorschreiben, was du zu tun hast, aber ich möchte dir gern beistehen.« Er lächelte, ehe er hinzufügte: »Sofern du das willst.«

In dem Koffer lagen so viele Erinnerungen – er war wie eine Zeitkapsel, wie ein Fenster in die Vergangenheit, durch das sie kaum zu blicken wagte, das aber trotz allem eine unwiderstehliche Anziehungskraft auf sie hatte.

Sie klaubte das Gemälde vom Boden des Koffers und hielt es ins Licht. »Schau dir das an. Das hat meine Mutter auf der Wiese hinter diesem Cottage gemalt. Ist es nicht fabelhaft? Wie sie die Herbstfarben auf dem Feld und den Hauch Sonnenlicht auf dem Wasser dahinter eingefangen hat ...« Sie fuhr vorsichtig darüber und drehte sich dann zu ihm um. »Siehst du das Farngestrüpp hier?«

Er beugte sich vor, um genau hinzusehen. »Ja.«

»Und kannst du auch das kleine Mädchen sehen, das danebensitzt?«

Er kniff die Augen zusammen. »Schwierig ohne Brille ...«

»Wenn du genau hinsiehst, kannst du den Hinterkopf eines Mädchens mit einem langen blonden Zopf erkennen.« Sie fuhr zärtlich mit dem Daumen über das Bild.

»Bist du das?«, fragte er.

»Genau. Ich hatte sie gebeten, auch mal ein Bild von mir zu malen, aber sie war nun mal Landschaftsmalerin. Dann kam sie auf die Idee, mich in eines ihrer Bilder hineinzumogeln – und nur wir beide wussten, dass ich mit drauf war. Das war unser Geheimnis.«

Sie neigte den Kopf, und endlich flossen die Tränen. Es war ihr egal. Dr. Lambourn würde sie schon verstehen. Er war der Einzige, der sie in ihrem ganzen Leben zumindest annähernd verstanden hatte.

Er machte einen Schritt nach vorn und nahm sie in die Arme. Statt ihn von sich wegzustoßen, legte sie den Kopf an seine Brust und ließ zu, dass er ihr übers Haar streichelte.

»Was glaubst du? Was ist mit ihm passiert?«, fragte sie nach einer Weile.

»Ich weiß es nicht, Amy. Aber das finden wir heraus.«

Sie löste sich aus seiner Umarmung und sah ihm ins Gesicht. »Wirklich? Würdest du mir dabei helfen?«

»Er ist immerhin auch mein Sohn, oder?«

Ihr entschlüpfte irgendwas zwischen Lachen und Schluchzen. »Ich glaube, ich brauche jetzt doch dieses Taschentuch, bitte, Dr. Lambourn...«

Er griff in die Tasche und drückte es ihr in die Hand. »Hab ich nicht gesagt, du sollst mich Stephen nennen?«

53

»Klingt, als hätte der Regen nachgelassen. Sollen wir eine Runde spazieren gehen?«, fragte Stephen. »Ich bin noch nie an der Küste gewesen.«

»*Was?* Da hast du etwas verpasst! Ich war heute schon zweimal draußen.« Amy schob die Vorhänge zur Seite. »Ich glaube, es kommt sogar noch die Sonne raus. Komm, ich hole nur schnell meinen Mantel.«

Tatsächlich schickte sich die Sonne an, die Luft ein wenig aufzuwärmen. Gegen den beißend kalten Wind kam sie aber nicht an.

»Meine Lippen sind jetzt schon taub«, murmelte Stephen. »Vielleicht war das doch keine so gute Idee.«

»Blödsinn«, widersprach sie. »Das ist doch erfrischend!«

Mit der Nase am Boden lief Jess vor ihnen her und peitschte die buschige Rute mit der weißen Spitze hin und her.

»Weißt du noch, als wir das letzte Mal spazieren waren? Am Bach?«, fragte sie.

Seine Wangen hatten sich im eisigen Wind gerötet, insofern war schwer zu sagen, ob ihm die Erinnerung peinlich war. »Natürlich weiß ich das noch.«

Schweigend liefen sie weiter, ehe Amy nach einer Weile unvermittelt sagte: »Ich hab dich geliebt, Dr.

Lambourn... Stephen. Wie konntest du das nicht sehen?«

»Ich wusste es, Amy, und mir war klar, dass ich drauf und dran war, mich in dich zu verlieben.« Er sprach leise weiter, sodass sie Schwierigkeiten hatte, ihn zu verstehen. »Aber eine Beziehung hätte nicht funktioniert.«

»Weil ich nicht zurechnungsfähig war?«

»Es war wesentlich komplizierter als das. Und zu meiner Schande habe ich meine Karriere über meine Gefühle für dich gestellt.« Er blieb stehen, nahm ihre Hände und zwang sie dazu, ihn anzusehen. »Du musst mir glauben, dass ich dir um jeden Preis beigestanden hätte, wenn ich auch nur geahnt hätte, dass du von mir schwanger warst – ganz ohne jeden Zweifel!«

Sie starrte zu ihm hoch. Er sah sie aus großen Augen flehentlich an und hatte die Brauen gerunzelt.

»Ich glaube dir.«

Seine Miene entspannte sich ein wenig, und seine Schultern sackten nach unten. »Danke, Amy.«

»Ich bin fast gestorben, weißt du«, sagte sie dann nüchtern.

»Was meinst du damit?«

»Bei der Geburt.« Sie legte sich die Hand auf den Bauch, als verspürte sie allein bei der Erinnerung daran Schmerzen. »Nachdem mein Baby gestorben war... Nachdem sie mir *erzählt* hatten, dass mein Baby gestorben war, habe ich nicht mehr aufgehört zu bluten. Sie mussten mich ins Krankenhaus bringen. Das hat mir das Leben gerettet.«

»Das tut mir leid, Amy. Ich hatte ja keine Ahnung!«

»Natürlich nicht. Zu dem Zeitpunkt warst du längst weg.« Es klang kein bisschen verbittert, eher wie eine Feststellung. »Es hätte mir nichts ausgemacht, wenn ich gestorben wäre. Ich hatte nichts mehr, wofür es sich zu leben gelohnt hätte.«

Er zuckte sichtlich zusammen. »Sag so etwas nicht.«

»Warum denn nicht? Es ist doch wahr.«

Er versuchte, das Thema zu wechseln. »Was war mit dem Jungen, mit dem du dich angefreundet hattest? Was ist aus ihm geworden?«

»Ed?« Bei der Erinnerung musste sie lächeln. »Einer der tollsten Menschen, die mir jemals begegnet sind. Er hat mich sowohl im Krankenhaus als auch später in Ambergate besucht. Ich glaube, er war wirklich in mich verliebt, und ich mochte ihn ebenfalls, aber es hat einfach nicht gereicht. Weil ich jemand anderen geliebt habe.« Sie gab ihm einen Klaps auf den Arm. »Dich.«

»Ja«, erwiderte er mit einem schiefen Lächeln. »Ich weiß, was du meinst.«

»Aber egal – ich habe ihm irgendwann gesagt, dass er mich nicht mehr besuchen soll. Ich hatte einfach nicht die gleichen Gefühle für ihn. Es mag hart klingen, aber ich musste ehrlich mit ihm sein – er hatte es verdient, mit einer Frau zusammen zu sein, die ihn wirklich liebte.«

»Die Liebe geht manchmal seltsame Wege, Amy.«

Skeptisch zog sie eine Augenbraue hoch. »Ich weiß nicht, was du mir damit sagen willst. Aber Ed hat irgendwann tatsächlich eine andere Frau geheiratet. Er hat mir ihr Hochzeitsfoto geschickt.«

»Also ein Happy End?«

Sie zuckte mit den Schultern. »Er sah zumindest glücklich aus. Glücklicher, als ich ihn hätte machen können.«

Er zögerte, bis er die nächste Frage stellte – die Antwort würde ihm zeigen, wie gut Amy sich wieder erholt hatte. »Hast du je wieder Kontakt zu deiner Stiefmutter gehabt... Carrie?«

»Ach, Carrie, Carrie, Carrie. Ich konnte es damals nicht mal ertragen, ihren Namen laut auszusprechen, weißt du noch?« Sie wartete seine Antwort nicht ab. »Natürlich weißt du das noch. Deshalb fragst du wahrscheinlich. Damals wurden Patienten, die entlassen wurden, in Sozialprojekte gesteckt, in Wohnheime, wenn sie keine andere Adresse mehr hatten. Das wollte ich nicht. Ambergate war mein Zuhause geworden. Dafür hatte das System gesorgt.« Sie sah ihn von der Seite an. »Aber das weißt du alles. Du hast es unzählige Male mit angesehen.«

»Das System war damals weit davon entfernt, perfekt zu sein.«

»Egal. Carrie hat mich wieder zu Hause aufgenommen.«

»Grundgütiger, was für ein Sinneswandel!«

»Den hatte sie nicht über Nacht. Immerhin waren es siebenundzwanzig Jahre. Wir waren beide weicher geworden. Ich bin in mein Elternhaus und damit zu ihr gezogen, bis ich irgendwann hierher zurückgekehrt bin.«

An der salzigen Luft atmete Stephen tief ein. »Es ist wunderschön hier, Amy. Ich verstehe, warum du an diesem Ort so glücklich warst.«

»Ich liebe es. Das Cottage ist vielleicht ein bisschen heruntergekommen, hat keine Heizung, und ich koche auf dem Holzherd, aber es gehört mir. Mir allein – und ich kann kommen und gehen, wie es mir gefällt. Ich muss niemanden um Erlaubnis bitten, um auf die Toilette zu gehen, kann selbst entscheiden, was ich morgens anziehen will – und am allerbesten: Hier gibt es keine verschlossenen Türen. Nur jemand, der fast sein halbes Leben lang eingesperrt war, kann wirklich verstehen, was das bedeutet.«

»Ich kann nur ahnen, wie das für dich gewesen sein muss«, sagte Stephen zerknirscht. »Siehst du Carrie noch?«

Amy schüttelte den Kopf. »Sie ist vor ein paar Jahren gestorben. Aber Susan kommt mich manchmal besuchen.«

»Susan?«

Amy blieb stehen und blickte zum Horizont. »Das Baby. Das ich damals mit in den See genommen habe. Sie kann sich daran natürlich nicht mehr erinnern. Sie ist inzwischen erwachsen, aber sie ist nun mal meine Halbschwester, also stehen wir in Kontakt.«

»Das ist gut.«

»Sie ist die einzige Verwandte, die ich noch habe...« Dann hielt sie inne. »Zumindest habe ich das geglaubt.«

Zurück im Cottage stellte sich Stephen mit dem Rücken zum Kamin und streckte die Hände nach hinten, um sie zu wärmen. »Es ist eiskalt hier drinnen, Amy. Wie hältst du das aus?«

Sie zupfte an ihrem dicken Pullover, in dem ihre zierliche Gestalt beinahe unterging. »Ich friere nicht.« Dann setzte sie sich an den Tisch und griff zu einem Stift. »Stephen, wir müssen einen Plan schmieden.«

»Einen Plan?«

»Wegen des Babys«, rief sie ihm in Erinnerung. »Du willst mir helfen, ihn wiederzufinden, schon vergessen?«

Er zog den Stuhl neben ihr heran, nahm Platz und stützte die Ellbogen auf. »Und was für ein Plan soll das werden?«

»Na ja, wo soll er denn hin?« Sie ließ den Blick durch ihr winziges Wohnzimmer schweifen und blieb für einen Moment an den feuchten Wandflecken hängen. »Vielleicht hast du recht, es ist hier wirklich zu kalt für ein Baby...«

»Amy«, unterbrach er sie. »Wovon redest du?«

Nachdenklich kaute sie auf ihrem Bleistift herum. »Vielleicht ziehen wir besser zurück in unser Haus.« Dann schob sie die Unterlippe nach vorn wie ein schmollendes Kind. »Eigentlich will ich das aber nicht, nein, das hier ist mein Zuhause, ist es immer gewesen, außer in der Zeit, als ich in...«

»Amy«, sagte er nachdrücklich. »Schau mich an!«

Sie sah ins Leere. »Was?«

»Amy«, wiederholte er und schnipste mit den Fingern vor ihrem Gesicht herum. Er klang sanft, aber bestimmt. »Er ist kein Baby mehr. Er ist mittlerweile erwachsen.«

Sie starrte auf das leere Blatt Papier hinab, auf dem ihr Plan für eine gemeinsame Zukunft hätte stehen sollen. Dann spähte sie zu einer Glasschüssel auf dem Sideboard, in der eine vertrocknete Zitrone und eine Glühbirne lagen. Ihr Blick wanderte weiter zu dem Tablettenröhrchen, das daneben stand. Wann hatte sie zuletzt ihre Medikamente genommen? Sie konnte sich nicht mehr daran erinnern.

»Amy?«

»Entschuldigung. Wie dumm von mir! Er ist jetzt – was? Im Februar wird er neunundvierzig.« Sie tippte sich lächelnd an die Schläfe. »Siehst du. Stimmt noch alles bei mir.«

Er lehnte sich auf seinem Stuhl zurück und atmete erleichtert aus. »Dann ist es dir klar, ja? Er ist kein Baby mehr. Es ist wichtig, dass du das verstehst, wenn wir ihn suchen wollen.«

Sie nickte. Ihre Augen sahen wieder klar aus, und sie wirkte hellwach. »Nur ein kleiner Aussetzer, das ist schon alles. Es geht mir gut, wirklich.« Dann fiel ihr etwas ein. »Aber er könnte inzwischen selbst Kinder haben – unsere Enkelkinder! Wäre das nicht fantastisch? Die könnten herkommen, und ich könnte sie nach Strich und Faden verwöhnen, sie mit an den Strand nehmen, Sandburgen bauen, in die sie Fähnchen stecken könnten, und dann würden wir Eis essen und Fish and Chips zum Abendbrot und auf den Hafen schauen... nur bitte kein Erbsenpüree!« Sie schüttelte den Kopf. »Kinder mögen kein Erbsenpüree, oder?«

»Amy, ganz langsam. Ich weiß, dass du aufgeregt bist, aber bevor du solche Pläne machst, müssen wir noch einen weiten Weg gehen. Selbst wenn unser Sohn eigene Kinder hat, werden die kaum mehr Sandburgen bauen. Denn dann sind sie wahrscheinlich Teenager, wenn nicht selbst schon erwachsen.«

Sie ließ sich in ihrem Stuhl zurücksinken. »Du hattest immer schon diese Art, einen auf den Boden der Tatsachen zu holen.«

»Amy, das heute war für dich ein Riesenschock, aber ich bin für dich da. Ich weiß, ich kann nicht wiedergutmachen, dass ich dich damals auf diese Weise im Stich gelassen habe.« Er sprach leise, und seine Stimme klang leicht heiser. »Ich bin mittlerweile ein alter Mann, aber ich schwöre dir: In der Zeit, die mir bleibt, will ich alles geben, um unseren Sohn aufzuspüren.«

54

Als sie sich den Einkaufskorb in die Ellenbeuge schob, erhaschte sie einen Blick auf ihr Spiegelbild im Überwachungsspiegel über der Tür. Sah sie wirklich so dünn aus, oder lag es daran, dass sie sich aus einem ungünstigen Winkel betrachtete? Die letzten Monate waren anstrengend gewesen. Sie war zurück in ihre alte Wohnung gezogen und hatte in der minimalistischen Küche exotische Gerichte für Matt und Maisie gekocht. Die Kleine wollte immerzu neue Rezepte ausprobieren.

Sie blickte auf ihren Einkaufszettel. Zitronengras, Kokosmilch, rote Peperoni. Mal was anderes als die Rippchen, Kartoffeln und tiefgekühlten Erbsen, die sie immer für ihren Vater zubereitet hatte.

Sie nahm auch Bananen für Nathan mit. Er war vor einigen Wochen ohne ein Wort des Abschieds aus der alten Anstalt verschwunden, doch gerade erst gestern hatte sie auf ihrer Fußmatte einen Brief von ihm gefunden – einen Brief! Welcher Achtzehnjährige schrieb denn bitte Briefe? Anscheinend hatte er sein Glück in London versucht, war aber gescheitert. Sie konnte nur ahnen, in welcher Verfassung er nach mehreren Wochen in den schmutzigen Straßen der Hauptstadt war, wo er sich unter Garantie mit anderen

Herumtreibern, die wesentlich gewiefter waren als er, um die besten Schlafplätze hatte streiten müssen.

Sie lief die nächste Regalreihe entlang und warf ein paar Packungen Feuchttücher in den Korb. Im nächsten Moment entdeckte sie ihn. Sie hatte nicht einmal Zeit, sich hinter der Kundin neben ihr zu verstecken, und war auch nicht schnell genug, um sich wegzudrehen, damit er sie nicht erkannte. Stattdessen stand sie einfach nur mit offenem Mund da wie jemand, der »sie nicht ganz beisammen hatte«, wie ihre Mutter gesagt hätte.

»Sarah, hallo!«

Sie schluckte schwer und versuchte, unbekümmert zu wirken. »Dan – hi! Schön, dich zu sehen. Du siehst gut aus.« Es war bloß eine Floskel – denn er sah alles andere als gut aus. Er wirkte müde und abgekämpft, hatte dunkle Schatten unter den Augen und einen Rest Babyspucke auf der Schulter. Er hatte sich ein Tragetuch vor die Brust gewickelt, und daraus schaute ein kleines Köpfchen mit blondem Haarflaum heraus.

Sie deutete auf seine Brust. »Ist das…?«

»Das ist Angelica«, sagte er strahlend und gab seiner Tochter ein Küsschen auf den Scheitel.

»Angelica? Schöner Name«, erwiderte sie wenig einfallsreich.

Ungemütliche Stille machte sich zwischen ihnen breit. Dan ergriff als Erster wieder das Wort.

»Du siehst… Du siehst wirklich fantastisch aus.«

Sarah fuhr sich durchs Haar. »Danke.«

Er zeigte auf ihren Korb. »Feuchttücher?«

»Richtig.« Sie reckte das Kinn vor.

»Sind die nicht für Babys? Wozu brauchst du denn so was?«

»Das geht dich ja wohl nichts an, oder?«

Eine junge Frau tauchte neben ihm auf. »Hast du das Milchpulver, Babes?«

Babes? Noch während sich Dan zu der Frau umdrehte, verdrehte Sarah die Augen.

»Lauren, das ist Sarah.«

Sie hatte sich die blondierten Haare viel zu hoch auf dem Kopf zu einem Pferdeschwanz gebunden und mit einem Leopardenprint-Haarband umwickelt. Die Haut rund um ihre Augen spannte, sodass sie fast orientalisch aussah. An ihren Ohren baumelten gigantische Goldkreolen, und sie trug klobige Ringe an jedem Finger. Der schwarze Nagellack sah rissig aus. Sie schob die Zunge durch ihren Kaugummi, als wollte sie gleich eine Blase aufpusten.

»Nett, Sie kennenzulernen«, sagte sie gleichgültig. Dann drehte sie sich zu Dan um. »Ich hol schnell noch Windeln.«

Als sie herumwirbelte, peitschte ihr Pferdeschwanz Dan ins Gesicht. Er lachte.

»Ist eine Nummer, was?«

»Mhm«, antwortete Sarah. »Sieht ganz danach aus.«

Das Baby rührte sich und gab ein Maunzen wie ein kleines Kätzchen von sich, würde aber ohne jeden Zweifel gleich anfangen, lauthals zu schreien.

»Also, dann gehe ich besser mal... War schön, dich zu sehen, Dan.«

»Gleichfalls... und – Sarah?«, rief er ihr nach. »Danke.«

Sie blieb abrupt stehen. »Danke? Wofür denn?«

Er zuckte mit den Schultern. »Für deine Standpauke neulich am Telefon – du weißt schon, als ich im Krankenhaus war und Lauren in den Wehen lag. Du hattest recht.« Er wiegte das Bündel an seiner Brust auf und ab und versuchte, das Baby zu beruhigen. »Ich kann mich glücklich schätzen und werde der Kleinen ein guter Vater sein.«

»Und Lauren? Was ist mit ihr?«

»Sie ist die Mutter meines Kindes, Sarah. Und dafür liebe ich sie.«

»Ich bin froh, das zu hören, Dan. Wirklich.«

»Und selbst?«

»Mir geht's gut.« Ihre Gedanken wanderten zu Matt und Maisie und dem gemeinsamen Abend, der ihnen bevorstand. Erst Kino, dann selbstgekochtes Thai-Curry und eine Flasche Wein. Kleine Freuden, die die meisten Leute für selbstverständlich erachteten. Erst wenn alles einmal in Trümmern gelegen hatte, konnte man das Glück wieder schätzen lernen. »Um ehrlich zu sein, geht's mir mehr als gut.« Sie lächelte. »Ich bin glücklich.«

Auf dem Heimweg dachte sie darüber nach, was sie Dan erzählt hatte, und spürte in sich hinein. Sie *war* glücklich, so viel war sicher. In den vergangenen drei Monaten war sie Matt und Maisie zusehends nähergekommen und zu einem wichtigen Teil von deren Leben geworden. Und doch fehlte etwas. Sie und Matt hatten nie auch nur Händchen gehalten, geschweige denn sich geküsst. Dass sie Maisie auf ihren Waldspaziergängen zwischen sich hin und her schwangen, war das höchste der Gefühle. Sie war zusammen mit Matt bei Maisies Schultheateraufführung gewesen, hatte stolz neben ihm gesessen und übers ganze Gesicht gestrahlt wie jeder andere Elternteil im Saal auch. Sie waren mit Maisie ins Schwimmbad gegangen, und die Kleine war mit Sarah in die Umkleide geschlüpft, damit sie ihr mit dem Badeanzug hatte helfen können. Außerdem beherrschte Sarah den französischen Zopf inzwischen mit geschlossenen Augen.

Vor einer roten Ampel hielt sie an und lehnte den Kopf ans Lenkrad. Wollte Matt sie vielleicht nur um seiner Tochter und nicht um seinetwillen in ihrem Leben haben?

Ihr Vater saß in einem Sonnenstuhl hinter dem Haus im Garten. Er hatte die Augen geschlossen und das Gesicht der Sonne zugewandt. Der Kragen seines Mantels schützte ihn ein wenig vor der kühlen Märzbrise.

»Was machst du denn hier draußen, Dad?«

Er gab ein mürrisches Ächzen zurück. »Sarah! Ich hab geschlafen!«

Sie sah auf die Uhr. »Aber es ist gerade erst… Schon gut. Fang!« Sie warf ihm die Zeitung zu.

»Danke, Liebes.« Er rieb sich die Augen. »Was machst du überhaupt hier?«

»Sehr charmant. Ich dachte, ich sehe mal nach, wie es dir geht. Noch keine Nachricht von der Agentur, nehme ich an?«

»Nein«, seufzte er. »Immer noch nicht.«

Sie setzte sich vor ihm auf das Gartenmäuerchen.

»Na ja, keine Nachrichten sind doch gute Nachrichten.«

Er zog die Augenbrauen hoch. »Wie kommst du denn darauf? Keine Nachricht heißt nur, dass sie ihn nicht gefunden haben. Warum sollte das gut sein?«

Sie blies die Wangen auf. »Schon gut, vergiss es. War nur so dahergesagt.«

Er nahm die Zeitung zur Hand und hielt sie aufgeschlagen vor sich, sodass sie sein Gesicht nicht mehr sehen konnte und ihn nur noch murmeln hörte: »Ein Sandwich wär jetzt nicht schlecht, wenn's nicht zu viel verlangt wäre.«

Sie hatte ihn zwar gehört, doch sein Wunsch drang nicht mehr zu ihr durch, und sie reagierte auch nicht. Stattdessen starrte sie das Zeitungsfoto auf der Titelseite an.

55

Es fühlte sich merkwürdig gut an, zurück zu sein. Sie musterte das alte Gemäuer und fragte sich nicht zum ersten Mal, wie viele Geheimnisse wohl hinter den maroden Mauern schlummern mochten. Gegen den blauen Himmel, im Licht der Sonne, die sich in den kaputten Fenstern spiegelte, und auch dank der Narzissen, die deutlich zahlreicher waren als jedes Unkraut, sah das Gebäude nicht einmal abschreckend aus. Sie musste an all die armen Seelen denken, für die Ambergate gezwungenermaßen ein Zuhause geworden war, die hier gegen ihren Willen eingepfercht gewesen waren, weil sie sich nicht so verhalten hatten, wie die Gesellschaft es von ihnen erwartet hatte.

Sie schob das Absperrgitter auf und schlüpfte hindurch – und fluchte, als sich ihre Handtasche an einem Stück Draht verfing. Sie riss sie los und tippelte über die Wiese.

»He, Sie!«

Sie blieb stehen und sah sich nach der Person um, die gerufen hatte. »Wer ist da?«

»Ich stelle die Fragen. Das ist Hausfriedensbruch.«

Aus einem Baucontainer ein Stück entfernt kam ein Mann in Sicherheitsweste, die über seinem Bierbauch spannte. Rot im Gesicht und außer Atem schloss er zu ihr auf. In seinem Bart hingen Brotkrümel, und ein Klecks Mayonnaise klebte ihm am Kinn. Er nahm den Helm ab und wischte sich über die verschwitzte Glatze. »Was haben Sie hier zu suchen?«

»Darf ich fragen«, gab Sarah selbstsicher zurück, »was Sie das angeht?«

»Aye, fragen Sie nur, dann kriegen Sie eine Antwort von mir.« Er stemmte die Hände in die Hüften. »Ich bin für die Sicherheit zuständig. Die Bauarbeiten fangen nächste Woche an, und da drin ist es nicht mehr sicher.«

»So ein Quatsch. Ich war schon etliche Male drin.«

Er rieb sich das Kinn. »Wirklich? Also wiederholter Hausfriedensbruch, ja?«

Sie wühlte in ihrer Tasche und angelte eine zerknitterte Visitenkarte hervor. »Ich bin Historikerin. Ich betreibe Recherchen.«

Er blickte auf die Karte hinab. »Und wenn Sie die Kaiserin von China wären – das Gemäuer ist nicht mehr sicher. Ich würde meinen Job nicht gut machen, wenn ich Sie da jetzt reingehen lassen würde.«

Sie musste an Nathan denken, der wahrscheinlich irgendwo dort drinnen schlief und nicht mal ahnte, dass hier alsbald eine Abrissbirne durchs Mauerwerk krachen würde. »Hören Sie, ich brauche nicht lange, versprochen. Ich muss drinnen nur noch ein paar Fotos machen.« Sie tippte sich an den Nasenflügel und zwinkerte ihm zu. »Sie haben mich einfach nicht gesehen, okay?«

Er schob die Hände in die Taschen, trat gegen einen Stein am Boden und schien darüber nachzudenken. »In Ordnung. Zwanzig Mäuse, und ich halte den Mund.«

»Ich soll Ihnen ein Schmiergeld zahlen?«

»Betrachten Sie es als Eintrittsgeld.«

Sarah zückte ihr Portemonnaie und warf ihm einen Schein hin. »Ein Straßenräuber hätte zumindest eine Maske getragen!«

»Nathan«, rief sie. »Bist du da?«

Aus einem der Nebenräume hörte sie: »Jupp, bin hier drin.« Er war eben auf die Beine gekommen, als sie zur Tür hereinkam.

»Dann hast du also meinen Brief gekriegt?«

Kurz standen sie einander gegenüber und schienen beide zu überlegen, ob eine Umarmung angemessen war. Sarah gab sich einen Ruck und nahm ihn in die Arme. Als sie seine säuerlichen Körperausdünstungen roch, musste sie schlucken. Sie sah ihn von Kopf bis Fuß an und verzog angesichts seiner schmutzigen, pickligen Wangen das Gesicht. Seine Haare waren am Ansatz fettig, während die Spitzen zu Berge standen. »Allmählich übertreibst du es, Nathan.«

»Rieche ich so schlecht?«

Sie seufzte. »Was machen wir nur mit dir, hm?« Sie zog die Feuchttücher aus der Tasche. »Nimm die, die helfen.«

»Oh, danke – das ist echt nett von dir.«

»Wann hast du zuletzt was gegessen?«

»Äh, weiß nicht, gestern, glaub ich. Da hat ein Typ 'nen halben Cheeseburger weggeworfen, den habe ich mir geschnappt, bevor die Tauben ihn erwischt haben.«

Sie hatte noch nie sagen können, wann er einen Scherz machte und wann nicht. »Nathan, so kann es doch nicht weitergehen. Warum darf ich dir denn nicht helfen?« Sie drückte ihm die Bananen und ein Glas Erdnussbutter in die Hand. »Davon solltest du zumindest satt werden. Ich habe auch noch Beef-Sandwiches dabei – und eine Flasche Wasser.«

Er rutschte an der Wand nach unten und setzte sich im Schneidersitz auf den Boden. Sarah setzte sich neben ihn und schälte sich ebenfalls eine Banane.

»Du musst dir einen neuen Unterschlupf suchen. Nächste Woche rückt hier ein Bautrupp an.«

»Ich weiß«, nuschelte er mit dem Mund voller Banane. »Hab den Typen aus dem Container getroffen. Das Aas wollte mir allen Ernstes einen Zehner dafür abknöpfen, dass ich reindarf. Bin stattdessen durch die Hintertür.«

»Einen Zehner?«

»Ich weiß! Sehe ich aus, als hätte ich einen Zehner übrig? Das ist doch Diebstahl, am helllichten Tag!«

»Stimmt«, murmelte sie und überlegte, ob sie auf dem Rückweg nach ihrem Wechselgeld fragen sollte.

»Aber egal«, sagte er. »Erzähl, was bei dir los war, während ich weg war.«

Sie setzte ihn über Amys Koffer und die anhaltende Suche nach dem vermissten Sohn ihres Vaters ins Bild.

»Wow.« Er staunte nicht schlecht. »Und schreibst du über all das in deinem Buch?«

»Da bin ich mir noch nicht sicher. Erst muss ich sehen, wie sich alles weiterentwickelt und was mein Vater und Amy vorhaben.« Sie steckte sich das letzte Stück Banane in den Mund und nahm einen Schluck aus der Wasserflasche. »Aber das ist noch nicht alles.«

»Was denn noch?«, fragte Nathan.

»Dans Freundin hat ihr Baby gekriegt.«

»Oh. Verstehe. Und wie geht es dir damit?«

»Eigentlich ganz gut. Ich bin drüber weg.« Sie drehte den Deckel der Thermoskanne ab und goss zwei Becher Milchkaffee ein. »Denkst du manchmal an deine Eltern, Nathan?«

»Nein, nicht wirklich. Die haben mich rausgeworfen, schon vergessen? Die scheren sich doch einen Dreck um mich.«

»Ach, die haben dich rausgeworfen? Hast du nicht erzählt, du wärst gegangen, weil ihr immer gestritten habt?«

Er zuckte mit den Schultern. »Spielt doch keine Rolle.«

Sie nahm einen Schluck Kaffee. »Ich hab gestern im Radio von einem Jungen gehört, der von zu Hause ausgebüxt ist. Er heißt Adam, ist gerade erst fünfzehn, und seine Mutter geht vor Sorge die Wände hoch. Er hat ihr einen Zettel dagelassen, dass er den Leistungsdruck nicht mehr ausgehalten hat und ein bisschen Zeit für sich braucht.« Sie sah Nathan an. »Klingt für mich nach einem verdammt verwöhnten Bengel. Er hat alles: ein behütetes Elternhaus, geht auf eine Privatschule... Seine Mutter hat ihn schon in Oxford gesehen. Das alles wirft er einfach weg, weil er ein Päuschen vom Ernst des Lebens braucht.« Sie schüttelte den Kopf. »Ganz zu schweigen von der Angst, die seine Mutter hat, und dem Geld, das in die Suche nach ihm gepumpt wird.« Sie schnaubte. »Ist schon alles in Ordnung, solange Adam sein kleines Abenteuerchen hat.«

»Vielleicht will er ja gar nicht nach Oxford«, entgegnete Nathan leise. »Vielleicht ist er an seiner Privatschule nicht glücklich, weil seine Freunde alle auf eine öffentliche Schule gehen. Vielleicht ist er es leid, ständig die überhöhten Erwartungen seiner Mutter erfüllen zu müssen. Das Leben hat mehr zu bieten als Klausuren und Spitzennoten, weißt du.«

Sarah durchwühlte ihre Tasche. »Das Interview im Radio war nicht das einzige, das seine Mutter gegeben hat.« Sie zog die Zeitung vom Vortag aus der Tasche und strich über die Überschrift auf der Titelseite: »*Wo ist mein Sohn?*« Neben dem Artikel war das Foto eines Schuljungen abgedruckt – glatte Haut, ordentlich gekämmtes Haar.

Geraldine Clarke ist am Boden zerstört. Es ist gut acht Monate her, seit sie Adam, ihren 15-jährigen Sohn, zuletzt gesehen hat. Nachdem sie ihn am Schultor abgesetzt hatte, lehnte er sich noch durchs Wagenfenster und fragte, was es zum Abendessen geben werde. Sein Verhalten sei unauffällig gewesen, und sie hätten auch nicht gestritten. Trotzdem hat seit jenem Tag niemand mehr von Adam gehört.

Sarah berührte Nathan am Arm. »Ich glaube, es ist an der Zeit, die Qualen deiner Mum zu beenden, oder, Adam?«

56

»Endlich ergibt alles Sinn«, sagte Sarah. »Deshalb hast du mich dir nicht helfen lassen – du wolltest nicht, dass ich die Wahrheit herausfinde.« Sie hatte seine Schultern gepackt und zwang ihn, ihr ins Gesicht zu sehen. »Ich habe mich schon gefragt, wie du ohne Rasierer so glatte Haut haben kannst. Wetten, du hast dich noch nie rasiert? Achtzehn!« Sie schnalzte missbilligend mit der Zunge. »Tja, da hast du mich wohl ordentlich an der Nase herumgeführt.«

»Tut mir leid.« Er schlug den Blick nieder. Dann sah er erneut auf die Zeitung hinab. »Hör dir das an.« Er zeigte auf den Artikel und las laut vor: »›Ich will doch nur, dass er wieder nach Hause kommt‹, so Ms. Clarke. ›Ich bin nicht wütend auf ihn. Er ist ein helles Köpfchen, und vor ihm liegt eine strahlende Zukunft. Er könnte jeden Beruf ergreifen, den er nur will: Arzt, Anwalt, irgendetwas Weltmännisches.‹« Wütend fegte er die Zeitung beiseite. »Sie hat es immer noch nicht kapiert! Selbst in einem Artikel, in dem sie mich anfleht, nach Hause zurückzukommen, geht es ihr immer nur um meine Zukunft. *Er könnte jeden Beruf ergreifen, den er nur will*... Doch wohl eher: den sie für mich vorgesehen hat!«

»Sie ist deine Mutter. Sie ist stolz auf dich und will, dass du dein Talent nicht verschleuderst.«

»Und was ist damit, was *ich* will? Ich bin gerade erst fünfzehn und hab jetzt schon zwei Abschlüsse in der Tasche. Glaubst du allen Ernstes, ich will immer nur für die nächste Prüfung lernen, während meine Freunde Spaß haben? Die Teenager sein dürfen, auf Festivals gehen, Mädchen kennenlernen – und was mach ich? Hm? Studiere verdammte Analysis, quadratische Gleichungen und den verfluchten Thomas Hardy.«

Sarah nahm die Zeitung hoch und betrachtete das Bild seiner Mutter. Angst und Verzweiflung standen ihr ins Gesicht geschrieben. Der Zeitungsfotograf hatte sie zweifellos ermuntert, besonders gequält dreinzublicken, aber in ihren Augen konnte Sarah die Not der trauernden Mutter erkennen, die nicht verstehen konnte, was sie getan hatte, dass ihr Sohn abgehauen war.

»Das alles solltest du deiner Mutter erzählen, Nathan... ich meine, Adam.«

Er schüttelte den Kopf. »Ich kann nicht mehr nach Hause zurück.«

»Aber hier kannst du auch nicht bleiben.« Sie nahm seine schmutzige Hand. »Sieh dich an. Du bist nur noch Haut und Knochen, du stinkst zum Himmel, und mit deinen Haaren siehst du aus wie eine wandelnde Vogelscheuche. Das Abenteuer ist zu Ende, Adam. Es ist Zeit, nach Hause zurückzukehren.«

Er kam auf die Beine. »Dazu kannst du mich nicht zwingen. In ein paar Wochen werde ich sechzehn.«

»Aber die letzten acht Monate hast du es nicht gerade weit gebracht, oder doch?« Sie zeigte vage durch den klammen Raum. »Hast dich verbarrikadiert und von Almosen gelebt...«

Er schlug die Hände vors Gesicht. »Ich kann nicht zurück. Sie ist einfach so ein Kontrollfreak!«

»Was du für Kontrolle hältst, hält sie für Liebe. Sie will doch nur, dass…«

Er gebot ihr mit erhobener Hand Einhalt. »Wage es nicht, das zu sagen!«

»Schon gut. Ich sag's nicht. Aber sag du mir stattdessen, was dein Vater zu alldem sagt. Er wird in der Zeitung nicht erwähnt, und ich meine, du hättest erzählt, dass deine *Eltern* dich rausgeworfen haben.«

Er rümpfte die Nase und schüttelte den Kopf. »Ich habe keinen Vater«, sagte er geradeheraus.

»Oh, okay… Tut mir leid, ich dachte…«

»Meine Mum redet nicht über ihn. Sie hat mit fünfzehn mal Urlaub in Brighton gemacht und dort wohl nicht nur Zuckerstangen geleckt…« Als er Sarahs schockierten Gesichtsausdruck sah, musste er grinsen. »Ich bin quasi bei meinen Großeltern aufgewachsen. Bis ich ungefähr zehn war, dachte ich, Geraldine wäre meine Schwester. Auch wenn meine Großeltern ihr die meiste Arbeit abgenommen haben, hat sie ziemlich viel Unterricht verpasst, glaube ich. Also, ihre Talente hat *sie* jedenfalls ordentlich verschleudert. Deswegen ist sie bei mir auch so überfürsorglich. Sie lebt indirekt durch mich, sonnt sich in meinen Erfolgen, als wäre sie diejenige, die die Klausuren geschrieben hat.«

»Findest du nicht, dass sie genug gelitten hat?«, fragte Sarah leise. »Du hast deinen Standpunkt deutlich gemacht, Adam. Allmählich wird es Zeit, das Richtige zu tun.«

»Das Richtige für wen?«

»Für euch beide.«

Schweigend zupfte er an einem losen Faden an seinem Jogginganzug.

»Adam... Du weißt, dass ich recht habe.« Sie legte ihm erneut die Hand auf die Schulter. »Sieh mich an! Geh heim und rede mit ihr wie der vernünftige Junge, der du nun mal bist. Deine Mutter liebt dich, und das hier bringt sie schier um den Verstand. Was immer du glaubst, was sie dir angetan hat – das hat sie nicht verdient.«

Er verschränkte die Hände über dem Kopf. »Ach, ich weiß nicht... Wenn ich wieder nach Hause gehe, ist das doch, als würde ich zugeben, dass ich versagt habe.«

»Du hast nicht versagt«, entgegnete sie mitfühlend. »Ich glaube, dass du ein ganz feiner Kerl bist, begabt, begeisterungsfähig und intelligent, und so wie du mir bei meiner Recherche geholfen hast – also... Ich wäre stolz, wenn du mein Sohn wärst.«

Lächelnd streckte er sich nach ihr aus und drückte ihre Hand. »Ich wünschte mir wirklich, Sarah, du wärst meine Mutter. Du wärst eine ganz fantastische Mum!«

Er meinte es sicher nur gut, trotzdem taten ihr seine Worte weh. »Für mich ist der Zug wohl abgefahren – für dich noch nicht. Du liebst deine Mutter doch, oder?«

Er zuckte mit den Schultern. »Kann schon sein.«

»Na also. Eure Beziehung braucht einen Helden, Adam. Bist du dieser Held?«

»Aber ich geh nicht zurück an diese Schule! Ich will mit meinen Kumpels an die öffentliche Schule gehen, wo die Lehrer kein Problem damit haben, dass man Kaugummi kaut, und wo man nicht Pausenarrest kriegt, nur weil das Hemd nicht anständig in der Hose steckt.« Mit einem Mal klang er genauso trotzig wie jeder x-beliebige Teenager.

Sarah seufzte. »Hör mal, ich habe meinem Vater versprochen, gleich wiederzukommen. Ich bin sofort losgestürmt, als ich dein Foto in der Zeitung gesehen habe. Komm mit, Adam. Wir schrubben dich sauber, und dann rufst du deine Mutter an. Ich bin mir sicher, sie wird überglücklich sein, dich gefunden zu haben. Da wird sie fast allem zustimmen.«

Als sie mit Adam zu Hause ankam, hatte ihr Vater seinen Morgenmantel an.

»Dad, willst du um drei Uhr nachmittags ins Bett?«

Um seine Schultern lag ein nasses Handtuch. »Ich habe nur ein Bad genommen, wenn's recht ist.«

»Ein Bad? Gott, ich hoffe, du hast noch warmes Wasser übrig gelassen.«

Erst in diesem Moment entdeckte er Adam, der sich hinter Sarah herumgedrückt hatte. »Wer ist das?«

»Das ist Adam Clarke. Adam – mein Vater, Stephen.«

Adam streckte die Hand aus, Stephen schüttelte sie kurz und wischte sich dann mit leicht angewidertem Gesichtsausdruck die Hand am Morgenmantel ab. »Also, Junge, du siehst aber schon ein bisschen mitgenommen aus. Wo hast du dich denn herumgetrieben?«

Sarah setzte ihn ins Bild, und je tiefer sie in Adams Geschichte eintauchten, umso alarmierter wirkte ihr Vater.

»Findest du nicht, das ist eher ein Fall für die Polizei?«, fragte er. »Er ist fünfzehn, hast du gesagt.«

Sarah berührte ihn am Arm. »Gib ihm eine Chance, Dad. Adam wäscht sich nur und ruft dann seine Mutter an.«

»Na, hoffen wir einfach mal, dass wir hier keinem Kriminellen Unterschlupf gewähren.«

»Dad, verdammt, du übertreibst schon wieder maßlos. Lass mich das machen, okay?«

»Also, wenn du dir sicher bist, dass du ...« Das Klingeln des Telefons unterbrach ihn. »Bin gleich wieder zurück«, sagte er und verschwand über den Flur.

Sarah drehte sich zu Adam um. »Mach dir seinetwegen keine Gedanken. Er ist manchmal bloß ein bisschen ... uneinsichtig.«

Adam lachte. »Erzähl mir nichts von uneinsichtigen Eltern. Von denen kann ich ein Lied singen.«

»Es wird schon werden. Vertrau mir.« Sie nickte in Richtung Hauseingang. »Wenn er fertig telefoniert hat, rufst du sie an.«

Er rümpfte die Nase. »Ich weiß nicht ... Kannst du das nicht machen?«

»Was ist denn plötzlich aus dem selbstbewussten jungen Mann geworden, den ich in der Anstalt kennengelernt habe? Der die letzten acht Monate auf der Straße überlebt hat?«

Er blickte niedergeschlagen drein. »Das war Nathan.«

»Komm mal her.« Sie zog ihn an sich heran und nahm ihn fest in die Arme, rieb ihm über den Rücken und schob ihn dann wieder von sich weg, sodass sie ihm ins Gesicht sehen konnte. »Okay, ich rufe sie an. Aber du musst ebenfalls mit ihr sprechen.«

»Aber...«

Sie legte den Zeigefinger an die Lippen. »Kein Aber. Sie könnte glauben, dass ich einfach nur irgend so eine Verrückte bin, die aus heiterem Himmel bei ihr anruft. Du musst ebenfalls mit ihr reden.«

Einsichtig, wenn auch immer noch streitlustig verschränkte er die Arme vor der Brust. »Gut, du hast gewonnen. Ich rede mit ihr.«

Als sie hörten, wie eine Tür über Teppichboden schleifte, drehten sie sich um. Stephen stand in der Tür, kreidebleich, den Mund halb offen, Zettel in der Hand.

»Dad«, rief Sarah und eilte auf ihn zu. »Was ist passiert? Schlechte Nachrichten?«

»Das war die Agentur«, sagte er. »Sie haben ihn gefunden.« Dann machte sich auf seinem Gesicht ein Lächeln breit, das bis zu den Augen reichte. »Sie haben meinen Jungen gefunden.«

57

Er wäre lieber selbst gefahren: zweihundert Meilen ohne irgendeine Ablenkung, um nachdenken, überlegen und planen zu können. Es war unendlich frustrierend – und anstrengend –, von seiner Tochter abhängig zu sein, die ihn die lange Strecke hatte kutschieren wollen. Doch Sarah war unnachgiebig gewesen, und er wusste, dass jede Diskussion ergebnislos geendet hätte. Sie war einfach so verdammt stur! Er konnte sich nicht erklären, woher sie das hatte.

Stephen sah vom Beifahrersitz zu ihr rüber. Sie hatte beide Hände konzentriert am Lenkrad, während der Wagen die holprige Straße entlangruckelte. Die Hecken zu beiden Seiten erwachten gerade wieder zum Leben, die dornigen Zweige waren übersät von Blüten, und Vögel schossen unablässig hierhin und dorthin und sammelten Zweiglein und Schafswollbüschel.

»Wie geht es dir, Dad?«

Statt reflexartig darauf zu antworten, dachte er tatsächlich über seine Antwort nach. Im Lauf seiner Karriere hatte er seinen Patienten die gleiche Frage unzählige Male gestellt. Er hielt sich den Blumenstrauß unter die Nase und atmete den Duft ein.

»Ich bin aufgeregt. Und mir ist leicht mulmig zumute«, sagte er schließlich.

»Ich finde wirklich, du hättest erst anrufen müssen.«

»Ja, hast du schon mal gesagt. Aber das kann ich nicht übers Telefon machen. Das hat sie nicht verdient.«

Sie fuhr um die letzte Kurve, und vor ihnen kam Amys Cottage in Sicht. Er holte tief Luft und schloss die Augen. »Kannst du mir ein paar Stündchen geben?«

»Willst du nicht erst nachsehen, ob sie überhaupt zu Hause ist?«

Er warf einen Blick in Richtung der blauen Eingangstür, die weit offen stand. Jess schlief auf der Schwelle. »Sie ist zu Hause.«

Sarah hielt an, ließ den Motor aber laufen. »Okay. Dann mal viel Glück, Dad.«

Er schob den Riegel am Gartentor auf, und sofort war die Hündin hellwach. Sie hob den Kopf und kam auf die Beine.

»Hallo, Jess«, sagte er und strich ihr über die seidigen Ohren. »Wo ist denn dein Frauchen?«

Jess tänzelte um ihn herum, und ihre Rute peitschte um seine Knie. Er klopfte an die Tür und rief durch die leere Diele: »Amy? Bist du da drin?«

Keine Antwort.

Er presste sich den Strauß an die Brust, umrundete das Cottage und blieb abrupt stehen, als er ihre vertraute Gestalt entdeckte. Sie stand mit dem Rücken zu ihm unter der Wäscheleine und warf ein Laken darüber. Es flatterte im Wind, und sie hatte Schwierigkeiten, es ordentlich zu befestigen. Ihr langes silbergraues Haar reichte ihr fast bis zur Hüfte, und ihre schlanke

Figur hätte die eines Teenagers statt die einer Frau sein können, die gerade die siebzig überschritten hatte.

»Brauchst du Hilfe?«, rief er.

Mit weit aufgerissenen Augen wirbelte sie herum. »Stephen?«

Er ging auf sie zu und hielt ihr die Blumen hin. »Hallo, Amy.«

Sie nahm ihm den Strauß ab und schnupperte daran. »Was... Ich meine... Warum...?«

Verwirrt sah sie ihn an. Sie sah so verletzlich aus, und er verspürte den Impuls, sie in die Arme zu nehmen, ihr übers Haar zu streichen und ihr beruhigend zuzureden. Gefühle, die er ein halbes Jahrhundert lang geleugnet hatte, drängten wieder an die Oberfläche. Wie anders ihr Leben hätte verlaufen können, wenn er nicht so ein Feigling gewesen wäre! Nur weil er so egoistisch gehandelt hatte, hatte sie ihre besten Jahre hinter hohen Mauern verbracht. Das würde er nie wiedergutmachen können.

»Stephen?«

Er nickte in Richtung einer moosbewachsenen Holzbank. »Können wir uns für einen Moment setzen?«

Er ließ sie vorgehen und setzte sich neben sie.

»Amy«, sagte er und nahm ihre Hand. »Es gibt keine Worte, die auszudrücken vermögen, wie unendlich leid es mir tut... Du hast mich vor all den Jahren in deinen Bann geschlagen – in derselben Sekunde, als ich dich zum ersten Mal gesehen habe.« Er lachte kurz auf. »Aber ich bin Psychiater. Ich hab damals nicht an die Liebe auf den ersten Blick geglaubt – auch wenn ich jeden Morgen, wenn ich aufgewacht bin, zuallererst an dich gedacht habe. Ich habe es damals als Schwärmerei gedeutet, nicht als Liebe. Aber da habe ich mich geirrt.«

»Du wusstest wirklich nichts von dem Baby, oder?«

Er schüttelte den Kopf. »Nein. Ich bin einfach vor meinen Gefühlen davongelaufen, und das ist unverzeihlich.«

Sie berührte ihn an der Wange. »Du siehst so traurig aus, Stephen. Geh nicht so hart mit dir ins Gericht.« Sie stand auf und nahm seine Hand. »Gehen wir rein? Ich nehme an, du bist nicht ohne Grund hier.«

Er stemmte sich von der Bank hoch, und seine arthritischen Knie beschwerten sich lautstark. Er drehte sich zu ihr um. »Nein, ich habe tatsächlich einen Grund für meinen Besuch. Und ich wollte es dir persönlich erzählen und für dich da sein, wenn du es erfährst.«

»Oh.« Es hörte sich an wie ein Seufzer. »Geht es… Geht es um unser Baby?«

Er nickte leicht. »Sie haben ihn gefunden, Amy. Sie haben unseren Jungen gefunden.«

Sie krallte sich in seinen Jackenkragen. »Im Ernst?«

Er griff in die Innentasche seiner Jacke und zückte ein Foto. »Das ist unser Sohn.«

Sie starrte auf das Foto hinab und blinzelte die Tränen weg. Er saß in einem Lehnstuhl und strahlte in die Kamera. Sein Haar auf der hohen Stirn wurde allmählich dünn, und er hatte ein paar Pfund zu viel auf den Rippen. Hinter der markanten Brille funkelten seine Augen liebevoll die Person hinter der Kamera an. Seine Ehefrau vielleicht? Oder eines seiner Kinder?

»Er sieht… glücklich aus«, stellte sie fest und

wischte sich die Tränen von den Wangen. »Er sieht richtig glücklich aus.«

Stephen legte ihr den Arm um die Schultern. »Du zitterst, Amy. Komm, gehen wir rein.«

Er zog sie eng an sich und stützte sie auf dem Weg in die Küche.

»Welchen Namen haben sie ihm gegeben?«, fragte sie, während sie noch immer das Foto anstarrte.

»Joseph. Aber er wird wohl Joe genannt.«

»Kann ich ihn treffen?«

»Wenn du dir sicher bist, dass du das willst, können wir das in die Wege leiten.« Er legte eine Pause ein, um seiner Stimme Festigkeit zu verleihen. »Und wenn du nichts dagegen hättest, würde ich gerne mitkommen.«

Sie presste sich das Foto an die Brust und schloss die Augen. »Das wäre schön, Stephen. Da wäre ich sehr froh.«

58

Als der Zug sich der Piccadilly Station näherte, klaubte Amy den Abfall von ihrem Tischchen. Die vergangenen sechseinhalb Stunden hatte sie in der Gesellschaft einer jungen Mutter und ihrer dreijährigen Zwillingsmädchen verbracht. Amy war voller Bewunderung für die Frau gewesen, die Nasen geputzt, Geschichten vorgelesen, unzählige Bilder ausgemalt und diverse Toilettengänge mitgemacht hatte. Inzwischen lehnten die Zwillinge mit geschlossenen Augen aneinander, und ihre Wangen glühten in der Wärme des Abteils.

»Die Süßen!«, sagte Amy. »Sie machen Ihnen alle Ehre, wirklich wahr.«

Die junge Mutter hielt beim Aufräumen inne und sah ihre Töchter lächelnd an. »Sehen Sie sich die beiden an – jetzt, wo wir aussteigen müssen, schlafen sie tief und fest. Typisch!«

»Aber sie freuen sich ganz sicher, ihren Vater wiederzusehen.«

»Na klar. Sie sind beide Daddys Darlings. Aber so habe ich wenigstens mal eine Pause oder kann die ganze Wäsche machen.« Sie hievte ihren Koffer von der Ablage. »War schön, Sie kennenzulernen, Amy. Und viel Glück!«

Sie sah den dreien nach, als sie ausstiegen – die

Mädchen Hand in Hand und gähnend, während sie den Bahnsteig entlangliefen. Amy wartete, bis auch die restlichen Fahrgäste ausgestiegen waren, ehe sie ihren Koffer holte. Das braune Leder sah abgenutzt aus, die Naht am Griff war verschlissen, aber dieser Koffer enthielt ein Stück Geschichte, und sie würde ihn nie wieder aus der Hand geben. Um sie herum schienen alle riesige schwarze Koffer zu haben – mit Rollen und herausziehbaren Griffen. Koffer, die anderen vor die Füße gerieten oder ihnen in die Knöchel krachten. Amy schüttelte den Kopf. Nein, dafür könnte sie sich niemals erwärmen. Sie war mit ihrem alten braunen Koffer mehr als glücklich.

Sie lief den Bahnsteig entlang auf die Glastüren zu und staunte angesichts der Vielzahl von Menschen, die mitten am Tag unterwegs waren. Mussten die denn nicht arbeiten?

Sie standen bereits an ihrem vereinbarten Treffpunkt neben dem runden Infopavillon unter der riesigen Anzeigetafel. Stephen entdeckte sie zuerst und kam mit ausgebreiteten Armen auf sie zu. »Hallo, Amy. Willkommen in London!« Er gab ihr Küsschen auf beide Wangen.

Wie ... europäisch. Wann hatte das denn hier Einzug gehalten?

»Hallo, Amy.« Sarah trat auf sie zu und nahm sie kurz in die Arme.

»Komm«, sagte Stephen. »Gib mir deinen Koffer. Wie war die Zugfahrt?«

»Lang, aber ich saß mit einer zuckersüßen Familie zusammen.«

»Ich hätte dich auch abholen können«, sagte Sarah.

»Unsinn. Es lief doch gut. Du hast genug um die Ohren, auch ohne dich um mich alte Schachtel kümmern zu müssen.« Sie sah Sarah von Kopf bis Fuß an. »Irgendwas ist doch anders an dir.«

»Oh.« Wie ertappt fuhr sich Sarah durchs schulterlang geschnittene Haar. »Das ist die Frisur. Ich dachte, ich probiere mal etwas anderes aus.«

Amy nickte anerkennend. »Steht dir sehr gut.«

Stephen legte ihr die Hand an den Ellbogen und manövrierte sie in Richtung Ausgang. »Kommt. Das Hotel ist nur ein paar hundert Meter entfernt.«

»Tschüss dann«, sagte Sarah.

»Kommst du denn gar nicht mit?«, wollte Amy wissen.

»Nein, ich habe noch eine Verabredung. Wir sehen uns später.«

»Ach?« Amy ließ es wie eine Frage klingen. »Wie... schön. Ist es ein Mann?«

Sarah lachte. »Ja, ist es. Und jetzt los, ihr beiden, und ganz viel Spaß. Bis später!«

Sarah wartete vor dem Haupteingang. Inzwischen war es so sonnig und warm geworden, dass sie ihre Jacke nicht mehr brauchte. Sie starrte einen alten Mann an, der mit seinem Hund im Arm im Schneidersitz an der Wand saß und einen Styroporbecher umklammert hielt. Sie schlenderte zu ihm hinüber und warf eine Zwei-Pfund-Münze hinein. Der Hund sah zu ihr hoch – der tiefe Blick und die graue Schnauze ein Spiegelbild seines bedauernswerten Herrchens.

»Danke«, murmelte der Bettler. »Das ist sehr freundlich von Ihnen.«

Sie ging neben ihm in die Hocke. »Haben Sie Hunger?«

Er lächelte. Die Zahnlücken verliehen ihm ein ungepflegtes Aussehen. »Immer.«

»Bin in einer Minute wieder da.«

Sie kam mit einer dampfend heißen Fleischpastete zurück und sah zu, wie er einen Bissen nahm und auch seinem Hund ein Stück abbrach.

»Sarah, hallo!«

Als sie ihren Namen hörte, wirbelte sie herum.

Wenn er nicht gerufen hätte, hätte sie ihn nicht wiedererkannt. Sie wäre auf der Straße ahnungslos an ihm vorbeigelaufen. Sein blondes Haar sah heller aus, der einst zu lange Pony war aus der Stirn gebürstet, und statt fahl im Gesicht sah er strahlend gesund aus. Auch wenn er immer schlaksig sein würde, hatte er ein wenig zugelegt, und wenn sie seine Oberarme so ansah, hatte er wohl einige Zeit im Fitnessstudio verbracht.

»Adam – Mensch, wie gut, dich wiederzusehen!« Sie breitete die Arme aus und zog ihn an sich. Er roch sauber und nach frisch gewaschener Kleidung.

»Gleichfalls«, erwiderte er. »Ich mag deine Frisur. Und du hast abgenommen! Ich meine – steht dir echt gut! Nicht dass du vorher dick gewesen wärst, aber jetzt siehst du…«

»Danke, Adam«, sagte sie und lachte. »Ich fühle mich auch besser.«

Er sah zu der Frau, die neben ihm stand. »Sarah, das ist meine Mutter, Geraldine.«

Mit der Frau aus dem Zeitungsartikel hatte sie nicht die geringste Ähnlichkeit. Der gehetzte Blick und die hohlen Wangen – Symptome des quälenden Wartens auf ein Lebenszeichen ihres einzigen Sohnes – waren verschwunden.

Sarah streckte ihr die Hand entgegen. »Schön, Sie endlich kennenzulernen.«

Nach ihrer schwitzigen Handfläche zu urteilen, war Geraldine nervös. »Ich weiß nicht, was ich sagen soll, Sarah, außer – danke! Danke, dass Sie sich um meinen Jungen gekümmert und ihn zu mir zurückgebracht haben.« Sie fuhr sich am Augenlid entlang und verschmierte leicht ihr Make-up. »Ich will mir gar nicht vorstellen, was passiert wäre, wenn er Sie nicht getroffen hätte.«

»Mu-um«, beschwerte sich Adam. »Du hast versprochen, nicht rührselig zu werden.«

»Adam ist ein feiner Kerl, Geraldine«, sagte Sarah.

Geraldine zog ihn näher an sich heran. »Wir hatten eine Menge zu besprechen, aber wir sind auf einem guten Weg. Adam geht jetzt auf dieselbe Schule wie seine Freunde und macht sich dort echt gut.«

»Aber auf Noten legen wir nicht mehr so großen Wert, nicht wahr, Mum? Es gibt noch andere Dinge, die wichtig sind.« Er schürzte die Lippen und schüttelte an Sarah gewandt kaum merklich den Kopf. Sie hatte den leicht angestrengten Tonfall durchaus gehört und bedachte Adam mit einem verständnisvollen Lächeln.

»Kommt«, meinte Geraldine, »ich habe uns einen Tisch in einem Lokal mit Dachterrasse reserviert, damit wir die Sonne genießen können.«

Adam zog den Stuhl für seine Mutter heran, und sie ließ sich graziös darauf nieder. Durch die Sonnenbrille hatte Sarah die Gelegenheit, die Frau unbemerkt zu mustern. Nach allem, was Adam ihr erzählt hatte, konnte sie gerade erst Anfang dreißig sein, und der Wildfang von früher, der mit fünfzehn ungewollt schwanger geworden war, war ohne Frage zu einer respektablen Frau herangereift. Ihr schwarzes Haar lockte sich bis auf die Schultern, und sie war makellos geschminkt, sodass ihre Haut trotz der Hitze nicht glänzte.

Während Geraldine mühelosen Glamour ausstrahlte, fühlte Sarah sich, als würde sie in der Hitze zerschmelzen. Wiederholt nahm sie ihre Serviette und tupfte sich über die feuchte Stirn, ehe sie einer vorbeieilenden Bedienung zurief: »Eine Flasche Champagner bitte, und drei Gläser.«

Geraldine sah überrascht von der Speisekarte auf. »Gibt es etwas zu feiern?«

»Sie werden gleich sehen... Es ist doch in Ordnung, wenn Adam auch ein Schlückchen Champagner bekommt?«

»Oh«, rief Adam und rieb sich die Hände. »Mein erstes alkoholisches Getränk! Und Mummy ist dabei.«

Geraldine starrte ihn aus zusammengekniffenen Augen an. »Kein Grund, ironisch zu werden, Adam.«

Sarah wühlte in ihrer Tasche und zog eine braune Papiertüte hervor, die sie Adam in die Hand drückte.

»Was ist das?«

»Mach's auf!«

Adam spähte in die Tüte und zog ein Buch hervor.

Er starrte auf den glänzenden Umschlag mit dem Titel in großen weißen Lettern: *Ambergate. Eine persönliche Geschichte.*

»Wow, Sarah – wie cool! Ich kann nicht glauben, dass es fertig ist. Toll gemacht!«

»Na ja, ich hab's im Selbstverlag veröffentlicht, aber man kann es sich online bestellen, und der Buchhändler in meinem Viertel hat versprochen, es in sein Sortiment aufzunehmen – und natürlich steht eine Ausgabe in der Bibliothek. Ich kann mir zwar nicht vorstellen, dass ich damit auf der Bestsellerliste lande, aber das hatte ich ja auch nie vor.«

Adam reichte es an seine Mutter weiter. »Ist das nicht großartig?«

Die strich mit den Fingern sachte über das Foto von Ambergate. »Wirklich wahr«, sagte sie leise. »Gratuliere!«

»Schlagen Sie mal die Danksagung auf«, forderte Sarah sie auf, und Geraldine las laut vor: »›Mein besonderer Dank gilt Adam Clarke. Unsere Zufallsbekanntschaft hat sich als Wendepunkt für uns beide entpuppt. Ich bin unendlich froh, ihn zum Freund zu haben.‹« Geraldine drehte sich zu Adam um. »Ist das nicht nett?«

Er war rot geworden. »Himmel, Sarah, dass du so gefühlsduselig bist…« Er streckte sich mit strahlenden Augen über den Tisch aus und berührte ihre Hand. »Danke!«

59

»Wie gefällt dir dein Zimmer?«, wollte Stephen wissen, als er den Stuhl für sie unter dem Tisch hervorzog.

Amy strich ihren Rock glatt, setzte sich und legte sich die Serviette auf den Schoß. »Oh, ganz wunderbar! Ich habe ein riesiges Bett, in dem eine vierköpfige Familie schlafen könnte – und dann all diese Kissen! Außerdem einen kleinen Einbaukühlschrank mit winzigen Whisky-, Gin- und Weinfläschchen.«

Stephen nahm ihr gegenüber Platz und sah sie amüsiert an. »Du klingst gerade so, als hättest du noch nie in einem Hotel übernachtet«, sagte er und lachte.

»Na ja, hab ich auch nicht.« Sie schlug den Blick nieder und nestelte an der Serviette.

Er griff über den Tisch nach ihrer Hand. »Tut mir leid, da hab ich nicht nachgedacht. Komm, wir bestellen uns Wein, oder? Rot oder weiß?«

Sie zuckte mit den Schultern. »Warum suchst du nicht den Wein aus?«

Er hielt die Weinkarte ins Kerzenlicht und überflog sie kurz. »Hier ist es so verdammt dunkel, dass ich gar nichts entziffern kann.« Dann winkte er eine Kellnerin heran. »Eine Flasche Marlborough Sauvignon Blanc, bitte.«

»Was ist denn für morgen geplant, Stephen?« Amy

rümpfte die Nase. Sie fand es immer noch merkwürdig, ihn beim Vornamen anzusprechen.

»Ich habe uns mit ihnen im *Pavilion Café* im Park verabredet. Ich dachte mir, neutraler Boden wäre gut.«

»Das klingt, als wären wir verfeindet.«

»Nicht doch – so ist es einfach nur entspannter. Da muss sich keiner Gedanken machen, ob der Tee vielleicht zu stark sein könnte oder die Kekse nicht schmecken.«

Die Kellnerin kam mit einer Flasche wieder, entkorkte sie und wandte sich – mit hinter dem Rücken verschränkter Hand – an Amy. »Möchten Sie den Wein erst kosten, Madam?«

Amy zögerte. »Oh ... Ich kenne mich mit Wein nicht aus, ich ...«

Stephen winkte ab. »Schenken Sie einfach ein.«

»Also, das war wirklich unhöflich«, tadelte Amy ihn, sobald die Kellnerin wieder gegangen war.

Stephen sah sie verblüfft an. »Findest du?«

»Du hast dich kein Stück verändert. Deine Selbstwahrnehmung lässt wirklich zu wünschen übrig. Ich weiß noch, dass du damals diverse Patienten *und* das Pflegepersonal eingeschüchtert hast.«

»Blödsinn, die haben mich alle geliebt!«

»Das war Ehrfurcht, mein Lieber.« Sie nahm ihr Glas zur Hand und schwenkte den Wein darin. Dann lehnte sie sich vor und senkte die Stimme: »Sie wollten es dir alle recht machen, sie wollten alle immer nur, dass du sie mochtest, und du hast dich in ihrer Bewunderung gesonnt.« Dann lehnte sie sich wieder zurück und wartete darauf, dass ihre Einschätzung bei ihm einsickerte.

»Du warst für all die Leben dort drinnen verantwortlich, und ich finde nicht, dass du diese Macht klug genutzt hast.« Sie legte den Kopf in den Nacken und sah zur Decke empor. »So viele, die jahrelang weggesperrt wurden – und das ganz ohne Grund. Menschen, die *du* behandelt hast, Dr. Lambourn.« Sie tupfte sich mit der Serviette über die Augen. »Ich habe so viele Freunde drinnen verwelken und sterben sehen.«

»Es war eine andere Zeit, Amy. Auch ich war ein Opfer des Systems.«

Sie ging über seinen Einwand hinweg. »Kannst du dich noch an Pearl erinnern?«

Er nickte. »Die korpulente Frau mit dem runden Gesicht.«

»Wie oft hat sie dich angefleht, wieder nach Hause zurückkehren zu dürfen?« Als er nicht antwortete, fuhr sie einfach fort: »Unzählige Male, Stephen. Sie hat dich angefleht. Eurer Diagnose zufolge war sie geistig behindert und schwachsinnig.« Sie schüttelte den Kopf. »Aber was soll das denn bitte heißen?«

»Es heißt, dass…«

»Hör auf, Stephen! Niemals hätte sie ihr Leben lang weggesperrt werden dürfen, das weißt du selbst. Sie war von dem einzigen Mann, den sie je geliebt hat, vor dem Traualtar sitzengelassen worden, und das hat ihr das Herz gebrochen – das war schon alles. Mit ihrem Kopf war rein gar nichts verkehrt. Zumindest noch nicht, als sie eingewiesen wurde. Und auch die anderen – Belinda, Queenie… Sie alle hat man dort einfach verrotten lassen. Ich hätte nie gedacht, dass ich das mal sage, aber ich bin eine der Wenigen, die Glück gehabt hat. Denn zumindest bin ich am Ende rausgekommen.«

Er konnte ihr nicht ins Gesicht sehen. Stattdessen legte er die Hände auf die Tischplatte und starrte seine Handrücken an. »Du hast recht, Amy. Du hast ja so recht.«

Sein Gesichtsausdruck war der eines gebrochenen Mannes, der begriffen hatte, dass er nichts tun konnte, um seine Fehler aus der Vergangenheit ungeschehen zu machen.

Unverhofft hatte sie Mitleid mit ihm und lenkte ein. »Du hättest mich glücklich machen können, weißt du? Wenn es eine Person gibt, die das hätte schaffen können, dann du.«

»Es ist noch nicht zu spät.«

Sie lachte kurz auf, allerdings nicht amüsiert. »Oh doch, Stephen. Es ist viel zu spät.«

Er nahm sich ein Brötchen aus dem Brotkorb, brach es über seinem Teller entzwei und bestrich es mit Butter. Sie konnte sehen, dass seine Hände zitterten, und fragte sich, ob es die Nerven waren oder einfach nur ein Symptom seines Alters. Er würde Ende des Monats achtzig werden – fast zehn Jahre älter, als sie es war. Allerdings schien der Altersunterschied inzwischen kaum mehr ins Gewicht zu fallen.

»Woran denkst du?«, wollte er unvermittelt wissen.

Sie schüttelte den Kopf, um die Erinnerungen zu verscheuchen. »Ach, nur daran, wie anders alles hätte sein können, das ist schon alles.«

»Bitte, Amy, ich...«

»Ist schon gut, Stephen. Ich hab dir verziehen. An

der Verbitterung festzuhalten, am Bedauern, an der Wut... Das wäre doch, wie die Luft anzuhalten. Am Ende erstickt man. Ich muss ja doch irgendwann loslassen.«

Sie nahm noch einen Schluck Wein. Ihr war bereits warm geworden, ihr Kopf fühlte sich leicht an, und ihr Haar lag schwer in ihrem Nacken. Sie wedelte sich mit der Speisekarte Luft zu. »Du hast genug gesühnt, Dr. Lambourn.« Sie hob ihr Glas. »Morgen lerne ich – nur dank dir – meinen Sohn kennen. Es mag vielleicht fünfzig Jahre zu spät sein, aber dafür bin ich trotzdem auf ewig dankbar.«

60

Draußen an der warmen Maisonne suchten sie sich einen Tisch unter einem großen Sonnenschirm. Inzwischen sah es rundum nach Sommer aus: Üppig dunkelviolette Klematisblüten bedeckten die Wände, und der Duft frisch gemähten Grases wehte durch den Park. Stephen zog für Amy einen Stuhl unter dem Tisch heraus.

»Danke.« Sie nahm Platz und setzte die Sonnenbrille ab. Sie hatte tagelang überlegt, was sie anziehen sollte – nicht dass die Auswahl groß gewesen wäre. Ihr Leben war schlicht, Kleidung war nichts, worüber sie sich viele Gedanken machte, und normalerweise zog sie morgens an, was ihr in die Hände fiel. Die Jahre in Ambergate, wo sie die immer gleichen formlosen Anstaltskleider getragen hatte, waren ihrem Sinn für Mode nicht eben zuträglich gewesen.

»Du siehst bezaubernd aus«, sagte Stephen. »Die Farbe steht dir ausgesprochen gut.«

Sie strich sich die fliederfarbene Bluse glatt. »Danke. Ich war mir nicht sicher, was ich anziehen soll.«

Ihr Haar hatte sie im Nacken zu einem Chignon geknotet, doch ein paar wenige lose Strähnen nahmen der Frisur die Strenge. Stephen hatte sich für einen Freizeitlook entschieden. Sein blassrosa kariertes Hemd stand am Kragen ein paar Knöpfe offen, er hatte sich frisch rasiert und roch dezent nach Sandelholz.

»Ich finde, du hast es perfekt hingekriegt«, sagte er mit einem Lächeln. Dann sah er auf die Uhr. »Jetzt dauert es nicht mehr lange.«

Amy entdeckte sie zuerst, stupste Stephen an, und sie standen auf, um sie zu begrüßen. Sie konnte kaum atmen, geschweige denn sprechen. Ihr Mund fühlte sich an wie ausgedörrt und war nicht imstande, Wörter zu bilden. Sicherheitshalber hielt sie sich an der Tischkante fest, als sie der Frau entgegenblickte, die zur Mutter ihres leiblichen Sohnes geworden war.

Jean stellte sich erst Stephen vor, und er schüttelte ihr freundlich die Hand. »Danke, dass Sie gekommen sind. Sie ahnen ja nicht, was uns das bedeutet.«

Amy hielt sich zurück und war dankbar, dass sie Stephen das Reden überlassen konnte. Jean war eine zierliche Frau und erinnerte an ein Vögelchen – mit einem Busch lockiger grauer Haare, die bläulich schimmerten. Zwei Rougeflecken zierten ihre Wangen, und der Hauch pinkfarbenen Lippenstifts zeugte davon, dass sie sich für dieses Treffen Mühe gegeben hatte. Sie hatte ein freundliches Gesicht, das selbst in entspannten, unbeobachteten Momenten zu lächeln schien. Stephen drehte sich um und stellte ihr Amy vor, die sich statt für den formellen Handschlag für eine Umarmung entschied und den pudrigen Duft der alten Dame auf der Stelle tröstlich fand. Jean erwiderte die Geste, und eine Weile standen die beiden Frauen in inniger Umarmung da, bis Stephen Amy leicht an der Schulter berührte.

Jean lächelte und drückte Amy ein Küsschen auf die Wange. »Und jetzt möchte ich Ihnen gern Joe vorstellen.«

Amy blickte ihren Sohn an – den Jungen, den sie fast ihr ganzes Leben lang tot geglaubt hatte. Der Junge, von dem sie angenommen hatte, er wäre in irgendjemandes Sarg gelandet, weil man ihm nicht einmal mit einem eigenen Grabstein die Ehre hatte erweisen wollen. Der Junge, von dem sie behauptet hatten, er hätte nie auch nur einen Atemzug getan. So viele Jahre lang hatte die Vorstellung sie zermartert, sie wäre dafür irgendwie verantwortlich gewesen – indem sie bei der Geburt nicht fest genug gepresst oder nicht darauf beharrt hätte, dass die Hebamme mit den Wiederbelebungsversuchen weitermachte...

Jean beugte sich nach unten, sodass sie auf Augenhöhe mit ihrem Sohn war, und tätschelte sein Knie. »Joe, das sind Amy und Stephen.«

Er ließ den Kopf über die Nackenstütze rollen, stieß ein kleines Grunzen aus, und der Mund verzog sich zu einem Lächeln. Dann hob er den Arm, winkelte dabei das Handgelenk merkwürdig ab, und winkte ihnen zu.

Jean drückte seine Hand. »Guter Junge.« Sie zog ein Taschentuch aus ihrem Ärmel und wischte ihm den Mund ab, bevor sie ihm einen Kuss auf den Scheitel drückte. Dann lächelte sie Amy an, und ihre Brust war stolzgeschwellt, während sie immer noch die Hand ihres Sohnes hielt. »Er kann nicht sprechen, aber er versteht eine ganze Menge, Sie können sich also mit ihm unterhalten.«

Stephen hatte Amy von Joes Gesundheitszustand in Kenntnis gesetzt, sodass sie auf den Anblick des Mannes im Rollstuhl und auf seine unkontrollierten Bewegungen vorbereitet gewesen war. Worauf sie sich nicht hatte vorbereiten können, war die überwältigende Zuneigung, die sie vom ersten Moment an für ihn empfand. Er hatte den gleichen dunklen Teint wie sein Vater, aber ihre großen rehbraunen Augen. Sie hätte ihn am liebsten umarmt und nie wieder losgelassen.

Sie beugte sich wie zuvor Jean zu ihm hinunter und nahm seine Hand. »Ich freue mich unendlich, dich kennenzulernen, Joe.«

Stephen schob ein paar Stühle zur Seite, sodass Jean Joes Rollstuhl an den Tisch manövrieren konnte. Dann fragte sie ihn: »Magst du ein Stück Kuchen, Joe? Schokokuchen, den liebst du doch.«

Joe nickte, und seine Augen leuchteten aufgeregt.

Jean lachte. »Dann ein Stück Schokokuchen für dich.«

Nachdem sie ihre Bestellung aufgegeben hatten, rang Stephen die Hände und lehnte sich vor. »Was mit Ihrem Ehemann passiert ist, tut mir wahnsinnig leid«, sagte er zu Jean.

Sie sah ihn an. »Für Joe war es schlimmer, um ehrlich zu sein … Er hat seinen Dad geliebt, und Harold ist immer ganz wunderbar mit ihm umgegangen. Joe hat einfach nicht verstehen können, wo er hingegangen ist. Er hat ihm noch wochenlang jede Nacht nachgeweint.« Sie schniefte leise. »Es hat mir das Herz gebrochen.«

»Und wie geht es ihm jetzt?«

»Es ist jetzt bald ein Jahr her, dass Harold gestorben ist, und Joe hat sich allmählich wieder beruhigt. Er weint sich nicht mehr in den Schlaf, aber ich habe ein bisschen Sorge, dass er ihn vergessen haben könnte – oder noch schlimmer: dass er glaubt, Harold hätte ihn einfach sitzen lassen.« Sie strich Joe übers Haar. »Es ist nicht immer leicht zu verstehen, was in ihm vorgeht.«

»Es klingt so, als sei Harold ein wunderbarer Vater gewesen«, sagte Amy.

Jean lächelte liebevoll. »Er war der beste, den Joe hätte haben können.« Dann hielt sie inne und sah Stephen entschuldigend an. »Das sollte kein Vorwurf sein.«

Stephen hob die Hand. »Ich habe es auch nicht so verstanden.«

Joe fuchtelte mit den Armen wie ein aufgeregtes Kleinkind und knallte die Hände auf die Rollstuhllehnen. Dann greinte er tief aus der Kehle und verdrehte den Kopf.

»Was ist denn los, Joe, mein Lieber?«, fragte Jean zärtlich und folgte seinem Blick. »Oh, er hat die Katze entdeckt. Du liebst Tiere, nicht wahr?«

Amy stand auf und lief auf die graue Katze zu, die in einer Pfütze aus Sonnenlicht saß und sich die Brust putzte. Sie nahm sie hoch, und die Katze ließ es geschehen. Amy trug sie hinüber zu ihrem Sohn und setzte ihm das Tier auf den Schoß. Joe sah beseelt aus und hatte ein breites Lächeln im Gesicht, als er die Katze ungeschickt streichelte.

Die Bedienung kam mit einem Tablett wieder. Eine dreistöckige Etagere war mit feinen Sandwiches und winzigen Cupcakes mit pastellfarbenen Cremes belegt.

Joe entdeckte das riesige Stück Schokokuchen und fuchtelte aufgeregt mit den Armen, sodass die Katze von seinem Schoß sprang.

Amy streckte sich nach der Teekanne aus, hob den Deckel an und rührte kurz darin herum. Dann nahm sie die Kanne hoch und sah einmal in die Runde. »Wer will?«

Jean faltete eine Serviette auseinander und legte sie Joe auf den Schoß. Dann schnitt sie den Schokokuchen in Stücke und schob ihm eins in den Mund. Er schmatzte anerkennend und sperrte den Mund auf wie ein Vögelchen, das darauf wartete, einen Wurm serviert zu bekommen.

»Das nächste Stück nimmst du dir selbst, Joe.«

Jean spreizte seine Finger und setzte ein Stück Kuchen in seine Handfläche. Joe hob die Hand und warf sich den Happen in den Mund.

»Gut gemacht.«

Er streckte die Hand aus und wollte mehr, doch diesmal gab Jean ihm den Teller.

»Such dir das nächste Stück aus.«

Joe schüttelte den Kopf, doch Jean hielt ihm unnachgiebig den Teller hin.

»Komm schon, Joe«, sagte sie nachdrücklich.

Bei dem Anblick zerriss es Amy das Herz. Es sah so grausam aus, ihm die kleinen Stückchen hinzuhalten, obwohl er doch offenkundig feinmotorische Probleme hatte. Doch Jean ließ sich nicht erweichen, und nach einer Weile lehnte Joe sich vor und nahm ein Stück Kuchen zwischen Daumen und Zeigefinger. Er drückte ein wenig zu fest zu, sodass der Kuchen zwischen seinen Fingern zerbröselte. Am Ende landeten nur ein paar Krumen in seinem Mund. Trotzdem applaudierte Jean begeistert.

»Ich wusste, du schaffst es.« Sie lehnte sich vor und gab ihm einen Kuss auf die Stirn. »Ich hab dich lieb, mein kluger Junge.«

Joe strahlte und klopfte sich dreimal auf die Brust.

»Das ist Joes Ausdruck für ›Ich liebe dich‹«, erklärte Jean. »Das hat Harold ihm beigebracht.«

Auf Stephens Vorschlag hin machten sie einen Spaziergang durch den Garten, der an das Café grenzte. Stephen schob Joes Rollstuhl vorneweg, während Amy und Jean hinterherschlenderten. Die beiden Frauen blieben an einem Zierbrunnen stehen. Eiserne Fische spuckten Wasser in ein Becken, das von den hineingeworfenen Münzen schon grün verfärbt war. Amy wühlte in ihrer Tasche und warf ein Zehn-Pence-Stück hinein, schloss für eine Sekunde die Augen und holte tief Luft. Der Duft von Lavendel stieg ihr in die Nase.

»Darf ich Sie etwas fragen, Jean?«

»Fragen Sie mich, was immer Sie möchten. Ich kann Ihnen nur nicht versprechen, dass ich die Antwort weiß.«

»Warum haben Sie sich für mein Baby entschieden?«

Mit einem Lächeln im Gesicht schüttelte Jean den Kopf. »Habe ich nicht, meine Liebe. Er hat sich für mich entschieden.«

Amy wies auf eine Steinbank neben dem Brunnen. »Setzen wir uns kurz?«

Stephen war ein Stück weitergegangen, beugte sich zu Joe und nahm seine Hand, damit er einen schwanzwedelnden Golden Retriever streicheln konnte.

»Natürlich.«

»Bitte erzählen Sie mir von Joe«, sagte Amy. »Alles ... von Anfang an.«

Sie sah, wie Stephen sich umdrehte und Joes Rollstuhl zurück in ihre Richtung schob. Sie schüttelte leicht den Kopf, signalisierte ihm, er möge warten, und er nickte.

»Joe war gerade sechs Wochen alt, als ich ihn zum ersten Mal gesehen habe«, hob Jean an. »Harold und ich konnten keine eigenen Kinder bekommen, deshalb hatten wir uns für eine Adoption entschieden. Babys gab es damals zuhauf; gerade junge Mütter mit unehelichen Kindern wurden zu dieser Zeit ermutigt – oder um es direkt zu sagen: gezwungen –, ihre Babys zur Adoption freizugeben. Sie wurden für die Niederkunft in Mutter-Kind-Heime gesteckt, und nachdem sie das Kind zur Welt gebracht hatten, durften sie es sechs Wochen lang bei sich behalten. Das fand ich ganz besonders grausam – ihnen Zeit zu lassen, eine Beziehung aufzubauen, und ihnen dann erst das Kind zu entreißen. Das kam mir barbarisch vor, und mir war einfach nicht wohl dabei, einer anderen Frau gegen ihren Willen das Kind wegzunehmen. Doch dann habe ich Joe gefunden. Er lag in seiner Wiege und starrte zur Decke. Seine Augen waren so riesig und dunkel. Er hat mich sofort in seinen Bann geschlagen. Ich habe eine der Schwestern über ihn ausgefragt, und sie erzählte mir, dass er nicht zur Adoption stünde, weil er geistig zurückgeblieben wäre.« Sie sah zu Amy hinüber. »Tut mir leid, aber das war damals der Wortlaut. Ich habe sie gefragt, was denn aus ihm werden würde, und die Schwester meinte bloß, sie würden ihn wegsperren.«

Amy schlug die Hand vor den Mund. »Wegsperren? Mein Gott, wie grausam...«

»Mhm, meine Rede«, sagte Jean. »Bei dem Gedanken war mir ganz schlecht... Dieses kleine, hilflose Baby, das niemanden hatte und einfach in eine Anstalt verfrachtet werden sollte, weil er im Weg war, in unserer Gesellschaft keinen Platz hatte... Ich hätte doch nicht mehr in den Spiegel schauen können, wenn ich einfach kehrtgemacht hätte und davonmarschiert wäre! Ich habe mich über seine Wiege gebeugt und ihm über die Wange gestrichen, und er riss die Augen auf, als hätte ihn dieser einfache menschliche Kontakt regelrecht schockiert. Dann hat er die Lippen zu einem schiefen Lächeln verzogen und mit den Beinchen ausgetreten. Ich habe meinen Mann angesehen – ich musste nicht einmal etwas sagen, er nickte nur, beugte sich vor und nahm Joe aus der Wiege. Die Schwester stürzte sofort auf uns zu, war entsetzt und wollte, dass wir ihn sofort wieder zurücklegten. Aber da war es bereits zu spät. Da hatte er sich mir schon ins Herz geschlichen, und ich wusste, ich würde ihn niemals mehr verlassen.«

Amy tropften die Tränen vom Kinn auf die Bluse, wo sie dunkle Flecken hinterließen. »Das ist so wunderbar, Jean.« Sie spähte hinüber zu dem Spazierweg, wo Stephen sich um Joe kümmerte und ihm die Mütze zurechtrückte, damit er von der Sonne nicht geblendet wurde. »Was für ein schreckliches Leben er gehabt hätte, wenn Sie und Harold nicht gewesen wären! Ich habe noch nie etwas so Selbstloses gehört. Ich weiß nicht, wie ich Ihnen dafür danken soll.«

»Oh nein, danken Sie nicht mir, Amy. Joe hat unser Leben so unendlich mehr bereichert als wir das seine – ich bin wirklich stolz, dass ich mich seine Mutter nennen darf.«

»Sie waren für ihn so viel besser, als ich es je hätte sein können«, gab Amy zu.

»Gehen Sie nicht so hart mit sich ins Gericht, meine Liebe. Sie hatten nie die Chance.«

Amy sah hinauf ins blasse Sonnenlicht und ließ im Kopf die Jahre Revue passieren. Sie war nie verrückt gewesen. Der Tod ihrer Mutter, den sie hatte mit ansehen müssen, hatte sie in jungen Jahren traumatisiert. Im selben Moment war ihr Leben in sich zusammengefallen wie ein Kartenhaus. Selbst heute noch konnte sie sich den entscheidenden Augenblick ins Gedächtnis rufen. Das Bild ihrer Mutter, deren zerschmetterter Leib auf der Kühlerhaube des Autos lag, stand ihr immer noch genauso klar und deutlich vor Augen wie vor sechzig Jahren. Sie hatte damals nicht zur Beerdigung gehen und nicht vor ihrem Vater weinen dürfen, weil es ihn aufgeregt hätte. Sie war gezwungen gewesen, ihre Gefühle für sich zu behalten, gute Miene zum bösen Spiel zu machen und stumm ihre Trauer hinunterzuschlucken, die irgendwann gedroht hatte, sie zu ersticken.

»Amy, ist alles in Ordnung? Sie sind ganz schrecklich blass.« Jeans sanfte Stimme riss sie zurück in die Gegenwart.

»Ich war nicht verrückt, wissen Sie? Ich hätte dort niemals eingesperrt werden dürfen.« Sie hob beide Hände. »Oh, ich war unbeherrscht. Ich habe eine andere Patientin mit einer Porzellanscherbe attackiert, was sicher dazu beigetragen hat, dass ich als nicht gesellschaftsfähig galt. Aber sie haben mich zu jemandem gemacht, der ich nicht war. Nachdem mein Baby gestorben war... Nachdem sie mir *erzählt* hatten, dass mein Baby gestorben wäre, habe ich aufgegeben, glaube ich... Ich hatte nichts mehr, wofür es sich gelohnt hätte zu kämpfen.« Sie nickte in Stephens Richtung. »Und er hatte mich verlassen.«

»Er hat Sie verlassen, als Sie schwanger waren?«

»Er wusste nicht, dass ich sein Kind erwartete. Es war kompliziert... Ich war Patientin in einer Nervenheilanstalt, und er war mein Arzt. Dass das schwierig war, können Sie sich bestimmt denken.«

Jean sah sie skeptisch an. »Trotzdem... Sie einfach so sitzen zu lassen...«

»Ich habe ihm verziehen, Jean«, sagte sie knapp. »Das musste ich.«

Jean nestelte an ihrer Handtasche und blickte nachdenklich drein. »Wissen Sie, was mir am meisten Sorgen macht, Amy? Besonders jetzt, da Harold nicht mehr da ist und nur noch Joe und ich übrig sind?«

Amy nickte. »Was aus Joe wird, wenn eines Tages auch Sie selbst nicht mehr da sind.«

»Genau«, murmelte Jean. »Ich habe gesehen, wie es ihm ging, nachdem Harold gestorben war – der verwirrte Blick, wenn wir gegessen haben und nur wir zwei am Tisch saßen. Ich weiß noch, wie ich das erste

Mal versucht habe, ihn zu rasieren – er hat sich gewehrt wie ein wildes Tier, bis ich ihm am Ende in die Haut geschnitten habe. Joe hat die Hand ans Gesicht gehoben und das Blut ertastet... Er ist ausgerastet und hat mich angesehen, als hätte ich ihn umbringen wollen. Das Rasieren hatte zuvor immer Harold übernommen, wissen Sie... Wie soll er es je verstehen, wenn ich nicht mehr da bin und ihn keiner beruhigen kann? Ich bin jetzt zweiundachtzig...«

»Er hat jetzt auch mich, Jean. Ich werde für ihn da sein.«

»Ich weiß, dass Sie es gut meinen, Amy. Aber Sie sind auch kein junger Hüpfer mehr...«

Amy lachte kurz auf. »Das ist wahr, da kann ich nicht widersprechen.«

»Harold und ich waren nicht reich. Ich bin nie arbeiten gegangen, weil Joes Pflege ein Vollzeitjob war. Nicht dass ich mich beklagen will – absolut nicht. Es war ein Privileg, mich um ihn kümmern zu dürfen, und ich würde mich niemals anders entscheiden.«

Als sie die Räder von Joes Rollstuhl über den Kies knirschen hörten, drehten sie sich um. Stephens Gesicht war vom Schieben hochrot, und Schweiß glänzte auf seiner Stirn. Mit einem Taschentuch tupfte er sich übers Gesicht. »Puh, da kriegt man ganz schön Durst!«

»Da ist mein Junge ja wieder«, sagte Jean, und Joe streckte die Arme nach ihr aus. Sie beugte sich vor, um ihn zu umarmen. »Du hast ganz rote Wangen, Joe. Hoffentlich hast du nicht zu viel Sonne abbekommen.« Sie tastete in ihrer Handtasche nach einer kleinen Tube Sonnencreme, drückte sich einen Klecks in die

Handfläche und cremte Joe ein. Er schloss die Augen, und sein Körper entspannte sich. Unter der sanften Berührung seiner Mutter ließen die Zuckungen sofort nach.

»Sie tun ihm so gut«, stellte Amy fest. »Sie müssen es gar nicht aus seinem Mund hören, um zu wissen, dass er Sie anbetet.«

Jean lehnte sich zurück und betrachtete ihren Sohn. »Er ist mein Ein und Alles«, sagte sie schlicht.

»Jean...« Amy zögerte. »Ich... Ich würde wirklich gern ein Teil seines Lebens sein... wenn das für Sie in Ordnung wäre.«

Jean sah erst Amy, dann Stephen und schließlich ihren Sohn an, der strahlte und gespannt auf ihre Antwort zu warten schien.

»Joe und ich würden uns freuen«, sagte sie nach einer Weile. »Wir würden uns sehr darüber freuen.«

Sarah starrte zu dem Gemäuer hoch, in dem alles angefangen hatte. Die Bulldozer hatten ganze Arbeit geleistet – die historische Fassade war alles, was von Ambergate geblieben war. Der Glockenturm war restauriert worden und sah vor dem wolkenlosen Himmel beeindruckend aus.

Sie studierte die Infotafel. *Hier eröffnet demnächst Ambergate Village – traumhafte Apartments und weitläufige Fünf-Zimmer-Doppelhäuser für den gehobenen Anspruch.*

Matt stand hinter ihr und legte ihr die Hand auf die Schulter. »Na, wär das was für dich?«

Bei seiner zärtlichen Geste lehnte sie sich intuitiv

an seine Brust. »Nie im Leben. Ich weiß zu gut, was an diesem Ort vorgefallen ist – ich könnte kein Auge zutun.«

»Komm, führ mich herum.«

»Tja, viel ist nicht mehr übrig.« Sie zeigte über den Rasen. »Die kleine Kapelle dort – da haben die Patienten gebetet. Die scheint den Abriss überlebt zu haben. Und da drüben lag früher das alte Cricket-Feld.« Sie musste an Amy denken, die in Ambergate ihr Leben vergeudet hatte, und seufzte. »Ich bin nur froh, dass ich nicht auf meinen Vater gehört habe, als er mir verboten hat, hier herumzuschnüffeln. Dann hätte Amy ihren Sohn nie kennengelernt.«

»Du hast das Richtige getan«, pflichtete Matt ihr bei. »Und dein Buch ist fantastisch geworden. Ich bin so stolz auf dich!«

Er nahm sie fest in die Arme, so wie man Freunde umarmte, nicht die Partnerin.

»Matt?«, fragte sie zaghaft. »Was … Was ist das?«

Er runzelte die Stirn. »Was meinst du?«

»Das mit uns. Du und ich. Ich möchte wissen, was du für mich empfindest. Sosehr ich Maisie lieb habe – wenn du nur eine Ersatzmutter für sie suchst, dann fürchte ich …«

Er legte ihr die Hand auf den Mund und brachte sie mit einem zarten Kuss zum Schweigen. Sie schloss die Augen und spürte, wie er ihr die Finger ins Haar schob. Dann machte er einen Schritt von ihr zurück, sah ihr in die Augen und streichelte ihre Wange. »Beantwortet das deine Frage?«

Sie nickte. »Jetzt sehe ich ein bisschen klarer, ja.«

»Komm«, flüsterte er. »Wir müssen Maisie von der Schule abholen.«

Sarah runzelte die Stirn. »Ich glaube nicht. Hat sie dienstags nicht immer Kunst-AG?«

Matt schlug sich mit der flachen Hand an die Stirn. »Du hast recht.« Dann nahm er ihre Hand. »Was würden wir nur ohne dich machen?«

Sie stellte sich auf die Zehenspitzen und gab ihm einen Kuss. »Tja, das findest du hoffentlich nie heraus!«

Epilog

Der Saal ist luftleer und stickig, und bei dem Geruch nach alten Möbeln, Mottenkugeln und verschwitzten Leibern wird mir leicht schwindlig. Eine Frau am anderen Ende des Raums öffnet mit einer langen Stange eines der Oberlichter, aber das wird nichts nützen. Draußen ist es heiß und genauso stickig, und es geht kein Lüftchen, um die Temperaturen erträglich zu machen. Ich befinde mich an der Stirnseite und starre über die Köpfe der Leute hinweg, die in ihren Stuhlreihen vor mir sitzen und sich mit allem zufächeln, was sie in die Hände bekommen können. Mein Blick wandert weiter zur Rückwand des Saals, wo mein Sohn in seinem Rollstuhl sitzt. Er fängt meinen Blick auf und grinst mich breit an.

Zwei Jahre sind vergangen, seit ich ihn wiedergefunden habe, und man kann mit Fug und Recht behaupten, dass wir Freunde geworden sind. Ich habe akzeptiert, dass wir nie mehr als das sein werden, dass ich nie seine Mutter sein kann. Denn seine Mutter ist die Frau, die hinter ihm steht, ihm das Haar glattstreicht und das feuchte Kinn abwischt. Ich sehe zu, wie sie ihm die Schultern massiert und sich dann gedankenverloren hinunterbeugt, um ihm einen Kuss auf den Kopf zu geben. Jeden Tag meines Lebens bedanke ich mich bei wem auch immer dafür, dass sich diese selbstlose Frau meines Sohnes angenommen hat. Der lange Sauerstoffmangel bei der Geburt hatte sein Schicksal besiegelt. Joe hat nie gelernt zu laufen oder zu sprechen, und wenn Jean und Harold nicht gewesen wären, hätte er sein Leben in einer Anstalt verbracht. Welche Ironie – mir wird körperlich schlecht bei der Vorstellung, dass er in einem Heim dahinvegetiert hätte, ohne je Liebe zu erfahren. Doch Jean liebt ihn über alles. Nur wird auch sie nicht jünger. Seit drei Jahren ist sie verwitwet und inzwischen vierundachtzig. Joes Zukunft ist ungewiss.

Als der Auktionator den Hammer laut aufknallt, zucke ich zusammen. Er schiebt seine Lesebrille zurecht und zeigt auf einen Mann in der ersten Reihe. »Verkauft an den Gentleman zu meiner Rechten für fünftausendfünfhundertundfünfzig Pfund. Danke, Sir.« Dann räuspert er sich. »Kommen wir zu Nummer achtundzwanzig.«

Kurz geht ein Raunen durch den Saal.

»Nummer achtundzwanzig. Ein Gemälde der Künstlerin Millie McCarthy.«

Bei der Erwähnung des Namens meiner Mutter verspannt sich bei mir alles. Doch im nächsten Augenblick verspüre ich Stolz und stelle mich automatisch gerader hin.

»Miss McCarthy hat zu Lebzeiten nur wenige Gemälde verkauft, aber L. S. Lowry hat ihr Talent erkannt und zwei Bilder für seine Privatsammlung erstanden.« Der Auktionator lässt den Blick über die erwartungsvollen Gesichter schweifen. »Wer will das erste Gebot abgeben? Zwanzigtausend Pfund – und bitte.«

Er zeigt auf jemanden im hinteren Teil des Saals.

»Danke, Sir. Höre ich… Ja, Madam? Zwanzigtausendfünfhundert. Danke.«

Er hält erneut inne und dreht sich zu einer Frau in seinem Rücken um, auf deren Hals aufgeregte rote Flecken prangen. Sie hält drei Finger in die Höhe. Er dreht sich wieder zum Publikum um.

»Am Telefon sind es dreißig – will jemand… Ja, danke, ich habe… Dort trüben vierzigtausend…« Mit hochgezogenen Augenbrauen nickt er zur Linken. »Fünfzigtausend Pfund…«

Mein Kopf pulsiert, und in meinen Achseln prickelt der Schweiß. Ich fächle mir mit dem Katalog Luft ins Gesicht, während ich schlagartig in eine andere Zeit zurückversetzt werde. Es ist, als würde ich wieder auf der Wiese stehen und meine Mutter betrachten. Sie hat sich das goldbraune Haar aus dem Gesicht gebunden, die grünen Augen blicken konzentriert, und sie hat die Zungenspitze in den Mundwinkel geschoben, während sie mit dem Pinsel die Leinwand bearbeitet. Ich kann hören, wie ich sie anbettele, mal mich zu malen – meine kindliche Stimme klingt empört, als sie mir die Bitte abschlägt. Dann schnappt sie mich, zieht mich auf ihren Schoß und kitzelt mich. Ich quietsche und lache, als sie ihr Gesicht in meine Halsbeuge schiebt und mir zuflüstert, dass sie mich in ein Bild hineinmogeln will, dass ich das aber niemandem erzählen darf. Das bleibt unser Geheimnis. Ich habe sie nie mehr geliebt als an jenem Tag, und ich weiß noch genau, wie sicher ich mir war, dass ich die beste Mummy auf der ganzen Welt hatte.

Der Hammer des Auktionators reißt mich in die Gegenwart zurück.

»Verkauft für einhundertfünfundzwanzigtausend Pfund.« Er nickt dem Mann zu, der seine Karte noch immer nach oben hält. »Gratuliere, Sir.«

Ich schwanke leicht und muss mich am Stuhl vor mir festhalten, streife dabei den Hinterkopf der Person, die dort sitzt. »Entschuldigung«, murmele ich und tupfe mir die Stirn ab. Ich will lachen, weinen und jedem zurufen, der es hören will: Die Zukunft meines Sohnes ist sicher. Auf der anderen Seite des Saals fängt Joe meinen Blick auf und lächelt. Er versteht nicht, was gerade passiert ist, aber noch während er mich ansieht, klopft er sich dreimal auf die Brust. Mir kommen die Tränen, und ich kann nur noch verschwommen sehen. Ich werde nie seine Mutter sein, aber ich bin seine Freundin. Ich erwidere die Geste und flüstere: *Ich liebe dich auch, Sohn.*

Stuhlbeine quietschen über den Fußboden, und aufgeregtes Geplauder wird laut, als die Leute aufstehen und gehen. Die Auktion ist zu Ende, genau wie die Geschichte eines verstörten jungen Mädchens – das ein Baby verschleppt hat und in einen See gewatet ist – zu einem Ende gekommen ist. Ein junges Mädchen, das nie böse Absichten hatte, das nie verrückt oder gemeingefährlich war und das trotzdem seines Lebens beraubt wurde.

Ich bin inzwischen zu alt für märchenhafte Enden – ich bin weder mit der Liebe meines Lebens verheiratet, noch hat mein Sohn auch nur eine Ahnung, dass ich seine leibliche Mutter bin. Aber es ist trotzdem ein gutes Ende.

Ich drehe mich zum Ausgang um, wo Stephen in der Sonne schon auf mich wartet. Er lächelt, reckt den Daumen in die Höhe und fragt tonlos: *Alles okay?*

Ich bringe ein Lächeln zustande und nicke. Dann streckt er die Hand aus, und ich greife danach. Als er mich hinaus auf den gepflasterten Weg führt – mit dem Arm um meine Taille –, dämmert mir, dass ich glücklich bin. Endlich. Und das reicht mir vollkommen.

Danksagung

Ein Buch zu schreiben ist eine einsame Angelegenheit: Man verbringt Stunden damit, sich in Gesellschaft einer leeren Seite von der Außenwelt zurückzuziehen. Ich habe das große Glück, dabei ein wunderbares Team aus Helfern an meiner Seite zu haben. Besonderen Dank schulde ich meiner Agentin, Anne Williams, und meiner Lektorin bei Headline, Sherise Hobbs, die beide ganz wesentlich dazu beigetragen haben, dass *Die Tochter des Arztes* so gut ist, wie es überhaupt nur sein kann.

Ich möchte auch meiner Familie für die anhaltende Unterstützung danken, besonders meinem Mann Rob Hughes und meinen Eltern, Audrey und Gordon Watkin, die jedes Mal als Erste das Manuskript lesen wollen. Danke auch an Cameron und Ellen Hughes fürs In-Ruhe-Lassen, damit ich dieses Buch fertig schreiben konnte.

Bei der Recherche für *Die Tochter des Arztes* habe ich eine ganze Reihe Bücher zu diesem faszinierenden Thema gelesen; vor allem eines davon habe ich immer wieder zur Hand genommen: *Certified and Detained* von Derek McCarthy, die authentische Geschichte eines Lebens in einer britischen Psychiatrischen Klinik zwischen 1957 und 1962. Damals war Derek Pflegeschüler, und er schildert seine Erlebnisse geradeheraus, demütig, respektvoll und sogar mit Humor. Ich bin unendlich froh, dass Derek für Fragen zur Verfügung stand, und was ich von ihm erfahren habe, hat diesen Roman ganz ohne jeden Zweifel bereichert. Jedweder Fehler darin ist meine Schuld.

Schlussendlich möchte ich all meinen Leserinnen und Lesern danken, die mich auf Facebook oder Twitter kontaktiert haben. Ich hoffe, ich habe Ihnen allen geantwortet – wenn nicht, bitte seien Sie versichert, dass all Ihre Nachrichten gelesen und hoch geschätzt werden.